Quart*buch*

Der Literaturprofessor Julio Matasanz richtet seine wissenschaftlichen Forschungen über die Ritter am Artushof nach den praktischen Anforderungen der Liebe. Wie ein moderner Minnesänger reist er von Kongreß zu Kongreß, um seine Geliebte Myrna zu treffen.

Kurz vor Weihnachten soll er in Galicien einen Preis entgegennehmen und eine Dankesrede über das Traumpaar unter den Artusrittern, Erek und Enite, halten. Auch Myrna macht sich auf den Weg. Während zu Hause Julios Ehefrau Madrona es lieber sähe, wenn er sich mehr an den Weihnachtsvorbereitungen beteiligen würde. Sein Leben ist anstrengend, sein Cholesterinspiegel zu hoch. Er greift zu Viagra.

Als Erek und Enite des dritten Jahrtausends kämpfen hingegen der Sohn Pedro und seine Freundin Myriam in Lateinamerika für eine gerechtere Welt. Madrona versucht, das junge Paar zum Weihnachtsfest nach Spanien zu holen, auf den Familienbesitz, der – als Hommage an die Artusritter – den Namen »Hof der Lust« trägt.

In äußerst raffinierter Dramaturgie bezieht sich in diesem komplex gebauten Roman alles aufeinander. Ein wunderbares Buch über Liebe, Abenteuer und Treue.

Manuel Vázquez Montalbán

Hof der Lust

Aus dem Spanischen von Theres Moser

Verlag Klaus Wagenbach Berlin

Seriam'eu na ermida se San Simión
e cercáronmi as ondas que grandes son
¡Eu atendend'o meu amig! ¿E verrá?

Estando na ermida, ant'o altar
cercáronmi as ondas grandes do mar
¡Eu atendend'o meu amig! ¿E verrá?

E cercáronmi as ondas que grandes son
nen ei barqueiro nen remador
¡Eu atendend'o meu amig! ¿E verrá?

E cercáronmi as ondas do alto mar
nen ei barqueiro nen sei remar
¡Eu atendend'o meu amig! ¿E verrá?

Non ei barqueiro nen remador
morrerei, fremosa, no mar maior.
¡Eu atendend'o meu amig! ¿E verrá?

Non ei barqueiro nen sei remar
morrerei eu, fremosa, no alto mar
¡Eu atendend'o meu amig! ¿E verrá? *

Medinho, 13. Jahrhundert

* Ich war in der Klause von San Simón / und mich umringten die Wellen, wie gewaltig sie sind. / Ich warte auf meinen Freund! Wird er kommen? // In der Klause, vor dem Altar / umringten mich die Wellen des aufgepeitschten Meeres. / Ich warte auf meinen Freund! Wird er kommen? // Mich umringten die Fluten / ich bin kein Schiffer und kann auch nicht rudern. / Ich warte auf meinen Freund! Wird er kommen? // Ich habe weder Schiffer noch Ruder / ich schönes Mädchen werde in den Wellen sterben / Ich warte auf meinen Freund! Wird er kommen? // Ich habe keinen Schiffer und kann nicht rudern / werde in den Fluten sterben. / Ich warte auf meinen Freund! Wird er kommen?

Der *Carlomagno* erwacht. Der Preis war einer meiner Träume und ist nun in Reichweite. Ich muß nur aufstehen und ihn zu Beginn des nächsten Frühjahrs in Mainz oder Brüssel, das gilt es noch zu entscheiden, in Empfang nehmen. Ich denke jeden Tag daran, wenn ich aufwache, und stelle mir vor, wie ich ihn überreicht bekomme, habe sogar schon das Gerüst der kleinen Rede zurechtgelegt, mit der ich mich bedanken werde. Ich halte Reden über Reden, selbst wenn ich sie Vorträge nenne, und morgen, genau morgen, am 23. Dezember, ist eine über *Die mythische Wesensverwandlung von Erek und Enite* fällig.

Vom Fenster meines Hotelzimmers aus kann ich den Kurs der wenigen Boote sehen, die von Cesantes aus den kleinen gemeinsamen Hafen der Inseln San Simón und San Antonio ansteuern. Und obwohl ich nicht weiß, wann Myrna die Überfahrt antritt, bin ich davon überzeugt, daß die einfache Geste, mich aus dem Fenster zu lehnen, die Ankunft von *Mrs. War Breast* beschleunigen muß. In einem Flashback taucht Myrna *War Breast* in einem fast dreißig Jahre zurückliegenden Treffen von Artus-Spezialisten in Exeter auf, eine umwerfende Erscheinung mit blondem kurzem Haar, einem Hals wie bei Modigliani, korrigiert durch die morgendliche rhythmische Gymnastik, und einer Wespentaille, in Kontrast zu zwei üppigen und spektakulären Brüsten, die ohne Büstenhalter in Schwebe blieben, eine Würdigung der Natur an sich selbst, Myrnas Brüste, das neunte Weltwunder, wie die Arturiker, Arturisten oder Arturianer die Brüste zu bezeichnen pflegten. Und da Burton beobachtet hatte, wie sehr mich Myrna beeindruckte, bemerkte er:

»Julio, sie ist höchst gefährlich, noch keine dreißig und schon zweimal geschieden. Sie gehört zu den Frauen, die sich scheiden lassen, um wieder zu heiraten, und sie ersetzt vergnügt einen Artus-Spezialisten durch einen anderen Artus-Spezialisten. Gewiß befindet sie sich auf Jagd.«

Ihr Gesicht war hübsch, aber zu klein, um ihre Arroganz, fast Impertinenz zu rechtfertigen, die zweifellos auf dem harmonischen Dreieck von Taille und Brüsten gründete. Dennoch, sobald es einem gelang, den Blick zu heben, fand man ein bemerkenswertes Gesicht mit geheimnisvollen Lippen und Augen, die Tükken verhießen, die alles zu wissen und alles über dich gesehen zu haben schienen. Es gehörte zum Schönsten, was ich jemals auf irgendeiner Universität, auf irgendeinem Kongreß, vor allem unter Professoren gesehen hatte, und vielleicht brauchte es deshalb zwei Treffen, das von Exeter und das von Saint-Malo, bis ich sie als Kollegin anerkannte, ehrgeizig und außergewöhnlich gut vorbereitet, vor allem in der Behandlung des Gral-Stoffs in der Artus-Legende, ausgehend von einer gewissen Faszination für Perceval, den Waliser, Sohn der Ritterswitwe, an dem Myrna bewunderte, wie ihm das Vorbeiziehen von fünf Rittern genügt hatte, um zu wissen, daß seine Bestimmung keine andere als das Rittertum sein konnte.

Myrnas dreifache Mutterschaft hatte dazu beigetragen, daß sie die Mutterrolle für Perceval übernahm, entsetzt über das Schicksal des jüngsten und schon einzigen Sohnes, nachdem ihr Gatte und die älteren Söhne in Ritterabenteuern ums Leben gekommen waren. Perceval war wie ein Adoptivsohn von Myrna, vor allem in der Fassung von Chrétien de Troyes. Den *Parzival* des Wolfram von Eschenbach fand sie zu abgeschlossen, obwohl sie die äußerst gelungene Darstellung der Dualität der Person, des widersprüchlichen Helden, gut und böse zugleich, anerkannte. Selbst eine auf mittelalterliche Literatur spezialisierte Professorin kann ihre eigene Entwicklung nicht ganz vernachlässigen. Nur sehr selten beschränkt sich ein Forscher im Artus-Stoff auf den begrenzten Bereich, weshalb die meisten Experten sich auch anderen Themen des Spätmittelalters widmen, sich bis in die Renaissance hineinwagen, oder wie Myrna zu ganz anderen Epochen und Kulturen auswandern; und es so wie sie schaffen, eine weltweit anerkannte Autorität für Defoe zu werden. Warum ausgerechnet Defoe? Weil er der bürgerlichen Revolution gedient hatte? Nein, sondern weil er ein Spitzel war, an den Pranger gestellt wurde und dennoch den Prototyp des Helden seiner Zeit, Robinson Crusoe, entwarf.

Bald wird die schonungslose Dezembernacht auf San Simón fallen und mein Aussichtsplatz wird unbrauchbar, so daß mir nichts anderes übrigbleibt, als zur Landungsbrücke zu gehen und die letzten Fähren abzuwarten. So entschließe ich mich zu dem kurzen Spaziergang, wie er auf den kleinen, in einem Winkel der Bucht von Vigo zusammengedrängten Inseln eben möglich ist. Kaum genug Erde für die verschiedenen Funktionen, die sie erfüllt haben: religiöses Zentrum für die Templer, von Königen und Bischöfen umkämpft, Kloster und Hospital, lange Zeit Lazarett, Kaserne, Gefängnis für Rote während und nach dem Bürgerkrieg von 1936, eine der vielen Herbergen der Gewerkschaft, Heim für Waisenkinder von Seeleuten, Ruine, längst verfallene Ruine, wiederhergestellt von der *Xunta de Galicia*, der autonomen galicischen Landesregierung, um ein Kulturzentrum einzurichten. Immer muß die Kultur herhalten, um die Schrecken des Lebens und der Geschichte zuzudecken und zu ihrer Metapher zu werden.

»Bestehen Sie darauf, daß San Simón der Ort für Ihre Ehrung sein soll, Don Julio? Vielleicht wäre in La Tajo oder an der Universität von Santiago alles geräumiger.«

»Ich bin für San Simón, wenn es möglich ist.«

»Das hoffen wir.«

Ich erfuhr von dem Umgestaltungsprojekt San Simóns im Zuge

eines Vortrags im Klub *Faro* in Vigo, wo die Betreiberin, Marisa Real, mir einen Besuch auf den Inseln, in Begleitung von zwei Architekten – Pilar Rojo vom Kulturamt Galiciens und Pepe Pichel – ermöglichte. Mich faszinierten die Hinweise meiner Begleiter und der Ort, vor allem wegen der so unterschiedlichen wie unglücklichen, gefühlsbeladenen Archäologien, von der Zeit begraben und nun wieder hervorgeholt oder restauriert durch ein Team von Technikern unter der Leitung des Architekten César Portela. Als ich das Szenarium für die Ehrung anläßlich meiner Pensionierung auswählen mußte, kam mir der Gedanke, daß das *Sackgassenhafte* der Inseln, nah und gleichzeitig fern vom sogenannten Festland, der passende Rahmen für die Verabschiedung eines Experten in so archäologischen Wissenschaften wie die der Mediävistik sei, quasi eines Zeitgenossen der Kerkerarchäologie des Orts, der – wie ich der Monographie von José Antonio Orge Quinteiro entnehmen konnte – auch ein Horrorszenarium der frankistischen Repression gewesen war. Der Kulturlandesrat der Autonomen Regierung Galiciens, Señor Pérez Varela, hat die Renovierungsarbeiten vorangetrieben, und meine Ehrung wird in einem mehr oder weniger perfekt gestalteten Umfeld stattfinden. Auf den Inseln, verbunden durch die ebenso schlichte wie schöne Brücke, rhythmisch gegliedert, ein militärischer Zweckbau, Granit mit Krusten bewachsen, Patina der Zeit, in diesem Fall von der Gischt des Meeres geschaffen und von dem feuchten Wind aus der Flußmündung. Bevor ich hinausgehe, muß ich meinen Blutdruck und den Zuckerwert messen, und dazu hole ich mein Gerät hervor, stelle einen Druck von 117 zu 75 fest, einen hervorragenden Wert, dagegen liegt der Zuckerwert trotz der seit dem Essen vergangenen Stunden bei 180, was nicht besorgniserregend ist, aber den gängigen Grenzwert fast erreicht. Das Ritual meiner Blutdruckmessungen und das Kommen und Gehen eines Phänomens, das keinen bestimmten Namen hat, aber als ein Schatten von Diabetes betrachtet werden könnte, sind wichtige Bestandteile meines Alltags; mein linkes Handgelenk freimachen, das Omron RX Matusaka Japan anbringen oder den für den Einstich des Glucotest Elite reifsten Finger suchen, sind liturgische Genüsse, die das Verbot von Alkohol, das ich nicht beachte, und das von Tabak, das ich schon beachte, ersetzen. Damit kommt der Wille zum Ausdruck, mit mir selbst gut umzugehen, ein nicht geringes Verdienst, da es in meiner Umgebung keinen beschützenden Familienkreis gibt, der für gewöhnlich von chronischen Krankheiten oder Verfallserscheinungen heimgesuchte Ältere oder Alte betreut. Meine Frau, Madrona, erfüllte anfänglich perfekt ihre einführende Rolle in diese gesundheitliche Routine, dann jedoch begann sie wie in allem, langsam meinen Freiraum zu respektieren, sei es nun beim Artus-Stoff oder bei der Vorbeugung von Diabetes und Bluthochdruck.

In der Vorhalle des kleinen Hotels *Stella Maris* erwarten mich Plakate, die das übermorgen beginnende Ereignis ankündigen:

Ehrung des emeritierten Professors Dr. Julio Matasanz von den Königlichen Spanischen Akademien für Sprache und Geschichte.
Symposium: »Die Erneuerung eines Artus-Mythos:
Erek und Enite«.

Unter der Schirmherrschaft der Xunta de Galicia, der Königlichen
Spanischen Akademien für Sprache und Geschichte,
der Universität von Barcelona, der Yale University,
der Universitäten von Vigo und Santiago de Compostela
und der Société Arturienne.

Als Hintergrundsilhouette dieser ganzen Information dient der Umriß von Dürers Stich *Ritter, Tod und Teufel.* Ich habe auf die Auswahl des graphischen Motivs keinen Einfluß genommen, doch hätte man mich konsultiert, wäre mir etwas Besseres eingefallen, vor allem in diesen Zeiten, wo der Artus-Stoff in Verbindung mit der Miniaturenmalerei, zu der er Anlaß gab, studiert wird, wie etwa in der großartigen, von Bushy Kates betreuten Ausgabe der Manuskripte von Chrétien de Troyes. Der Stich von Dürer mißfällt mir, weil er mich seinerzeit enttäuschte. Ich hatte ihn so oft reproduziert gesehen und ihn mir, obwohl es sich um einen Stich handelt, als so beeindruckendes, wertvolles Werk ausgemalt, daß er mir, als ich schließlich das Original betrachten konnte, nichtig vorkam, ein Verrat an der Transzendenz des Themas, als letzlicher Beweis, wie *manière* und *matière* auseinanderklaffen können. Vielleicht mißfällt mir auch, daß man die unmögliche Dialektik zwischen dem Ritter und dem Tod zum Abschluß meiner Universitätskarriere, meines Lebens auswählte, aber schließlich hatte ich selber zur Schaffung meines Images beigetragen: ein Ritter der sorgfältig geleisteten intellektuellen Arbeit, der die letzten Jahre, die ihm sein genetischer Code zugesteht, durchforstet wie die mittelalterlichen Ritter die scheinbar verbotenen Wälder, um sie zu erkunden.

Ich verließ das Hotel, umrundete den Platz mit Palmen und Springbrunnen, die Terrasse des Restaurants und bog in die von hundertjährigen Buchsbäumen gesäumte Avenue ein, die zum Aussichtsplatz *Mirador de la Boca de la Ría* führte, von wo man vor allem das den Horizont kreuzende Autobahnstück, das Vigo mit Marín und Pontevedra verbindet, betrachtet. Nie zuvor hatte ich so majestätische Buchsbäume gesehen, so prächtig, so sehr ihrem Strauchdasein entwachsen. Ihre Disziplin steht im Kontrast zu der Freiheit, mit der auf der Insel Akazien, Kastanien, Linden, Kamelien, Pinien, Eukalyptus und Platanen wachsen, über einem Teppich wildwachsender Kräuter, getränkt vom galicischen Regen, wie die Farne, die mit den Palmen zusammenleben auf dieser Insel robinsonscher Vegetation, Schmiede irgendeines frühen Schiffbruchs der Natur.

Der Buchsbaum war im Altertum Begräbnissymbol und stand gleichzeitig wegen seiner immergrünen Blätter für Unsterblichkeit, Tod und Ewigkeit, deshalb ersetzt er am Palmsonntag in den nördlichen Ländern den im Süden üblichen Palmzweig und verkörpert den Zyklus von Leben und Tod in fast allen Mythologien. Da steht er nun, übergroß für so kleine Inseln mit ihren Tag für Tag wachsenden Bauten. Für einen siebzigjährigen, fast einundsiebzigjährigen Mann ist es unmöglich, gelassen über diese Avenue zu spazieren, bedroht von der gegenwärtigen Natur, die den Herrschaftsanspruch eines Allesfressers, seien es nun Salatköpfe oder Sträuße, in Frage stellt. Sträuße oder Känguruhs. Ich entsinne mich meiner moralischen Empörung, als ich feststellte, daß Straußen- und Känguruhfleisch Eingang in unsere Märkte fanden, als ob wir nicht schon genug hätten mit einer kriminellen, sich auf die Versklavung und Ausbeutung von Kühen, Schafen, Schweinen, Hühnern und sogar Forellen, Langusten, Zuchtaustern stützenden Ernährung. Und das alles für den sogenannten König der Schöpfung, einen bösartiger Schwachkopf, der es verdienen würde, vor Hunger zu sterben.

Er verdiente es, wüßte er nicht die Liste der gotischen und karolingischen Könige oder die der Weltstädte nach dem Fall der Berliner Mauer, oder wie man seine eigenen Verbrechen zubereiten muß, um sie in den Rang der Gastronomie zu erheben. Die vererbte Kultur und die populärwissenschaftliche Sprache rechtfertigen unsere Hegemonie, bedenkt man, daß der Dinosaurier ausstarb, weil er ein Dinosaurier war, und die Ameisen uns überleben werden, aber unterdrückt von einer urzeitlichen Logik, die es ihnen unmöglich machen wird, den Machtkampf gegen die Milben und die Frauen anzutreten. Die Milben werden gewinnen. Es tut mir leid für die Ameisen und die Frauen, obwohl beide überheblich entweder von dem scheinbar nicht vorhandenen Machtstreben aus agieren, die Ameisen, oder in Verurteilung des männlichen Machtstrebens, die Frauen. Eine sarkastische Lüge, vor allem für einen alten Universitätsprofessor, der fünfzig Jahre lang den Aufstieg seiner weiblichen Kolleginnen beobachtet hat, die auf vollendet männliche Art Zähne und Klauen einsetzten, wenn nicht Brüste und Mösen. Es tut mir leid. Ich bin misogyn. Aber die Frauen werden es mit den Milben nicht aufnehmen können. Die Milben überstehen sogar die Neutronenbombe und müssen sich nicht verkleiden, um in der Luft oder in unseren Lungen weiterzuleben. Sie sind überall. Sie sind Gott, wiederholen die Macht des Unsichtbaren, um das Sichtbare zu erschaffen oder zu vernichten.

Kollegen und Freunde: Die Tatsache, diesen Vortrag am Tag meines Abschieds als Professor zu halten, knapp davor, in den Limbus der Emeritierten einzutreten, die wie Generäle ohne Befehlsgewalt sind oder Königinnenmütter mit drängenden Thronfolgern, läßt mir eine gewisse Freiheit in Form und Gehalt. Und wenn ich als Stoff *Erek und Enite*, den ersten Roman aus dem Artus-Zyklus von Chrétien de Troyes, ausgewählt habe, dann deshalb, weil er in unsere Artus-Kultur als nicht besonders hervorragend eingegangen ist, begraben unter der übermächtigen Symbolkraft anderer Helden, insbesonders Perceval und Lancelot, keinen geringeren Geschichten als die von der Suche nach dem Heiligen Gral, will heißen, der Erlösung, des Absoluten, oder als die von dem wegen seiner übertriebenen Liebe zur Königin Guenièvre, gedemütigten Ritter. Ihr werdet am Anfang dieser fast zitatfreien Schlußrede gewisse erläuternde Ausschweifungen bemerken, da der alte Streit zwischen *manière* und *matière* unter den Romanisten meiner Generation – obschon unaufgefordert – erneut entfacht ist, und mir hiermit ein informelles Referat abverlangt, das innerhalb des vorgegebenen Rahmens nur die Ungezwungenheit zur

Form hat. Unsere literarische Kultur leitet sich aus mythischen und symbolischen Quellen der griechisch-römischen Antike her; sie hat sich aus diesen Bezügen genährt und sie nach Berührung mit Mythen und Symbolen der *Barbaren* verhüllt oder verändert, seien es nun die nordischen Sagen oder der viel kürzer zurückliegende, überwältigende Auftrieb der arisch-germanischen Helden, von Wagner und dem Nazismus wiederbelebt, oder die keltischen Mythen, die in die Literatur des Spätmittelalters und der beginnenden Renaissance einflossen, später daraus verbannt wurden, bis sie im Zuge der Romantik wiederkehrten, mit einer Kraft, wie sie manchmal Besiegte und Tote bewahren.

Camelot und den Rittern der Tafelrunde ist es gelungen, in die Kulturindustrie des 20. und möglicherweise des 21. Jahrhunderts als ungebetene Mythen einzudringen, die das relative Fehlen eines Besiegten in Erinnerung rufen und repräsentieren, der sein Überleben eben diesem Nichtvorhandensein verdankt, ohne ausreichende Geschichte, um kodifiziert zu werden und mit genügend Zauber, um sich durch die Hintertür in das literarische Gedächtnis einzuschmuggeln. Aber Artus verspricht hartnäckig wiederzukehren, genauso wie der König Sebastião, Emiliano Zapata oder der General MacArthur, um das nicht fertiggestellte Werk zu vollenden.

Mythologien sind nur beschränkt interaktiv, eher klassenbezogen bedienen sie sich mit religiösen oder philosophischen Vorurteilen beladener Vergleiche mit dem Anspruch auf eine religiöse oder philosophische Hegemonie. Dieser implizite oder explizite Herrschaftsanspruch löst den Vergleichsprozeß aus. Aber es ist schwierig, die Vorurteile beizubehalten, wenn wir Mythologien vergleichen, die in keinem festen Verhältnis zueinander stehen und zeitlich aufeinander folgen. So verhält es sich mit der griechischen Mythologie und der nicht rein keltischen, sondern auch griechischen Einflüssen ausgesetzten Artus-Sage. Wenn König Artus – wie Ralf, Hofer und Olshki recherchierten – Sohn von Alexander dem Großen ist, von wem stammen dann Erek oder Enite ab? Ihre Wurzeln finden sich in den keltischen Mythen, sie sind verwandt mit den herkulischen Liebenden, wie Tristan und Isolde. Erek und Enite sind – je nach dem Geschmack der wechselnden Zeiten – austauschbare Bezugspunkte gewesen, doch entziehen sie sich normalerweise der gebräuchlichen Lesart von Protagonisten, die für die höfische Liebe oder als Lehrlinge einer neuen Form der Liebe posieren, und in diesem Sinne sind sie immerzu dem Wandel ausgesetzt. Als ich bei Doktor Martín Riquer zu Beginn der vierziger Jahre studierte, überwog die epische Interpretation der Heldentaten Ereks, um seine Geliebte zu verteidigen. Als ich jedoch zehn Jahre später Assistenzprofessor Riquers war, bewirkte der Einfluß der Filme Antonionis oder die neu aufgeworfene Frage der Ethik von Paarbeziehungen, daß die Studenten die Geschichte als Fabel der bedrohten Liebe, die es Tag für Tag zu erneuern gilt, auffaßten. Zwischen der Lesart von *Erek und Enite* als Liebesepos und jener, das Werk als Handbuch einer bedrückenden Beziehungskrise zu interpretieren, liegen viel Vernunft und Unvernunft, obwohl wir manchmal den Anspruch der Spezialisten aufgeben sollten, die mit jedem Mal weniger in Frage zu stellende oder veränderbare Wahrheiten verbreiten, weil die Wahrheiten wachsen, abnehmen und sich bisweilen sogar auflösen.

Wir sollten die säkulare Lektüre unterstützen und die Mythen als Allgemeingut verstehen, das heißt, ihre Sozialisierung – verzeihen Sie mir die Verwendung eines so wenig akademischen und auch aus gebildeten Kreisen verdrängten Begriffs. Erich Köhler stellt in *Ideal und Wirklichkeit in der höfischen Epik* fest, daß die Legenden reale Geschichten überlagern und ab einem gewissen Zeitpunkt Legende und reale Geschichte sich nicht mehr unterscheiden lassen. Woraus ich schließe, daß wir nicht zuviel Mühe aufwenden sollten, um die Menge an historischer Wahrheit in einem Mythos, einer literarisch bearbeiteten Legende herauszufinden. Wir können uns hochgelehrte Ziele stecken, wissen aber, daß die Literatur vom Leser abhängt und jeder Leser den Stoff fern von unseren Anweisungen aufnimmt, die sich noch weniger vermitteln lassen, je mehr sich der literarische Anspruch von dem zeitgenössischen entfernt. Wir benötigen ein spezifisches Wissen, um uns leidenschaftlich der Lektüre von *Erek und Enite* hinzugeben, doch die heutigen Leser, wenn es sie überhaupt gibt, würden aus einer konventionellen Lesart heraus ihre eigene Auswahl an Bedeutungen treffen, je nach persönlichem Hintergrund und Bildung …

Worauf willst du hinaus, Julio?, werden sich an dieser Stelle alle fragen, aber vor allem Myrna, die mich belustigt von ihrem Stuhl aus betrachten wird. Eine Absage an die Gelehrtheit? Wozu sind wir denn gut, wenn nicht dazu, eines Tages herauszufinden, welchem Mythos Erek und Enite entsprang? Was kümmert uns Universitätsprofessoren für mittelalterliche Literatur, auf welche Weise jede neue Generation von Lesern mit diesen Mythen umgeht? Der jüngste Ritter von der Tafelrunde verliebt sich in Enite, heiratet sie, um daraufhin ein zurückgezogenes Liebesleben zu beginnen, was die anderen Ritter kritisieren, unfähig zu verstehen, daß Erek die Liebe dem Krieg vorzieht. Und zu dem Zeitpunkt begibt sich Erek, dieser Kritiken bewußt, in ein grenzenloses Abenteuer: Enite bricht allein, vor ihm, auf, allen Gefahren der Welt ausgesetzt, und sobald sie bedroht wird, erscheint Erek, um sie zu verteidigen, sie in jedem Abenteuer zurückzugewinnen. Schon als sie sich kennenlernten, verteidigte er sie gegen die Schmähungen des

Zwerges in Anwesenheit der Königin Guenièvre, und später muß Erek wieder als streitbarer Ritter Enite vor drei, dann fünf Wegelagerern retten, vor dem Grafen Galoain, dem treubrüchigen Riesen oder dem Grafen von Limours, den er schließlich mit Hilfe des Königs Guivert Le Petit, eines von der Vorsehung geschickten falschen Feindes besiegt. Dann bestehen Erek und Enite die letzte Probe, die Befreiung des verzauberten Prinzen Mabonagrain, verbunden mit dem großen abschließenden Fest, der *Alegría de la Corte*, den Hofesfreuden. Sie befreien Mabonagrain und erlösen ihn von dem Fluch, der ihn verpflichtet, einen Garten zu verteidigen, der gleichzeitig Liebeskerker ist.

Die letzten Sequenzen von *Erek und Enite* habe ich immer als bittersüß empfunden, mehrdeutig, melancholisch trotz des glücklichen Endes.

Alegría de la Corte ist auch der Name des Landsitzes in Llavaneres, den Madrona von ihrer Mutter erbte, und der unsinnigerweise früher *Wirbelwind* hieß. Meine Frau war bereit, den Namen zu ändern, obwohl sie argumentierte, daß *Hofesfreuden* zu sehr an *Gartenfreuden* erinnerte, eine *Zarzuela,* die sie nichtig fand wie alle, die vorgaben, ihren musikalischen Geschmack in den gräßlichen, plumpen und stickigen Opernabenden im *Liceo* zu formen. Ich hatte von meinem Vater eine gewisse Neugierde für die *Zarzuela*, eine spanische Tochter der Operette, geerbt, da er sich nämlich für einen guten Bariton hielt und bei den wenigen Zusammenkünften unserer Familie oder der spärlichen Freunde meiner Eltern den Mut faßte zu singen. Als ich erwachsen wurde, verzichtete er auf seine gesanglichen Anwandlungen, vielleicht weil er sich vor mir schämte, und stimmte nur mehr im Badezimmer die eine oder andere Arie an.

Meine Augenweide
wie sehr geht mir das Herz auf
wenn ich dich wiedersehe
nachdem ich Meere überquerte
und endlich wieder bei dir bin.

Mein Vater war nie ein besonders gesprächiger Mensch, aber später begriff ich, daß meine Karriere ihn seiner ohnehin schon bescheidenen Ausdruckskraft gänzlich beraubte. Seitdem ich die Staatsprüfung mit Auszeichnung bestanden hatte, herrschte Schweigen in meinem Elternhaus, da sie aus Überdruß nicht mehr miteinander und aus Schüchternheit nicht mit mir redeten. Und ich verhielt mich gleich, nicht aus Arroganz, sondern weil ich wußte, daß meine Sprache nie die ihre sein würde. Aber manchmal singe ich *Zarzuelas*. Eher Tenor als Bariton, wage ich mich an *Die Hafenwirtin*:

Es kann nicht sein
diese Frau ist gut
mit einer Sirene
hat die nichts am Hut.

Ich weiß sehr wohl, daß der Text den menschlichen Verstand beleidigt, aber gewisse Dosen Irrationalität helfen uns, bei den grundlegenden Dingen Vernunft zu bewahren. So wie dieser irrationale Drang, der mich zur Landungsbrücke führt, in Erwartung von Myrna. Dabei bin ich etwas besorgt, weil nur mehr zwei reguläre Fähren übersetzen und Myrna, sollte sie später kommen, sich auf die Suche nach einem freundlichen Schiffer begeben müßte, der bereit wäre, sie auf die Inseln zu bringen. Da durchpflügt das Boot mit Myrna an Bord das gleißende Meer, und meine Gewißheit sieht sich durch das Aufleuchten ihres goldfarben getönten Haars, das an die natürliche Haarfarbe ihrer gut erhaltenen Jugendlichkeit erinnert, bestätigt. Doch die Freude über ihre Ankunft verflüchtigt sich, als ich sie in Begleitung von zwei Kollegen sehe: der nervtötende Figueiro d'Amaral und der unerträgliche Aurelio Estremoz García, der in dem Glauben, witzig oder zumindest als Atheist zu erscheinen, ein ums andere Mal »Gott und Ihnen zu dienen« wiederholt. Mit Figueiro d'Amaral führte ich bei unserem Artus-Treffen in Saint-Malo eine beinahe wütende Debatte, als ich die Thesen verfocht, daß der Zyklus von Chrétien de Troyes die Krise des Rittertums bezeugt, oder den Beginn der irreversiblen Krise des Rittertums, und daß nur die sogenannte Ritterdichtung den Mythos des mittelalterlichen Ritters am Leben erhielt, bis er endgültig vom *Condottiere* der Renaissance ersetzt wurde. Und selbst wenn man von der Annahme ausgeht, daß es Ritter gab, wie sie in der Literatur beschrieben werden, waren diese stets eher Söldner als Ritter, wie das bei *Cid* der Fall ist, eine Idee, der ich manchmal geschichtlich und dann wieder bloß literarisch begegnete, wie etwa bei Don Ramón Menéndez Pidal. Daß ich über die reale oder literarische Existenz des *Cid* scherzte, empörte den Portugiesen, er verkündete lautstark Blödheiten, zum Beispiel, daß er, obwohl er Marxist-Leninist sei – er betonte das Marxist-Leninist in der Folge noch – an die historische Existenz von *El Cid* und die aufrichtige Geschichtlichkeit des *Cantar del Mio Cid* glaubte. Ich erwiderte, kein Marxist-Leninist zu sein, sondern annähernd Popperianer und an die biologische oder literarische Existenz des *Cid* weder zu glauben noch an sie zu glauben aufgehört zu haben, ganz im Gegenteil. Als ich wieder neben Myrna Platz genommen hatte, spürte ich ein Kneifen am Unterarm und hörte ein Flüstern dicht an meinem Ohr: Seit wann bist du Popperianer?

»Das habe ich nur gesagt, um ihn zu ärgern.«

Der andere, der übertriebene Estemoz, betonte bis zum Gehtnichtmehr, mein Schüler zu sein, obwohl er an der Universität von Salamanca promoviert hat und ich nur Mitglied der Prüfungskommission war; und zwar der, die ihm später den Lehrstuhl zuerkannte, wobei ich zu seinen Gunsten stimmte, weil seine Doktorarbeit nicht schlecht war und meine Stimme für seinen Lehrstuhl die von zwei anderen Mitgliedern der Kommission sicherten, sobald ich einen meiner Schüler, die ebenfalls einen Lehrstuhl anstrebten, begünstigen wollte. Ich wußte also, dieser Depp von Estremoz García würde sich, kaum daß er mich auf der Landungsbrücke erspähte, ehrerbietig verbeugen und ausrufen:

»Salve, göttlicher Meister!«

Und der marxistisch-leninistische Menendez Pidal-Anhänger würde mit der Hand eine Pistole formen und zwei Schüsse auf mich abgeben, während Myrnas Augen mir sagten: Ich konnte sie nicht abhalten. Aber etwas hat unsere Leben durcheinandergebracht, denn je näher sie kommen, desto mehr lächeln mir alle drei zu, und schon an Land gibt es kein Salve, keinen Schuß, keinen verbündeten Blick Myrnas, so als hätte sich an mir, nicht an ihnen, etwas verändert, so als würde meine neue Rolle eines berühmten, schon einbalsamierten Professors sie dazu zwingen, ihre Haltung zu ändern, und Myrna erfaßt es sofort, denn sie wirft sich in bühnenreife Pose und ruft aus:

»Gott schütze Carlomagno, Karl den Großen, durch den Freude und Vergnügen an unseren Hof zurückgekehrt ist! Gott schütze die glücklichste seiner Kreaturen!«

Das war mehr oder weniger die Wiedergabe eines Chorfragments vom Ende von *Erek und Enite*, mit der zusätzlichen Anspielung auf den *Carlomagno*, und ich danke es ihr mit einem

Lächeln, das freundlich wirken soll. Sie hält mir ihre Wange zum Kuß hin, und ich versuche, meinen Kuß ihren Lippen zu nähern, während ich gleichzeitig meine Hand den arturischen

Hornochsen entgegenstrecke, die sie mir eher ausreißen als schütteln.

»Wie ist das Essen hier?«

Myrna war mit einem ihrer mythischen Eßgelüste angekommen, und es war sinnlos, sie davon abzubringen, wenn ihr Körper nach Nahrung und Kalorien verlangte, weshalb ich sie über das tadellose Abendessen ins Bild setzte, das sie im Hotel erwartete, obwohl sein Betrieb noch im Versuchsstadium war und sich angestrengen mußte, um einen guten Rahmen für meine Ehrung abzugeben. Das Geräusch der über das Pflaster rollenden Koffer nimmt so viel Platz in unserem Hirn ein, daß wir kein Gespräch beginnen können, und auch die Schatten sind zu gering, als daß meine oder Myrnas Augen eine Botschaft vermitteln könnten. Ihr halbes Lächeln zeigt mir jedoch, daß sie sich der zwischen uns vorhandenen, stummen Konversation bewußt ist und diese, sobald wir die Hürden wie den Hunger, den Portugiesen und meinen angeblich bevorzugten Schüler hinter uns gelassen haben werden, stattfinden wird. Ich sah sie nackt vor mir, wie sie mit ihren Händen die Kühnheit ihrer Brüste unterstrich, ohne sich um ihr warmes feuchtes blondes Geschlecht zu kümmern, und war nicht in der Lage, das Bild mit dem entsprechenden Kongreß zu verbinden, vielleicht war es auch die erotische Ikone, die die Geschichte unserer arturischen Bettbegegnungen heraufbeschwor.

Ich begleitete die drei auf ihre Zimmer, wobei ich Myrna gegenüber mit einer Geste hervorhob, daß ihres zu weit von meiner Suite entfernt lag, und erahnte in ihren Augen die schelmische Frage: ach wirklich? Wir verabredeten uns eine Viertelstunde später zum Abendessen, und ich nützte die Zeit, um meine weiße, von den Kosmetika leicht bläuliche Haarmähne zu kämmen, die meine Schülerinnen so bewundern, wenn auf sie ein Sonnenstrahl fällt, der übliche Sonnenstrahl durch das große Fenster, der in all den vierzig Jahren meiner Lehrtätigkeit mein vorzeitig ergrautes

Haar genau auszumachen wußte. Das Haar und die Hände. Ich weiß, daß ihnen meine Hände gefallen, die fähig sind, Spuren in der Luft zu hinterlassen, die meine Erklärungen über die Rolle des Hirsches in den keltischen Ritualen begleiten, ein zwischen Göttern und Menschen vermittelndes Tier, das die Erdenbewohner in die *Sidh* führt, die von Göttern und Helden bewohnten Hügel, das Jenseits. Durch Ihre Handbewegungen nehmen wir den Lauf des Hirsches oder den Augenblick wahr, in dem die Seelen einen Körper verlassen und einen anderen aufsuchen, sagten mir die Mädchen begeistert. In den fünfziger Jahren wurde manchmal am Ende meiner Vorlesungen applaudiert. In den Sechzigern verschwand allmählich dieser Brauch, da die Studenten zunehmend politisch aktiv, dem Unterricht gegenüber kritischer, sogar provozierend zynisch wurden, obwohl ich mit Stolz sagen kann, daß ich in meinen Vorlesungen keinen Versuch eines Protests oder gar einen Krawall erlebte, was meine Kollegen gar nicht freute. Schließlich verkörperst du für die jungen Leute das Wissen schlechthin, und das stellen sie nicht in Frage, da können sie noch so oft *Der Idiot der Familie* lesen. Sie lasen *Der Idiot der Familie* nicht, ich hingegen schon, mit derselben Neugierde, mit der ich *Hara Kiri*, *National Ramport* oder die *Vogue* las, um auf dem laufenden zu sein und immer die passende Antwort bereit zu haben, sei es für die wie auch immer geartete Anfrage eines Studentenverteters oder einer von Madronas Freundinnen, die dank *Dunia* oder *Vogue* endlich ihre weibliche Natur verstehen konnten, wenn auch nicht ganz auf dem Niveau von Simone de Beauvoir. Myrna machte sich über meine, wie sie es nannte, intellektuelle Wandlungsfähigkeit lustig, die manchmal parallel zu meiner allgemeinen Wandlungsfähigkeit im Leben verlief. Seit dem Beginn unserer Beziehung hält sie sich für eine Expertin in meinen Wandlungsfähigkeiten – seit wir mehr als einmal die Stunde der Wahrheit festsetzten, den Augenblick, wo ich zu einem Kongreß mit einem größeren Koffer als üblich anreisen und so unser künftiges Zusammenleben besiegeln sollte. Wer verliert die Professur, fragte ich mich, fragte sie sich, fragten wir uns, und sie war entschlossen, zu verzichten.

»Und ich mache es in dem Bewußtsein, eine Idiotin zu sein, daß ich mehr als hundert Jahre Kampf für die Gleichberechtigung der Frauen verrate und du diesen Schritt nicht verdienst, weil du ein Egoist bist, nicht irgendein Egoist, sondern der Egoist schlechthin. Die platonische Idee des Egoismus.«

»Das stimmt nicht ganz.«

»Was stimmt nicht ganz? Daß du ein Egoist bist?«

»Nein. Der zu vulgäre Sinn, in dem du den Ausdruck *platonische Idee des Egoismus* gebrauchst. Ich weiß, daß diese Formel häufig Verwendung findet, aber sie erhellt die wahrhaftige platonische Dialektik nicht. Im Platonismus sind die Ideen nicht notwendigerweise Vorbilder, die als Vergleiche mit der Wirklichkeit dienen.

»Leck mich doch am Arsch«, warf sie mir in korrektestem Spanisch an den Kopf, und als sie feststellte, daß mein Gepäck wie immer aussah, also aus jenem praktischen Köfferchen mit Rädern bestand, das ich mir in Köln gekauft hatte, deduzierte oder induzierte sie, daß wir nicht für immer zusammenleben würden. Trotzdem schlief sie mit mir während jenes Treffens, aber ich empfand sie als flüchtig, so als wäre sie mit mir und auch nicht, so als erwartete sie ungeduldig das Ende von Koitus und Kongreß. Zwanzig Jahre trennten uns von jenem klärenden Treffen, etwa zehn Kongresse oder Symposien und die eine oder andere Feier zu Ehren irgendeiner Glorie der romanischen Literaturen. Es ging uns nicht mehr darum, vor uns selbst zu fliehen, um andere zu sein, zusammen, aber andere, und dennoch hatten wir plötzlich das Bedürfnis, uns zu sehen, ohne die tatsächlichen Kongresse abzuwarten. Ich erfand Vorwände, um nach London zu reisen, oder sie kam nach Barcelona, Madrid oder Granada, wo wir uns einfach trafen, weil wir es brauchten. Diese ungebundenen Treffen hatten in den letzten fünf Jahren praktisch aufgehört. Wie einen Schatten meiner Eigenliebe speicherte ich die beträchtlichen sexuellen Schlappen bei den letzten Kongressen – Leiden, Madrid, Montpellier –, die mich dazu gebracht hatten, dem Doktor Buscarons gegenüber die dümmliche Rolle des Siebzigjährigen, nur mehr wenig von seiner Frau angezogenen Ehemanns zu spielen, dessen Sexualität einer chemischen Unterstützung bedarf. Viagra, sagte er, während sein Hirn nach Kontraindikationen suchte, die er nicht fand.

»Nein. Du bist nicht herzleidend.«

»Nein, bin ich nicht.«

Und er verschrieb mir Viagra, achtundvierzig Stunden bevor ich nach Galicia fuhr, rhomboide, in meiner Brieftasche versteckte Tabletten – ein wahrer Schatz. Eine Tablette eine halbe Stunde vor der vorgesehenen sexuellen Begegnung, und Entspannung, wie früher, sagte Buscarons, so als ob früher alles gewesen wäre und jetzt nichts. Das wohl auch nicht. Mein Kopf begehrt, aber er tut es nicht aus der niedergeschlagenen Wahrnehmung des Alten heraus, bei dem das Begehren, aber nicht die Potenz fortdauert, sondern aus der Angst des Mannes, der zur Blutauffrischung eine Dosis Frau braucht und ahnt, daß es für ihn nicht leicht sein würde, diese bei jungen Frauen zu suchen, oder vor allem bei neuen, die wie Neuland die Spannung der Eroberung erhöhen.

Manchmal spüre ich noch eine Spannung mit meinen Studentinnen und würde mich von ihr mitreißen lassen, doch die Sieben am Beginn meines neuen Jahrzehnts lähmt mich, entfacht das Gefühl der Lächerlichkeit und ersetzt das »wie ich bin« durch das »wie ich gesehen werde«.

Niemals, niemals hat man Doktor Matasanz einen Ausrutscher vorgeworfen, wenn er sich bei der einen oder anderen Studentin oder Assistentin einschmeichelte, ebensowenig wie ein Versagen im Bett. Ich kann ein mit Telephonnummern gefülltes Adreßbuch vorweisen, doch handelt es sich um Frauen, die mit mir gealtert, sich mit mir verbraucht haben, und die ich nur mehr zusammentrommeln könnte, damit sie mir Beifall spenden – oder ich ihnen – keinesfalls jedoch für eine Operation *Nostalgie-Harem*, wo Paquita Rubial die Rolle der prächtigen Bläserin zukäme, wenn auch schon mit einem zur Hälfte künstlichen Gebiß, oder wo Mercedes Anglés wieder darauf bestehen würde, daß ich jene, in anderen Zeiten durchscheinenden Handgelenke fesselte, die in einen bootsförmigen Rücken übergingen, mit einem Hinterteil, aus dem man Suppe essen konnte, und einer dantesken Möse, nicht umsonst schrieb Dante: *Durch mich gelangt man in die Höllenstadt.* Weitere fünfzehn von insgesamt fünfundvierzig in meinem erotischen Gedächtnis überlebenden Frauen, die mich in ein Bett oder etwas Gleichwertiges begleiteten, hatte meine Sexualität gespeichert. Doch es gab kein Frischfleisch, außer jener italienischen Stipendiatin, die eine Arbeit über meinen Beitrag zur Erforschung des traditionellen spanischen Lieds schrieb und jedesmal gerührt war, wenn ich flüsterte:

Dieser Junge holt sich die Blume.
Die anderen nicht.

Dieser Junge holt sich die Blume, die anderen nicht, sage ich zu Myrna, als sie frisch zurechtgemacht vor uns drei Männern erscheint, die sie erwarten, über die kleine Speisekarte gebeugt, auf der die Fischsuppe oder die ausgewählten Meeresfrüchte locken, so sehr auch der Portugiese sein verfluchtes Cholesterin dagegenhält.

»Sie haben kein Cholesterin?«

»Nein, aber ich könnte es haben.«

Das ist ein indirekter, an Myrna gerichteter Scherz, da ich

daran gewöhnt bin, daß sie selbst über meine dümmsten Witze lacht, und sie lacht tatsächlich, doch ohne Bewunderung, sondern aus einem simplen Reflex heraus.

»Fischsuppe und gepökelte Schweinsschulter mit Kohlrübenblättern«, bestelle ich zum großen Erstaunen von Estremoz García und Figueiro d'Amaral, der erste von sämtlichen Geschwüren zerfressen, die im Magen eines Menschen und vor allem in dem eines berufenenen Universitätsprofessors Platz finden können, und der Portugiese in Cholesterin ertränkt, wie sich nur ein Portugiese in etwas ertränken kann. Myrna wirft mir einen spöttischen und herausfordernden Blick zu, mit dem sie mir sagt: Danach wirst du nicht schlafen. Und sie wußte, daß ich antworten würde: Das hängt von dir ab. Die anderen beiden zeigen sich höchst interessiert für meine Rede im Kongreß, sind erstaunt, daß ich sie Erek und Enite widme, den beiden von den Wissenschaftlern am wenigsten beachteten Mythen aus dem Artus-Kreis, vielleicht weil sie überhaupt kein Geheimnis bergen.

»Erek und Enite sind zwei Einfaltspinsel«, meinte Estremoz. »Es ist ein großer Verdienst, daß du dich an diese beiden jugendlichen Helden, zwei Grünschnäbel, heranwagst, die Chretién de Troyes erdichtete, um eine dem zwölften Jahrhundert entsprechende Liebesgeschichte zu erzählen. Entweder ging die Dame mit ihrem Leibwächter ins Bett, wie bei Gueniėvre und Lancelot, oder die jungen Liebespaare zwitschern in noch nicht entlaubten Wäldern.«

»Ich möchte dich daran erinnern, daß weder Erek noch Enite Erfindungen von Chrétien de Troyes waren und sämtliche Mythologie um Artus aus sich selbst zu entspringen scheint, auch wenn man an der Geschichtlichkeit eines Großteils der Figuren festhält, zum Beispiel an der von Artus, in Erzählungen wie *Traum von Rhonabwy*, wo er – halb Gott, halb Krieger – erscheint. Schon Rhys bewies, daß Artus das legendäre Resultat verschiedener, manchmal mittelalterlicher Heerführer ist, und diese Geschichtlichkeit läßt sich auch bei den anderen Rittern der Tafelrunde nachforschen. Erek ist in die keltische Tradition aufgenommen worden, und so entstand Gereint von Mabinogion.«

»Geoffrey de Monmouth beschreibt Artus als Krieger gegen Hades, nicht gegen Rom.«

Figueiro wird zum lächelnden Dirigenten und gibt Myrna den Einsatz, aber sie weiß nicht wofür.

»Hades, Hades ...«, erinnere dich, Myrna. »Ich fand in den Stätten des Hades, auf der rechten Seite, eine Quelle ...«

Myrna begreift, was Figueiro von ihr fordert, und zweistimmig rezitieren sie die *Lamellae Orphicae Petiliae*, die sich im *British Museum* befindet.

Ich fand in den Stätten des Hades rechts eine Quelle,
und neben ihr aufragend eine weiße Zypresse.
Dieser Quelle nähere dich nicht einmal ein bißchen
Du wirst eine andere finden, deren frisches Wasser
der Fluß der Erinnerung speist. Davor sind zwei Wächter.
Sage: Ich bin Tochter der Erde und des Sternenhimmels,
Doch bin ich himmlischen Geschlechts; das wißt ihr ja.
Ich bin ausgedörrt vor Durst und am Sterben. So gebt mir
doch gleich kaltes Wasser aus der Quelle der Erinnerung.

Figueiro und Myrna sind gerührt, wie es nur ein Tenor und ein Sopran am Ende eines Duetts sein können, und erläutern, daß es sich dabei um die wohl melancholischste Forderung handelt, die uns die alte Literatur vermacht hat. Figueiro hält es für angebracht, zu König Artus zurückzukehren, um nachdrücklich zu betonen:

»Daß Artus zweifellos eine historische Person war, vermindert nicht die Aura des Legendären, die den Artus-Stoff umgibt. Von dem Ganzen geht ein symbolischer und ritueller Reiz aus, der sich in einem ebenso imaginären Bereich ansiedeln läßt.«

Ich bin mit dieser Aussage des Portugiesen einverstanden, doch erscheint es mir in Anbetracht meiner Jahre und der Forschungen über den sogenannten »Britannischen Stoff« absurd, weiterhin auf der Geschichtlichkeit von Artus und seinen Rittern zu bestehen. Das würde eine von fünf Millionen Zwecklosigkeiten darstellen, die ein Intellektueller, der Lust hat, seine Zeit zu vergeuden, unternehmen kann. Es war schon ein Schritt nach vorn, daß ein Marxist wie Figueiro d'Amaral das Symbolische als Wert *per se* ansah und den Neopositivismus nach Art des Wiener Kreises, den logistischen Empirismus oder historischen Materialismus aufgab, die der Suche nach dem Heiligen Gral oder den Wiedereroberungsspielen des liebenden Erek jeden Zauber nehmen. Nun gut, jetzt gibt sich Myrna neopositivistisch und greift den Idealismus an, der als Alibi überlebt, um die Artus-Legende so aufzunehmen, als wäre sie wahr.

»Die Artus-Legende verkörpert in sich eine Gewißheit, wie die katholische Religion oder die auf Knoblauch basierende Therapie.«

Myrna will mit mir streiten und sagt mir mit ihrem herausfordernsten Gesichtsausdruck:

»Ich bin – wie Hume, ich betone, Hume, David Hume, ein Landsmann von mir – der Meinung, daß nur die auf Tatsachen und Erfahrung beruhenden experimentellen Beweisführungen tauglich sind.«

»Jetzt Hume zu zitieren ist so, wie Augustinus zum Thema Gut und Böse heranzuziehen. Deine ganzen rationalistischen Zweifel stehen zurück, wenn es um deinen Adoptivsohn, den nach dem Heiligen Gral suchenden Perceval, geht.«

»Und woher willst du wissen, nach welcher Wahrheit ich suche, wenn ich über das Offenkundige, die Christlichkeit des Mythos vom Heiligen Gral herziehe? Obwohl er manchmal so idealistisch ist, stimme ich mit Dubys Aussage überein, daß der Historiker in jenen Epochen im Dunkeln tappt und einige seiner Fragen immer unbeantwortet bleiben werden.«

»Das sagten schon Agamemnon und sein Schweinehirt. Es ist keine Abwertung, ganz im Gegenteil. Das Faszinierende der Vergangenheit, und im Besonderen des Mittelalters gründet sich auf alles, was wir nicht wissen. Warum belügst du dich? Das Faszinierende ist ganz allein der Wahn des nach Transzendenz strebenden Ritters.«

»Als ich mich auf die mittelalterliche Literatur einließ, war alles von der akademische Sichtweise, einer Anhäufung von kleinen oder großen Entdeckungen, dominiert. Jetzt hingegen faßt man sie mehrheitlich als Vorläuferin des magischen Realismus auf. Das erklärt beispielsweise die Arbeit von Vargas Llosa über eines der Hauptwerke der Ritterdichtung, *Tirant lo Blanc*, bei der ihn ja dein Chef, Martín de Riquer, beraten hat.«

»Martín de Riquer ist seit zwanzig Jahren nicht mehr mein Chef, sondern mein Meister.«

»So steht es um dich.«

Myrnas Ton ist nicht beleidigend, sondern bloß ironisch, vor allem bei der letzten an den *Carlomagno*-Preisträger und den – zumindest auf den Inseln von San Simón – am meisten geehrten Mann gerichtete Aussage. Und so verstehen es auch die anderen, denn sie spenden ihr Beifall und zerstreuen jeglichen Schatten eines Widerspruchs in unserer Unterhaltung nach Tisch, die sich zu meiner Verzweiflung in die Länge zieht, bis das erste Gähnen einsetzt, auch meines, eindringend, erbarmungslos gegenüber dem Begehren, das meine Augen Myrna vermitteln. Schluß mit dem blöden Geschwafel. Laß doch diese zwei Schwachköpfe endlich zu Bett gehen. Als sie schließlich in Aufbruchsstimmung sind, krame ich aus meiner Brieftasche die Viagra-Pille hervor und schlucke sie mit dem Rest eines hervorragenden Guitián-Weins.

»Man muß den Blutzucker kontrollieren«, rechtfertige ich mich, und Myrna applaudiert.

»Endlich haben wir entdeckt, wo der Emeritus, Doktor Julio Matasanz, den Zucker aufbewahrt.«

Wir verabschieden uns auf dem Weg zu den jeweiligen Zimmern, Myrnas liegt im ersten Stock, weshalb ich laut verkünde:

»So ein Glück. Ich bin auf dreihunderteins. Eine Suite, aber oben, weit oben.«

Die anderen ziehen sich zurück, und ich betrete mein Gemach, versuche die Wirkung der Pille in mir oder in meinem Soma festzustellen. Die Psyche scheint erregt, das Soma hingegen ruhend, vielleicht in Erwartung, von der physischen Anwesenheit Myrnas herausgefordert zu werden. Von der physischen Präsenz einer fast sechzigjährigen Frau, deren Bild sich nicht mehr mit der Myrna *War Breast* von vor beinahe dreißig Jahren deckte. Ich will mit dieser Augenscheinlichkeit nicht lange allein bleiben – womöglich stellte sie sich noch der Wirkung des Viagra entgegen –, also ziehe ich mir so schnell wie möglich den Pyjama an und warte darauf, daß Myrna an die Tür klopft, während ich mich an sie, Jahre zuvor, in anregenden Sequenzen erinnere, die allerdings mein Gehirn nicht in dem erhofften Fluß erreichen. Im Gegenteil tauchen sie als Nachhall anderer Situationen auf, wie jener, in der Myrna, sehr betrunken, zu pinkeln anfing, als ich in sie eindrang, und am nächsten Tag vor lauter Scham dem Kongreß fernblieb. Nun ist eine Viertelstunde vergangen, seit ich die Viagra-Pille geschluckt habe, es eilt langsam, daß Myrna *War Breast* mit all ihrem britannischen Stoff erscheint. Meine Hoffnung scheint sich zu erfüllen, als ich ein diskretes Klopfen an der Tür vernehme. Ich kann nicht umhin, mit der Hand an mein Geschlecht zu fassen, um zu überprüfen, ob es ein spätes Morgengrauen verspricht, und tatsächlich erinnert es an seine besten Zeiten, aber als ich lächelnd die Tür öffne, steht Estremoz mit dem Gesicht eines biologischen Verbrechers davor.

»Verzeihung, daß ich störe, Meister, aber hättest du vielleicht ein Alka-Seltzer für mich? Die Meeresfrüchte sind meinen Magengeschwüren sehr schlecht bekommen, und der Mann an der Rezeption hat gesagt, daß sie bis morgen die Hausapotheke nicht auffüllen würden.«

Ich reise nie ohne Alka-Seltzer, aber ich möchte es ihm am liebsten verweigern, weil ich ihn verabscheue, vor allem, je mehr er unsere lange und ungleiche Freundschaft betont, lang durch das passive Zutun der Zeit, und ungleich, weil unsere Befähigungen – die meine universell, die seine die eines Meisters in der Provinz von Salamanca – ungleich gewichtet sind. Doch glaube ich, Myrnas Schritte zu hören, die sich meinem Begehren nähern, und so reiche ich ihm die Packung Alka-Seltzer.

»Nein, das ist nicht nötig. Ich nehme es hier ein.«

»Und wenn du nachher mehr brauchst?«

»Mehr darf ich nicht. Von einer zweiten Dosis bekomme ich Durchfall. Da habe ich schon meine Erfahrungen.«

Ich will ihm das Glas mit Leitungswasser füllen, doch er hält mich davon ab.

»Hast du kein frisches Wasser im Kühlschrank? Ich kann die Temperatur, mit der das Wasser aus der Leitung kommt, nicht leiden.«

»Jede Wasserleitung hat ihre Temperatur«, knurre ich, lasse mich aber erpressen – er weiß schließlich nicht, was er mir antut –, und der Tölpel läßt sich in den einzigen Lehnstuhl im Zimmer fallen, um melancholisch den Kampf der das Wasser erobernden Bläschen zu betrachten.

»Merkwürdig. Ich habe fast sämtliches Chemiewissen vergessen. Weißt du, Meister, wodurch dieses Sprudeln entsteht?«

»Das hat keinen Platz.«

»Wo hat es keinen Platz?«

»In meinem Kopf. Wenn du einmal so alt bist wie ich, wirst du verstehen, daß man darauf verzichten muß, viele idiotische Dinge zu wissen, wie zum Beispiel das Sprudeln von Alka-Seltzer oder selbst das der Kohlensäure.«

»Ganz gewiß«, gibt er kleinlaut zu und leert das Glas in einem Zug, eine überstürzte Aktion, die ihn rülpsen läßt, wofür er sich aber nicht entschuldigt. Da er nichts sagt, sage ich auch nichts, doch als ich sehe, daß er am Einnicken ist, rüttle ich ihn an der Schulter.

»Du bist am Einschlafen.«

»Stimmt, ja.«

Er steht auf, doch etwas hält ihn noch zurück.

»In der Diskussion, die mit Figueiro über das Notwendige und das Unnotwendige der Wahrheit geführt hast…«

Er sieht mir in die Augen und liest in ihnen wohl mehr oder weniger das, was ich ihm zu verstehen geben möchte, in etwa: Warum gehst du verdammt noch mal nicht endlich schlafen?

»Tut mir leid, das ist wirklich nicht der passende Moment.«

»Nein, ist es nicht.«

Kaum ist der jämmerliche Estremoz fortgegangen, untersuche ich den katastrophalen Zustand meines Köpers, mein Unbehagen, das vielleicht auf einen erhöhten Blutdruck und das zunehmende Erschlaffen meines Liebkinds zurückzuführen ist. Ich kannte diesen Blick Myrnas, den sie zu meinem Geschlecht hinuntergleiten ließ, um mir danach mit sarkastischen Augen ihr Urteil zu übermitteln, so als hätte ihr diese Fähigkeit, die männlichen Attribute zu prüfen, schon seit jeher dazu gedient, jegliche Konzession an den Machismo zu verhindern. Dennoch verstand sie es dann, einfühlsam zu sein. Das war sie in den letzten Jahren oft, und sie trug ihr möglichstes dazu bei, daß ich im Halbdunkel die Athletik, die ich mit vierzig hatte, wiedererlangte, während sie so umwerfend war wie mit dreißig. Vielleicht würde sie dieses Mal nicht kommen. Vom Wein der *Ribeiras Baixas* außer Gefecht gesetzt oder weil sie den lästigen Estremoz in mein Zimmer hineingehen sah und vielleicht dachte, daß es länger dauern würde. Und wenn ich sie anriefe? Vielleicht würde ich ein wenig vorteilhaftes Gefühl von Dringlichkeit und Drängen vermitteln, aber ich trug in meinem Körper einen vergänglichen Talisman mit Ablaufdatum. Eine Dreiviertelstunde ist vergangen, seit ich das Viagra genommen habe, und nun klopft es an meiner Tür. Mir fällt etwas Albernes ein: Dezember stürzt sich in seinen weihnachtlichen Abgrund. Ich schwitze.

Welche Hitze, welche Kälte, und vor allem diese Müdigkeit, die einen Punkt erreicht, wo ich die Hand heben und die gnadenlose Fitneßtrainerin um eine Pause bitten möchte – aus, genug, lassen Sie mir noch etwas von meiner Energie übrig, um danach mit Marta Einkäufe zu machen. Aber die Geplagten sind großteils jung oder fast jung, jedenfalls jünger als ich, und mir ist von Kindheit an klar, daß ich niemals eine Erholung oder Gefälligkeit fordere, wenn es die anderen nicht auch tun. Wäre ich in einer Aerobic-Stunde, könnte ich mich unmöglich vom Rhythmus der anderen loslösen, doch das hier ist schwedische Gymnastik, und die Augen der Trainerin verlangen keine Übereinstimmung, verlangen nichts, denn sie gibt die Bewegungen mit geschlossenen Augen vor, so als wollte sie uns nicht sehen. Sie atmet aus und stößt erstickte Geräusche hervor: »Uh! Ah! Uh! Ah!«, was heißen will: eins, zwei, eins, zwei … Und ich bekomme eine Art Schwindelanfall, den ich im Griff habe, während ich mich rücklings zurückziehe, so wie es Schildkröten und Tintenfische tun, auf der Suche nach einer Bank im Umkleideraum, auf die ich mich fallen lasse, oder diesen bedrohlichen Körper, mit dem ich übereinstimme, fallenlasse, den ich nicht loswerden kann, obwohl alle Alarmsignale mir sagen: Hilfe, rette sich wer kann, Frauen und Mädchen zuerst. Mir tut nichts weh, aber mir ist mein ganzer Körper zuviel, so als wäre er eine unerträgliche Last. Als kleine Mädchen spielten wir in der Schule, dem *Colegio de Jesús y María*, Schiffbruchsszenen, zum Teil von dem damals noch nicht lang zurückliegenden Untergang der Titanic angeregt, oder von anderen Szenen aus Kriegsfilmen, die sich auf den gerade beendeten Bürgerkrieg, den knapp vor seinem Ende stehenden Weltkrieg oder den russisch-japanischen Krieg bezogen.

Am besten gefiel mir der Film über den Krieg von 1905, in dem ein Kapitän in den Wassern des Pazifiks mit seinem torpedierten Boot versinkt, ohne sich aus der Umarmung seiner Frau zu lösen, und ich weiß nicht, wie zum Teufel die Frau eines russischen Marineoffiziers mit ihrem Mann mitten im Seekrieg gegen die Japaner an Bord gehen kann. Wo doch die Admiralitäten und Admiräle immer so strikt waren, das kann ich bestätigen, weil einer meiner Onkel Admiral war. Ein angeheirateter Onkel, ausgezeichnet mit dem Verdienstkreuz der Marine und verehelicht mit meiner Tante Dorita, Schwester meiner Mutter. Zu unserem eigenen Erstaunen standen wir Mädchen auf der Seite des russischen Marineoffiziers, weil er Russe war und alles Russische bei den Nonnen verpönt war.

»Ein Marineoffizier des Zaren«, brachte ich vor, lernbegierig, ganz besonders in Geschichte. Aber ob er nun Marineoffizier des Zaren oder der Sowjets war, die Nonnen wollten ihren Komplex der mutmaßlichen Opfer der Tartareninvasion nicht überwinden, beeinflußten mich aber nicht, und so schrieb ich eine von dem Film inspirierte Erzählung, die ich meinen Freunden während der Sommerferien in Llavaneres vorlas. In meiner Erzählung ertranken der Marineoffizier und seine Frau nicht, weil ein großes amerikanisches Handelsschiff mit einem Kapitän, der Tyron Power verdächtig ähnlich sah, vorbeikam und das Paar rettete, was bei meinen Zuhörern begeisterten Applaus hervorrief. Sie fühlten sich alle einer Wortkultur verpflichtet, die sich über memorierende Wettkämpfe zu Fragen wie Hauptstädte der Welt, Nebenflüsse der spanischen Ströme oder Gotenkönige hinwegsetzte, und die ich mit meinen Erzählungen krönte. Und ich hörte erst auf, sie zu schreiben, als Julio sie mit so wenig Emphase beurteilte, nur das Nötigste sagte, um einer unverhofften Schriftstellerin gegenüber höflich zu sein, mit der er sein Leben und die Hälfte der gesellschaftlichen Verpflichtungen teilte, die nicht aus seiner Universitätskarriere entstanden, sondern aus der Tatsache, mit mir verheiratet zu sein und sich also dem entsprechenden sozialen Umfeld der Mistral de Pamies anzupassen.

»Ein junger Professor von der Universität von Barcelona, der jenseits der Vorurteile einer falsch verstandenen akademischen Auffassung die Kodexe der neuen Künste wie zum Beispiel des Kinos nicht nur bewundert, sondern genau kennt, wird heute im Rahmen des Rafael-Durán-Zyklus über *Das Schicksal entschuldigt sich* sprechen.«

Das fand im Filmklub eines Radiosenders statt, ich ging in alle Filmklubs, weil mich das Kino begeisterte, vielleicht war es *Radio Nacional*, die Organisatoren hießen Jorge Torras und Esteban Bassols, und es war klar, daß der Film Julio nicht gefallen hatte, auch nicht die Darstellung von Rafael Durán. Als ihn jemand aus dem Publikum während des anschließenden Gesprächs fragte, ob es nicht besser gewesen wäre, die Räumlichkeit zu erweitern, sich nicht nur auf Halbtotalen zu beschränken, sondern von Rafael Durán mehr Großaufnahmen zu machen, antwortete Julio:

»Nun gut, Rafael Durán ist auf mittlere Distanz annehmbar. Aber glauben Sie, daß wir ihn in Großaufnahme den ganzen Film lang ausgehalten hätten?«

Erst zwei Jahre später sah ich ihn wieder, als Vortragenden im Klub von Cinta Jiménez de Ruberola, wo wir, gut fünfzig Frauen, regelmäßig die wichtigsten Persönlichkeiten aus dem Kulturleben der Stadt einluden. Sie durften nur nicht subversiv sein, denn die Universität entwickelte sich zu einer Brutstätte des Kommunismus, wie Eingeweihte behaupteten. Julio Matasanz war zwar von der Staatspolizei verhaftet worden, doch nur für kurze Zeit und wegen eines Vorfalls, der eher mit den Monarchistenkreisen als mit der aufstrebenden Linken an der Universität zu tun hatte.

An jenem Tag sprach Julio über die Doppeldeutigkeit der Liebe in der Dichtung der Troubadours, und er war großartig, wirklich großartig, nicht nur wegen der Fülle des dargebotenen Wissens, sondern auch wegen des Klanges seiner Stimme und des Aufbaus seiner Ausführungen. Außerdem war er so schön, so hübsch war er, daß ich mich ihm unter dem Vorwand näherte, etwas mehr über einen der Troubadours wissen zu wollen.

»Sind Sie nicht Madrona Mistral de Pamies?«

»Woher wissen Sie das?«

»Ich kenne einen Ihrer Brüder, Carlos Alberto, und wir saßen einmal in einer Bar, ich glaube, in der *Oro del Rin*, als Sie mit ein paar Freundinnen vorbeikamen. Ihr Bruder wollte schon aufstehen, um uns bekannt zu machen, beschränkte sich dann aber darauf, es mit Blicken und Worten zu tun.«

»Das geschah ein einziges Mal?«

»Nur ein Mal.«

»Was für ein Gedächtnis!«

»Ich erinnere mich nur an das, was mich interessiert, und an diejenigen, die mich interessieren.«

Monate, viele Monate später trafen wir uns zufällig im *Kansas*, er war allein und trank einen Martini dry, woraus ich schloß, daß ihn etwas bedrückte, weil niemand so für sich allein einen Martini dry trinkt, wenn er nicht irgendeinen Kummer vergessen will. Und aus einer Laune heraus oder um ein Klima des Vertrauens zwischen uns herzustellen, trank auch ich einen Martini dry, besser gesagt zwei, obwohl ich wußte, wie schlecht sie mir bekommen, wenn ich nachher Wein trinke, und mich erwartete ein längst vereinbartes Abendessen mit einer frisch verheirateten Kusine, die kürzlich von ihrer Hochzeitsreise aus Nepal zurückgekommen war. Aber nach dem zweiten Martini dry vergaß ich das Abendessen und wollte nichts weiter mehr als diesen so interessanten Mann ausfragen, mit dieser so schönen Stimme und einer perfekten Gestik vollendeter Hände, die in der Luft die Spur seiner Ausführungen hinterließ. Ich war hypnotisiert und verbarg es hinter einem leicht arroganten, ironischen Lächeln. Verzweifelt versuchte ich, ihm nicht zu viel Interesse zu zeigen und mich dadurch abzuwerten, denn ich war in dem Glauben erzogen worden, daß Männer zurückhaltende Frauen bevorzugen, weil sonst das Geheimnis sich nicht einmal andeutet und sie über Gefühlsleichen gehen, ohne zu bemerken, wo sie den Fuß hinsetzen. Julio erklärte mir seine Theorie der Grenzen, die ich später so oft hören sollte im Lauf von dreißig Jahren Ehe, oder besser gesagt, während der Jahre, in denen er es für notwendig, interessant oder nützlich hielt, mir seine Theorie der Grenzen zu erklären.

Der Mann sollte nie die Frau in seinen Kampf mit den Grenzen einbeziehen, weder den äußeren noch der inneren: seine Selbstheit. Für das erste ist die Macht unerläßlich, jegliche Art von Macht, sei sie politisch, wirtschaftlich, kulturell oder physisch. Und für das zweite muß er seinen Körper, seine Gesundheit verteidigen, eines Tages wird es die Wissenschaft ermöglichen, daß mächtige und intelligente Menschen beinahe unsterblich sein werden. Aber währenddessen überleben wir, eher Opfer als Henker von Politik und Biologie.

»Heute hätte ich der neue Rektor *in pectore* der Universität werden können, doch der frankistische Kern der Professoren hat es verhindert. Sie haben auf meine kurze Festnahme zu Beginn der fünfziger Jahre angespielt, als ich soeben den Lehrstuhl erhalten und eine Protestschrift gegen das Vorgehen unkontrollierbarer Falangisten unterschrieb, die einen monarchistischen Studenten verprügelt hatten. Vierundfünfzig Stunden im Polizeihauptquartier zerstören eine akademische und wissenschaftliche Laufbahn, die mich noch vor meinem vierzigsten Lebensjahr zum Rektor gemacht hätte. Ich dachte, es wäre eine unwichtige und deshalb zu vergessende Episode, oder nur so mühselig wiederzuerwecken, daß sich die Mühe nicht lohnte. Doch da war sie nun. Auf dem Versammlungstisch und auf den hohlen und triumphierenden Gesichtern der Faschisten.«

Das Wort Faschist war ihm entschlüpft, so als würde es durch seine Lippen herausbrechen, und er erschrak, es ausgesprochen zu haben, sah gleich darauf nach rechts und links, ob es jemand gehört hatte. Nur ich hatte es gehört, und es ermutigte mich, Tochter eines eher monarchistischen als frankistischen Vaters und Schwester des früh verstorbenen Carlos Alberto, einer der direktesten Mitarbeiter des künftigen Präsidenten der *Generalitat*, Jordi Pujol, damals nur Präsident der *Banca Catalana*. Mein Vater hielt Pujol, der seinerzeit sogar von der frankistischen Polizei verhaftet und gefoltert worden war, für einen übertriebenen Aktivisten.

»Etwas wird er wohl getan haben«, meinte mein Vater, der sich eher als Spanier denn als Katalane verstand, obwohl eine seiner Großmütter damit prahlte, Nachkomme des Príncipe de Viana, des letzten und gescheiterten möglichen Königs eines souveränen Kataloniens zu sein.

Wie auf einem Bildschirm, den nur ich sah, erschien die zeitweilig unterbrochene Anwesenheit Julios in meinem Leben, bis er mich bat, ihn zu heiraten, bevor er vierzig und ich dreiunddreißig war, ich, die einzige noch nicht verheiratete Tochter der Mistral de Pamies. Ich war noch ledig, nicht gerade aus Mangel an Freiern, sondern ganz im Gegenteil, wegen der vielen Langweiler, die das Vermögen der Familie und Papas Notariat angelockt hatte.

Es fällt mir schwer zuzugeben, daß ich an Julio denke, weil es mir schlecht geht. Wenn ich ihn beim Nachhausekommen auch nur angetroffen hätte, wäre das ein ausreichender seelischer Halt gewesen, und ich hätte mir nicht auferlegt, Einkäufe zu machen, um meine quälende Angst zu kompensieren, die nicht einmal klar zu Tage trat, eine unterschwellige Beklemmung, aus Vorahnungen gemacht – weiblicher Intuition hätte ich vor Jahren gesagt, als ich noch an die weibliche Intuition glaubte. Die Aussicht, nach Hause zu kommen und mich einsam zu fühlen, völlig allein trotz der Anwesenheit des equadorianischen Ehepaars, das sich um das Haus kümmerte, beunruhigte mich. Ich beschloß deshalb, so schnell wie möglich das Fitness-Studio zu verlassen, mich mit Marta zu treffen und das Einkaufen der Weihnachtsgeschenke in Angriff zu nehmen: Die für meine Schwestern, Nichten und Neffen, und die anderen, die ich vielleicht Pedro und Myriam überreichen würde, sollte ich sie ausfindig machen und sollten sie mir bestätigen, daß sie mit uns, in *La Alegría de la Corte*, die Weihnachtsfeiertage verbringen könnten. Das Schlimmste am Fitness-Studio waren die Umkleideräume, wo es schwierig war, nicht in ein Gespräch mit Leuten verwickelt zu werden, mit denen ich nicht reden wollte, mit jedem Mal komplexbeladener und die älteste hier, abgesehen von der schon siebzigjährigen Chiluca Pons. Obwohl die Masseurinnen mir bestätigen, daß mein Körper erstaunlich gut erhalten ist, was sie auch von mein Gesicht sagen können, aber vielleicht ein kleiner Eingriff, nur wegen der Krähenfüße, Señora Matasanz, denn Sie haben weder Ringe noch Säcke unter den Augen. Ich hatte keine bis vor zwei Monaten, doch jetzt sind die Ringe unter den Augen da, so als hätte ich eine Trauermiene aufgesetzt, und ich betrachte sie, während die vom *Uh, Ah, Uh, Ah* befreiten Turnerinnen, erschöpft und stöhnend hereinkommen, die durch soviel Plage verlorenen Kilos nachprüfen und natürlich nicht feststellen können.

»Hast du dich schlecht gefühlt, Madrona?«

»Etwas müde. Nur etwas müde. Ich gehe zu oft nachts aus.«

»Nun, ich halte kaum durch, obwohl ich nicht ausgehe, und wenn die Bauchmuskelübungen an der Reihe sind, könnte ich mich auf den Boden fallen lassen und auf der Stelle einschlafen.«

Wie heißt bloß diese etwa dreißigjährige Mutter von vier Kindern, mit denen sie prahlt oder über die sie klagt, je nach Tagesverfassung? Was kann ich ihr vorwerfen mit meiner Sterilität, die ich nur überwinden konnte, indem ich Pedro, den Sohn meines verstorbenen Bruders, adoptierte?

»Und die Kinder lassen dich nicht schlafen, da kannst du noch soviel Hauspersonal haben. Einmal ist das eine verkühlt, dann wieder bricht sich das andere die Hand ...«

Im Trikot, ihrer Müdigkeit überlassen, flößt mir dieses Mädchen Mitleid ein, denn ihre Aussage ist nicht rein rhetorisch, sie teilt mir im Umkleideraum des teuersten Fitness-Studios von Barcelona ihre Enttäuschung mit. Aber ich habe keine Zeit, sie zu trösten, sondern sage nur, es gibt solche und solche Tage, morgen wirst du deine Kinder wunderbar finden.

»Das sind sie auch.«

Aber sie weint. Wie heißt dieses Mädchen mit blondgefärbtem Haar, leichten Speckfalten, vier Kindern und Tränen in den Augen? Ich habe keine Zeit, es herauszufinden und trete auf die Straße, verfolgt von einer Szene, die mir nahe geht, auf die mich einzulassen ich aber nicht in der Lage bin. Schon meine Mutter hatte mir vorgeworfen, daß ich, ohne sie zu fragen, Mitglied eines Vereins geworden war, der Besuche im *Cottolengo del Padre Alegre* machte, einem Pflegeheim für Versehrte.

»Du kannst nicht das Gewissen der Welt sein. Um gute Werke zu vollbringen mußt du nicht deine Jugend vergeuden und dir das ansehen.«

Mein ganzes Leben lang war ich beim Anblick bejammernswerter Menschen unentschieden. Einerseits fühlte ich mich zum Trost aufgefordert, und andererseits deprimierte mich das menschliche Leid so sehr, daß ich beschloß, es mit Geld, auf Distanz, zu lindern. Diesen Zwiespalt konnte ich nur überwinden, als mein Bruder und seine Frau einen Autounfall hatten, bei dem sie sofort tot war und er die paar ihm verbleibenden Monate seines Lebens invalide; oder als Papa und Mama nacheinander starben, nicht besonders, aber doch genügend alt, damit der Verfall dem Tod voranging. Mich erstaunt meine ältere Schwester, Marta, die einer Nonne gleicht, wenn jemand in der Familie krank wird und am Bett verharrt, als würde dort ihr Leben und nicht das des anderen zu Ende gehen. Sie ist es, die mich auf Geburtstage und Begräbnisse aufmerksam macht, nur nicht mehr auf die Namenstage, weil sie meint, daß Julio mich vom Glauben abgebracht hätte.

»Du gehst doch nicht zur Messe, oder?«

»Ich gehe auf meine Weise zur Messe.«

»Auf welche Weise?«

Nein. Ich gehe überhaupt nicht zur Messe. Ich gehe nicht, seit mein Bruder Carlos Alberto, führendes Mitglied des Opus Dei und enger Mitarbeiter Jordi Pujols, in jungen Jahren umkam. Nichts half ihm das vor Gott, und er ließ einen kleinen Sohn, den kleinen Pedro, meinen Pedro zurück. Mich brachte dieser irrationale Tod in Wut. Er bewies mir das Nichtvorhandensein Gottes, was ich Julio mitteilte, worauf er mich erstaunt ansah.

»Ich hätte nie gedacht, daß du mit dostojewskischen Argumenten zur Atheistin würdest.«

Und ich begann, Dostojewski zu lesen, da meine Argumente keine dostojewskischen sein konnten, da ich nie einen anderen russischen Autor als Boris Pasternak gelesen hatte, wegen des Wirbels rund um die Verleihung des Nobelpreises für *Doktor Schiwago*, den er nicht entgegennehmen konnte. Meine Familie war für mich immer sehr wichtig, was in vermögenden Kreisen nicht üblich ist, wo die entstandenen Interessen die Zuneigung unter Geschwistern zerstören, vor allem, wenn es ums Erbe geht. Papa, der großartig war und vor dem Bürgerkrieg viel gelesen hatte, versammelte uns in weiser Voraussicht eines Tages einschließlich Mama und Notar, um jedem einzelnen Kind zu sagen, das ist für dich, jenes für dich, und es ist unanfechtbar, streitet euch nicht wie arme Schlucker, wir hinterlassen euch genug Vermögen. Uns blieb auch noch das ebenso beträchtliche Erbe von Mama, und sie tat das gleiche. Ich glaube, auf katalanisch heißt diese Vorgangsweise *una deixa en vida*, will heißen ein Vermächtis oder Erbe zu Lebzeiten, oder so ähnlich, ich weiß nicht.

Jedenfalls erhob, als Papa und Mama starben, niemand die Stimme oder auch nur die Augenbrauen, und als wir aufhörten zu weinen und diskrete Trauerkleidung zu tragen, blieben wir weiterhin Geschwister und folgten gelassen den testamentarischen Verfügungen, die der alte Freixas verlas, einer der zuverlässigsten Notare Barcelonas, wie Papa zu sagen pflegte, der selber Notar war. Es gab nicht einmal mit den Bildern und Skulpturen Schwierigkeiten, da die Eltern unseren Geschmack kannten und jedes Gemälde oder jede Skulptur dem richtigen vermachten. So bekam ich sechs wunderbare Werke, einen Sorolla, einen Anglada Camarasa – ein Maler, der die Sinne anspricht, und mich von Kindheit an begeistert hat –, einen sehr schönen Stich einer Stierkampfszene von Picasso, und Skulpturen von Gargallo, Llimona und Clarà, die im Garten unseres Hauses *Alegría de la Corte* stehen. Julio tat so, als wüßte er von nichts. Mit einer reichen Erbin verheiratet zu sein, bot ihm einen hohen Lebensstandard und die unvorhergesehene Möglichkeit, in den höchsten Kreisen von Wirtschaft und Politik zu verkehren, doch seine so hervorragende Universitätslaufbahn – mit der Demokratie wurde er schließlich Rektor und Senator durch Königliches Dekret und erteilte dem Prinzen Juan Carlos und später seinem Sohn Felipe Privatunterricht – bereitete ihm genug Befriedigung. Meine Erbschaft sah er als eine logische und private Angelegenheit der Mistral de Pamies an, aus der er seinen Nutzen zog ohne Notwendigkeit, sie als seine zu betrachten.

Das gesellschaftliche Ansehen von Julio war so groß, daß er in den Tagen vor der Bekanntgabe der Kandidaturen für die ersten demokratischen Wahlen 1977 von beinahe allen Parteien gebeten wurde, als Senator zu kandidieren. Sozialisten und Kommunisten wollten für die sogenannte *Entesa dels Catalans*, die Katalanische Entente auf ihn zählen; auch die Zentralisten und die neuen Rechten, die versuchten, ihre mehr oder weniger frankistische Vergangenheit abzuwaschen, traten an ihn heran. In Wahrheit war Julio der Gewinner der Wahlen von 1977, mit überwältigender Mehrheit und ohne zu kandidieren.

Als die Demokratie endgültig Fuß faßte, fürchteten viele meiner Freundinnen die Auswirkungen eines revolutionären Aufruhrs, so als könnten die Roten sich jetzt an denen rächen, die sie besiegt und nachher beherrscht hatten. Sie baten mich, daß Julio eine Rede hielte, um die auf uns zukommenden Zeiten zu erläutern, und er hielt sie, und was für eine Rede, im *Círculo Ecuestre*, vor dem erwartungsvollen Kreis meiner besten Freundinnen, einige in Begleitung ihrer Männer. Die Freunde des *Liceo* waren geschlossen vertreten und der halbe *Real Club de Polo*, wie mir Julio sarkastisch erzählte, und hörten sich seine beschwichtigenden Ausführungen zu den bevorstehenden Zeiten an.

»Sie werden die öffentlichen Einrichtungen und Machtstrukturen ändern, aber niemand wird auch nur einen Cent verlieren, und auch kein Haar. Die Frankisten amnestierten sich 1939 selbst, und wir haben die frankistische Legitimität zusammen mit der antifrankistischen Legitimität geerbt. *Tutti contenti,* alle zufrieden. Die Neapolitaner hatten früher eine kuriose Geschäftspraktik: Du gibst mir eine Sache, und ich gebe dir eine Sache. Jeder politische Akt ist das Ergebnis eines Kräfteverhältnisses, und wenn dem nicht so ist, dann deshalb, weil dieses Verhältnis auf Schwächen aufbaut. Das ist bei der Transition, Spaniens Übergang zur Demokratie, der Fall. Der Frankismus kann sich nicht selbst nachfolgen, und die Opposition den Bruch nicht verhindern. Der Pakt ist allumfassend, politisch, ökonomisch, kulturell und gedächtnisbezogen. Ich erkläre euch das mit dem Gedächtnisbezug. Sei es niedergeschrieben oder nicht, werden sich weder die Roten noch die Blauen erinnern. Sie werden sich nicht das historische Gedächtnis an den Kopf werfen.«

Cuca de Reynals, aus einer alteingesessenen Weinhändlerfamilie stammend, brachte im anschließenden Gespräch ihre Sorge wegen möglicher Aktionen der Kommunisten gegen die Weine des Penedès zum Ausdruck.

»Mein Vater erzählte mir, daß die Roten im Bürgerkrieg seine Güter enteigneten und dann den Wein nicht zu vermarkten wußten.«

»Nichts von dem ist jetzt noch denkbar, Cuca. Vor allem gibt es keinen Bürgerkrieg, und außerdem haben fast alle Roten, die regieren werden, in den Taschen ihrer Blazer die Weinkarte der besten Jahrgänge von Riojas oder Vega Sicilia. Außerdem ist gewiß eines ihrer Kinder Aktivist in irgendeiner sehr roten, wirklich sehr roten Partei, noch röter als die der Kommunisten. An den Schulen gibt es maoistische und anarchistische Zellen.«

Die Hälfte der Anwesenden rief: »Wie entsetzlich!«, was darauf hinwies, daß die übrigen fünfzig Prozent die übertriebene biohistorische Erfahrung, die ihnen Julio unterbreitete, erlebten.

»Deshalb wißt ihr, daß nichts geschehen wird. Fast alle dieser Mädchen und Jungen werden nach Hause zurückkehren, wenn sie überhaupt jemals weggingen, und werden euch von ihren roten Erfahrungen berichten, wie jemand vom Militär erzählt oder von der ersten Regel, mit Verlaub.«

Julio engagierte sich nicht völlig in der Politik und übernahm keine repräsentativen Funktionen, obwohl er als Kulturminister im Kabinett von Calvo Sotelo und später in dem von Felipe González vorgeschlagen war, oder mehrfach als Kulturlandesrat der autonomen Regierung der *Generalitat*, sowohl von dem kürzlich aus dem Exil zurückgekehrten Tarradellas wie von Pujol. Julio hätte annehmen können, denn obwohl er Sohn eines Zuwanderers ist, spricht er ein besseres Katalanisch als ich, was heißt hier besser, er spricht Katalanisch und ich kann es nur radebrechen, weil Papa nach dem Bürgerkrieg das Katalanische zu Hause verboten hat, damit wir mit seinem Akzent das Kastilische nicht verunreinigten, davon überzeugt, daß Katalonien nie mehr politisch auferstehen würde und Spanien die einzig mögliche Zukunft darstellte. Die Jahre der sogenannten Transition waren großartig, denn alles gedieh, oder so empfand ich es zumindest, und vor allem gedieh Pedro, ein hübscher und äußerst aufgeweckter Junge, der Julio abgöttisch liebte und Stunden lesend oder spielend in seinem Arbeitszimmer zubrachte, ohne Lärm zu machen, die von meinem Mann gestellte Bedingung. Julio ist unfähig, jemanden oder etwas – sei es ein Gegenstand, eine Pflanze, ein Tier oder eine Person – abgöttisch zu lieben, zeigt sich aber liebevoll wie alle, er hatte den Jungen ganz offensichtlich ins Herz geschlossen und sah ihn gewissermaßen als seinen Sohn an. Er machte ihm kleine Vögel, Flugzeuge, Körbe, Schachteln aus Papier, sogar Soldaten, und als ich ihn fragte, woher er diese Geschicklichkeit hätte, bekam ich eine der wenigen Erinnerungen an seinen Vater zu hören.

»Ich hatte nicht viel Spielzeug in meiner Kindheit, und dann kam der Bürgerkrieg.«

Meine Schwiegereltern kannte ich kaum. Der Vater war, als er zu unserer Hochzeit kam, bereits todkrank, und sie war eine unscheinbare Frau, die sich auf die Stuhlkante setzte, um sobald wie möglich wieder gehen zu können.

Nie hatte Julio es begünstigt, daß ich seine Eltern besuchte. So sah ich sie am häufigsten in den verschiedenen Krankenhäusern, wo sie mit einer unglaublichen Disziplin ihre Unheilbarkeit ertrugen. Am längsten leistete ich ihnen Gesellschaft, als sie in der Leichenhalle aufgebahrt waren. Dort konnte ich sie um Verzeihung bitten für den spärlichen Kontakt. Der Mutter gegenüber dachte ich laut über meine Übereinstimmungen und Unstimmigkeiten mit ihrem Sohn nach, zu einer Zeit, wo es noch möglich war, auf ein glückliches Ende zu hoffen. Julio war Einzelkind und nun mit einem Schlag Vollwaise, und ich dachte, er würde mich mehr denn je brauchen, doch stieß ich einmal mehr auf seine eigene Vorstellung von Eleganz im zwischenmenschlichen Umgang. Du sollst nie den anderen belästigen, selbst wenn es deine Frau oder dein Ehemann ist. Auch in den ehelichen Beziehungen ist jeder Partner Herr seines Schweigens und Sklave seiner Worte. Nicht daß mir Julio ausdrückliche Verhaltensregeln gegeben und mich verpflichtet hätte, den Kanon des ehelichen Verhaltens zu respektieren, den er in seinem privilegierten Kopf hatte. Er erfüllte ihn einfach, und ich hatte keine andere Wahl, als ihn zu akzeptieren oder einen Bruch zu provozieren.

Dann entschädigte mich der Junge, ihn leben und wachsen zu sehen erfüllte fast zwanzig Jahre meines Lebens. Wo mochten jetzt wohl Pedro und Myriam sein? Wird sie meine Überweisung mit der Adresse eines so fremden Dorfs in einem so fremden Land erreicht haben? Ich greife zum Handy, um zu Hause anzurufen, denn vielleicht gab es ja irgendeine Nachricht von den beiden, aber María de las Virtudes macht, nachdem sie die Post und die Nachrichten auf dem Anrufbeantworter überprüft hat, jegliche Hoffnung zunichte.

»Weder per Telephon noch per Post, Señora. Es gibt nur eine Nachricht von einer Frau aus dem Fitness-Studio und einen Eilbrief von der Praxis, von Ihrem Arzt, Doktor Buscarons.«

»Einen Eilbrief?«

»Ja, Señora.«

»Öffnen Sie ihn bitte und lesen Sie ihn mir vor.«

»Madrona. Setze dich so bald wie möglich mit mir in Verbindung. Ich konnte dich telefonisch nicht erreichen. So bald wie möglich will heißen, am besten noch heute.«

Und ich mache mich auf den Weg zur Praxis Buscarons, während ich versuche, Marta und meine anderen beiden Schwestern zu erreichen, um herauszufinden, wie es mit den Weihnachtsgeschenken steht, denn ich möchte nicht dasselbe kaufen, vor allem nicht für die Kleineren, wo es in diesen Tagen doch so schwierig ist, Geschenke umzutauschen. Als Mama krank wurde, war sie wie immer sehr eigen. Sie versammelte uns Schwestern – Carlos Alberto war schon tot – und sagte uns, daß wir wahrscheinlich die kommenden Weihnachten nicht gemeinsam feiern würden.

Mama erfüllte perfekt die Rolle der weisen und tatkräftigen Frau, die ihre innere Uhr unter Kontrolle hat und vom Tod spricht, so als handelte es sich um eine Verabredung mit Gott, mit ihrem Gott, an den ich zu glauben aufhörte, als Carlos Alberto ums Leben kam. Ich war gleichzeitig bewegt und aufgebracht. Was sie sagte entsprach der Wahrheit, wirkte aber wie gespielt, wie wochenlang einstudiert, doch dem war nicht so. Es gibt Menschen wie meine Mutter, die in der Lage sind, sich als zu sezierendes Material zu betrachten. Wenn Buscarons mich so dringend sehen wollte, dann handelte es sich um keine Lappalie, denn das Ergebnis einer Untersuchung war ausständig, das er in Händen hielt. Ich konnte auch nicht davon ausgehen, daß mein Hausarzt ausgerechnet jetzt unsere sogenannte Liebesbeziehung wieder auffrischen wollte, an die ich mich als eine zehn Jahre andauernde wechselnde Folge von verkrampften Begegnungen erinnerte, und die seit zehn Jahren abgebrochen war.

Das Hausmädchen hatte mir zwar die Nachricht von Buscarons übermittelt, aber ich hatte in meiner Verwirrung vergessen, auch nach der von der Frau aus dem Fitness-Studio zu fragen, weshalb ich noch einmal zu Hause anrief.

»Sie nannte ihren Namen, Masdeu, und sagte, sie hätte heute mit Ihnen gesprochen. Wollen Sie ihre Telefonnummer?«

»Hat sie nicht gesagt, um was es geht?«

»Nein. Aber daß sie dringend mit Ihnen sprechen wollte.«

Ich notierte die Telefonnummer der reizlosen Mutter so vieler Kinder, die keine andere als Masdeu sein konnte, und wurde wieder unschlüssig, ob ich mich mit Marta treffen oder in die Praxis Buscarons gehen sollte. Meine Schritte lenkten mich mit der Ausrede zur Praxis, daß sie schließlich nicht allzuweit von dem mit meiner Schwester vereinbarten Treffpunkt lag. Doch schließlich blieb ich vor dem verschnörkelten Portal des Reichs der Buscarons nur kurz stehen und ging weiter. Seit dem Ende des 19. Jahrhunderts waren sie unsere Hausärzte, drei Dynastien von Buscarons, die über die Gesundheit dreier Dynastien von Mistral de Pamies wachten. Mein Vater war von seinem Buscarons begeistert.

»Am meisten gefällt mir an ihm, daß er dich immer fragt: Was willst du, daß ich finde? Willst du irgendein Leiden haben oder nicht? Ich verneine, und er verschreibt mir pro forma irgendwas. Und dementsprechend gut geht es mir.«

Buscarons Sohn, für meine Generation zuständig, war ganz anders. Er hatte an Universitäten der USA studiert, war etwas jünger als ich, und verwandelte die Praxis in ein Modell strenger Wissenschaftlichkeit und moderner Technik. Und er fand bei allen Krankheiten. Sogar bei meinen Eltern.

»Mit dem alten Buscarons wäre uns das nicht passiert«, meinten mein Vater und meine Mutter angesichts der galoppierenden Krebsleiden, die der junge Buscarons bei beiden festgestellt hatte. Es war mein Traum gewesen, daß Pedro eines Tages eine ähnliche Praxis betreiben und dort sein Wissen anwenden würde können, hatte er doch etliche Prüfungen an der Medizinischen Fakultät mit Auszeichnung bestanden, was mich und Julio mit Stolz erfüllte, wenn auch mein Mann es nicht zugab.

Aber es gab kein Gespräch, in das nicht eine Bemerkung einfloß, wie großartig unser Pedro sei, was für eine glänzende Zukunft ihn erwartete. Vielleicht entsprang dieser ungewöhnlichen Begeisterung die spätere Enttäuschung, mit der Julio alles aufnahm, was außerhalb seiner Kontrolle lag. Es war an einem Tag knapp vor Weihnachten, als ich auch gerade aus dem Fitness-Studio kam und mich mit meinem Sohn verabredet hatte, um irgendetwas einzukaufen, und jeder verlor sich in einem anderen Stockwerk des Großkaufhauses. Doch plötzlich erregte eine gewalttätige Szene, wenige Meter entfernt, direkt neben der Umkleidekabine, meine Aufmerksamkeit. Ein Mädchen versuchte, den Beleidigungen und Angriffen eines Zwergs zu entkommen – ich sage Zwerg, denn ihn als kleinen Mann zu bezeichnen hieße, seine Körpergröße ungemein zu erhöhen. Als ich sie in die Enge getrieben sah, und offensichtlich niemand es bemerkte oder eingreifen wollte, ging ich hin und stellte mich zwischen den tobenden Zwerg und das scheinbar hilflose Mädchen.

»Finden Sie keine andere Art, Ihre Wut auszudrücken?«

Das waren vielleicht nicht die passenden Worte für meine Empörung, doch würden sie, dachte ich, einen Überraschungseffekt und eine Abkühlung der Gemüter bewirken. Der Zwerg hatte in seinem Körper sämtliche Wut des Alls gesammelt, ich glaubte schon Rauchwolken aus seinen Nasenlöchern und blutigen Haß aus seinen Augen hervorquellen zu sehen.

»Und dieses Weib, wer hat das gerufen? Wer ist diese Kuh? Deine Scheißmutter vielleicht?«

Und als er sah, daß mein Einschreiten die Flucht des Mädchens aufgehalten hatte, holte er zu einem seiner Körpergröße angemessenen Faustschlag aus, der aber sein Ziel nicht erreichte, weil Pedro seinen Arm packte, nach hinten drehte und ihn, inmitten des nun allgemeinen Tumults, zurückhielt, bis das Sicherheitspersonal des Kaufhauses sich des schreienden Zwergs annahm.

»Wir sehen uns wieder! Miese Schlampen!«

Zunächst dachte ich, daß man mich zum ersten Mal in meinem Leben Schlampe, und vor allem miese Schlampe genannt hatte, doch augenblicklich wußte ich, eine verborgene Erinnerung, daß ich schon einmal Schlampe, miese Schlampe genannt worden war, und die Erinnerung ließ mich vor Scham erröten. Pedro erkundigte sich nach unserem Befinden, ich hatte mich schon wieder gefaßt, doch die junge Frau war am Boden zerstört und in Tränen aufgelöst. Wir gingen hinauf ins Kaffeehaus, damit sie sich stärken konnte, und allmählich fand sie ihr Gleichgewicht wieder, verwandelte sich in eine völlig andere Person. Myriam war sehr hübsch und nur dem Anschein nach zerbrechlich, denn nachdem sie den empfohlenen Whisky getrunken hatte, verströmte jede Pore ihres wohlgeformten Körpers Energie.

»Was für ein schrecklicher Mensch!« rutschte mir heraus, und die hellen Augen der blonden Frau tadelten mich, bevor ihre Lippen erwiderten: »Er ist ausgerastet. Normalerweise ist er nicht so. In letzter Zeit läuft alles schlecht, und er leidet unter heftigem Verfolgungswahn. Irgend jemand hat einmal gesagt, daß einem Paranoiker nichts Schlimmeres passieren kann, als tatsächlich verfolgt zu werden. Es ist aber jedenfalls mein Problem, und vielen Dank.«

»Sind Sie Krankenschwester?«, fragte Pedro.

»Woran sieht man das?«

»An den weißen Strümpfen.«

»Ich habe den Abschluß und mache einige Vertretungen, wie jetzt eben. Aber ich bin es müde, um eine Anstellung zu kämpfen. Wir sind tausende Anwärter, und das in einer Gesellschaft mit einer Lebenserwartung von siebzig Jahren.«

»Kommt Ihnen das Warten zu lang vor?«

»Das hängt vom Leben ab, das man führt.«

Das Gespräch fand zwischen den beiden statt, und ich war verblüfft, weil ich soeben entdeckte, daß Pedro ein Mann war, der sich von einer jungen blonden Frau mit hellen Augen und rosa Lippen angezogen fühlte. Sie hatte Pläne, wollte sich den *Ärzten ohne Grenzen* anschließen und versuchen, den Lebensstandard der Verdammten dieser Erde zu heben, ein Ausdruck, den sie drei Mal wiederholte. Sie mochte ihn. Er war schön und berührte mich. Die Verdammten dieser Erde! Myriam hatte den Schock des unangenehmen Zwischenfalls überwunden und sagte, von unseren Fragen angeregt, sehr spannende und aufwühlende Dinge. Zum Beispiel, daß die eigene Freiheit ohne die der anderen keine Freiheit wäre, und man das gleiche auf die Erfüllung der Bedürfnisse, sogar der Freuden, ausweiten müßte.

»Das ist sehr schön. Sehr christlich«, rief ich begeistert aus.

»Ich versuche zu tun, was ich sage, ohne deshalb Christin sein zu müssen. Das Christentum ist lediglich eine kulturelle Übereinkunft.«

Von jenem Tag an nahm das Leben meines Pedro einen anderen Kurs, und ich kann nicht behaupten, daß mich das störte, wohl aber beunruhigte, da ich sie mir schutzlos vorstellte, dort in einer Welt, die nicht die ihre ist, mit unausreichenden Gesetzen, um völlig anerkannt zu sein. Ihr Leben opfernd oder nicht, ihr Leben lebend in Armut, aber es lebend. Mich grämten auch die Sticheleien meiner Schwestern nicht, in deren Augen die solidarische Laufbahn Pedros eine Flucht war, eine irrtümlich übernommene Missionarstätigkeit, die ihm nicht entsprach, weil er aus einer reichen Familie kam. Nach der unter ihnen vorherrschenden Theorie war Myriam an allem schuld, sie hatte ihn in dieses ausweglose ethische Labyrinth geführt, denn Pedro weigerte sich, das ihm von den Eltern zustehende Geld anzurühren und lebte wie die Armen, die er betreute. Am meisten schmerzte mich Julios Schweigen. Seit sich Myriam und Pedro zu den lateinamerikanischen Urwäldern und Barackenvierteln aufgemacht hatten, hörte Julio auf, von ihnen zu sprechen. Er hat mich weder gefragt, wo sie sind, noch wie es ihnen geht, ein Schweigen, das ich nicht hinnehme, sondern im Gegenteil. Ich berichtete ihm ständig vom Leben und den Abenteuern der beiden. Pedro könnte wieder reich sein, wenn er zurückkäme, Myriam hingegen entstammte einer armen oder zumindest verarmten Familie.

Wenn ich auch nie wirklich erfuhr, was sie mit dem jähzornigen Zwerg zu tun hatte, der uns zusammentreffen ließ, so schien es für Pedro ein ausreichender Grund für eine kurze amouröse Belagerung, die sie ein Jahr später als Arzt und Krankenschwester von *Ärzte ohne Grenzen* an ihr erstes Ziel in einem dieser Dschungel, wie sie die unterentwickelten Länder mehr als genug haben, bringen sollte. Und zum Teil war Julio für diese Entscheidung verantwortlich, ungewöhnlich wütend, aufgebracht über das, was er als vergeudete Zeit ansah, nämlich als die beiden nur ihre Liebe im Kopf hatten und nichts anderes taten, als ihren eigenen Schatten nachzulaufen. Nach einem Essen wandte sich Julio ziemlich forsch an Pedro und sagte:

»Du hast das Medizinstudium glänzend absolviert und deine medizinische Laufbahn jämmerlich versanden lassen. Wirst du irgendwann einmal als Arzt arbeiten? Spornst du ihn denn nicht dazu an?«

Myriam sah finster drein, und Pedro schwieg. Monate später reisten sie ab und verabschiedeten sich nicht von Julio, mit der Ausrede, daß er soeben auf einem Kongreß war, zurückkam oder hinfuhr. So sind Pedro und Myriam in meinem Leben wie mein unvollendetes Werk zurückgeblieben, wenn auch Julio sie in weite Ferne verbannt hat, so daß sie zu meiner persönlichen, inneren, unübertragbaren Angelegenheit wurden. Meine Schwestern griffen das Thema so oft wie möglich auf, um anzumerken, daß der verstorbene Carlos Alberto sich im Grab umdrehen würde, könnte er seinen Sohn dabei sehen, Negerlein zu verarzten.

»Es sind keine Neger. Die vorherrschende Volksgruppe dort stammt von den alten Maya ab.«

Marta wartete in einer Konditorei in der Calle Petritxol auf mich, die ihr schon gefährlich erschien, weil sie einmal dort den

Generalsekretär der Gewerkschaft bei einer Tasse heißer Schokolade mit Sahne angetroffen hatte.

»Mama und ihre Freundinnen konnten in Barcelona unter fünf oder sechs guten Lokalen wählen, um einen Nachmittag plaudernd bei Tee und hervorragendem Kuchen zu verbringen. Davon ist nichts mehr übrig. Was wurde aus Teesalons wie dem *El Salón Rosa*? Das ist keine Frage des Dünkels, sondern des schlechten Geschmacks, denn die Schokolade hier ist beispielsweise sehr gut, ebenso die Mehlspeisen, die Innenausstattung hingegen erinnert an Heidi in den Bergen, oder?«

Ich hatte die Schokolade vor mir und wollte sie nicht einmal kosten, nahm aber auf das Drängen meiner Schwester einen Schluck. Marta holte die Wunschliste hervor, die von den Tanten ans Christkind übermittelt werden sollte, und wir vertieften uns eine Stunde lang in die Träume aus Edelstahl, Elektronik und Plastik der heutigen Kinder.

»Schade, daß Leonor und Mercedes nicht gekommen sind. Ich hätte gerne lange und ausführlich über Pochola geredet, die drauf und dran ist, sich von Nando zu trennen.«

»Mit drei Kindern?«

»Und er lebt doch von der Hand in den Mund. Wie soll er da noch Unterhalt zahlen?«

Marta weiß alles über unsere Familie. Sie erinnert sich an alle Namen, alle Daten, alle Verpflichtungen und alle Fehlschläge. Sie fragt mich, ob Pedro zu Weihnachten zurückkommen wird, und ich vermeide die Antwort unter dem Vorwand, sie hätte eine vorige Frage nicht beantwortet. Doch läßt sie mich nicht entwischen, sondern besteht auf der Frage nach der Rückkehr Pedros, in dem leicht vorwurfsvollen Ton, in dem sie von meinem Sohn spricht, seit er mit Myriam zusammen ist.

»Es ist nicht sicher. Sie haben viele Verpflichtungen. Sie sind weit weg.«

»Mama sagte, man sollte sich in Nächstenliebe üben, aber auf Distanz.«

»Genau das machen Pedro und Myriam.«

»Halte mich nicht zum Besten. Du weißt genau, was Mama mit Distanz meinte.«

»Mama war nicht unfehlbar.«

Nun würde sie zur melancholischen Phase übergehen und alles bedauern, was hätte sein können und nicht war. Ein so begabter Junge, dem alle Türen offenstanden ... Wie sahen wohl die offenen Türen Martas aus? So wie meine, als ich noch jünger war, doch mit den Jahren habe ich den Ehrgeiz und das Erfolgsstreben überwunden, dieses in unserer Familienkultur so verwurzelte Bedürfnis, anerkannt zu werden und über ein ansehnliches Vermögen zu verfügen. Die Mistral de Pamies. Fast ein Markenzeichen für meine Schwestern. Für mich schon weniger, und bei meinen Nichten und Neffen war es erst recht aufgeweicht, die befürchteten, sobald sich das Erbe allzusehr aufteilte, möglicherweise nicht mehr so leben zu können, wie es die Mistral de Pamies Generation für Generation getan hatten.

»Ich weiß nicht, was mit diesen jungen Leuten los ist. Sie haben keinen Ehrgeiz.«

Marta listet alle unsere Nichten und Neffen auf, und nur selten attestiert sie ihnen eine positive, nach mehr strebende Lebensenergie, will heißen zu wachsen und nicht nur zu schmarotzen. Sie hat keine Kinder, aber meine anderen Schwestern haben acht, Leonor fünf und Mercedes, die wir Ditas nennen, drei. Vier von ihnen sind schon verheiratet und alle zeigen einen ähnlichen Fortpflanzungsinstinkt wie ihre Eltern.

»Nun trennt sich Pochola von Nando und ist mit ihren drei Kindern von den Eltern abhängig, da Nando als Segelschullehrer kaum allein über die Runden kommt. Segeln. Das ist beinahe eine Diagnose. Und ich dachte, unser Pedrito würde allen Nichten und

Neffen ein Vorbild sein, ihnen zeigen, wie weit man es mit Talent und Ausdauer bringen kann. Wir bräuchten so ein Leitbild in der Familie. Sein Vater, Carlos Alberto, war es gewesen. Doch wohin hat Pedro seine Führungsrolle gebracht? In unmögliche Gebiete. Wie kann er seinen Cousins vorschlagen, seinem Beispiel zu folgen?«

»Hätte er etwa dem Beispiel seiner Cousins folgen sollen?«

»Das fehlt gerade noch, daß du ihn in Schutz nimmst.«

»Ich bewundere diese jungen Leute.«

»Wen?«

»Pedro und Myriam. Wir denken auf zwei Weisen, Marta. Zuerst denken wir, um den Schein zu wahren, »Guten Tag« zu sagen oder »Geben Sie mir dieses Kleid« oder »Was werden wir diesen Sommer machen?« Danach denken wir tatsächlich daran, daß unsere gewöhnlichen Gedanken das, was wir fühlen oder aufrichtig fühlen müßten, verfälschen. Pedro und seine Frau haben über diesen Raster kleiner Erbärmlichkeiten, das, was wir ein korrektes Leben nennen, hinausgeblickt. Fast alles, an das wir glauben oder zu glauben vorgeben – und ich beziehe mich nicht auf Religion, ist Scheiße.«

»Ach!«

»Dann eben Dreck.«

»Das macht die Sache nicht viel besser.«

Ich weiß, daß Marta berührt ist. Sie mag es, daß man ihr widerspricht und sie veranlaßt, wichtige, nicht banale Meinungen zu ändern. Sie ist begeistert über mein unerwartetes Plädoyer. Die Augen der älteren Schwester scheinen zu lächeln, so als würde sie einen Weg prüfen, die Möglichkeit einer Alternative, die ihr meine Worte eröffnet haben.

»Glaubst du, daß diese jungen Leute glücklich sind, dort am Ende der Welt?«

»Sie fühlen sich gebraucht. Ja. Sie sind glücklich.«

»Unsere Schwester Leonor sagte letztens, daß die alle Kommunisten sind, unter verschiedenen Deckmäntelchen.«

»Ich verstehe nichts von Politik, es würde mich aber nicht wundern, wenn sie es wären. Bist du Kapitalistin?«

»Ich glaube schon. Und du auch.«

»Gewiß. Ich lebe von meinem Vermögen.«

»Und du hast keine Angst, daß Pedro eine neue Art von Kommunist sein könnte?«

Wir mußten dringend über die geplanten Geschenke sprechen und machten eine hervorragende Liste der wunderbarsten Dinge, die am Weihnachtsabend unter dem Christbaum liegen sollten. Nichts für uns. Das Fest war für die anderen, von unseren Nichten und Neffen abwärts, für uns war nichts dabei, weil uns sicherlich unsere Ehemänner etwas schenken würden. Julio machte mir immer sehr schöne Weihnachtsgeschenke, Schmuck von Montse Guardiola oder Bände von *La Pléyade*, die ich fast nie zur Gänze las, aber sehr gerne zur Hand nahm und besaß. Einmal bat ich sogar die Verleger um einen Kostenvoranschlag für die Bücher, die mir in meiner Sammlung fehlten, doch dann dachte ich, daß ich so eine der zwei Geschenkideen, die Julio für mich hatte, beschneiden würde und zog es vor, die Bände von *La Pléyade* Weihnacht für Weihnacht oder zu meinem Geburtstag weiter zu ergänzen. Julio feiert die Namenstage nicht.

Nachdem die Listen fertig waren, teilten wir die Besorgungen auf. Wie immer würde alles in der Dachwohnung von Marta gelagert, und dann in ihr Haus in Llavaneras gebracht werden, wo der Heilige Abend gefeiert wurde. Julio nahm an dem Fest seit dem Tod der Eltern nicht mehr teil. Meine Schwestern nahmen es ihm nicht übel, denn Julio war ein Triumphator, die Zeitungen schrieben über ihn, immer gut, und manchmal war er zusammen mit dem König im Fernsehen zu sehen, wie er Ehrungen verteilte oder entgegennahm. Ich wußte, daß meine Schwestern mit diesem

Schwager prahlten, einem der Sieben Weisen Kataloniens, wie ich ihn einmal heimlich taufte, ich behielt diese Bezeichnung für mich, es bereitete mir Vergnügen, daß sie meine war, nicht übertragbar.

Ich aß im *L'Indret de Semon* köstliche Vorspeisen und nutzte die Gelegenheit, schon ein paar für die weihnachtliche Gastrosophie meines Mannes fundamentale Dinge einzukaufen. So durfte zum Beispiel Kaviar nicht fehlen, ebensowenig wie Roederer Cristal, ein Champagner, der durch mein Vermögen Bestandteil seines Lebens geworden war und mit dessen Hilfe er seine größten Enttäuschungen überwunden hatte.

»Wenn eine Bande von blödsinnigen Zaren den Champagner Roederer bis 1917 monopolisierte, warum sollte ich dann nicht einmal im Jahr Anspruch auf so viel Roederer Cristal haben, wie ich gern möchte?«

Er hatte völlig recht, und ich kaufte zwei Kisten, falls Pedrito und Myriam rechtzeitig eintreffen sollten, ein Heidengeld, aber einmal ist keinmal, und hoffentlich wird am 25. Dezember unser ganzes Blut durch Roederer Cristal Rosé ersetzt sein, wenn Julio im *Hof der Lust* seine Worte der Bilanz und Hoffnung vorträgt. Alles in allem könnte der 25. Dezember ein glanzvoller Tag des Wiedersehens sein, oder ein tränenreicher Tag, ein losbrechender Regen, grau und eisig, der alle Hoffnung durchtränkt. Meine Füße führten mich erneut zur Praxis Buscarons, doch verweigerte mein Kopf die Szene, die dort auf mich wartete. Buscarons vor einer Tafel voller Formeln zeichnet mit einem Griffel in der Hand die *Skyline* meiner schweren, unbekannten Krankheit und erklärt sie mit einer Stimme, die mit den Jahren immer näselnder und undeutlicher geworden ist, die geeignete Stimme für jemanden, der findet, daß die Leute sich nicht verstehen und sich auch nicht verstehen müssen, selbst dann nicht, wenn sie miteinander reden.

Ich bleibe stehen, krame in meiner Tasche nach dem Handy,

und als ich es finde, ziehe ich mich in ein Geschäftsportal zurück, um die Nummer der Señora Masdeu zu wählen. Es ist schrecklich, auf der Straße zu telefonieren. Es ist, als würde man sich entblößen oder ankündigen, es zu tun, wenn auch nur mit Worten. Handy-Gespräche auf der Straße, wie sie meist Männer lautstark führen, als gelte es ihr Leben *urbi et orbi* zu verkünden, sollten verboten werden. Die Person am anderen Ende der Leitung hat kaum Zeit, meinen Namen zu murmeln, denn schon wird ihr der Hörer entrissen, und es ertönt die kindliche, zittrige Stimme der jungen, nur wenig sportlichen Frau und vielfachen Mutter von heute Morgen.

»Señora Matasanz? Ich kann es nicht glauben. Sie wissen ja nicht, wie dankbar ich Ihnen bin.«

Ihre Stimme erstickt im Weinen, das ihr die nötige Erleichterung zu schaffen scheint. Schließlich kann sie Atmen und Tränen miteinander verbinden, um mit einer kaum vorhandenen Stimme zu sagen:

»Sie wissen ja nicht, wie sehr ich es brauche, mit Ihnen zu reden. Es ist so schrecklich.«

»Was ist Ihnen passiert?«

»Mein Mann hat mich geschlagen.«

Das wollte sie mir sagen, und sie tat es mit einer Entschlossenheit, die in jähem Gegensatz zu ihrem vorherigen Zaudern stand. Ihr Mann hat sie geschlagen, was kannst du denn da machen, Madrona? Dich hat dein Mann nie geschlagen, und du kennst verprügelte Frauen nur aus dem Fernsehen.

»Señora Masdeu. Wie heißen Sie mit Vornamen?«

»Dora.«

»Dora. Wenn er Sie zum ersten Mal geschlagen hat, warum fragen Sie dann nicht Ihre Mutter um Rat? Und wenn es nicht das erste Mal ist, dann gehen Sie doch zur Polizei.«

»Meine Mutter hält zu ihm. Wie alle.«

»Suchen Sie sich einen Anwalt. Ich kann Ihnen einen Anwalt suchen.«

»Ich möchte so gern mit Ihnen sprechen!«

»Ich habe einen Arzttermin.«

»Wenn es nicht zu spät wird, könnte ich danach auf Sie warten. Mein Mann würde es nicht verstehen, wenn ich spät käme.«

Ich habe keine Lust, in die Klinik Buscarons zu gehen, möchte aber genausowenig diese Unglückliche trösten, die glaubt, in einem Fitneß-Studio eine Mutter gefunden zu haben. Der Anruf Buscarons könnte mir als Ausrede dienen, um dieses Mädchen nicht zu treffen, doch erahne ich andererseits seine Botschaft, und die kann bis morgen warten, so wie ich das Heulen Doras voraussehe, auf das ich nichts zu erwidern haben werde außer ein paar Gemeinplätzen.

»Ich weiß wirklich nicht, inwiefern ich Ihnen nützlich sein könnte. Ich habe keine Töchter. Meine eheliche Erfahrung ist nicht so roh wie Ihre, wenn auch alle ehelichen Erfahrungen grausam sein können, auch ohne Handgreiflichkeiten.«

»Bitte ...«

Es war kein Wort, sondern eine einzige phonetische Träne.

»Um Viertel nach acht im *Sandor*. Ich werde nicht allzuviel Zeit haben.«

»Danke.«

Dora oder Señora Masdeu, oder wie sie auch heißt, legt auf und macht damit jegliche Möglichkeit zu entrinnen zunichte, so als würde sie mir im Augenblick des Auflegens ihren Körper überstülpen wie eine Napfschnecke, feucht, salzig, weinerlich. Nein. Ich kann mir nicht vormachen, daß es mir leid täte, heute nicht zu Buscarons zu gehen. Und ich kann auch nicht abstreiten, daß der Kummer der jungen Frau mich emotional verpflichtet. Zum Teufel mit Buscarons. Letztlich ist er ein Vergewaltiger.

Die Einschläge der Kugeln haben Splitter aus der morschen Wand gerissen. Pedro fährt mit den Fingerkuppen über die Löcher, als wollte er sie zudecken oder sich der Wunden des alten Gebäudes annehmen. Auf der Flucht war er schon oft gewesen, aber noch nie unter Beschuß. Er sucht im Speicher seiner Erinnerung nach erfundenen Geschichten aus Literatur und Film, um zu verstehen, was ihnen da gerade passierte. Doch erreichen ihn nur zerstückelte Sequenzen, die er nicht einordnen kann, und in denen immer er selber die zentrale Gestalt ist.

»Geh' da weg! Sie werden gleich auf dich schießen!«, ruft ihm Myriam vom Inneren des Hauses hysterisch schluchzend zu, und andere Stimmen unterstützen sie.

»Komm zurück, Pedro, sonst bist du ihre nächste Zielscheibe.«

Er kennt den Feind, aber der zeigt sich nicht, schießt auch nicht aus einer zwangsläufig tödlichen Entfernung, sondern aus einer, die Zeit und Ironie heißt. Sie können, solange sie wollen, auf sie schießen, zum Spaß, und wenn sie Erklärungen verlangen, bekommen sie diese vielleicht und werden nicht umgebracht, oder sie bekommen sie nicht und werden umgebracht, oder man gibt sie ihnen und bringt sie danach um. Diese Söldner gehen sicherlich nicht ohne Erlaubnis vor, aber sie besaufen sich ohne Erlaubnis und haben genügend Panik ausgelöst, damit die Familien – außer denen, die auf ihrer Linie sind und sich ihnen angeschlossen haben – klammheimlich das Dorf verlassen haben. Sie nahmen alle Tiere mit, sogar die abgemagerten Hofhunde, nicht ganz so verwahrlost wie die ausgesetzten, die am Dorfrand darauf warteten, daß etwas von der barmherzigen Natur oder Überreste des Saufgelages für sie abfielen. Und vielleicht würde es mehr Erbarmen als Reste für sie geben, doch sie verharrten in ihrem inneren Exil und warteten darauf, daß aus dem Lager der Paramilitärs das Wunder eines von jedem Hund erträumten Abendessens hervorkäme. Sie schossen auf die Hunde wie auf Zielscheiben, und ihr panisches Geheule, ihr Winseln, waren die erste Ankündigung dieser Jagd.

Pedro kehrt in das Haus zurück, wo Karbidlampen nur spärlich die Umrisse von Myriam und den anderen, Iriondo und Blázquez, Flor Silvestre und Diderot Martínez beleuchten. Sie stehen rund um das Feldbett, das sozusagen die Ambulanzfunktion dieses Gebäudes, einer ehemaligen Unterkunft von Forstingenieuren, rechtfertigt. Von ihm als verantwortlichem Arzt erwarten die anderen die Initiative. Er kann sie ihnen nicht bieten, sie fordern sie aber dennoch, er ist schließlich der Arzt, der fähigste Hexenmeister unter ihnen.

»Sie wollen nur, daß wir fortgehen. Sie hätten uns schon längst ohne weiteres umbringen können«, meint Iriondo, aber Pedro ist nicht überzeugt.

»Mit dieser Belagerung wollen sie uns aushungern, und bald werden sie uns verdursten lassen. Es ist Teil einer Kampagne gegen die Ausländer, die sich in die Interessen des Landes einmischen. Sogar die Mehrheit der Fortschrittlichen in der Hauptstadt sind gegen uns. Sie haben unsere Telefonleitung gekappt und den Generator zerstört. Wir könnten versuchen hinauszugehen und einen Rückzug auszuhandeln, aber es sind Paramilitärs, und wir wissen nicht, wer sie geschickt hat, ob der Provinztyrann oder ein rebellischer Heerführer. Außerdem sind sie betrunken, und wenn sie uns töten wollen, werden sie es mit oder ohne Erlaubnis tun. Es gibt keine andere Lösung, als uns in zwei Gruppen zu teilen und nacheinander aufzubrechen, um sie in dem Glauben zu lassen, daß wir uns weiterhin alle im Haus befinden.«

»Jetzt sind sie bestimmt schon betrunken.«

Pedro wandte sich an Iriondo und Blázquez:

»Geht ihr zuerst mit den zwei Frauen los, und wir tun so, als wäre alles beim Alten. Nach einer halben Stunde, wenn nichts passiert ist, folgen Diderot und ich euch.«

Flor Silvestre und Myriam protestierten, und Blázquez lachte.

»Frauen und Jesuiten zuerst. Eine Neuordnung der Prioritäten, so hieß es auch auf der Titanik.«

»Daß ihr Jesuiten seid, ist mir scheißegal, aber wenn ihr in ein Dorf kommt, stehen euch die Türen eher offen als uns, und auch unterwegs ist es für euch leichter. Sie werden es nicht wagen, euch anzugreifen, und ihr werdet die Frauen beschützen.«

Myriam war angespannt. Ihr ganzer Körper bäumte sich gegen den Vorschlag auf, und als sich Pedro ihr nähern wollte, schüttelte sie ablehnend den Kopf und erstickte mit zusammengepreßten Lippen ein Nein, während ihre Hände die Nähe des Mannes abwehrten.

»Sei doch nicht dumm. So kann es nicht weitergehen. Ihr brecht vor uns auf, und wenn wir uns in San Lucas Evangelista begegnen, tun wir so, als würden wir uns nicht kennen. Zumindest Myriam und ich müssen nach San Mateo kommen. Ihr beide geht als Nonnen, die anderen als Priester. Ein perfektes Quartett.«

Die Jesuiten hatten keine Priesterkluft und machten das mit zwei Kreuzen, die wie große Pistolen über ihrer Brust hingen, und einer Bibel wett, die sie unter dem Arm trugen. Mit ihren in Fallschirmjägerrucksäcke gepackten Habseligkeiten gaben sie der Expedition ein gewisses militärisches Aussehen. Wieder waren Schüsse zu hören, diesmal in die Luft gefeuert. Das Fest der Belagerer war wohl voll im Gang, jemand spielte Gitarre, und andere stimmten ein in ein Lied, das kürzlich zu einem Hit geworden war:

Und zurückkommen …
Ich will zurück, zurück, ich kann verlieren.

»Das Lied kommt mir bekannt vor, obwohl es diese Trunkenbolde singen, die sich noch weiter vollaufen lassen werden. Warten wir noch fünfzehn oder zwanzig Minuten.«

Der Peruaner war ganz begeistert von dem Lied und wußte sogar, daß es von einem gewissen Fernando Maldonado stammte. Er sang es halblaut mit, zum Erstaunen, aber auch zur Entspannung seiner Gefährten:

Meine Liebe spielt verrückt und will zurück
Ich bin schon fast verrückt und obwohl mich alles quält
Versteh ich es zu lieben
Wir trennten uns schon vor längerem, doch später kam der
Moment des Verlusts
Du hattest recht, aber ich höre auf mein Herz und sterbe dafür
zurückzukehren
Zurück, zurück, zurück in deine Arme
Wo auch immer du sein magst, ich kann verlieren, ich kann
verlieren
Ich will zurück, zurück, zurück.

Flor Silvestre hatte die Tränen sämtlicher Abschiede in ihrem Leben in den Augen, die anderen betrachteten Diderot, erstaunt und dankbar, daß er so gut gesungen hatte. Sie schossen wieder, aber nur in die Luft, und grölten im Licht der an die Batterien ihrer Jeeps angeschlossenen Scheinwerfer mit gebrochenen Stimmen ein weiteres Lied, das aber schließlich in Dampf und Atem erstickte. Iriondo riß eine baskische Fahne von der Wand, die neben dem Schild des Ambulatoriums mit der Aufschrift *Christentum und Emanzipation* hing, rollte sie zusammen und packte sie in seinen Rucksack.

»Ich pfeife auf Gott, ich pfeife auf Gott«, wiederholte Blázquez, während er sich bekreuzigte und die unveränderte Antwort Iriondos hörte.

»Geheiligt werde sein Name.«

»Amen«, erwiderte Blázquez. Und als die Jesuiten wieder mit sich selber Frieden geschlossen hatten, warteten sie darauf, daß Pedro ihnen Anweisungen zum Aufbruch gab, doch der war in eine Diskussion mit Myriam verwickelt. Die junge Frau wollte sich seit dem Überfall der Paramilitärs nicht von ihm trennen, und er setzte dem tausend Argumente entgegen.

»Das ist einer der Vorteile, unverheiratet zu sein. Du mußt dich mit keiner Frau einigen.«

»Irgendeinen Vorteil muß es ja geben«, bestärkte Blázquez, doch Pedro stürzte auf sie zu und drängte sie, durch die Hintertür, die in den kleinen Garten neben dem Klosett hinausging, das Haus zu verlassen. Myriam klammerte sich mit einem Arm an ihren Mann und strich mit der anderen Hand unaufhörlich und zärtlich über sein Gesicht. Es zerriß allen das Herz, als sie mit Flor Silvestre und den Jesuiten aufbrach und sich, je mehr sie sich dem Urwald näherten, ständig umdrehte, um Pedro und Diderot im Türrahmen zu erspähen. Als nur noch ihre Rücken in der Ferne auszunehmen waren, ging Pedro in die Küche, holte zum Erstaunen von Diderot Jiménez Ruiseñada, einem peruanischen Informatiker und freiwilligen Krankenpfleger der NGO *Solidarität und Emanzipation,* einer internationalen unabhängigen Hilfsorganisation, ein Messer und steckte es zwischen Gürtel und Haut. Das Erstaunen wuchs, als Pedro den Rucksack schulterte und zwei Knüppel nahm, einen für sich, den anderen gab er seinem Gefährten.

»Zunächst reden wir, aber wenn sie uns verprügeln wollen, ist es besser, als Erste zuzuschlagen. Los, gehen wir.«

»Wir wollten ihnen doch eine halbe Stunde Vorsprung geben.«

»Ich folge ihnen lieber gleich, so habe ich unter Kontrolle, was ihnen passiert.«

Sie mußten leise aufbrechen, damit sie weder die betrunkenen und singenden Paramilitärs noch ihre nicht betrunkenen aber ebenso singenden Gefährten hörten. Andernfalls, meinte Pedro, könnte Myriam nichts zurückhalten, sie würde zurückkommen, und dann wären sie eine leicht angreifbare Gruppe, zu groß für den Urwald. Zu groß für den Urwald? fragte sich Diderot, während sein Blick über den gewaltigen, immer dunkler werdenden und gleichförmigen Wald glitt, je mehr sie sich von den Scheinwerfern der Angreifer entfernten und den Weg nach San Lucas Evangelista einschlugen. Vier Stunden Fußmarsch tagsüber und nachts eine halbe Stunde mehr, wie Diderot mit seinem raschen Schritt schon bei anderen Gelegenheiten festgestellt hatte, denn er kannte den Weg besser als Pedro und wußte, wo die Wurzeln waren, die aus dieser roten, von den letzten Regenfällen feuchten Erde hervorragten, zu denen sich eine ständige, ethnische Feuchtigkeit gesellte, wie Pedro ironisch zu bemerken pflegte. So rasch ging der Peruaner, daß sie schon nach zehn Minuten in der Ferne die Rücken ihrer vier Gefährten erspähten, und Pedro bat, den Schritt zu verlangsamen, um die Entfernung zu wahren, die es ihnen erlaubte, zu sehen ohne gesehen zu werden.

»Bald werden wir zur Lichtung von Tzeltal kommen, einer kleinen, von den Holzhändlern erweiterte Grassteppe. Und wir können ihr nicht ausweichen, weil sie von Sümpfen umgeben ist.«

Vereinzelt hören sie noch ein paar in die Luft abgefeuerte Schüsse der Belagerer, ihre in Alkohol ertränkten Lieder nehmen sie kaum noch wahr. Vor ihnen stolpern die vier Freunde im spärlichen Mondlicht unsicher über die Wurzeln. Sobald sie die Lichtung erreichen, werden sie zwar schneller vorankommen, aber ungeschützter sein, meint Diderot, und Pedro beschleunigt seine Schritte, um rechtzeitig bei ihnen zu sein, wenn der kleine Vortrupp den Wald aus Steineichen, Pinien und der einen oder anderen Palme verläßt und ins Mondlicht hinaustritt. Der geblümte Schal von Flor Silvestre sendet ein ganzes System von Signalen aus neben der stillen, grünen Tropenjacke von Myriam. Pedro erinnert sich, sie in Chiapas gekauft zu haben, Monate bevor sie nach Guatemala aufbrachen, um den Gesundheitszustand der Indios in Selva Lacandona zu prüfen, bis sie schließlich zusammen mit fünf anderen ihre Aufgabe in Kukal übernahmen.

»Ich sehe aus wie eine Milizin«, beklagte sich Myriam, als sie sich in der Tropenjacke vor dem Spiegel eines dieser Kaufhäuser an der Landstraße betrachtete, wo auch unechtes Kunsthandwerk und in Malaysia fabrizierte Kleidung für Forscher verkauft wurde. Leichtes Gepäck wie die Kinder des Meeres, verkündete Myriam als ständige Parole, wenn sie praktisch nichts mehr anzuziehen hatten, ihre paar Kleidungsstücke auf schlecht gespannten Schnüren im Hinterhof hingen. Ein Glück, daß sie zumindest in Kukal einen Hinterhof, beinahe einen Garten hatten, der schon in den Urwald überging, am Rand dieses Kaffs. Als sie das Haus zurückließen, das sie monatelang bewohnt hatten, empfand Pedro abermals diese Beklemmung, in die er in letzter Zeit öfter eintauchte, so als würde er in einem für ihn viel zu großen Meer schwimmen, von seinem eigenen Gewissen getrieben, aber auch von der Sorge, was die anderen, vor allem Myriam, sagen würden. Die Erfahrungen in den Außenbezirken von Lima, Bogotá oder São Paulo hatten ihn ausgelaugt, und als sie nach San Cristóbal de las Casas, in Chiapas, kamen, hatte Pedro das Bedürfnis nach Behaglichkeit und einer gewissen Sicherheit, die Myriam mit ihm teilte, ihm aber auch vorwarf.

»Wir sind nicht als Touristen hergekommen.«

»Als was sind wir gekommen?«

»Danach werden uns die spanischen Sozialisten als Revolutionstouristen bezeichnen.«

Pedro wollte sich nicht auf die in Chiapas herrschende Atmosphäre einlassen. Der Aufstand der Zapatisten hatte schon genügend internationale Hilfsgruppen auf den Plan gerufen, und er mochte sich mit keiner Bewegung identifizieren. Für Myriam war es wichtig, den Menschen zu helfen.

»Gegen die Not zu kämpfen. Das ist heutzutage revolutionär.«

Heutzutage revolutionär? Pedro, gar kein Anhänger der revolutionären Euphorie, überlegte sich, was er bei soviel Elend tun könnte, und fand eine Antwort, als er ein schlecht ausgestattetes Ambulatorium betreiben und ein weiteres für Kranke schaffen konnte, die schon nicht mehr wußten, daß sie krank waren, zu »Verdammten der Erde« geworden wie, Myriam sie bezeichnete. Vielleicht begann die revolutionäre Haltung damit, ein Inventar der unbefriedigten Bedürfnisse aufzustellen und dafür zu kämpfen, aber mit welchen Mitteln? Einmal mehr fühlte er sich als Flüchtling, so wie schon in Lima oder Bogotá, als sie gegen die Interessen der Verwaltung oder denen sämtlicher Don Leoncio oder Don Fulgencio oder Don Oberarsch verstießen, die sofort ihre Rechtsanwälte und Jagdhunde auf sie gehetzt hatten.

»Es wird Probleme geben.«

Kaum hatten Myriam und die anderen die Lichtung erreicht, stellten sich ihnen drei bewaffnete Individuen in den Weg, mit denen sie einen unhörbaren Wortwechsel führten.

»Es sind drei von diesem Diebsgesindel«, meinte Diderot. »Manchmal werden sie von den Ortstyrannen bezahlt, und sonst plündern sie auf eigene Rechnung.«

Pedro und der Peruaner beschleunigten ihre Schritte und erreichten die Ausläufer des Urwalds, wo sich das Dickicht lichtete. Einer der drei Männer gab den Ton an.

»Sie ziehen also von hier nach dort, und das um diese Zeit. Das ist keine Zeit, um zu wandern, und was haben Sie bei sich?«

»Christus. Wir sind Jesuitenpater, begleitet von unseren zwei Schwestern, den Theresianerinnen Myriam und Flor Silvestre«, donnerte Blázquez los, während er auf das Kreuz über seiner Brust deutete.

»Christus ist die beste Gesellschaft. Aber Sie werden doch noch etwas mehr bei sich tragen. Diese so hübschen Nonnen haben gewiß ein paar Dinge in ihren Kleidern versteckt.«

Blázquez machte einen Schritt nach vorn, um anzuzeigen, daß sie ihren Weg fortsetzen mußten, doch die drei Männer stellten sich ihnen entgegen, und einer holte eine große, irgendwo an seinem Körper verborgene Pistole hervor.

»Sie werden uns doch nicht die Antwort schuldig bleiben wollen. Das gehört sich nicht, ganz und gar nicht.«

Myriam drehte sich um und lief auf den Wald zu, rief nach Pedro, was den drei Banditen nicht in den Kram paßte. Der mit der Pistole zielte auf die Jesuiten und auf Flor Silvestre, während die anderen Myriam hinterherliefen. Pedro wußte nicht, ob er sein Versteck verlassen oder auf sie warten sollte.

»Diderot, ich gehe hinaus. Bleib' du da, denn vielleicht braucht Myriam Hilfe.«

Er sprang hinter einer Palme hervor, eine Machete in der Hand und mit der finstersten Miene, zu der er fähig war. Er hielt Myriams Flucht auf und flüsterte ihr zu:

»Lauf' weiter, bis du Diderot triffst.«

Dann stellte er sich den Verfolgern seiner Frau entgegen, die angesichts der Machete zurückwichen. Der eine hatte schon den Finger am Abzug der Pistole, als ihn der Hieb auf die Schulter traf. Er blutete nicht, war aber doch so erschrocken, daß er die Pistole fallen ließ. Sein Kumpane ging auf Abstand, um den unvermuteten Angreifer besser im Auge zu haben, und der mit der Pistole zielte auf Pedro, als die Jesuiten mit dem Schlachtruf von Blázquez »Ich scheiße auf Gott und die Welt« auf sie stürzten, und die Pistole von den Händen des Banditen in die des überfallenen, blasphemischen Jesuiten wanderte, der sie mit zusammengekniffenen Augen hochhob, so als wollte er sein Ziel anvisieren, um dann den Lauf mehr oder weniger auf den Feind zu richten. Iriondo schien seinen eigenen Mitteln mehr zu vertrauen als der Zielsicherheit seines Glaubensbruders.

»Nicht einmal denken.«

»Ich denke nicht daran«, beruhigte ihn Blázquez. So stand das Kräftespiel, als Diderot und Myriam aus dem Dickicht hervorkamen und Pedro mit erhobener Machete sahen, einen der Angreifer knieend, mit einer Hand auf der Schulter, den anderen vom Jesuiten Iriondo überwältigt, Blázquez mit seiner Pistole in alle vier Himmelsrichtungen zielend, und den dritten Banditen, bewaffnet, aber durch das Auftauchen der zwei Komparsen aus der Fassung gebracht.

»Pater, laß uns doch miteinander reden«, schlug der von Iriondo festgehaltene Anführer vor.

»Gut, dein Kumpan soll die Pistole wegwerfen oder sie sich irgendwohin stecken.«

Pedro ging auf den noch bewaffneten Banditen zu, forderte ihn auf, die Pistole herauszurücken und schlug vor, die Nacht friedlich zu beschließen.

»Wir vergessen, was geschehen ist, und melden es nicht der Polizei.«

»Es war ein Mißverständnis, Patres, ein Scherz, wer konnte schließlich vermuten, daß mitten im Urwald so viele Jesuiten und Nonnen auftauchen.«

Pedro, Iriondo und Blázquez, nun bewaffnet – Diderot verweigerte die Pistole – umringten die Banditen und forderten ihre Kleidung, ohne Rücksicht auf den Protest der nun Bestohlenen.

»Bleibt eine halbe Stunde hier, macht euch dann auf den Weg nach San Telmo, und wir werden euch eure Sachen an einem sichtbaren Ort zurücklassen.«

Der Trupp der Flüchtenden setzte sich wieder in Gang, und so sehr Iriondo auch von Pedro Erklärungen forderte, wollte dieser nicht sprechen, weil er das Schlimmste befürchtete, das auch schon fünfzig Meter weiter eintraf, als der Jesuit ihm an den Kopf warf:

»Warum zum Teufel San Telmo, verdammt, dorthin gehen wir nicht, und diese Typen werden ihre Kleider nie finden.«

»Ich konnte ihnen doch nicht unsere wirkliche Route verraten, damit sie uns später, besser ausgerüstet und mit Verstärkung, überfallen. Wir gehen jetzt fünfhundert Meter gemeinsam weiter und trennen uns dann wieder. Es war ein Glück, in zwei Gruppen zu marschieren, denn so konnten wir sehen, was euch zustieß.«

Iriondo murrte, wie unkorrekt es sei, drei Christen mitten im Urwald splitternackt zurückzulassen, denn letztendlich waren sie drei Christen, und auch die Argumente von Blázquez, daß diese drei Christen kriminelle Absichten verfolgten, konnten nichts ausrichten.

»Ich weiß nicht, wo du zum Jesuiten wurdest. In irgendeiner gutbürgerlichen Lasterhöhle, denn du bist nicht nur blasphemisch und derb, sondern auch noch ein Manipulant. Außerdem sind wir bewaffnet. Schöne Christen! Als schießende Christen ziehen wir durch die Welt.«

Die Diskussion zwischen den Jesuiten erheiterte die zwei Frauen nach der Anspannung, und Diderot dachte wie immer nach, ohne zu enthüllen, worüber er nachdachte. Pedro hatte weder die seltsame Lage noch seine Rolle als Anführer dieser Touristenbande im Griff, die eher Helfer als Revolutionäre waren, und schlug vor, die Pistolen wegzuwerfen, damit sie nicht in Versuchung kämen, sie zu benützen. Das taten sie auch. Erneut trennte die Gruppe sich, und sie vereinbarten, daß die Vorausgehenden sich nicht umdrehen sollten, und auch Myriam nicht wieder um Hilfe rufen würde, wie sie es nach dem Überfall der drei Banditen getan hatte.

»So als hätten wir nichts miteinander zu tun. Keine Sorge, wir lassen euch nicht aus den Augen.«

Die Wege führten zu einer nicht sehr breiten Klamm hinunter, durch die der Río Negro floß, schmal und tief, der die schwarzen Felsen aushöhlte, die ihm den Namen gaben, Wasser, ehemals heilig, weil es wie Gagat aussah, sich in der Hand jedoch als glasklar und frisch entpuppte.

Flor Silvestre machte sie auf den Moschusgeruch aufmerksam, den dieser Flecken Urwald verströmte, der noch von den Rodungen der Bauern und den Plünderungen der Holzhändler verschont geblieben war. Sie wählten die Pfade zum Fluß, weil von dort aus ein kaum sichtbarer Weg nach San Lucas Evangelista führte. Die Ortsansässigen benutzten den Fußweg, der den Hügel hinauf, aus dem Urwald hinaus, zur Straße führte, die an den Maisfeldern und Kaffeeplantagen von Don Liborio Maestre entlanglief, Kilometer um Kilometer, bis der letzte Kaffeestrauch den Blick auf den Glockenturm der Kirche freigab, wo eine Gedenktafel für den im letzten Bürgerkrieg von den Paramilitärs von Don Liborio ermordeten Pfarrer angebracht war. Beim Abstieg trennte sich die Gruppe, und als Myriam sich umdrehte, um zu sehen, wie weit Pedro entfernt war, drückten ihre Augen erneut Mißbilligung aus. Sie fand diese Vorgehensweise idiotisch, sie versetzte sie in eine Unruhe, die über ihre Grenzen hinausging. Flor Silvestre hatte die Geduld einer Hebamme. Sie war Tochter einer Hebamme und arbeitete nach ihrem in Mexiko-City absolvierten Studium nun seit zwei Jahren als Gynäkologin. Flor war der Meinung, daß das Leben eine Reihe von auf Erfolge abzielenden Bewegungen sei, die jedoch häufig scheiterten, vor allem jene, die nicht der eigenen Erfahrung oder der der Vorfahren entsprechen.

»Reicht es dir denn, immer nur zu wiederholen, was du schon einmal ausprobiert hast?«, fragte Myriam sie.

»Nein. Manchmal mußt du dich viel weiter vorwagen, aber in dem Bewußtsein, dein mögliches Scheitern nicht steuern zu können.«

Flor Silvestre kannte den Pfad, den sie hinuntergingen, doch führte er durch eine unermeßliche Nacht, in der sich alle Elemente und Größenverhältnisse aufgelöst hatten und die Tiere in ihren Verstecken ängstlich und scheu den Gang der Hominiden beobachteten.

»Alle diese Schatten sind von Ozeloten, Ameisenbären, Tapiren bevölkert, am Fluß dösen die Krokodile und in den Zweigen der Bäume die Kolibris oder die Spinnenaffen.«

»Und Jaguare, Pumas oder andere Raubkatzen?«

»Nein, dieser Urwald ist klein. Das gefährlichste Tier ist hier der Mensch und mein bevorzugtes der scharlachrote Ara.«

»Nichts, was uns passiert, ist normal«, sagte Flor Silvestre zu Myriam. »Schon gar nicht, daß die Regierung eine Reihe von Attacken gegen die internationalen freiwilligen Helfer losgelassen und uns sogar beschuldigt hat, die Erde unserer Heimat abzutragen, die Flüsse zu verschmutzen oder das Trinkwasser zu verseuchen, damit unsere Kinder sterben. Nicht, daß mich irgendetwas an ihrem Vorgehen wunderte, aber es ist außerhalb der Spielregeln. Außerdem gibt es gewiß irgendein internationales Abkommen, um den Einsatz der freiwilligen Helfer einzuschränken. Es ist auch nicht normal, daß Militärs ein Ambulatorium des Roten Kreuzes angreifen. Die Ortstyrannen haben sicherlich ihre Killer auf uns gehetzt, um uns einzuschüchtern, doch die haben sich betrunken und auf uns geschossen. Wenn in diesem Land Schüsse ertönen, wollen die einen, was die anderen, wie wir, fürchten: daß wieder alles erlaubt wird. Banditen und Mörder lauern an den Wegen, und die Jesuiten greifen zu Pistolen.« Der Monolog von Flor Silvestre war auf die stoßweise Atmung abgestimmt, die ihr der Marsch nach unten auferlegte, und Myriam war dankbar, weil sie durch diese Erklärungen die Situation besser verstand.

»Wir vernunftbegabten Wesen wollen unbedingt wissen, warum man uns töten will.«

Nun galt es den Fluß über eine Brücke aus Holzstämmen zu überqueren. Als Sie auf der anderen Seite angekommen waren, schlug Blázquez eine Rast vor, denn der Weg führte steil bergauf zur Straße nach San Lucas, gesäumt von in Terrassen angelegten Gärten. Iriondo holte ein paar Paprikawürste hervor, die letzten von der Lieferung, die ihm seine Mutter aus Honrubia geschickt hatte, und verteilte sie unter seinen Gefährten, während Blázquez dicke Brotscheiben mit einem Taschenmesser abschnitt.

»Und Pedro und Diderot?«

»Keine Sorge, Myriam, Pedro hat das Zeug zum Kommandanten.«

»Zum General«, verbesserte Blázquez seinen Gefährten. In geringer Entfernung rasteten auch Diderot und Pedro, holten aus ihren Rucksäcken ein Stück unbestimmbarer, schon angeschimmelter Wurst, Brot und Sonnenblumenkerne hervor, die der Arzt den ganzen Tag über zu kauen pflegte. Das dringendste für Pedro war das Wasser aus seiner Feldflasche, die er, im Gegensatz zu Diderot, nicht im Río Negro aufzufüllen wagte.

»Es heißt, dieses Wasser ist von den Holzhändlern verseucht, die so versuchen, die Indios zur Abwanderung zu zwingen.«

»Ich trinke es jeden Tag, und mir passiert nichts. Vielleicht, weil meine Mutter eigentlich eine *Indígena* ist.«

»Sobald die *Indígenas*, die Indios, wenn auch zu Mestizen gemacht, sich ihrer tatsächlichen Herkunft bewußt werden, ist der Indigenismus unaufhaltbar. Zumindest im nicht weißgewaschenen Amerika.«

Alle außer Flor Silvestre und Pater Iriondo schnauften beim Anstieg, und jeden erreichten Meter nützte der Jesuit, um von den Ursprüngen seiner Bergsteigerleidenschaft zu berichten, als er noch ein Junge – und wie er betonte – Zivilist war. »Ich habe die Pyrenäen sozusagen auf einem Bein hüpfend überquert.« Was machte der Typ bloß mit dem anderen Bein, brummte Blázquez, für den die Steigungen seine Zweifel an der tatsächlichen Existenz Gottes nährten, der doch schließlich eine flache Welt geschaffen haben könnte. Und erst recht brummte er, als Iriondo, so als hätte er immer noch genug Luft, hinaufkletterte und die Hymne der *Gudaris*, der nationalistischen baskischen Soldaten anstimmte.

Eusko gudiarak gera
Euskadi askatzeko
gerturi daukagu odola
beire aldez emateko *

Aus Myriam brachen während der musikalischen Rast die zurückgehaltenen Zweifel hervor, die sie seit ihrem Aufbruch vom Ambulatorium quälten, und sie nutzte die Rast, um durchzuatmen.

»Mir kommt es nach wie vor völlig idiotisch vor, uns zu trennen. Entweder kehre ich um, oder ich warte auf Pedro und Diderot.«

»Wie schwierig ihr doch seid«, donnerte Iriondo von oben herab und musterte Myriam. Den anklagenden Finger auf sie gerichtet, erinnerte er ein wenig an die Bergpredigt.

»Was für einen Gruppensinn hast du, daß du das Mindestmaß an gemeinsamen Regeln nicht anerkennst? Glaubst du etwa, man kann die Menschheit allein oder als Paar retten?«

»Ich sage nur: Zum Teufel mit der Menschheit. Man hat uns hier am Ende der Welt im Stich gelassen.«

»Da schau her, was hast du denn erwartet? Daß sie dir den Friedensnobelpreis geben? Komm' schon, Hübsche, die du schöner bist als ein Sonnenuntergang. Komm herauf und höre auf, uns auf die Nerven zu gehen.«

* (Baskische Soldaten sind wir / wollen Euskadi befreien / sind bereit, unser Blut zu lassen / für unser Land)

Der Jesuit schritt rasch voran und sang dabei aus voller Kehle weiter das Lied der baskischen Soldaten.

»Nicht so laut, Pater, sonst hören sie uns bis nach Teguicalpa«, riet ihm Flor Silvestre, und der Pater verringerte zwar die Dezibel, nicht aber den Rhythmus seiner Schritte, und jagte so seine Gruppe bis zu der geschotterten Erdstraße, die sie nach San Lucas führen würde. Als Pedro und Diderot sahen, daß sie glücklich oben angekommen waren, ließen sie ihnen einen gewissen Vorsprung, um dann ebenfalls auf die Schotterstraße zu stoßen. Gewalzt, nicht geschottert, wie Diderot anmerkte.

»Was meinst du?«

»Bei uns heißen die unasphaltierten Straßen nicht Schotterstraßen.«

Glockengeläute drang von San Lucas her, doch klang es weder nach Begräbnis noch nach Hochzeit, sondern nach Sturmläuten, Alarm. Iriondo sah als erster die Karawane von Dorfbewohnern und Indios in Marktkleidung, die Frauen mit ihren Bündeln auf dem Kopf, auf sie zukommen, ein Zug, den klapprige nordamerikanische Lieferwagen aus der Zeit der Großen Depression anführten. Nach drei Kurven würden sie aufeinandertreffen, und die Gruppe beschloß, ihnen nicht aus dem Weg zu gehen, sondern – im Gegenteil – sie nach dem Grund für so viel Glockengeläute und für ihren Aufbruch zu fragen. Obwohl zahllose Touristen und Anthropologen die Gegend bereisten, war es doch ungewöhnlich, zwei Paar offensichtlicher Ordensmitglieder auf der Straße schlendern zu sehen, und die Spitze der Karawane verlangsamte ihre Fahrt, um die Absichten von Iriondo und seinen Begleitern zu erkunden, worauf Blázquez die Initiative ergriff.

»Friede sei mit euch. Wir ziehen nach San Lucas, ihr aber geht fort. Die Sturmglocken läuten, und wir wissen nicht warum.«

Zunächst wurde die gesamte Schlange von etwa fünfzig Personen nur von allgemeinem Gemurmel erfaßt. Danach verdeutlichte es sich zu einer Antwort.

»Die Glocken verkünden dasselbe wie jetzt auch die Lautsprecher auf dem Marktplatz. Die Cholera. Es gibt eine Choleraepidemie und die entsprechende Quarantäne.«

»Wenn Quarantäne verhängt ist oder verhängt wird, wie können Sie dann weggehen?«

Nach einigem Hin und Her teilte der Wortführer mit, daß sie Beamte des Rathauses oder anderer Verwaltungsbüros mit ihren Familien wären, und sie schon früher erfahren hätten, was geschehen würde.

»Die Cholera ist gefährlich, wenn sie dich zwingen, mit ihr dortzubleiben, wie in einem Sumpf, einem Morast. Das ist eine Quarantäne.«

Die Karawane setzte ohne weitere Erklärungen ihren Weg fort, und die Indios waren nicht erstaunt über das Auftauchen von Pedro und Diderot, im Gegenteil, viele gingen hin und fragten den Ausländer, von dem sie wußten, daß er Arzt war, nach Behandlungsmöglichkeiten der Cholera, die Pedro geduldig darlegte. Als die Schlange der Flüchtenden weiterzog, berieten die nun wieder vereinten sechs Ausländer, ob sie angesichts der Lage nach San Lucas hineingehen sollten oder nicht.

»Wir müssen hinein«, meinten die Jesuiten. »Uns hat der Bischof eine Nachricht geschickt, daß wir unverzüglich nach San Lucas kommen sollen, und was für uns gilt, gilt auch für Flor Silvestre. Sie ist als Entwicklungshelferin der Diözese von San Lucas unterstellt.«

»Dann gehen wir eben alle«, beschloß Pedro, und sie legten, nun schon als Gruppe, den Kilometer zurück, der sie von San Lucas trennte, eine in billigem Kolonialstil erbaute Stadt, dessen einzig prächtiges Bauwerk die Kirche mit der Gedenktafel an den von gedungenen Mördern getöteten Pfarrer war. An allen wichtigen Zugängen zur Stadt standen Soldaten und Polizisten, die sowohl den Eintritt als auch das Verlassen verhinderten, weshalb Iriondo sich als Jesuit proklamieren mußte und Pedro als Arzt, der eine wie der andere in Erwartung entsprechender Anweisungen angesichts der schweren Epidemie. Die Soldaten salutierten, und vier Gendarmen geleiteten sie zum Sitz der katholischen Gemeinde. Er lag in einer Straße, wo alle vierzehn in der Provinz existierenden Religionen angesiedelt waren, am Ende die Sekte der Anhänger Gottes, laut Blázquez eine Gaunerbande, die nichts Gutes verhieß.

»Eines Tages werden Religionen durch Marketing entstehen, und ich sehe dich, als freidenkerischen Arzt, schon am Aufbau deiner Religion, mit dir als Papst.«

María de las Angustias Piñedo, die letzte übriggebliebene Vertreterin der katholischen Verwaltung in San Lucas, zitterte am ganzen Körper, als sie Blázquez ein versiegeltes Kuvert überreichte, aus dem der Jesuit ein Fax herauszog, das er seinen Gefährten zeigte.

»Ich sehe zum ersten Mal ein Fax in einem versiegelten Kuvert. Ist die Nachricht per Fax oder per Post gekommen?«

»Per Fax, Pater, aber Melchorito steckte es aus Sicherheit in das versiegelte Kuvert.«

»Wo ist Melchorito?«

»Er ist abgereist, als er erfuhr, daß die Quarantäne verhängt wird.«

»Ist Melchorito Priester?«

»Nein, Installateur, aber sehr katholisch, er hat immer viel für die Diözese gearbeitet. Sie wissen ja, wie schwer es ist, überall hinzukommen.«

»Und von überall zu fliehen.«

Iriondo und Blázquez zogen sich zurück, um die Nachricht zu lesen, die nichts anderes enthielt als die Aufforderung, sich so bald wie möglich bei Seiner Eminenz, dem Kardinal Eldorado, einzufinden, um auf ärgerliche Anschuldigungen über ihr Verhalten in Verbindung mit der NGO zu antworten.

»Ich denke nicht daran, bevor ich nicht Rücksprache mit dem Orden gehalten habe.«

»Ich auch nicht.«

Iriondo und Blázquez bildeten einen festen Kern, aus dem sie die einheimische Geburtshelferin Flor Silvestre ausschlossen.

»Geh' hin, wo immer du willst, wir müssen mit unserer Ordenspflicht klarkommen. Der Opus, vom Vatikan gefördert, reicht überall hin und will die Befreiungstheologie überall ausrotten. Nun sind wir an der Reihe.«

»Im Moment hat die Cholera Vorrang. Ihr solltet nicht abreisen. Es werden Ärzte gebraucht.«

»Und auch Jesuiten, verdammt.«

Pedro beriet sich mit den anderen, um eine Entscheidung zu treffen.

»Jeder hat ein anderes vorgegebenes Ziel. Myriam und ich müssen unbedingt nach San Mateo. Ihr beiden Patres habt schon euren Plan, und Diderot und Flor Silvestre bleiben draußen.«

Diderot hatte sich zum ersten Mal seit der Flucht seine Pfeife aus gepreßtem Stroh angezündet, so als wollte er sich dadurch von der Haltung der anderen distanzieren, und zeigte sich betroffen vom Wort »draußen«.

»Nein. Ich bin nicht draußen. Ich bleibe. Und das aus ebenso persönlichen Gründen wie euren. Ich bleibe, weil ich nicht weiß, wohin ich gehen soll. Außerdem bin ich Krankenpfleger und die werden hier gebraucht, aber – noch einmal – ich bleibe vor allem, weil ich nicht weiß, wohin ich gehen soll.«

»Ich bleibe auch«, verkündete Flor Silvestre, »bis ich mir ein Bild gemacht habe. Dann möchte ich meine Familie in Aguas Torcidas besuchen. Ich habe Mutter seit sechs Jahren nicht gesehen.«

Die Jesuiten waren zur Runde gestoßen und nickten zustimmend.

»Nach fast einem Jahr des Zusammenlebens gehen unsere Wege in verschiedene Richtungen«, meinte Iriondo, während Blázquez das viele Schmalz seines Gefährten störte.

»Sag' es anders, verdammt. Zum Beispiel so: Es ist vorbei. Jeder an seinen Platz und ich nach Hause. Mutig.«

Alle lachten und umarmten sich, so als wollten sie den Abschied schon vorwegnehmen, als mehrere Schüsse durchs Fenster drangen, die Wände erschütterten und das Glas, hinter dem ein aus einem Kalender ausgeschnittenes Herz Jesu hing, zertrümmerte. Sie warfen sich auf den Boden und keiner sagte ein Wort, so als erwarteten sie eine Erklärung, die niemand von ihnen in der Lage war zu geben. Pedro hatte sich auf den Rücken gelegt und meinte gelassen:

»Entweder sind es wieder die Paramilitärs, oder ich verstehe gar nichts mehr.«

María de las Angustias Piñedo schluchzte, hörte aber plötzlich zu weinen auf, um mit einer gekünstelten Stimme ein Vaterunser zu beten, aus ganzer Seele, wie man feststellen konnte, als sie aufstand, die Arme über der Brust kreuzte und betend auf die Tür zuging.

»Menschenskind! Die schießen doch nicht zum Scherz!«

María de las Angustias ging zielsicher zur Tür, und es gelang ihr, sie zu öffnen und hinauszugehen, ohne daß sie irgendein Schuß daran hinderte. Doch kaum war die Frau verschwunden, zerbarsten Kugeln Fensterscheiben und Fensterläden und zerstörten die Fetische und Heiligenbilder, die den Raum schmückten. Als die Schüsse aufhörten, wurden in der eingekehrten Stille Rufe von der Straße her laut:

»Die zwei Pfaffen sollen herauskommen! Diese Riesenärsche Iriondo und Blázquez, aus deren Mund der Teufel spricht!«

»Und die in jedem Fall zu viel quasseln.«

»Damit wir ihnen Zungen und Eier abschneiden.«

Blázquez brachte den nötigen Mut auf, um zu sagen:

»Diese dritte Stimme erkenne ich wieder. Es ist Camaleón der Zweite.«

»Und die anderen beiden sind seine Brüder«, bekräftigte Iriondo die Vermutung von Blázquez.

»Dann sitzen wir schön in der Klemme, denn es sind fünf Brüder, die fünf Kojoten, wie sie hier genannt werden. Wir brachten sie, ohne es zu wollen, ins Gefängnis, als wir Anzeige gegen sie erstatteten, weil sie eine Sekte gegründet hatten, die den Leuten das Geld aus der Tasche zog.«

»Die Fünf Söhne des Farbigen Gottes. So heißen sie. Laßt Blázquez und mich hinausgehen. Das ist unsere Angelegenheit.«

»Es geht uns alle an«, meinte Pedro und stand auf, um zusammen mit seinen Gefährten das Büro zu verlassen. Die Frauen gingen voran, und so fielen keine Schüsse, als die Gruppe ins Freie trat. Auf der anderen Straßenseite, unter einem Schild mit der Aufschrift *Zahntechniker Don Telesforo Sánchez: Während du lachst, ziehe ich dir die Zähne* standen die fünf Kojoten. So mit Gewehren und Pistolen bewaffnet, wie sie waren, glichen sie einem wandelnden Arsenal. Pedro ging auf sie zu, und das geräuschvolle Spannen der Waffen unterstrich die Stille in der seit dem angekündigten Duell zwischen den Jesuiten und den Sektierern menschenleeren Straße. Die Kojoten ließen Pedro herankommen, und als der Arzt neben ihnen stand, drehte er sich um und rief Myriam und Flor Silvestre zu, während er auf die Straßenecke zeigte:

»Gehen Sie, das Geschäft ist gemacht.«

Ohne zu erklären, von welchem Geschäft er sprach, musterte Pedro die fünf Brüder und wandte sich an den, der wohl der Anführer war:

»Es ist nicht der Moment, die Dinge aus den Angeln zu heben.«

»Heben Sie Ihr Ding, wo immer Sie wollen, Bruder. Wir holen unsere aus dem Hosenschlitz. Die zwei Pfaffen hätten schon längst büßen sollen für das, was sie der Familie Camaleón angetan haben, eine der alteingessenen Familien der Gegend, stets gottesfürchtig und im Dienst des Vaterlandes bei sämtlichen, in den letzten fünfzig Jahren gegen die Guerrilla geführten Kämpfen.«

»Es gibt keine Guerrilla mehr. Auch keine Kämpfe. Nur noch die Cholera, und die in den Griff zu bekommen, sollte allen ein Anliegen sein. Diese zwei Männer haben viel für die Indios und alle anderen rechtschaffenen Leute der Gegend getan.«

»Wen meinen Sie?«

Pedro zeigte auf Iriondo und Blázquez, die einen Schritt nach vorn machten, und da geschah es: Einer der Camaleónes, dessen Revolver heiß war, zielte auf sie, und während Pedro lächelnd meinte, der Scherz wäre wohl schon zu Ende, fielen vier Schüsse, und Iriondo und Blázquez krümmten sich, sanken zu Boden, versuchten mit der flachen Hand das viele Blut zu stillen, das aus ihrer zerfetzten Haut und ihren Hemden hervorquoll. Pedro sprang nach hinten und schrie den Überlebenden zu, daß sie fliehen sollten, und das taten auch alle bis auf Flor Silvestre, die sich neben den Jesuiten niederkniete und das Leben mit blutüberströmten Händen zurückhalten wollte. Die Flüchtenden bogen in eine nahe Seitenstraße ein, doch stießen sie auf bewaffnete Leute, die ihnen den Weg verstellten.

»Sie haben zwei Priester getötet«, rief Pedro und zeigte auf die fünf Kojoten, die zusammengebrochenen Jesuiten und die kniende Flor Silvestre.

»Wer ist es gewesen?«

»Die fünf Kojoten.«

»Fünf?«

Von bewaffneten und mehr oder weniger uniformierten Menschen umringt, hörten die Flüchtenden, wie der Anführer mehrmals die Zahl fünf murmelte, während er auf die Kojoten zuging, die nach wie vor Beschimpfungen gegen die verblutenden Priester losließen.

»Fünf?«

Pedro ahnte, was geschehen würde und schloß die Augen, um es nicht zu sehen. Der Anführer des Trupps schoß wiederholt auf die Brüder Camaleón und zählte dann nach.

»Jetzt sind es nur mehr drei. Zwei. Keiner mehr.«

Er drehte sich zufrieden zu Pedro, Myriam und Diderot um.

»Sie haben bekommen, was sie verdienen. Es fehlt mir nicht an Zielsicherheit, das dürfte Ihnen klar sein. Also folgen Sie uns, und keine Dummheiten. Mein Chef will Sie sehen.«

»Ich möchte meine jesuitischen Gefährten untersuchen. Ich bin Arzt.«

»Keine Sorge. Wenn sie nicht tot sind, werden sie genesen.«

Die Militärs machten sich auf den Weg aus der Stadt, und die drei wurden zwischen ihnen einfach vorwärtsgedrängt, durch die vornehmste Gegend, in der es noch Herrenhäuser mit Wappen und Häuser mit Fenstergittern und Galerien aus geschnitztem Holz gab.

»Fünf, haben Sie gesagt, daß es fünf waren? Wie Sie sehen, ist keiner von diesen fünf Trunkenbolden mehr übrig, und niemand wird sie vermissen, sie waren nicht einmal ihren Kindern ein Vorbild.«

»Ich hatte noch nicht das Vergnügen …«

»Ich schon. Sie sind der Arzt aus dem Ambulatorium von Kukal. Ich bin Oberleutnant Cifuentes, um Gott, Don Liborio und Ihnen zu dienen.«

»Wo bringen Sie uns hin?«

»Don Liborio will sich mit Ihnen unterhalten, und wenn er sich etwas in den Kopf setzt, muß es auch passieren.«

Sie kamen zu Jeeps, die noch weitere bewaffnete Leute, wenn auch nicht alle in Uniformen, umkreisten. Eines der Fahrzeuge war für die Ausländer, zwei Soldaten und den Oberstleutnant Cifuentes bestimmt, im anderen würde die restliche Eskorte aufbrechen. Sie wurden beim Verlassen der Stadt nicht einmal von den Sanitätern oder den Militärs kontrolliert und erreichten bald die Landstraße, die zu den Hektar um Hektar bedeckenden Kaffeeplantagen von Don Liborio führte. Cifuentes sprach über Gesundheitsprobleme und seine Angst, im Alter ein Herzleiden zu kriegen wie sein Papa – er ruhe in Frieden – und seine Mama, die zwar noch lebe, aber kaum zwei Stufen hinaufgehen könne, ohne fast zu sterben, weil ihr Atem und ihr Herz nicht mehr mitmachten.

»Nehmen Sie jeden Tag ein Kinderaspirin und gehen Sie zum Arzt. Wenn Sie jemanden in San Mateo haben, könnte der in einer der dortigen Apotheken AS 100 besorgen, eine Art Kinderaspirin, gefäßerweiternd und gut für den Kreislauf. Da Aspirin immer ein wenig auf den Magen geht, lassen Sie sich von Ihrem Arzt ein Gegenmittel geben. Ich arbeite mit *Zantac*, weil ich das aus Spanien geschickt bekomme, aber vielleicht ist es für Sie gar nicht das beste Mittel.«

Cifuentes machte sich Notizen auf einem Stück Karton, den er auf den Kolben seines Maschinengewehrs gelegt hatte, und nickte zustimmend.

»Und täglich, sagen Sie?«

»Täglich.«

»Für immer?«

»Für immer.«

Myriam und Diderot schwiegen aus unterschiedlichen Gründen. Myriam war noch durch die Ermordung der Jesuiten blokkiert, und Diderot versuchte, sich in eine Innenwelt voller schöner Erinnerungen zu retten, weshalb er lächelte und das Gespräch über Aspirin gar nicht beachtete. Pedro versuchte, heimlich Myriam am Arm, an der Schulter zu berühren, wollte ihr Zuversicht vermitteln, ohne allerdings zuviel Vertrautheit zu zeigen, denn das hätte man gegen sie verwenden können. Diderot konnte er nur bei seiner seltsamen Reise durch die inneren Meere von Erinnerung und Wünschen betrachten, und war wie immer erstaunt über dessen Fähigkeit, trotz allen Leids, umringt von Maschinengewehren, sein eigenes Leben zu leben. Schon lag der befestigte Palast Don Liborios vor ihnen, ein mächtiges, weiß gekalktes Bauwerk, beinahe ganz oben auf der Anhöhe, von Wachtürmen umgeben, von denen aus das Privatheer des Kaffeebarons mit Augen und Maschinengewehren die Ankunft der Landarbeiter und ihrer Familien beobachtete, die oft aus der tiefsten Provinz und ihren Urwäldern kamen. Die Jeeps hielten vor den Toren der Festung und verlangten mit heulenden Sirenen Einlaß, der ihnen auch gewährt wurde. Das einzige, was hier funktioniert, ist die Kultur des Argwohns und die Norm der Repression, dachte Pedro und versuchte, in den Augen Myriams etwas mehr als erstarrte Traurigkeit zu lesen; außerdem wollte er, daß sie in den seinen ein wenig Ironie entdeckte, die einzige Möglichkeit, so zu tun, als könnte man das Unverständliche begreifen. Die Jeeps hielten im Hof des befestigten Anwesens, dessen Boden mit großen, verschiedenfarbigen Kieseln gepflastert war. In der Mitte befand sich ein Springbrunnen, die Reproduktion eines römischen Brunnens, den Pedro nicht wiedererkannte, bis die Stimme Myriams neben ihm sagte: »Piazza Navona.«

Diderot musterte alles mit belustigten Augen. Den Eingang zum Haus bildete eine Freitreppe aus Marmor, überall Bronze und Hölzer, die mit ihrem Wert protzten. Der kleine Platz war von Soldaten besetzt, die so taten, als würde jeden Augenblick der Bürgerkrieg ausbrechen oder aber gerade zu Ende gegangen sein. Nachdem sie die Tür geöffnet hatten, standen sie vor einer weiteren Treppe, und erstarrten vor Staunen, denn diese Treppe suggerierte die Gegenwart des Zaren von Rußland. In beiden Richtungen herrschte ein ständiges Kommen und Gehen, Soldaten oder ähnliches, Dienstmädchen oder ähnliches, und Leute, die weder das eine noch das andere waren, alle aber von seltsamer Eile erfaßt, derselben Eile, die auch von den Geräuschen ausging, die wie eine Wolke über dem Innenraum des Atriums hingen.

»Don Liborio erwartet Sie in seinem Büro.«

Cifuentes deutete vage nach vorn, und sie folgten ihm bis zu einer riesigen Tür, die auf aristokratische, beinahe in die spanische Kolonialzeit zurückreichende Herkunft verwies. Die riesigen Türen und die restliche Ausstattung trugen nichts zu einem menschlichen, wohnlichen Leben in diesen Räumen bei, sondern verkörperten die Macht, die über die weisen oder dummen, gewonnenen oder verlorenen Schritte der Leute herrschte. Jemand war auf die Idee gekommen, die größten, teuersten, beeindruckendsten Türen zu montieren, und da waren sie nun, ebenso wie die vermutlich aus dem Garten irgendeiner kaiserlichen Residenz gestohlenen Statuen und Steinbänke. Der Oberleutnant betrat das Büro und kam lange nicht wieder heraus, zu lange, vielleicht erstickte der Ortstyrann in Konflikten. Und Cifuentes sah gar nicht freundlich drein, als er sie endlich aufforderte einzutreten. Schlecht sah er aus und hatte wohl Herzbeschwerden, denn er griff ständig an die linke Seite seiner Militärjacke.

»Treten Sie ein.«

Hinter einem Tisch, der ebenso aufdringlich war wie die Türen, der Marmor, die Balustraden und die Statuen, tauchte ein kleiner rasierter Kopf auf, der beinahe zur Gänze aus Augen bestand, dazu geschaffen, mit Wut in die Welt zu blicken. Alles rund um die Augen, die durch die fehlenden Wimpern noch offener wirkten, war gealtert, und die Neuankömmlinge fühlten sich mit einer gewissen Grausamkeit betrachtet. Als sich jedoch die Lippen des kleinen, von tausend Falten umgebenen Mundes bewegten, ertönte eine überaus sanfte, beschwichtigende, milde Stimme.

»Was für ein Riesenunsinn, Sie hierherzubringen. Was für ein Riesenunsinn! Da glaubt man, auf die besten Leute zu zählen, und dann ist dem nicht so. Das zeigt sich in Situationen wie dieser.«

Er hatte sie nicht aufgefordert, Platz zu nehmen und war auch nicht aufgestanden. An der Wand lehnten auf jeder Seite vier Leibwächter, also insgesamt acht, die Pedro, Myriam und Diderot nicht aus den Augen ließen, vor allem Diderot nicht, der aus einem dringenden Bedürfnis heraus, die Stimmung aufzulockern, so getan hatte, als würde er sie fotografieren, danach aber seine leeren Hände vorzeigte.

»Und was mache ich nun mit Ihnen? Sagen Sie es mir. Was mache ich mit Ihnen?«

»Vor allem wollte ich uns vorstellen.«

»Sparen Sie sich die Zeit. Sparen Sie Leben. Hören Sie auf mich.«

Don Liborio setzte sich die Brille auf und nahm Unterlagen zur Hand, aus denen er eine verkürzte Beschreibung von jedem der drei vorlas. Sein besonderes Interesse galt dabei Diderot, von dem man behauptete, er hätte dem *Leuchtenden Pfad* angehört.

»Das ist falsch«, unterbrach ihn der Peruaner. »Die Polizei meines Landes bringt alle mit dem *Leuchtenden Pfad* in Verbindung, die sie sonst nirgends hintun kann.«

»Wohin sonst?«

»Auf den Friedhof, zum Beispiel. Ich habe mich nicht umbringen lassen.«

»Nun. Ich weiß, wer Sie sind. Bei jeder Gelegenheit, die sich mir bot, mit vertrauenswürdigen Landsleuten über die Gefahr dieser beschönigend »Freiwillige Helfer« genannten Leute zu reden, wurde mir klar gesagt, daß Sie die neuen Internationalen

Brigaden im Dienst der Dritten Internationalen sind. Weder NGO noch Freiwillige noch andere Verschleierungen können den Geruch nach roter Subversion verhindern, der von Ihren Hilfsdiensten und Ihrer Aufforderung zum passiven Widerstand unter den *Indígenas* und Armen ausgeht. Hier sind wir ständig im Bürgerkrieg. Nun wurde von Frieden geredet, aber vier Dreckskerle haben uns eine Liste über Verletzungen der Menschenrechte in den Weg gestellt, ausgerechnet uns, wo wir doch den Umsturz verhinderten und für die christlichen Werte eintraten, Rechte, die Gott allen Menschen gegeben und zu ihrer freien Verfügung gestellt hat. Manche wußten sie zu nutzen, andere nicht. Darin liegt der Unterschied zwischen diesem von meinem Großvater und Vater erbauten Palast und den elenden Hütten, in denen sich zwei Dutzend, von Eiterfluß befallene Arme zusammendrängen, die glauben, sie können die Welt retten, sobald sie irgendeine Hebamme oder irgendein Arzt – und zu allem Überfluß auch noch ein spanischer – dazu auffordert.«

Die Augen und einer der Finger Don Liborios wiesen auf Pedro.

»Ich habe Oberleutnant Cifuentes schon gesagt, was er tun hätte sollen, als er Ihnen auf der Straße begegnete. Aber der Idiot hat Sie durch den ganzen Ort spazierengeführt und schließlich mir ins Haus gebracht.«

»Das ist leicht zu lösen«, sagte Pedro kühl, machte seinen Gefährten ein Zeichen, kehrte Don Liborio den Rücken und ging auf die Tür zu. Die acht Leibwächter zückten die Waffen und gingen vor dem Terzett in Stellung, während die Stimme Don Liborios ihre Musikalität einbüßte, als er schrie:

»Schafft mir diese Arschlöcher aus den Augen und steckt sie in den Hinterhof! In den allerhintersten!«

Myrna hatte zweifellos zuviel getrunken und verbrachte – trotz meiner Verführungsversuche – die erste halbe Stunde unseres Zusammenseins damit, mich über die Insel San Simón auszufragen, was überflüssig war, da sie *As illas de San Simón* von Jorge Quinteiro in einer besser gebundenen Ausgabe als der meinen besaß und in ihrer Handtasche versteckt mit sich trug. Sie zeigte sie mir, nachdem ich ihr alles erzählt hatte, was sie besser wußte als ich.

»Julio, du hast großartige Dinge vergessen, die auf dieser Insel passiert sind. Zum Beispiel wurden, als Franco den Krieg gewonnen hatte, die republikanischen politischen Gefangenen gezwungen, »Viva España!« zu rufen, und schließlich riefen sie »Viva Azaña!«, was bei undeutlicher Aussprache gleich klang, es ihnen aber ermöglichte, die Leitfigur der Linksfront hochleben zu lassen. Ich finde es ergreifend, auf einer dieser verdammten Inseln zu sein, die die Welt nicht braucht.«

»Weißt du eigentlich, daß sich die Bevölkerung auf dem Festland rund um die Inseln in den Jahren, wo hier das frankistische Gefängnis war, verändert hat? Viele Eltern und Ehefrauen der Gefangenen siedelten sich dort drüben an und am Ende blieben sie. Eine Tafel erinnert daran, daß das Kulturzentrum einmal politisches Gefängnis gewesen ist.«

Myrna wußte genau, daß mich in einem Moment erotischer oder sexueller Erwartung nichts wütender machte als eine ausgedehnte Konversation über den Bürgerkrieg oder irgendein ähnlich aufreibendes politisches Thema. Sie hatte mich schon öfter gequält, indem sie das Aufeinandertreffen unserer Berührungen wegen einer hochtrabenden Diskussion über irgendwelche Fragen hinauszögerte, die ich für nebensächlich hielt. Wie kann es dir nebensächlich erscheinen, ob wir uns über die Rolle der Zwerge im Artus-Stoff oder über den Krieg der Sterne einig werden? Für Myrna war klar, daß der Artus-Stoff gute und bösartige Zwerge einsetzte, die zweifellos aus der keltischen Mythologie stammten. Aber die wirklich interessanten sind die bösen, teuflischen, die sich in Todesboten verwandeln, und auch in der Geschichte von Erek und Enite steht auf einer Seite der treubrüchige Zwerg, der die Königin Gueniѐvre und ihre Zofe angreift, und auf der anderen der König Guivret, zwergwüchsig, aber ritterlich in sämtlichen Bedeutungen des Wortes, der schließlich bei der Errettung von Erek und Enite aus den Klauen von Limours eine Schlüsselrolle innehat. Sogar außerhalb des Chrétien de Troyes, sowohl in der *Vulgata* wie auch in anderen arturischen Sammlungen, trifft man auf die zwei Typen von Zwergen, die das Gute und das Böse verkörpern. Manchmal ist der Zwerg unerläßlich für die Spannung und den Erzählfluß, wie in *Méraugis de Portlesguez*, wo seine Anwesenheit die Richtlinien für die Abenteuer des Ritters vorgibt, so als hätte der Autor den Zwerg als Zeitmesser der Erzählung eingesetzt. Diese Debatte hatte Myrna bei unserem Treffen in Bologna, zu Beginn der Achtzigerjahre, dazu benützt, mich in Wut zu bringen und dann über mich lachen zu können, sobald es ihr gelungen war, die erotische Seite unseres Zusammenseins anzuregen. Diese Nacht begann ebenso. Und so vergingen fast zwei Stunden, seit ich das Viagra geschluckt hatte, bis Myrna mich urplötzlich fragte, ob ich noch sexuelle Gelüste hätte.

Nun schnarcht Myrna seit halbfünf Uhr morgens neben mir, nachdem wir unsere Versuche, miteinander zu vögeln und zu reden, aufgegeben hatten. Bevor sie, müde von der Reise und von meinem letzten Monolog, einschlief, sagte sie noch: »Armer Julio. Du wirst es nie zu etwas bringen«, und dieser Satz ging in ein sanftes Schnarchen über, gedämpft, Distanz schaffend, so als wollte sie mich von ihrer Müdigkeit und ihrem Schlaf fernhalten.

Ich versuchte, die *Mythologie der Britischen Inseln* von Squire noch einmal zu lesen, insbesondere das Kapitel, in dem er beschreibt, wie Artus in die keltische Mythologie Eingang fand, und ein weiteres Kapitel, in dem er einige Ritter der Tafelrunde mit keltischen Gottheiten in Verbindung bringt. Ein sinnloses Unterfangen, denn der Gedanke an das von Myrna und mir veranstaltete Spektakel ließ mich nicht los.

Ihr nicht sehr langes Haar liegt zerwühlt, wie hingegossen auf dem Kopfkissen, so daß sich der graue Haaransatz zeigt und etwas Inakzeptables verrät: Sie hat es vor dem Treffen nicht gefärbt. Das harte Licht der Nachttischlampe läßt mich die konzentrischen, weißlichen Ringe ihres Halses deutlich sehen, der wohl am Schnarchen schuld ist, und da Myrna eine Wange auf das Kissen preßt, verformt sich ihr Gesicht, von den bemerkenswerten Krähenfüßen um die Augen bis zum Kinn, auf dem sich der Ansatz einer Warze abzeichnet. Ihr nur mit einem Schlüpfer bekleideter fast sechzigjährige Körper rühmt sich noch immer der glorreichsten Brüste der romanistischen Kultur, aber an der Taille haben sich drei Kilo zuviel angehäuft, die Beine weisen die blauen Flekken kaputter Venen auf, und die Fersen bilden die behufte Nachhut perfekt gepflegter, rubinrot lackierter Zehennägel.

Wenn ich die Augen schließe, wird sie wieder zu der Myrna, die sie vor zwanzig, vor zehn Jahren gewesen ist, und wenn ich sie öffne, hält das Trugbild für einen Moment an, bis sich der Anblick des ausgestreckt daliegenden, zu keinerlei Beschönigung fähigen Körpers aufdrängt. Schutzlos wie es auch der meine wäre, sähe er sich auf ähnliche Weise dem schonungslosen Blick der Jugend ausgesetzt. Mit diesem Blick betrachte ich Myrna, denn ich bewahre ihn als einen Akt des inneren Aufbegehrens gegen die Andersheit, die mich dazu verurteilt, meine Jahre und die Suche nach akademischem Erfolg anzunehmen, obwohl mir mein Ruf eine Bedeutung verschafft, die den Alten normalerweise nicht mehr zusteht, wodurch sie schließlich unsichtbar werden. Selbst das Wort »alt« scheint mir ein Zugeständnis an meine biologischen Feinde zu sein, und ich verwende es nie auf mich bezogen, im Gegenteil, ich weise es zurück oder betrachte es als andern gehörende Schminke. Alles in meiner Umgebung ist gealtert, selbst Myrna, die freche, junge, auf den Britannischen Stoff und Daniel Defoe spezialisierte Professorin.

Die Viagra-Pille war im Begriff, die Illusion der besten Nächte hervorzurufen, und Erstaunen lag in Myrnas Augen, als sie ihren durch fünf künstliche Zähne korrigierten Mund meinem zu neuem Leben erwachten Schwanz näherte, um mich eine wie immer prächtige Fellatio erleben zu lassen, die meine Erektion beschleunigte, sie aber vorzeitig explodieren ließ. Mit meiner zusammengefallenen Männlichkeit auf dem Bett schlug ich Myrna als kleinen Trost vor, sie zu masturbieren, was sie ablehnte.

»Nein. Das mache ich selber besser.«

Aber sie war vergnügt und streichelte mich.

»Junge, Junge, Junge. Du bist zwar der neue *Carlomagno*-Preisträger, aber schon nicht mehr Superman.«

»Ich war der Vergewaltiger der Pampas.«

»Und der beste japanische Sexualathlet der westlichen Hemisphäre. Ja, ich erinnere mich. Aber Junge, Junge, die Muskeln erschlaffen. Auch meine. Schau.«

Und sie streckte mir als Beweis dafür ihre Brüste entgegen.

»Sie sind wunderschön.«

»Sie sind nicht mehr das, was sie einmal waren.«

Ich versuche, sie und mich zu erregen, indem ich ihre Brüste streichle, an ihnen sauge, ihre Feige befummle – Myrna mag diese Bezeichnung für ihr Geschlecht –, und nach gebrochenem Widerstand an ihr lecke, in Erwartung meiner, nicht ihrer Erregung.

Doch schließlich, müde wie ein Frettchen zu arbeiten, lege ich mich neben sie, die Augen auf die ebenmäßigen, braungestrichenen Holzbalken der Decke gerichtet, aber manchmal verwandeln sich die Balken in Spiegel, die meine Strategie eines alten und müden Ochsens verraten. Ich dachte, mit Myrna niemals eine Situation zu erleben, die ich schon mit Madrona durchgemacht hatte: die als Desinteresse maskierte Impotenz oder das als Impotenz maskierte Desinteresse. Ich wußte, daß mich ein junger, neuer Körper erregen könnte, und vielleicht war es jetzt in meiner neuen Funktion als von Vortrag zu Vortrag reisender Emeritus leichter, Stipendiatinnen anzulocken, die glücklich sein würden, keinen Geringeren als Julio Matasanz vernascht zu haben, was etwa dem Vernaschen von Don Ramón Menéndez Pidal oder seines wackeren Kämpen Cid gleichkäme. Akzeptierte ich meine objektivierbare Eigenschaft eines Alten – ich bin alt, ich bin ein Scheißalter –, könnte ich vielleicht die unglücklichen Umstände meiner Einsamkeit erfassen und die Gründe dafür, warum ich weder in Kindern noch in Enkeln eine Stütze finden konnte, erst recht nicht mehr, seit Pedro seine Laufbahn beim Fenster hinauswarf, bei einem nicht einmal existierenden, zerfließenden Fenster, wie von einem Surrealisten geschaffen, nach Art der zerfließenden Uhr von Dalí, unfähig, die Zeit einzufangen.

Myrna zog die Decke über ihr Geschlecht, zündete sich eine Zigarette an und rauchte sie genüßlich.

»Du mußt unendlich glücklich sein.«

»Weswegen?«

»Wegen der Ehrung. Du bekommst sicher sogar ein Telegramm vom König. Du bist sehr narzißtisch, und diese Dinge schmeicheln dir.«

»In Narzißmus habe ich einer Frau nichts beizubringen.«

»Du irrst dich. Bei uns entspringt er der weiblichen Lockrolle. Bei euch wechselt er je nach Person. Du bist zum Beispiel selbstverliebt, weil du nur dich selber hast. Du mißtraust allen, die dich umgeben.«

Mein relatives sexuelles Scheitern gab Myrna noch lange nicht das Recht zu Aggressivität. Aber ihr Ton war gar nicht kampfeslustig, sie zog offensichtlich nur Bilanz oder wollte mit ihrem beständigsten Liebhaber diskutieren. Dreißig Jahre, in denen wir uns mehr oder weniger gegenseitig brauchten, gaben Myrna das Recht, mich und uns zu sanktionieren.

»Denk' doch zum Beispiel daran, wie gern du erzählst, daß dich, als der Übergang zur Demokratie stattgefunden hatte, alle, absolut alle politischen Parteien mit Ausnahme der extremen Rechten als Senator vorschlugen. Von den Kommunisten bis zur neoliberalen Zentrumspartei. Du erzählst es nicht als ein typisches Phänomen des Wirrwarrs während der Transition, sondern wie ein eigenes Verdienst.«

»Ich nahm das Angebot nicht an.«

»Weil du Angst hattest, deinen auf so allgemeine Zustimmung gestoßenen Reiz einzubüßen. Parteiisch zu sein. Und außerdem hattest du Angst, daß Franco wieder aus seinem Grab herauskommen könnte.«

Ich schüttelte den Kopf und brummte verächtlich, erinnerte mich aber, daß zwar nicht der Gedanke an eine mögliche Auferstehung Francos, wohl aber der an einen von Militärs und den unruhigsten oligarchischen Elementen vorangetriebenen Frankismus Teil meiner Überlegungen gewesen war. Mich entsetzte die Vorstellung, ein neues, diesmal nicht so bequemes inneres Exil leben zu müssen wie das vorige. Das innere Exil eines Universitätsprofessors, der vergeblich auf liberale Politik gesetzt hatte, wie sie der Polizist bezeichnete, der mich vor etwa fünfzig Jahren festnahm. Fünfzig Jahre. Eine Festnahme, die mir damals tragisch vorkam, später als ein Hauch von Auszeichnung und als der Grund für eine nachteilige Eintragung in meine Polizeiakte. Die kurze Festnahme zu Beginn der Fünfzigerjahre verwandelte sich schließlich in die beste Investition der Heldenzeit meines Lebens. Sie hatte mir die Eigenschaft eines ausgleichenden Mannes des Widerstands beschert, so wie der Fischer, der den jungen Carlos Barral zu einem echten nächtlichen Fischfang einlud, ihm *die Eigenschaft eines Mannes* schenkte. Barral, zum Beispiel, war etwas älter als ich, nicht viel, so wie Goytisolo, Castellet oder Sacristán. Ich erlebte ihr ersten Aufbegehren gegen die frankistische Kultur mit Solidarität, aber ohne dies klar auszudrücken, denn ich hatte keine Polster wie sie, in die ich mich hätte fallen lassen können. Sie waren alle *Señoritos*, junge Männer aus gutem Haus, die dorthin zurückkehren konnten, und ich war nicht auf diese Welt gekommen, um Literaturunterricht an Schulen in den Randbezirken zu geben.

»Die Erde dem, der sie bestellt.«

Nun war mir ein Slogan des Widerstands herausgerutscht, und Myrna musterte mich sprachlos, um meinen Denkprozeß zu ergründen.

»Junge, Junge. Welchen Ritterroman hast du denn da erzählt? Ich habe deinen Wortwechsel mit den anderen beiden über Mythos und Wirklichkeit im Artus-Roman gehört. Ich bin nicht weit von deinem Ansatz entfernt, aber dennoch erstaunt. Du hast dich während deiner langen akademischen Laufbahn nie treiben lassen, du warst eher ein Gelehrter mit Talent, ein brillanter Gelehrter, und was du jetzt vortragen willst, ist eine Rockballade. Der hochwürdige Doktor Julio Matasanz wechselt zum Rock über. Hören Sie nun die Ballade von Erek und Enite.«

Myrna lachte über ihren eigenen Scherz, bis ihr die Tränen kamen. Das störte mich, und ich zog an der Decke, um ihr Geschlecht freizulegen, dieses Geschlecht, das ich so oft rasiert habe, entweder mit dem elektrischen Rasierapparat, den die Frauen für ihre Beine benützen, oder mit einem Handrasierer, nach vorherigem Zurechtstutzen mit einer feinen Schere und Einseifen mit einem weichen Borstenpinsel, normalerweise mit dem, den ich zum Einseifen meines Barts verwendete. Auf den Sex im Hotel angewiesen, hatten wir alle möglichen Strategien entwickelt, damit die Rasur keine Spuren in den Laken hinterließ. Am besten war es, wenn Myrna stehend ein Bein auf den Hocker im Badezimmer stellte, und ich auf dem Badewannenrand sitzend ihre Möse rasierte, was heißen will, daß ich ihr in der freien Stadt eine neue, freie Möse entwarf. Doch sie war nun nicht in der Stimmung für Rasuren, und auch nicht bereit für die Demütigung, daß ich sie an ihre Möse erinnerte, während sie gerade ihren Intellekt zur Schau stellte. Sie stand auf und streifte sich den Schlüpfer über, bevor sie wieder ins Bett zurückkroch, um meine Umarmung zu suchen und dabei ihre Lippen an mein nächstgelegenes Ohr zu führen.

»Junge. Sir. Besser Sir. In England wärst du Sir. Sir Matasanz. Ich bin schrecklich müde. Ich schlafe schlecht. Ich habe zuviel getrunken, und diese Oralsex-Session – oder sollten wir sie linguistisch nennen? – hat mich munter gemacht. Um deinen Narzißmus zu nähren, sage ich dir, daß ich vergnügt bin, glücklich, weil du glücklich bist. Dich begeistern die Happyends, wenn du den Ton angibst. Du küßt die Hauptdarstellerin und bist selber der Hauptdarsteller.«

Sie fuhr fort, von zärtlichen Gesten begleitet, und streichelte mich, so als glaubte sie, dadurch ihre Botschaft in meinen Körper hineinzutragen. Sie sprach über unser gemeinsames Leben, aber in einem leichtfertigen, banalisierenden Ton, so als würde sie sich an eine abgeflaute und beinahe abgeschlossene Beziehung erinnern.

»Wie du weißt, war ich mehrmals verheiratet und habe drei Kinder, zwei Mädchen und einen Jungen, zwar von verschiedenen Vätern, aber sie betrachten sich als Geschwister, lieben sich, lieben mich, obwohl ich sie, vor allem den Jungen, selten sehe und ihnen wenig zur Seite stehe. Eine meiner Töchter lebt in Kanada, als Anthropologin, wie auch ihr kanadischer Mann. Die andere zieht dreihundertfünfundsechzig Mal im Jahr durch England, um das Animationstheater an den Schulen zu propagieren, und sie zu sehen, würde dich sicherlich schockieren. Sie ist so, wie ich vor dreißig Jahren war. Die gleichen Brüste. Ein liebes Mädchen, etwas kühl, und sie zieht keinen Nutzen aus dem, was sie zu bieten hat. Mein Sohn ist ganz anders. Er will Geschäftsmann sein und lebt in irgendeiner Stadt in Australien oder Neuseeland, ich erinnere mich nicht, obwohl er mir regelmäßig E-Mails schickt und wir uns einmal im Jahr treffen. Ich weiß nicht, zu welchem Anlaß. Um der Schlacht bei Waterloo zu gedenken? Du lachst ja gar nicht. Dankst du mir schon nicht mehr dafür, die unterhaltsamste und gebildetste Frau zu sein, mit der du jemals ins Bett gegangen bist? Ich rede von meinen Kindern, weil ich immer öfter an sie denke, so als würde ich dadurch versuchen, mir einzugestehen, daß ich alt geworden bin. Ich habe nicht nur drei Kinder, sondern auch fünf Enkel, vier von meiner kanadischen Tochter und einen von meinem Finanzmann-Sohn. Und ich sage dir, ich bin jedesmal unglücklich, wenn ich meine Enkel sehe und sie dann wieder verlassen muß, denn von ihnen bekomme ich eine außergewöhnliche Lebensenergie, so als würden mir diese spontanen und rätselhaften Kinder gute Schwingungen senden, die auf mich wie ein unblutiger Eingriff ethischer und ästhetischer Chirurgie wirken. Wäre es mir möglich, würde ich immer bei meinen Enkeln leben wollen, nicht mit ihnen zusammen, obwohl mich das auch nicht stören würde, aber doch in der Nähe, nah genug, um ihr Leben Sekunde für Sekunde zu beobachten, so lang, bis sie in ein paar Jahrzehnten mein Alter erreicht haben und anfangen, Angst zu verspüren, weil sie so alt sind wie ich. Aber ich gestehe, über all die Jahre zuviel getrunken zu haben, um noch lange zu leben, und außerdem würde ihnen eine Spezialistin in Perceval und Daniel

Defoe wenig nützen. Eigentlich ängstigen mich diese geheimen Gaben, die Kinder von Geburt an besitzen, ohne ihr Geheimnis zu lüften und zu erzählen, wie sie die Grenzen der Plazenta überschritten haben. Danach siehst du sie ausprobieren, scheitern, triumphieren, versuchen, dich zu verstehen und sich zu erklären, aber du weißt nicht, wie sie dich sehen, und mich schaudert jedes Mal beim Lesen von Ratgebern, in denen Kinderärzte mutmaßen, was in den Köpfen von Neugeborenen, von Kindern in der prälogischen Phase vorgeht. Sie sind kleine Weise. Ungeheuer kluge Wesen, die täglich die Mechanismen von Macht und Hegemonie erlernen, die uns zu dem gemacht haben, was wir sind. So lernen sie glücklich oder unglücklich zu sein, je nachdem, wie gut sie die Machtmechanismen beherrschen. Mit ein paar Monaten siehst du schon, wie sie versuchen, sich in der Gruppe zurechtzufinden, und ich sage dir, sie haben bereits ausreichende Ansätze von Mißtrauen, um mit Sartre darin übereinzustimmen, daß die Hölle die anderen sind. Ich bereue es, dem Heranwachsen meiner Kinder nicht mehr Aufmerksamkeit gewidmet zu haben, aber ich war zu beschäftigt mit meinen Vorlesungen, meinen Scheidungen, mit dir. Und nun entsetzt mich die Entfernung, die mich von meinen Enkeln trennt. Kanada. Australien. Du hast keine Enkel, genau genommen nicht einmal Kinder.«

Ich habe ziemlich schroff reagiert. Denn auch wenn ich kaum von ihm spreche, betrachte ich Pedro doch als meinen Sohn und wiederhole Myrna meine Liste der gegen den Jungen erhobenen Anschuldigungen, dessen Leben in so geregelten Bahnen verlaufen war, bis er Myriam, seine Politkommissarin kennenlernte, die aus meinem Pedro einen weltlichen Heiligen machte.

»Die weltlichen Heiligen kehren zurück!«, rief Myrna, ohne Rücksicht auf meinen Kummer zu nehmen.

»Er kümmert sich irgendwo um Kranke der Dritten Welt und vergibt sich dabei jede Chance auf eine seriöse Karriere.«

»Was heißt seriös? Ist unsere Karriere denn eine seriöse?«

»Doch.«

Myrna hatte sich im Bett halb aufgerichtet und sah mich herausfordernd, aber lächelnd an. Sie bedeutete mir mit einer Geste, bei der ihre Knochen knackten, daß ich mich samt meinen Ansichten zum Teufel scheren sollte. Dann ließ sie sich fallen, so daß ihr ganzer Körper und vor allem ihre Brüste wippten, und rief aus:

»Du weißt gar nicht, wie sympathisch mir dein Junge ist. Er ist großartig. Ein Ritter der Tafelrunde.«

Ich erinnere mich daran, wie Pedro, ein Kind von sechs Jahren, zu dem Duett stieß, das Madrona und ich bildeten, an die anfängliche Mühe, ihm seinen Platz einzuräumen, ohne daß er unsere Freiheit behinderte, an die vernünftige Erkenntnis, daß dies nicht möglich war, und schließlich an die sogar freudige Bereitschaft, das in Kauf zu nehmen. Der Junge war sehr zutraulich, und wenn ich seine Hand nahm, hätte er sie am liebsten für immer in meiner gelassen, denn mit der Hand gab er mir sein ganzes Vertrauen. Madrona verstand es, mir die am wenigsten lästigen Vaterpflichten abzuverlangen. Manchmal mit dem Jungen spielen, ihm unsere Umwelt, die Namen der Bäume und die fernen Landschaften in *Alegría de la Corte* erklären, ihm Lektüre empfehlen, mit Abstraktionen und später mit Wissen angefüllte Gespräche führen. Der Junge war zu einem sehr intelligenten Arzt und einem ausgezeichneten Rugby-Spieler geworden. Manchmal sehe ich ihn in meiner filmischen Vorstellung, wie er Leprakranke auf einer Insel im Pazifik behandelt, abgezehrt, mit einem Dreitagebart, doch zäh seiner Arbeit hingegeben.

»Doktor Mistral, Sie müssen dringend von hier weg.«

»Nein, nein. Es sind so viele krank!«

In der Tat taucht sehr selten ein so starker, so attraktiver Apostel auf, der in der Lage ist, zwei Stunden lang Susan Sonta zu zitieren und über die Krankheit als Metapher zu reden. Ich aber wollte mich dem Gefolge von Bewunderern seiner ethischen Gesinnung nicht anschließen, und als uns Pedro und seine Politkommissarin vor zwei Jahren im Sommer besuchten, sprachen wir kaum miteinander. Madrona hingegen war begierig darauf, von ihren Abenteuern zu erfahren, die mir dann später zu Ohren kamen, bei irgendeinem Essen oder danach. Madrona hörte ihnen mit glänzenden Augen zu, immer bereit, »sehr gut« oder »wie schrecklich« auszurufen, aus ganzem Herzen, doch ohne diesen affektierten Tonfall ablegen zu können, den alles, was meine Frau sagt, prägt. Ob sie auch im Selbstgespräch diese so offenen Vokale benützt, Vokale, die müde zu sein scheinen, die Last der Konsonanten zu tragen? Bedient sie sich dann auch dieser beschränkten Philosophie, um sich das Weitreichende zu erklären, und der ausführlichen für das Knappe? Myrna holt mich in dieses Zimmer auf der Isla de San Simón zurück.

»Warum findest du, daß dein Sohn sein Leben vergeudet? Er hilft Menschen, die ohne ihn wahrscheinlich sterben würden.«

»Ich bin sehr dafür, daß Leute, die keinen Platz unter den heutigen Spezialisten finden, Hilfsdienste in der Dritten Welt erfüllen. Natürlich bin ich damit einverstanden. Aber ein Mistral de Pamies muß alles darauf setzen, Erfolg zu haben. Eines Tages wird Pedro unglücklich sein, und zwar nicht über das, was er getan hat, sondern über alles, was er nicht getan hat.«

»Ich verstehe dich nicht. Du bist ein Spezialist für Abenteuerromane und kennst die literarische Bedeutung von Sieg, Niederlage und Opfer. Aber im wirklichen Leben bist du nicht in der Lage, das zu schätzen. Dein Sohn ist ein Artus-Ritter.«

Ich habe zu lachen begonnen.

»Er ist ein Verlierer. Ich hätte ihn gern in meiner Lage gesehen, als ich das Staatsexamen bestand und auf die Fakultät kam. Bei mir zu Hause standen die Finanzen nicht gerade zum besten. In

Wahrheit standen sie nie zum besten. Ich gab soviel Unterricht wie möglich, und meine Mutter nahm Näharbeiten zu Hause an, flickte, tat alles. Als ich auf die Universität kam, war sie von den Mistral de Pamies besetzt, will heißen von den Sprößlingen der reichen Familien dieser Stadt. Wir aus der Unterschicht bildeten spärliche ein Prozent der Studenten. Aber ich ließ mich nicht unterkriegen. Ich war schließlich auch kein Proletarier, was Kultur betraf. Mein Vater hatte eine gewisse Ausbildung und ging stets mit weißem Hemd zur Arbeit. Ich habe nie erfahren, was er verkaufte. Irgendetwas in Verbindung mit Pfarrern und Versicherungen. In den Vierzigerjahren war die einzige weitverbreitete Versicherung die für das Begräbnis. Verstehst du also, was ich fühle, wenn ich sehe, wie Pedro seine Chancen verpaßt?«

»Genugtuung. Du empfindest Genugtuung.«

Myrna wirft mir ein weiteres Mal vor, mich nicht um Pedro zu kümmern, sondern um mich selber, und wenn Myrna fest von etwas überzeugt ist, gibt es keine Möglichkeit, ihr logisches System zu demontieren. Ich gebe mich unglücklich, und das gefällt ihr. Sie gibt mir viele Küsse, schmiegt ihren Körper an meinen und legt eine Wange auf meine Brust. Ich kann ihr Gesicht nicht sehen, doch höre ich abermals ihre Klage, wie gespalten sie gewesen sei und wie sehr sie in den ersten zehn Jahren unserer Beziehung nur in Erwartung unseres Wiedersehens lebte. Erinnerst du dich an deinen Fimmel von damals? Ich erinnere mich, gebe es aber nicht zu.

»Du veranlaßtest mich, ohne Slip von London abzureisen. Ohne Slip im Januar.«

Myrna rief zuviele Erinnerungen wach, und ich begriff, daß sie die Bilanz einer Beziehung zog, die nicht mehr lange dauern würde. Das erschien mir logisch, wenn ich mich als diesen Mann mit dem schon leicht gekrümmten Rücken und einer gewissen Steifheit in Hals und Nacken in Erinnerung rief, der ich war. Auf den Wangen eine ebenso gute Farbe wie hervorragende Falten –

allerbester Qualität, das schon –, und mit beneidenswert dichtem, weißem Haar, das mit meiner von zweihundert Sonnen gebräunten Haut kontrastierte, die ich jährlich im Solarium meines Klubs konsumierte. Ein schöner alter Mann, der sich noch immer mit einer gewissen Behendigkeit bewegte, weil ich nach meiner Mutter geraten bin, die ziemlich groß war für die damalige Zeit, und in ihrer Kindheit in den Bergen von Pàndols das Vieh ihrer Onkel hütete. Ich erinnerte mich daran, daß man mich vor zwei oder drei Jahren fragte, ob ich nicht für ein Foto posieren wollte, das die Generation berühmter, in den Dreißigerjahren geborener Spanier festhalten sollte, mit dem zusätzlichen Anreiz, daß auch der König Juan Carlos auf dem Foto sein würde – wegen der Übereinstimmung von Geburtsdaten und Bedeutung. Bedeutend, wiederholte die Frau, die sich darum kümmerte, daß wir – etwa fünfundzwanzig Persönlichkeiten aus Wissenschaft, Kunst, Literatur und Theater – für das Foto posierten.

»Ach, Matasanz, sie zitieren uns schon für Fotos für unseren Nachruf herbei«, sagte der König, sobald er mich erblickt hatte, und in einem ungestörten Moment fragte er mich eines dieser Dinge, die er nur Spezialisten fragte: »Glauben Sie, daß den Katalanen die Archive zurückgegeben werden sollen, die von den Frankisten aus dem besetzten Katalonien weggeschafft wurden?«

»So wie die Dinge stehen, wäre es am besten, eine angemessene Zeit verstreichen zu lassen, bis sich die lautesten Stimmen auf beiden Seiten beruhigen, und später könnte man dann Katalonien die Originale zurückgeben und im allgemeinen Archiv die entsprechenden Kopien aufbewahren. Diese Vorgangsweise würde von den Katalanen mit Begeisterung aufgenommen werden.«

»Das verstehe ich. Wie sie wissen, habe ich eine Tochter und einen Schwiegersohn, die beinahe Katalanen sind, und obwohl sie mich nicht drängen, teilen sie mir doch mit, was die Leute in Katalonien denken.«

»Aber ich möchte betonen, daß es noch nicht der geeignete Augenblick ist, um die Angelegenheit voranzutreiben. Die Öffentlichkeit ist viel zu aufgewühlt.«

»Genau das denke ich auch, Matasanz. Sie haben wirklich einen der bestausgestatteten Köpfe Spaniens. Und Sie waren mein Lehrer, obwohl uns nur ein, vielleicht zwei Jahre trennen.«

Wenn man einmal siebzig ist, gibt es keinen Teil des Körpers mehr, der gut ausgestattet wäre. Man lebt, als könnte die Innenausstattung jederzeit versagen. Nicht einmal auf das Gedächtnis ist Verlaß, es gleicht einem subjektiven Roman, den wir uns selbst mit Hilfe von den anderen erzählen. Und dennoch fordern wir die Wiederbelebung dieses Stoffs. Die Erinnerung. Die ekelhafte Erinnerung, so wie sie Figuereido und Myrna auf obszöne Weise rezitiert hatten, mit der wir den Durst nach *dem frischen Wasser, das aus der Quelle der Erinnerung fließt* umso deutlicher fühlen, je älter wir werden. Die zwei Schlußverse der unvollständigen Inschrift von Petiglia hatten sie allerdings nicht mehr rezitiert. Diese verfälschen die Rolle der Erinnerung: *Und sie werden dir zu trinken geben, von jener göttlichen Quelle/ und danach wirst du herrschen zusammen mit den anderen Helden* .... In dem Vertrauen, der orphischen Sekte anzugehören, nahm der anonyme Verfasser an, daß Erinnern nicht erneutes Leben, sondern den Tod bedeutete. Die Erinnerung als ein ewiges Territorium, das die aufeinanderfolgenden Fehlschläge des Begehrens ausgleicht. Jenseits des orphischen Okkultismus wird die Erinnerung in allen Abhandlungen des *ubi sunt* und die Schicksalsthematik im Meisterwerk von Manrique als einziger Trost gegenüber dem Tod aufgefaßt wird. Was kann jedoch ich in meinem Gedächtnis suchen, das mich festzuhalten vermag?

Ich erinnere mich lediglich an den Willen, vorwärtszukommen und an meinen nur spärlichen Hang, von Erinnerungen oder in der Erinnerung zu leben. Das von mir ausgebildete Gedächtnis ist zweifellos verfälscht, denn es beginnt im Jahr 1958, als ich den Lehrstuhl übernahm und mich Martín de Riquer in der Vorhalle der Geisteswissenschaftlichen Fakultät als Kollege beglückwünschte. Alles davor waren nichts weiter als Brüchstücke von Szenen aus der Kindheit, der Jugend, meine Eltern als Eindringlinge, die einen Bereich meines Lebens als ihr Eigentum verteidigen wollten. Etwa meine Mutter, wenn sie sich lautlos über meine Lektüre beugte, weil es ihr Freude machte, durch das, was meine Augen verschlangen, mit mir in Verbindung zu stehen, obwohl sie nichts von dem verstand, was wir scheinbar gemeinsam lasen. Oder wie ich am Tag meiner ersten Vorlesung meinen Vater hinter einer Säule der großen Vorhalle der Universität versteckt entdeckte, der versuchte, mich in seiner sentimentalen Anteilnahme an meinem Triumph zu ersticken. Und es gelang ihm, mich aus der Fassung zu bringen, mir ein wenig Schuldgefühl aufzuladen, weil ich nicht hinging und ihm für alles dankte. Es wäre schrecklich gewesen, wenn ich ihre Eigenschaft der bescheidenen Überlebenden geerbt hätte, die nur heldenhaft waren, indem sie meine Karriere unterstützten, wo sie doch im Bürgerkrieg die Gelegenheit gehabt hätten, richtige Helden zu sein, diese aber nicht nutzten. Im Gegenteil. Sie durchlebten den Bürgerkrieg wie vor Angst in die Enge getriebene Ratten, im Schutz von ein paar Pfarrern, weil mein Vater bei irgendeiner katholischen Bewegung gewesen war und Vergeltungsmaßnahmen der Roten befürchtete. Aber als der Krieg zu Ende war, verstanden sie es auch nicht, aus ihrer offensichtlichen Zugehörigkeit zum Lager der Sieger Kapital zu schlagen, obwohl meine Mutter meinen Vater drängte, die Pfarrer aufzusuchen oder die Urkunde, die ihn als regimefreundlich auswies, einzureichen, damit man ihn als Hausmeister in einem Wohnblock der Reichen oder als Portier irgendeiner wichtigen Institution anstellte.

»Ich bin doch nicht wirklich regimefreundlich«, verteidigte

sich mein Vater unwirsch, so als wäre ihm klar geworden, daß er nirgendwo dabei gewesen war und dadurch überall dabeisein konnte. Meine Mutter erreichte es schließlich, daß man ihn bei einer Firma, die irgendwie mit einer religiösen Institution zu tun hatte, als Buchhalter oder so etwas ähnliches anstellte, und so nahm er seine endgültige Verkleidung an: gestärkte, weiße Hemden und schwarze Krawatte. Er roch nach weißen Hemden und schwarzer Krawatte oder vielleicht auch nach den alten schwarzen Schuhen, die jeden zweiten Tag mit dem Ritual des besten häuslichen Schuhputzers aufpoliert wurden: Bürste und Erdal, Erdal, die Marke, die immer in der Radiowerbung vorkam. Er zeigte mir, wie man Schuhe putzte, vielleicht aus dem Pessimismus heraus, daß ich eines Tages mein Leben als Schuhputzer bestreiten müßte, aber als ich an die Universität kam, putzte er sie nachts im Glauben, ich könnte annehmen, daß die Schuhe jeden Tag von Zauberhand geputzt würden. Ich fühlte mich nie betroffen. Als ich mich selbständig machte, betrachtete mein Vater meine Schuhe und wagte es manchmal mißbilligend den Kopf zu schütteln oder sogar zu sagen:

»Bei einem Mann deiner Kategorie müssen die Schuhe und das Auto immer glänzen.«

Ich bevorzugte das Gedächtnis als literarisches Thema. Wie hassenswert waren doch die persönlichen Erinnerungen, die sich manchmal in Alpträume verwandelten, in denen meine Mutter auftauchte, mich danach fragte, was allgemein und was mit mir im besonderen los sei, so als wäre sie auferstanden, damit ich ihr die Tagesschau der anderen und die meines eigenen Lebens zusammenfaßte. In den Träumen war meine Mutter eine starke Frau, vielleicht war sie es auch zu Lebzeiten, und hinter meinem Rükken, über das leise Schnarchen Myrnas hinweg, fragte mich ihre Stimme nach Onkel Juan, der an Tuberkulose erkrankt war und Erdnüsse in der Stierkampfarena *Monumental* verkaufte. Ich habe ihn als ein verletztes Tier in Erinnerung, das stank, weshalb wir ihn mieden.

Ich würde endgültig nicht einschlafen und konnte auch Myrna bis zum Morgen nicht wecken, sondern erst, wenn alle angekündigten Fähren die Insel San Simón erreicht haben. Zuerst werden die Politiker, dann die Akademiker, anerkannte internationale und spanische Spezialisten ihre Reden halten, darauf folgt mein Referat und danach ein runder Tisch mit Kommentaren und Erläuterungen. Festessen mit der möglichen Anwesenheit des Präsidenten der *Xunta* Galiciens und der Kulturministerin, die der Presse und anderen Kommunikationsmitteln gegenüber erklärt hat:

»Doktor Matasanz ist einer der beständigsten Marksteine der zeitgenössischen spanischen Kultur.«

Markstein war nicht gerade das passende Wort. Fundament. Basis. Denn Markstein war nur ein Bezugspunkt auf dem Weg, der wenig mehr als Entfernungen angibt. Myrna schlief, während ich meine Rede im Licht einer wolkenverhangenen Morgendämmerung noch einmal durchlas. Draußen mußte es wohl sehr kalt sein, und ich schlüpfte in die Seele eines jeden Opfers, das diese Inseln bevölkerte.

Und mich umgaben die Wellen, so groß
Keinen Schiffer hab' ich und kein Ruder.
Ich warte auf meinen Freund! Wird er kommen?

Ich las flüsternd, um Myrna nicht zu wecken, ganz rasch die ersten Seiten, die ich vorher schon einmal durchgesehen hatte; bei den folgenden verlangsamte ich den Rhythmus.

Die Geschichte von Erek und Enite ist die offenste sämtlicher Schriften des Britannischen Stoffes, vielleicht wegen der Sparsamkeit der Mittel, die der Autor einsetzt, um die Erzählung glaubhaft zu machen. Wenn wir sie als Liebesgeschichte mit der von Orpheus und Eurydike oder Tristan und Isolde vergleichen, wird offensichtlich, daß *Erek und Enite* einen rituellen Aufbau hat, der ausschließlich vom Mut und der Kraft des Helden, Erek, abhängt. In den anderen beiden großen Liebesmythen taucht hingegen das Schicksal auf und lenkt oder verhindert die Entscheidungen der Protagonisten. Betrachten wir einmal die Version von Orpheus und Eurydike in der transmediävalen englischen Übertragung aus dem 14. Jahrhundert, als *Sir Orfeo* bekannt und von Carlos García Gual in *Mythen, Reisen und Helden*, einem kurzen, aber äußerst genau dokumentierten Essay über vergleichende Mythologie kommentiert. Nach dem klassischen Mythos ist Orpheus der umherirrende Geliebte Eurydikes, der auf seiner Suche den Hades, das Jenseits erreicht, um seine Frau zurückzugewinnen. In der mittelalterlichen Behandlung des Stoffs von *Sir Orfeo* gibt es eine größere Naivität und sogar ein glückliches Ende, das die neue Funktion der Literatur als Quelle positiver Energie anzeigt. Die englische Dichtung ist von einer zarten, selbstbetrügerischen Sensibilität. Orpheus ist hier König Englands, Nachfahre von Pluto und Juno, der es vor allem liebte, Harfe zu spielen. Der Dichter verkündet, daß sich die Geschichte in Winchester zugetragen habe, im Altertum unter dem Namen Thrakien bekannt, und die Liebe des Königs der auf mysteriöse Weise verschwundenen Königin Herodias galt. Der Liebende macht sich als Bettler verkleidet auf die Suche und findet die englische Eurydike im Innenhof eines Schlosses, inmitten der Toten schlafend, umgeben von verstümmelten Kadavern. Hier geht es um die Suche nach der Geliebten, ihre Zurückeroberung und Errettung, sogar vor dem Tod, durch die Liebe von Sir Orpheus. Auch in *Tristan und Isolde* steht die Suche nach der Geliebten im

Mittelpunkt der jungen Liebenden, deren Beziehung von allen möglichen materiellen und moralischen Hindernissen geprägt ist.

So wie Orpheus über ein uraltes, auf der griechischen Mythologie basierendes Umfeld verfügt, entbehrt auch Tristan keineswegs klassischer Vorfahren – ein wichtiges Element in der sich vor der Renaissance herausbildenden Literatur –, denn er ist angeblich Nachkomme des Königs David, und obwohl man ihn in Leonis gebürtig vermutet, läßt ihn Marie de France im Süden von Wales auf die Welt kommen. Tristan ist verwandt mit den königlichen Hoheiten seiner Zeit, und in Isolde verliebt, bedarf er eines Freibriefs seines Onkels Marke, um sich mit ihr zu vermählen. Sie leben eine fälschlich als sündig bezeichnete Liebe, bis Tristan nichts anderes übrig bleibt, als zu ethischen Abenteuern aufzubrechen, und beim letzten Abenteuer trifft ihn die vergiftete Lanze. Bereits in Agonie bittet er Isolde, ihm bei seiner letzten Reise beizustehen, von ihm Abschied zu nehmen, doch Isolde kommt wegen der List der anderen Isolde, der Weißhand, zu spät, um ihren Geliebten noch lebend zu sehen. Das Mädchen stirbt, über den Körper Tristans gebeugt. Wie schon andere emblematische Werke fand auch die Geschichte von Tristan Eingang in die europäische Literatur, und ihre Einflüsse in Spanien werden von Carlos Alvar sehr gut in *König Artus und seine Welt* zusammengefaßt. Alvar untersucht die Übersetzungen, die unter dem Einfluß der ursprünglichen französischen Prosaversion von der Geschichte Tristans sowohl auf der iberischen Halbinsel als auch in Italien entstanden sind. Schon aus dem 14. Jahrhundert gibt es bruchstückhafte Versionen auf Katalanisch *(Tristany de Leonís)* und ebenso galicisch-portugiesische. In Aragon wird zwischen dem 14. und 15. Jahrhundert *Die Geschichte von Tristan de Leonís* erzählt, und auf kastilisch erscheint die sehr bekannte Romanze *Verletzt ist Don Tristan ...* oder die weit verbreitete *Chronik des guten Ritters Tristan von Leonís und seines Sohns, des jungenKönigs*, 1534 in Sevilla gedruckt. Zu diesem Zeitpunkt überlebt Tristan demnach als Mythos der Renaissance und taucht erneut in der Romantik auf, um dank Wagners *Tristan und Isolde* die Garantie zur Unsterblichkeit zu erhalten.

Der Verlust und das Wiedererlangen der Liebe sind der Antrieb für die Reisen von Orpheus oder Tristan, die häufig ein tragisches Ende nehmen und stets das Scheitern dieses Wiederlangens vor Augen haben, – sieht man einmal von der optimistischen Version von *Sir Orfeo* ab. Foerster wies darauf hin, daß im Gegensatz zu der von Flüchen geprägten anderen Tragödien in *Erek und Enite* versucht wird, die Vereinbarkeit von Liebe, Ehe und Rittertum zu proklamieren, doch über die Absicht von Troyes hinausreichend, erfüllen Erek und Enite die Rolle, ihr eigenes Schicksal in die Hand zu nehmen. Es geht nicht mehr darum, den Geliebten wiederzufinden, sondern ihn durch tagtägliche Eroberung zu bewahren. Victoria Cirlot nuanciert in ihrem Vorwort zur letzten auf Spanisch erschienen Ausgabe von *Erek und Enite* die Ausführungen Foersters: »Es wäre etwas gewagt, von der Apologie der Ehe zu sprechen, aber es besteht kein Zweifel, daß Chrétien ein Modell für eine zweckmäßige Moral vorschlägt.« Diese treffende Aussage erhellt den Unterschied zwischen diesem Roman und anderen Heldenepen. Die beiden Hauptfiguren befinden sich in einer Situation, die sie selber geschaffen haben und sind einem zweckmäßigen und sachlichen Verhalten unterworfen, das Enite verrät. Aus Angst bricht sie ihr Schweigegebot und ruft Erek zu Hilfe.

Vielleicht liegt es an dem einfachen Aufbau, daß die Personen von Chrétien in die Mythologie eingingen und lange nicht vom Geist der neuen Zeiten wiedererweckt wurden. Chrétien wollte mit seiner Geschichte wohl an die ritterliche These des legitimen Abenteuers erinnern, eine Jungfrau oder eine Dame zu erretten, und kehrte gleichzeitig die unerläßlichen Merkmale des Ritters hervor. Rufen wir uns doch in Erinnerung, daß die Romantik jubelnd einen Gutteil des Artusstoffes aufnahm, nicht jedoch den ersten Roman von Chrétien de Troyes, da den Kritikern die Geschichte von Erek und Enite zu objektiviert erschien. Doch darum geht es nicht, es sei denn, wir wollten in die Falle gehen, eine andere Lektüre zurückzuweisen, und diesen ersten Roman von Chrétien de Troyes als bloße Ausbeute erzähltechnischer Versuche oder nur als Verteidigung der ovidschen oder höfischen Liebe zu sehen, die alle unerläßlichen Gaben des Genres vereint: Mut und Ritterlichkeit bei Erek, Anmut und Sanftheit bei Enite, während sich die Erzählung rund um die Treue und die *Sagesse*, sie aufrechtzuhalten, entwickelt. Vielleicht war das der Plan Chrétiens, es ist jedoch sein und unser Verdienst, daß *Erek und Enite* als offenes Werk gesehen werden kann. Was keineswegs den forscherischen Eifer so hervorragender Spezialisten wie Frappier, Bezzola oder Köhler mindert, die herausfinden wollten, ob der Roman binär oder dreigeteilt ist, oder ihn auf die symmetrische Option von Zaddy hin zu untersuchen. Ich schrieb vor kurzer Zeit eine Studie über die Beziehung zwischen *Lazarillo* und dem Ursprung des modernen Romans und betonte meine Wahl, weil der moderne Roman seine eigenen Mythen schafft, von Lazarillo bis zu Joseph K. Die Romane, die wir studieren, gehen jedoch von einem mythischen, mehr oder weniger mit der alten Mythologie verwandten Geflecht aus, das sich nicht immer entwirren läßt. Mir liegt daran, herauszufinden, ob die Romane des Artus-Zyklus, abgesehen von ihrem archäologischen Wert, auch noch einen Gebrauchswert haben, der sich nicht auf die paar Spezialisten beschränkt, die mehr oder weniger von der kleinen Kulturindustrie namens *Britannischer Stoff* leben. Man muß von expliziten, noch heute gebräuchlichen Mythologien reden, und von Mythologien, die den Wandel der Zeit abwarten, um wiederaufbereitet neue Bedeutung zu erhalten, zu denen meines Erachtens *Erek und Enite* zu zählen sind. Natürlich liegt die mythische Neudeutung nicht ausschließlich in meinen Händen, sondern in denen aller die an die Möglichkeit glauben, daß das 21. Jahrhundert diesen Mythos annimmt, weil es ihn braucht, weil die Kulturindustrie im Zeitalter der multimedialen Hegemonie Wegwerfmythen erzeugt, aber auch andere, die mehr als fünfzig Jahre überdauern und die festgelegte Grenze des Jahrhunderts überschreiten können. So läßt sich bei *Erek und Enite* durchaus die Machart eines *road movie* feststellen und beobachten, wie nah der Stoff den heutigen spannenden Liebesgeschichten in Kino und Fernsehen ist. Die Tatsache des glücklichen Ausgangs nach den Wechselfällen des Schicksals, die das *Happy-End, Die Hofeslust*, ermöglichen, rechtfertigt es nicht, diesem ersten Roman Chrétiens geringere Bedeutung beizumessen, wie es so oft geschieht. Könnte man die spielerische Hypothese einer Transposition der Epoche akzeptieren, würde ich bekräftigen, daß *Erek und Enite* der unvergänglichste von allen Romanen Chrétiens ist, weil in dieser Erzählung die archaisierenden Elemente eine symbolische, der Rezeption des heutigen Publikums angepaßte Lesart zulassen und die Figuren selbst mythischen Idealvorstellungen entsprechen. Sehen wir uns doch noch einmal den außergewöhnlichen Symbolgehalt an: Die Zwerge, die Wegelagerer, die fünf angreifenden Ritter, den Grafen Gauvain, König Guivret le Petit, übeltätige Riesen, den Grafen von Limours, den Kampf, um Mabonagrain aus seinem Zauber zu befreien. Sie verkörpern allesamt – trotz der deskriptiven Starre, die die neue Blüte des Romans im Spätmittelalter kennzeichnet – Prototypen für nicht an Epochen gebundene Verhaltensweisen. Hier taucht nichts Übernatürliches auf. Jede Person übernimmt ihre Rolle und bewegt sich im Rahmen ihrer Möglichkeiten und Fähigkeiten, wobei dem Wort »Fähigkeit«, *virtú*, der Sinn zukommt, den es in der Renaissance, ausgehend vom Humanismus und insbesondere durch Machiavelli erhält. Die *virtú* als ein Wissen, um dem Schicksal die Stirn zu bieten, also die Handlungsfähigkeit des Menschen, ohne das über die Realität Hinausgehende – warum es nicht übernatürlich nennen? – in Betracht zu ziehen.

Ich bemerke, daß Myrna aufgewacht ist und mich halb aufgerichtet im Bett beobachtet.

»Was liest du mit solcher Aufmerksamkeit?«

»Meine Rede.«

»Ist sie gut oder brillant?«

»Sie ist unbrauchbar. In Wirklichkeit versuche ich etwas zu sagen, das nicht zum Thema dieses Treffens paßt, oder doch, weil es zu meiner Person gehört. Aber ich weiß nicht genau, was ich über mich sagen will, indem ich die armen, schutzlosen Erek und Enite benütze. So als hätte ich sie nicht alle.«

»Das ist vielleicht ein Aufwachen! Depressiv. Trink eine *Mimosa*, halb Orangensaft, halb Champagner.«

Myrna geht ins Badezimmer, und ich höre das Prasseln der Dusche. Vor zehn, sogar noch vor fünf Jahren hätte ich ihren nackten Körper unter dem Wasser gesucht, wenn auch nur als Scherz, um ihr zu schmeicheln, doch nun erscheinen mir die zehn Meter, die mich von der Tür trennen, als unüberbrückbare Distanz, und das mögliche Bild des alten, impotenten Liebhabers absonderlich, der nur in der Erinnerung seine Kraft wiederzubeleben versucht. Auch geht es mir mit Myrna oder Madrona nicht wie dem armen

Falstaff, der sich über die Eigenschaft des Mannes beklagt, in dem das Begehren die Potenz überlebt. Ich fühle kein Begehren, obwohl Myrna es anregen will, wie sie so nackt herauskommt und mit dem Badetuch fächelt, bevor sie es sich um ihren feuchten Körper schlingt. Von vorne betrachtet ist ihr Körper sehr annehmbar, aber wenn sie mir den Rücken zukehrt, übersäen die Spuren von Zellulitis ihre Schenkel und Waden, noch unterstrichen von den sich unter der durchsichtigen, empfindlichen Haut abzeichnenden Krampfadern. Aber während Madrona mit ihrer beängstigenden, durch die Gymnastik noch verstärkten Appetitlosigkeit einen zerklüfteten Weg verheißt, den man nicht beschreiten möchte, ist Myrna, wieder von vorne betrachtet, eine begehrenswerte, pneumatische Frau – wie sie Aldous Huxley in *Schöne, neue Welt* definiert. Bereits angekleidet, fährt sie sich mit einem dieser afrikanischen Kämme durchs Haar, die nur Europäerinnen und Amerikanerinnen verwenden, und betrachtet einen Punkt jenseits des Zimmerfensters, betrachtet ihn so eindringlich, daß es wohl der genaue Punkt sein muß, wo die Zeit für diesen Ehrentag anbrechen und fünfzig Jahre Lehrtätigkeit an der Universität zu Ende gehen werden.

Vielleicht betrachtet sie nicht den Ursprung der Zeit, sondern den der Sprache, denn sie fordert ihn auf, das im Morgengrauen geführte Gespräch wiederaufzunehmen, das mit der pessimistischen Feststellung, »armer Julio, du wirst es nie zu etwas bringen« aufgehört hatte.

Sie hatte sagen wollen: Du wirst nie etwas Wichtiges erreichen. Ein harter, sehr harter Epitaph, den nur die Stimme milderte, die meinen Interessen zugetan schien, wenn sie auch in keinem Moment ausdrückte, was ich denn tun sollte, um *Etwas* mit meinen beinahe einundsiebzig Jahren zu erreichen. Myrna hatte mich nach meinen Bemerkungen über das Verhalten von Pedro und seines Mädchens angegriffen, das ich als Flucht nach vorn bezeichnet hatte. Wer tritt nicht die Flucht nach vorn an?, hatte Myrna gerufen, und auf dem Bett knieend vorwurfsvoll den Finger auf mich gerichtet.

»Armer Julio. Du wirst es nie zu etwas bringen.«

Nun möchte ich ihr vorschlagen, zum Frühstück hinunterzugehen, aber als ich aufstehe, fühle ich mich so müde, ich habe kaum geschlafen und will noch im Bett bleiben, um vor dem Marathon der Ehrungen noch ein wenig zu dösen. Ich gehe zu ihr, streiche ihr übers Haar. Sie hält meine Hand fest und küßt sie, aber flüchtig genug, daß ich meinen Weg zum Bett fortsetzen kann. Mein Rücken schmerzt und sucht auf einer wunderbaren Matratze Trost. Nur ein alter und angeschlagener Rücken und ein Nacken, der es müde ist, einen von Erinnerungen und Ahnungen überfüllten Kopf zu tragen, weiß das Kopfkissen richtig zu schätzen. Ich kämpfe gegen die augenblickliche Müdigkeit an, denn schließlich soll sich Myrna nicht ausgestoßen fühlen, obwohl ich mich vielleicht danach sehne, daß sie fortgeht, mich in Ruhe meine Dinge wieder ordnen läßt, so wie ein Schauspieler versucht, sich zu sammeln, bevor er auf die Bühne tritt, oder bevor Myrna und ich uns auf dem Erinnerungsfoto verewigen lassen, und uns begrüßen oder verabschieden, ohne die Gestik zu verändern, denn schließlich sind wir erfahrene Schauspieler. Wir haben soviel gelesen! Myrna ist endlich mit ihrer Frisur zufrieden, steht auf, prüft aus den Augenwinkeln, ob ich noch wach bin, und ich bewege mich gerade soviel, daß sie merkt, daß ich noch nicht schlafe, aber auch keine Gesprächsbereitschaft an den Tag lege. Schon bekleidet beugt sie sich aus dem Fenster, dann setzt sie sich aufs Bett, nimmt meine Hand und führt sie an ihre Lippen.

»Ruh' dich aus. Versuche ein wenig zu schlafen. Vielleicht solltest du auf dem Zimmer frühstücken.«

»Nein, nein. Es ist nur für einen Moment.«

Sie hebt einen Finger an ihre Lippen und schließt dann mit

einer Hand meine Augen, und als sie das tut, befürchte ich, sie könne mich selber schließen wollen, mich in Klammern setzen, damit ich aufhörte, zum notwendigen Teil des Gesprächs zu gehören. Sie nicht wiederzusehen, wäre schrecklich für mich, ebenso wie Madrona zu verlieren, Mittelpunkt meiner wiedergefundenen Umgebung, der Beweis meiner Heimkehr. Nicht als Jason, der kein glückliches Ende fand, sondern als irgendein triumphierender Gott, der das Goldene Vlies erlangte und außerdem nie sein Heim verloren hat. Jason gewann das Goldene Vlies, wurde aber bei seiner Rückkehr vom widerrechtlichen König getötet, der seinerseits zerstückelt wurde, und seine Töchter wurden gar verspeist. Eine Grausamkeit, die mich seit meiner ersten Annäherung an die Geschichte der Argonauten beeindruckte, angeregt von der Stelle im zwölften Gesang der *Odyssee*, wo Homer beschreibt, daß nur ein Schiff diese Klippen umsegeln konnte:

Eins nur steuerte vorbei
an den meerdurchwandelnden Schiffen,
Argo, die Allbesungene
da sie von Aëtes zurückfuhr;
Und bald hätte die Flut auch sie
an die Klippen geschmettert,
Doch sie geleitete Here,
die waltende Göttin Jasons.

Genau in diesem Augenblick des nur in meinem Kopf rezitierten Verses spürte ich den feuchten Kuß Myrnas auf meiner Stirn und dankte ihr dafür, daß sie fast unhörbar zur Tür hinausschwebte, Ausgang, aber auch Tür der Wiederkehr.

Medizinerkongresse haben nichts mit Romanistenkongressen gemein. Das weiß ich, weil viele meiner Freundinnen mit Ärzten verheiratet sind und für gewöhnlich mit ihren Ehemännern zu den Kongressen reisen, was insgesamt rein gar nichts bringt, außer daß Millionen von Ärzten in Begleitung ihrer Señoras die Welt kennenlernen. Zu Beginn meiner Ehe wollte auch ich Julio auf einigen Reisen begleiten, um ihm zu zeigen, daß sein Leben auch meines war, doch stellte ich bald fest, daß seine Kollegen allein reisten und Julio sich durch meine Begleitung eingeengt fühlte. Außerdem treffen sich die Romanisten an altbekannten Orten, und nur selten ist die Reise an und für sich, abgesehen von den Reden und Debatten, verlockend. Auch führten unsere finanziellen Verhältnisse zu vergleichsweisen Benachteiligungen der anderen Teilnehmer, zum Beispiel bei der Wahl des Hotels. Ich brauche einfach ein Viersternehotel, die Kongreßteilnehmer der armen Wissenschaften hingegen begnügen sich oft mit einer Pension oder universitären Unterkünften, die extrem unkomfortabel sind. Einmal hörte ich mir eine Vortragsreihe über Ritterromane an der Sommeruniversität von Salamanca an, immerhin im *Palacio de la Magdalena*, einem ehemaligen Königspalast, der mir jedoch wie ein riesiges unbewohnbares Gebäude schien. Aber das ist lange her, er soll mittlerweile zivilisiert geworden sein. Jedenfalls gewöhnte ich mich daran, daß Julio allein reiste, wie auch ich, und das an Orte, die mich interessierten. 1992 unternahm ich sogar eine Weltreise an Bord eines großartigen Kreuzfahrtschiffs, das mir alle Filme über Kreuzfahrtschiffe, die ich je gesehen hatte, in Erinnerung rief, und auf dem auch die bei so langen Seereisen üblichen Ticks nicht ausblieben. Ich würde gern auf einem Überseedampfer leben, ständig auf einem Kreuzfahrtschiff, das es mir ermöglichte, das ewige Licht des Nordkaps im Sommer und die Traurigkeit von Ushuaia, der rund um ein Gefängnis erbauten Stadt auf Feuerland einzufangen. Von dort aus in die Antarktis aufbrechen oder einmal, tausendmal die Inseln der Karibik umschiffen, bis zum Panamakanal, durch den es weiter nach Südkalifornien geht, San Lucas, zum Meer von Cortés mit seinen wie aus Felsen gehauenen Seelöwen. Wenn ich mit einer meiner Schwestern oder mit Freundinnen reise, gehe ich aus mir heraus, bin locker, unternehmungslustig, in der Lage, innerhalb der geplanten Reise eine weitere zu organisieren. Aber eigentlich ziehe ich es vor, allein zu reisen und dabei andere Passagiere kennenzulernen, die sich so sehr von den Menschen unterscheiden, die zur Überwindung der Entfernungen das Flugzeug oder das Auto benutzen. Der zur See Reisende erschafft die Zeit neu und hat viele Gelegenheiten, um mit der interessantesten Person, die er kennt, nämlich mit sich selber, ein Gespräch zu führen. Doch was nun das Reisen oder nicht Reisen mit Julio betrifft, werde ich im Frühjahr, anläßlich der Verleihung des *Carlomagno*-Preises, eine Ausnahme machen, denn dieser Preis hat ihn riesig gefreut, das habe ich ihm angemerkt, trotz seiner zurückhaltenden und kühlen Art.

Das bevorstehende Weihnachten läßt mich sehnsüchtig an Reisen in die Tropen denken, eine Möglichkeit, die Beziehung zwischen Raum, Zeit und Sinnen zu hintergehen. Im Winter Wärme zu spüren, ist etwas so Wunderbares wie das Gefühl von Kälte im Sommer, wenn du in das eisige Wasser des Swimmingpools eines Kreuzfahrtschiffs auf dem Weg nach Skandinavien eintauchst. Aber dieses Jahr bleibe ich vor Anker und hoffe, daß dieses Weihnachtsfest ein Wiedertreffen bringt, vielleicht eine Bilanz, da Julio durch seine Emeritierung demnächst zum ersten Mal und endgültig nach Hause zurückkehren muß und es ideal wäre, wenn auch die Jungen kommen könnten, nachdem ich ihnen Nachrichten und Mittel nach San Mateo geschickt habe, zusammen mit einem liebevollen SOS: Bitte, ich brauche euch. Ein in diesen Momenten der Müdigkeit verfaßtes SOS, die mich in letzter Zeit innerlich aushöhlt, mich in ein leeres Haus verwandelt. Auch jetzt fühle ich, nachdem schon die Schreckgespenster meiner schlechten Gesundheit auf den Plan gerufen sind, meine Kräfte schwinden, denn ich habe nichts zu Mittag gegessen und kaum gefrühstückt. Ich mag nicht mit vollem Magen ins Fitness-Studio gehen, und danach vergehen Stunden, ohne daß der Körper nach Nahrung verlangt, so daß mein Kopf mir sagt: Etwas mußt du essen, Madrona. Ich nütze das Warten im *Sandor* für einen Milchshake mit Früchten, der köstlich schmeckt, und trinke danach einen Portwein, um mich positiv auf das einzustimmen, was da auf mich zukommen mochte. Dir ist wirklich nicht zu helfen, meint Marta jedesmal, wenn ich mich auf undankbare Sachen einlasse, und wiederholt den Rat meiner Mutter: Den Menschen muß man aus der Ferne helfen, ihnen Geld schenken, nicht Zeit. Doch ich war gerade dabei, meine Zeit einer sogenannten Señora Masdeu zu widmen, von der ich nur wußte, daß sie im teuersten Studio der Stadt Gymnastik machte, ihr Haar blond färbte, ihre Speckfalten noch nicht auffällig waren, vier Kinder hatte und ihr Mann sie schlug. Wie mißhandelte sie ihr Mann? In Berichten über mißhandelte Frauen war manchmal die Rede von Ungeheuerlichkeiten, wie etwa die Brüste mit Zigaretten zu verbrennen oder mit dem Gürtel zuzuschlagen, bis die Haut in Fetzen herunterhing. Sollte der armen Señora Masdeu so etwas widerfahren sein? Als ich einen weiteren Portwein bestelle – denn ich will ja nicht verzagen und dann eher auf Hilfe angewiesen sein statt zu helfen –, spüre ich fast unmerklich die Anwesenheit von jemandem an meiner Seite: Die Blondine Masdeu mit einem blauen Auge, die Speckfalten in einer hervorragenden Winterkleidung verborgen –

Versace aufwärts – und mit einer Handtasche, wohl aus Paris, gediegen, von Vuitton, glaube ich. Trotz der Aufmachung und der Tasche würde Masdeu ohne ihr blaues Auge keinerlei Aufsehen erregen, und dessen ist sie sich bewusst. Man könnte meinen, sie posiert mit ihrem Auge, so wie sie es mit ihrem Körper vor einem Maler, Bildhauer oder Fotografen tun würde. Es ist ein blaues Auge beträchtlichen Umfangs, das auf einen Flash wartet, und mit einem zynischen, triumphierenden, wenn auch bitteren Lächeln neigt sie es ganz nah an mein Gesicht, während sie an meiner Seite Platz nimmt und sich so hinsetzt, daß die Lichter des Salons diesen riesigen Bluterguß noch hervorheben. Ich sage das Passende: Welche Ungeheuerlichkeit! Und ich halte es für eine Ungeheuerlichkeit, kann mich aber nicht ganz solidarisch fühlen, nachdem die junge Frau ihr blaues Auge scheinbar mit verhaltenem Genuß zur Schau stellte. Sie war nicht älter als fünfundzwanzig, hatte aber vier Kinder, die auf etwa fünf Ehejahre, und ich weiß nicht auf wieviele Blutergüsse wie diesen schließen lassen.

»Diesmal ist er zu weit gegangen. Ich habe das Auge meinen Schwiegereltern, Schwägerinnen und Schwagern gezeigt, obwohl ich wußte, daß ihn alle in Schutz nehmen würden und das Offensichtliche nicht sehen wollten. Ich zeigte es den Nachbarn in der Umgebung, es gibt zwar in dem Viertel nur wenige Geschäfte, wohl aber eine Apotheke, und in der war ich auch. Ich will, daß man weiß, was für ein Mann er ist.«

Unerwartet verfällt sie und bricht in Tränen aus, schluchzt in einer Lautstärke, die im *Sandor* völlig fehl am Platz ist, und weder den kopfschüttelnden Kellnern noch der Klientel behagt, die ihre Blicke auf das blaugeschlagene Auge und die Tränen richten, so als hätte sie ein unangebrachter Lärm dazu veranlaßt. Vielleicht war man in der Apotheke nett zu ihr gewesen, ich bin aber sicher, daß alle anderen Türen, an die sie angeklopft hat, wenn auch höflich, so doch geschlossen wurden. Das Weinen erfaßt ihren ganzen

Körper, so als hätte sie gerade heute den Schmerz entdeckt, an diesem Dezembertag, in der für Weihnachten, Neujahr und den Dreikönigstag festlich herausgeputzten Stadt mit ihren überall ertönenden Krippenliedern. Der Oberkellner kommt her:

»Sollten die Señoras etwas brauchen …«

»Ruhe«, antworte ich mit dieser Würde, die wir Mistral de Pamies unseren Worten verleihen können, wenn es die Situation erfordert, und der Mann versteht meine Haltung, denn er verneigt sich und geht zu den Gästen und anderen Kellnern, um sie zu beruhigen. Masdeu scheint begeistert von meiner Reaktion, denn sie hört auf zu weinen und sieht mich mit den dankbarsten Augen der Welt an.

»Wie heißen Sie?«

»Dora, Dora Sánchez Merlasca, verheiratete Masdeu.«

»Dora? Normalerweise nennt man eine Dorotea Doro.«

»Meine Eltern haben mir eigentlich den Namen Adoración gegeben.«

»Gut. Atmen Sie kräftig durch. Trinken Sie einen Whisky oder zwei …«

»Der Whisky steigt mir sofort in den Kopf.«

»Dann eben etwas anderes, das Sie aufmuntert.«

»Ein Tonic.«

Ich zucke die Achseln. Das mit dem Aufmuntern ist sehr subjektiv, ich muß ihr kein alkoholisches Getränk einreden. In der Tat belebt das Tonic die arme Dora wieder, sie seufzt, lächelt und bekräftigt, daß in Momenten, wo man sich elend fühlt, nichts über ein Tonic gehe.

»Meine Großmutter trank in solchen Augenblicken immer Baldrian. Das waren andere Zeiten.«

»Wurde sie auch vom Großvater geschlagen?«

»Nein. Aber wenn sie nervös war, machte sie sich einen Baldriantee, und ich lachte darüber. Das Tonic ist mein Baldrian.«

Sie muß endlich reden, scheint aber den Schlüssel dafür in irgendeinem der Häuser, wo sie vergeblich Hilfe suchte, gelassen zu haben.

»Wann begannen die Mißhandlungen?«

Sie zuckt mit den Schultern, seufzt, trinkt ihr Tonic aus und ruft nach dem Kellner. Diesmal bestellt sie zwei Whisky oder einen doppelten Malt. Wenn möglich Knockando. Zwanzig Jahre. Ohne Eis. Ich sehe zu, wie sie sich als erfahrene Trinkerin entpuppt und lasse sie den ersten langen Schluck nehmen, der so kräftig ausfällt, daß sie das Glas zur Hälfte leert, und nun hat sie genügend Vertrauen gefaßt, legt ihre Hand auf meinen Arm, und ich nehme sie in die meine, streichle sie, versuche mütterlich zu wirken, ohne Ironie, denn ich weiß, daß es in solchen Situationen angebracht ist, mütterlich zu sein.

»Sie können viel für mich tun, Señora Matasanz oder Mistral de Pamies. Wie soll ich Sie nennen?«

»Madrona. Was kann ich für Sie tun?«

»Mein Mann schlägt mich seit zwei Jahren, aber die verbalen Einschüchterungen waren in unseren sechs Ehejahren immer gegenwärtig. Ich habe sehr jung geheiratet, mit zwanzig, weil ich ein Kind erwartete, Juan Eduardo, und mein Mann hat bald begonnen, mich als kleines Mädchen zu behandeln, das von überhaupt nichts eine Ahnung hatte. Ich war tatsächlich wenig gebildet, hatte nicht einmal das Abitur abgeschlossen, weil ich zu Hause als Arbeitskraft gebraucht wurde, doch bin ich nicht so dumm, wie er glaubt. Er ist älter als ich. Zehn Jahre älter.«

»Warum hat er Sie schließlich geschlagen?«

»Weil ich mich in den Tagen verzählt habe, und wir das dritte Kind bekamen, ein Mädchen, Genoveva, wegen der heiligen Genoveva von Brabant, deren Geschichte mich schon als Kind beeindruckte, als man sie mir in der Klosterschule erzählt hatte, der ersten Schule, die ich besuchte, und die gratis war. Nun gut, er nannte mich eine blöde Kuh und warf mir an den Kopf, wieviel er arbeiten mußte, um eine Familie zu erhalten, und jetzt noch ein weiteres Kind. Von da an war unser Sexualleben die Hölle. Er zählte die fruchtbaren Tage, und nur an den sicheren vögelten wir. Verzeihen Sie diesen Ausdruck, aber es gibt keinen passenderen. Stört er Sie?«

»Nicht besonders.«

»Vögeln, das schon. Da wir es selten machten, vögelte er mich sehr brutal. Wie ich Ihnen schon sagte, vögelten wir nur, wenn er glaubte, daß ich nicht fruchtbar wäre.«

Sie hatte ihren doppelten Whisky ausgetrunken und bestellte einen einfachen.

»Und Sie haben keine andere Methoden, wie Präservative oder die Pille versucht?«

»Ich lehne diese Schweinereien ab. Wir richten uns, meinen religiösen Regeln entsprechend, nach Knaus-Ogino. Dann wieder ein Fehler, und Juan Lorenzo, unser Kleinster, kam zur Welt. Von da an wurde mein Mann gewalttätig, er schlug mich und schlägt mich nun bei jedem Problem, und wir vögeln so gut wie nicht, weil er keine weiteren Kinder mehr haben will. Und obwohl wir so wenig vögeln …«

Sie war also wieder schwanger. Ich streichle zwar verständnisvoll ihre Hand, doch kann ich die Alarmsignale in meinen Augen nicht unterdrücken, als ich sie betrachte, und nun anders sehe, nämlich als eine gefährliche Häsin, die das Leben der anderen mit ihrer Gebärfreudigkeit zerrüttet, und ich zähle mich zu den anderen. Was mache ich im *Sandor* mit diesem Häufchen Elend? Wie kann ich ihr helfen? Sie bohrt sich gierig in mein Schweigen und errät, wo meine Zweifel liegen.

»Sie können mir einen großen Gefallen erweisen, Señora Mistral de Pamies, Madrona.«

»Ich wüßte nicht wie.«

»Mein Mann stammt zwar aus keiner reichen Familie, hat aber eine sehr wichtige Stellung in einem Unternehmen, das mit Ihrer Familie verknüpft ist, Señora Madrona. Die *Ester S. A.*, *Espacios Terrestres S. A.*, gehört doch einem Ihrer Schwager.«

»Ja, dem Mann meiner Schwester Ditas, Mercedes, Merceditas, bis sie schließlich ihr Leben lang nur Ditas genannt wurde, Pepón Swirne Sentmenat, aber er ist nicht der Besitzer. Er ist der Geschäftsführer, der Verantwortliche, aber nicht der Chef.«

»Er hat den größten Einfluß und besitzt die meisten Aktien. Sie müssen mir ein Treffen mit Ihrem Schwager organisieren, damit er Druck auf meinen Mann ausübt. Wenn er eingreift, ist es für meinen Mann schlimmer, als wenn es die Polizei oder irgendein Richter täte.«

»Aber ich kann doch Pepón nicht solche Unannehmlichkeiten bereiten. Warum haben Sie ihn nicht selber angerufen? Schließlich sind Sie die Betroffene.«

»Ich habe nur wenig zu sagen. Das werden Sie schon bemerkt haben. Wenig Bildung. Wenn man mir hochtrabend daherkommt, weiß ich nicht mehr weiter.«

»Und was machen Sie dann, wenn Pepón Sie empfängt?«

»Sie müssen mich begleiten.«

Sie hatte fast alles gesagt, was sie von mir erwartete, etwas so Simples, wie sie zu meinem allmächtigen Schwager zu begleiten, damit der ihrem Ehemann die Leviten lesen würde.

»Mal sehen, was ich tun kann. Rufen Sie mich morgen an.«

»Ich muß heute Nacht nach Hause zurück, und dieser Mann wird mich umbringen. Es muß noch vorher geschehen, ich brauche Rückendeckung.«

»Aber um diese Zeit ...«

Wo kann ich Pepón um diese Zeit erwischen? Das versuche ich herauszufinden, um mir die Señora Masdeu so schnell wie möglich vom Hals zu schaffen. Laut meiner Schwester Ditas ist Pepón im Büro, und laut einer der Sekretärinnen von Señor Swirne Sentmenat moderiert er einen Vortrag des Herrn Vizepräsidenten der Regierung über die Auswirkungen des Euro auf Klein- und Mittelbetriebe, und zwar in der ESADE, einer Hochschule für Betriebsmanagement. Der Vortrag beginnt soeben und mit ein wenig Glück erwischen wir Pepón am Schluß, um kurz abseits des Trubels mit ihm zu reden. Außerdem ist die ESADE nur ein paar Schritte von meinem Haus entfernt, womit die Sache gelöst zu sein scheint. Ich habe allmählich Lust, wieder nach Hause zu kommen. Mich hat wieder jene Müdigkeit befallen, die in letzter Zeit mein Leben bestimmt und die meine Schwester Marta der Tatsache zuschreibt, daß ich so wenig esse, aber deren wahre Ursache mir Doktor Buscarons mit Dringlichkeit, doch wenig Erfolg darlegen wollte. Ich erinnere mich an die Beziehung zwischen dem alten Buscarons und meinem Vater. Willst du, daß ich irgendetwas finde? Nein. Dann ab nach Hause. Die Praxis dürfte noch offen sein, doch ich bezahle die Rechnung im *Sandor* in Begleitung einer von ihrem Mann mißhandelten Frau und warte auf den Moment, in dem ich wie ein Engel des häuslichen Wohls über den Vortrag herabschweben könnte, der sich den Auswirkungen des Euro auf Klein- und Mittelbetriebe widmete. Es ist so, als würde mich die Müdigkeit vom Arzt entfernen, der sie zu diagnostizieren hat, so als würde sie mich umhüllen, von mir Besitz ergreifen – genau das – und endgültig bei mir bleiben. Wir steigen in meinen kleinen Audi, und Dora meint, er rieche so gut, während sie mich gleichzeitig nach der Duftmarke fragt.

»Ich verwende nichts davon. Das Auto riecht nach uns, die wir es benutzen.«

»Also ich verwende schon einen Duft im Auto meines Mannes und in meinem. Ich liebe Erdbeergeruch.«

Würde sie mich nicht kennen, an wen hätte sich dieses Häschen dann gewandt?

»Und Sie haben, wo Sie doch so religiös sind, keinen Beichtvater?«

»Ich habe sie oft gewechselt. Keiner versteht mich.«

Ihr blieb immer noch die Möglichkeit, bei einem Verein zum Schutz mißhandelter Frauen Zuflucht zu suchen, aber vielleicht hatte Señora Masdeu zuviel Geld oder andere mögliche Auswege. Die Masdeu wohnte wahrscheinlich in *Sarrià* oder einem der anderen noblen Randbezirke der Stadt, die für ein wohlhabendes Bürgertum errichtet wurden. In *Ciutat Diagonal*, sagte sie mir, in einem Haus mit tausend Quadratmeter Garten voller Oleander, Rhododendren, Linden, einer Weide am Teich, einem Schwimmbad, das man im Winter abdecken könne, und einer mit ausgefallenen, aber sehr schönen Fliesen dekorierten Laube, die von Gaby Artigas stammten, einem bekannten Künstler, Sohn von Llorenç Artigas, dem Keramiker Mirós. Sie wissen bestimmt nicht, warum ich Rhododendren pflanzte! Nun, weil in vielen Romanen von Agatha Christie die Protagonisten Rhododendren im Garten haben, sie pflegen, ausschneiden, stutzen, also sagte ich mir, warum nicht Rhododendren pflanzen. Meine Familie hatte keinen Garten. Wir lebten in einer Wohnung in *Ciutat Badia*, in der Nähe von Sabadell, und hatten nur Töpfe mit Geranien und Nelken, denn meine Mutter ist Andalusierin und mag Blumen sehr. Einmal hatte sie Chinesernelken gepflanzt, aber sie gingen nicht auf, was für eine Enttäuschung für die Arme. Und während wir so plaudern, nickt die schlechtverheiratete Masdeu, mit dem rechten Scheitelbein an die Scheibe gelehnt ein, dankbar daß bei der im Winter um diese Stunde herrschenden Dunkelheit ihr tiefschwarzer Haaransatz unter der schon ausgewaschenen, fast platinfarbenen Tönung nicht zu sehen war. Es stört mich, obwohl mich ihre Geschichte betrübt, daß sie sich an mich hängt, und ich will sie und mich so schnell wie möglich von dieser Angelegenheit befreien, in die ich mich nicht einmischen hätte sollen. Und wenn mich Julio jemals geschlagen hätte? So gut wie allein im Auto, muß ich einfach loslachen und sehe Julio vor mir, wie er mich mit Handschuhen streichelt, denn diesen Eindruck hatte ich in unseren zärtlichen Momenten, im Gegensatz zu Buscarons, der mich mit gierigen, leicht zusammengekrallten Händen streichelte, als befürchtete er, meine Brüste könnten entwischen und er hätte dann nichts mehr, woran er sich festhalten könnte. Keine Mißhandlungen, nein, aber Buscarons legte eine als Begierde getarnte Aggressivität an den Tag, die in Wirklichkeit seine tiefe Unsicherheit offenbarte. Wenn wir uns in der Praxis sahen, verhielt er sich als kluger und distanzierter Arzt, aber sobald die Assistentin wegging, glich er einem gierigen, wollüstigen Grünschnabel, der heimliche Berührungen suchte, die mich anfangs erregten, weil sie eben so anders waren als das erotische Werben Julios, und sich außerdem jede Frau über vierzig freut, Leidenschaften zu erwecken, auch wenn sie diese scheinbar zurückweist; obendrein entbehrte es nicht einer gewissen Komik, daß der mit der Familie befreundete Arzt – eher Teil einer Dynastie als ein Hausarzt, und außerdem furchtbar häßlich – dich in seiner Praxis befummelte und aufforderte, zwei Stunden später wiederzukommen, wenn er keine Patienten mehr hatte. Die plumpe erotisierende Technik Buscarons lief auf ein zu direktes Befummeln hinaus, während sein Vokabular aus irgendeinem Wörterbuch des obszönen Wortschatzes zu stammen schien, Miststück, miese Schlampe, sag mir, daß du es genießt wie eine miese Schlampe, eine lange Reihe, mit der er seine Annäherungsversuche begleitete, so als wollte er sich selber Mut machen, indem er mich kleinmachte und dazu zwang, in die Haut einer Nutte zu schlüpfen. Doch, in gewisser Weise wurde ich mißhandelt, aber ich wurde mir erst später darüber klar, angesichts dieser Situation, die mich so sehr entsetzte, und ich sage nicht traumatisierte, weil dieses Wort zu häufig, doch nicht immer angebrach, strapaziert wurde. Ich empfinde keinerlei Schuldkomplex, weil ich Julio hintergangen habe, sollte in diesem Fall das Wort hintergehen irgendeinen Sinn machen, um auszudrücken, daß es eine von ihrem Mann im Stich gelassene Frau mit ihrem Hausarzt auf dem Untersuchungsstuhl oder sonstwo treibt. Im Stich gelassen, obwohl wir zusammen lebten, auch manchmal miteinander schliefen, weil Julio das Gefühl vermittelte, nicht dort zu sein, wo er war, oder zumindest vermittelte er das, wenn wir zusammen waren, wenn er mir zu Ehren sein geheiligtes Arbeitszimmer verließ, um zu Abend zu essen, ein wenig Musik zu hören oder fernzusehen, und er war auch nicht anwesend, wenn wir abends ausgingen, ins Restaurant oder auf ein Fest zu Freunden. Julio war nicht da. Er lebte in einer gleichzeitig realen und imaginären Welt, in der die Elemente, Personen oder Orte des gesellschaftlichen und kulturellen Umgangs, die für ihn unerläßlich waren, mit den literarischen Welten zusammentrafen, die ihn so sehr anzogen, als wären sie wichtiger und realer als alles um ihn und mich herum, wenn wir zusammen waren. Ich habe sämtliche seiner Bücher gelesen, alle seine Referate und Monographien, und obwohl ich in allen Bereichen, wo er ein Gelehrter ist, Laie bin, habe ich schließlich den Eindruck gewonnen, daß Julio den Zeiten und Figuren, die er beschreibt, nachtrauert, und er insgeheim, jenseits der Beweise seiner Gelehrtheit und Intelligenz, in der Kultur leben wollte und sich nicht länger dazu gezwungen sehen, nicht nur das Alltägliche, sondern auch die unerläßlichen Dinge, um ein Star auf seinem Gebiet zu sein, akzeptieren zu müssen. Warum hat er mich geheiratet? Wüßte ich, daß er mir antworten würde, weil ich dich liebte, hätte ich es ihn gefragt, aber er würde niemals »ich liebte dich« oder »ich liebe dich« sagen, davon war ich überzeugt. Er hat das nie zu mir gesagt, und wenn ihm manchmal nichts mehr anderes übrigblieb, hat er sich mit einem Scherz herausgewunden oder sarkastische Bemerkungen über die Liebe gemacht. Warum hat er mich geheiratet? Es war nicht wegen des

Geldes, glaube ich, sondern eine Frage der Selbstbestätigung, wie mir mein Psychoanalytiker vor Jahren sagte, als ich noch genügend Hoffnung für den Gedanken besaß, daß ein Psychoanalytiker mir erklären könnte, was ich in mir drinnen, bei Julio, in unserer Beziehung nicht verstand. Ich weiß nicht, mit wem Julio ins Bett gegangen ist, mir ist nicht bekannt, daß er mit anderen Frauen geschlafen hat, auch nicht, daß er homosexuell wäre, was ich bezweifle, denn er läßt keine gutbestückte Frau, die ihm begegnet, aus den Augen. Aber sollte er homosexuell sein, so weiß ich es nicht.

Die Hochschule für Betriebsmanagement hat keinen einzigen Parkplatz frei, damit sich zwei Frauen über Gewalt in der Ehe beschweren und die Anwesenheit des Herrn Ministers für Wirtschaft oder für was auch immer nützen könnten, der ein für alle Mal die Probleme, den der Euro für die Klein- und Mittelbetriebe darstellte, erläuterte. Ich parke mein Auto in zweiter Reihe, darauf bedacht, keinem anderen die Ausfahrt zu versperren, und gehe voran, auf einen Trupp von massigen Türstehern zu, die uns gewiß den Eintritt verweigern würden.

»Wie heißt du? Ich bin es müde, dich als Señora Masdeu im Gedächtnis zu haben und der Name, den du mir gesagt hast, ist mir entfallen.«

»Dora. Dora Sánchez Merlasca.«

Ohne Einladung wird man nicht eingelassen, also sage ich mit verhaltener Ungeduld dem Polizisten in Zivil oder dem Mann vom Sicherheitsdienst, er solle den Direktor von ESADE, Doktor Fonseca, kontaktieren, und zwar im Namen von Madrona Mistral de Pamies, Ehefrau von Matasanz.

»Außerdem ist Señor Pepón Swirne Sentmenat, der den Vortrag des Herrn Ministers moderiert, mein Schwager.«

Der so überrumpelte Türsteher wollte uns schon hineinlassen, als ihn das geschwollene Auge von Dora Masdeu stutzig machte und er doch über sein Walkie-Talkie nachfragte. Sein Gesicht wurde zunehmend ernster, so als würde man ihm schrittweise den Tod des Herrn Minister schildern, aber darum handelte es sich wohl nicht, denn er stand beinahe stramm, als er uns den Eingang zur ESADE freigab, als würde man uns dort einen Oskar verleihen. Drinnen wimmelte es von staatlicher und privater Polizei, fünfhundert Handys an den jeweiligen Ohren hängend, Journalisten, die eilig ihre Kolumnen versenden wollten, der Veranstaltungssaal war zum Bersten voll. Es war die Fragerunde, so nannte man es zumindest zu meiner Zeit, und ein Zuhörer, ein Mann reifen Alters mit weit auseinanderliegenden Augen und fast kahlgeschorenem Schädel, stand aufrecht im Publikum und hatte offensichtlich seinen Diskussionsbeitrag soeben beendet:

»Vielen Dank für Ihre Antwort, Herr Minister, aber ich befürchte, daß wir kleinen Unternehmer wieder einmal nicht gut wegkommen. Es wird uns erneut passieren, was uns schon ein Minister in der ersten Übergangsphase zur Demokratie sagte: Ihr liegt an zweiter Stelle und beklagt euch.«

Gelächter, der eine oder andere Applaus, das Podium verwindet die Klage gut, und nach einem kurzen Wortwechsel zwischen meinem Schwager und dem Minister erhebt sich dieser und ergreift das Wort:

»Ich hoffe, daß sich die Tatsachen gegen Ihren Pessimismus durchsetzen werden, und danke Ihnen für Ihre Aufmerksamkeit. Vielen Dank.«

Beträchtlicher Applaus, dann gehen einige Teilnehmer in Position, um noch mit dem Präsidium sprechen zu können, ich aber muß stehenbleiben, denn dort ist Fonseca, geneigt und wohlwollend, Studienkollege des armen Carlos Alberto, und unserer Familie stets zugetan. Ich erkläre ihm, daß ich dringend herkommen mußte, und er breitet seine Arme aus, als wollte er mir den ganzen Saal zur Verfügung stellen. Ich nütze die Gelegenheit, um Dora durch einen von Menschen gebildeten Korridor zu ziehen, der uns zu dem Tisch führt, hinter dem Pepón mit dem Minister und ein paar weiteren Personen wichtige Dinge bespricht.

»Der ist es.«

»Pepón, natürlich, ich werde wohl meinen Schwager kennen.«

»Nein, nein. Der andere. Der mit der Aktentasche, hinter Ihrem Schwager. Das ist mein Mann.«

Also dieser zaundürre Eierschädel mit einem halbkiloschweren Adamsapfel. Aus ihrem Tonfall schließe ich, daß sie wußte, ihren Mann bei dem Vortrag anzutreffen, und schon im Begriff, Pepóns Aufmerksamkeit auf mich zu lenken, halte ich inne und mustere das Häschen mit aller Härte.

»Was soll das sein? Eine Falle? Sie wußten, daß Ihr Mann hier ist.«

»Nein. Bedenken Sie doch, daß wir auch nicht wußten, wo Ihr Schwager war.«

Ich bin wie gelähmt und fühle mich daneben, ein Eindruck, der sich verstärkt, als ich in meiner Umgebung wichtige Persönlichkeiten der Stadt entdecke, die sich vielleicht erstaunt fragen mögen, warum zwei Frauen am Rand des Podiums warten, vielleicht wollen sie ein Autogramm des Ministers, ein Abendessen oder einen Gutschein für eine Reise nach Kuba ergattern, alles bezahlt. Aber da ich nun schon dort bin, hebe ich den Arm in einem Augenblick, in dem Pepón, von Fonseca in Beschlag genommen, sich umsieht, wer denn vom Publikum noch übrig ist und mich erblickt, überrascht, liebenswürdig, lächelnd. Er eist sich vom Minister los, steigt vom Podium, kommt auf mich zu, doch plötzlich scheint er eine Herzattacke zu haben, er wird bleich, bleibt stehen, reißt die Augen auf, so als wollte er sehen, was er sieht oder nicht sieht. Bestürzt überlege ich, womit ich so einen Schock ausgelöst haben könnte, vielleicht sehe ich nicht besonders gut aus, mein schlechter Gesundheitszustand, die Müdigkeit, Buscarons, aber das Erstaunen Pepóns scheint sich auf die Anwesenheit von Dora Masdeu zu beziehen, die ein paar Schritte zurückmacht, sich unter das Publikum mischt und auf ihren Mann zusteuert, der sich auf die Aktentasche, wahrscheinlich die Pepóns, stützt.

»Du hier, was für eine Überraschung«, sagt Pepón ohne mich anzusehen, denn seine Augen folgen Doras Zickzackkurs zu ihrem Mann, der im Hintergrund gedankenverloren auf Anordnungen von Pepón Swirne zu warten scheint.

»Kennst du sie?«

»Wen?«

»Die junge Frau, die mit mir hergekommen ist.«

»Nein. Nicht daß ich wüßte.«

»Sie ist die Frau eines deiner Mitarbeiter, Masdeu, und ich wollte mit dir sprechen, weil es sehr schlimme Probleme in ihrer Ehe gibt.«

»Aber Madrona, dort drüben wartet der Minister. Wir gehen abendessen.«

»Masdeu, dein Assistent, schlägt seine Frau auf brutalste Weise, und du solltest deine Autorität einsetzen, um das zu verhindern. Vor dir hat er nämlich Respekt.«

Pepón ist verwirrt und zunehmend über sich selber empört, da er es über mich nicht sein kann. Schließlich lacht er.

»Wir kennen die Menschen nie ganz. Das letzte, was ich mir in diesem Leben erwartet hätte, ist ein Auftritt meiner Schwägerin Madrona in einem Saal, wo soeben der Herr Wirtschaftsminister einen Vortrag gehalten hat, um mir ein Problem von Mißhandlungen in der Ehe darzulegen.«

»Verzeihung. Ich fühlte mich wirklich etwas in die Enge getrieben, gezwungen. Hast du nicht das blaue Auge des Mädchens gesehen?«

Er schüttelt den Kopf, immer noch zu Dora gewandt, die inzwischen bei ihrem Mann gelandet ist. Nach wie vor geht von ihr

Initiative aus, sie zeigt mit dem Finger auf Pepón und mich, so als wollte sie ihm den üblen Streich enthüllen, und ihr Mann hebt seine Hände an die Schläfen, wozu er den Aktenkoffer abstellen muß, was ihn offensichtlich zweifeln läßt, ob er weiterhin wie ein Affe seinen Kopf kratzen oder doch lieber wieder den Aktenkoffer nehmen soll, und sie redet und redet, heftig, mehr oder weniger laut, wahrscheinlich, weil einige Leute sich nach ihnen umdrehen, von dem Lärm angezogen, der die neurotischen Banalitäten unterbricht, die sie untereinander austauschen. Pepón wendet sich von mir ab und geht zu den beiden. Aus der Ferne wirkt es wie das Zusammentreffen zwischen einem einflußreichen und einem eingeschüchterten Mann, und einer Frau, die sich damit brüstet, erreicht zu haben, was sie wollte. Pepón sagt nichts zu Masdeu, sondern nimmt nur Dora am Arm, um sie ans hintere Ende des Saals zu führen, so als wollte er einen einsamen Raum für zwei schaffen, der auch mir gehört, schließlich habe ich nicht umsonst diesen Wahnsinn ausgelöst. Ich folge Pepón und Dora hinter die Kulissen dieser Komödie, denn nun muß ich einschreiten, damit Pepón sich der Angelegenheit annimmt und diesen gewalttätigen, unverantwortlichen Ehemann zurechtweist. Ich habe schon meinen ersten Satz vorbereitet. Ich möchte in etwa sagen, manchmal verwandeln sich die Probleme anderer in unsere eigenen, oder aber: Angesichts eines Opfers und seines Henkers muß man sich immer an die Seite des Opfers stellen. Aber ich schweige, denn kaum bin ich um die letzte Ecke gebogen, dort, wo die Treppe zu den Hörsälen hinaufführt, habe ich Pepón und Dora zu meinem Erstaunen als streitendes Paar vor Augen. Er hält sie an einem Arm zurück, und sie wirft ihm etwas an den Kopf, das mein Schwager zwar hinnimmt, aber er resigniert nicht, sondern bewegt sie mit zärtlicher Stimme und beinahe liebkosenden Gesten dazu, sich zu beruhigen, bis sie sich schließlich umarmen, sich innig, mit ineinander verschmelzenden Zungen küssen, während ich wieder den gleichen Weg zurückgehe und in den Festsaal komme, wo nur noch Masdeu am Podium sitzt, die Aktentasche im Auge, aber die Hände an seine Scheitelbeine gepreßt versucht, das Ausmaß seiner Tragödie zu erfassen, während ich versuche, mir und ihm das Ausmaß der Erpressung, auf die ich mich eingelassen habe, zu erklären.

»Es tut mir leid.«

»Was sagen Sie?«

»Ich bin die Schwägerin von Pepón und habe die Geschichte der Mißhandlungen, die mir Ihre Frau aufgetischt hat, geglaubt.«

In seinen Augen liegt nur Befremden. Weder Trauer, noch Empörung, nur Befremden über meine Aussage.

»Der Schein trügt«, murmelt er schließlich, und ich wende mich ab, auf den Ausgang zu, als seine Stimme hinter mir ertönt:

»Was wollten Sie denn? Ihr tägliches gutes Werk vollbringen?«

Ich habe nicht den Mut, ihm die Stirn zu bieten und gehe weiter, verfolgt von seiner im Saal widerhallenden Stimme, mit der er mir, so als hätte er Vertrauen gefaßt, nachruft:

»Natürlich schlage ich sie, aber ihr gefällt es und Ihrem Schwager gefällt es, weil es unserer Dreiecksgeschichte Sinn gibt. Wieviele meiner vier Kinder sind von mir? Drei? Zwei? Wieviele sind von Señor Pepón Swirne Sentmenat?«

Ich höre ihn schon nicht mehr, als ich mich unter die noch im Vestibül herumstehenden Leute mische und versuche, Fonseca zu entkommen, der sich eingehend nach meiner ganzen Familie, und vor allem nach Julio erkundigt, den er gestern bei seiner Ankunft auf der Insel San Simón im Fernsehen gesehen hat.

»Sie widmeten ihm eine halbe Stunde. So mißt man die Bedeutung von Personen.«

Wenn sich die Türen der Dienstwagen schließen, machen sie ein erhabenes, mir seit meiner Kindheit vertrautes Geräusch, und ich beobachte soeben neugierig, wie die Autoritäten verstaut werden, als ich Pepón herauskommen sehe, hastig und auf der Suche nach seinem Minister. Als er mich wahrnimmt, zwinkert er mir zu, bedeutet mir mit den Fingern ein Okay, während seine Lippen mir etwas sagen wollen, das wohl, wie ich annehme »Alles geritzt« heißen soll. Und kurz darauf verläßt das Ehepaar Masdeu das Gebäude wie ein gewöhnliches Paar, nicht Hand in Hand und auch nicht Arm in Arm, aber offenbar zufrieden, zusammenzusein, und vielleicht kalkulierend, was sie meinem Schwager mit dieser unausgesprochenen Erpressung herausgelockt haben, mit mir als Medium oder Kupplerin, keines der beiden Worte irritiert mich, sie erheitern mich sogar, und der Gedanke an meine betrogene Schwester Ditas, Señora Swirne Sentmenat, regt mich nicht auf, weil ich glaube, wenn man Herr seiner Katastrophen ist, hören diese auf, Katastrophen zu sein. Ich verfolge, was das Paar weiter unternimmt, und sehe, daß es sich aufspaltet: Er, mit Pepóns Aktentasche beladen, zum Bankett, und sie nach Hause, in Erwartung kommender rentabler Prügel. Ich trete ihr entgegen.

»Ach, ich dachte, Sie wären schon gegangen.«

»Mich interessierte das Ergebnis des Treffens.«

»Ihr Schwager ist ein Kavalier, und mein Mann hat schon sein Verhalten geändert.«

»Wollen Sie nach Hause?«

»Was soll ich sonst machen?«

»Für eine Nacht gebe ich Ihnen Unterkunft. Die Männer, die uns mißhandeln, gehören bestraft.«

Die blondgefärbte Puppe aus *Ciutat Badia* ist stehengeblieben und zeigt sich begeistert von meinem Angebot, großartig, dann komme ich morgen nach Hause zurück, und er wird sich die ganze Nacht Sorgen machen.

»Mache ich Ihnen denn keine Umstände?«

»Gewiß nicht. Mein Haus verfügt über fünf Suiten, und wir benutzen nur zwei. Aber es kann nur für diese Nacht sein. Morgen breche ich zu unserem Landgut nördlich von Barcelona, auf. Es heißt *Alegría de la Corte*.«

Sie mustert mich beiläufig, während wir auf das Haus zusteuern, das ich von Mama geerbt habe, und das ganz nach meinem Geschmack ist, weil man den Stil von Durán Reynals wahrnimmt, eines von der Avantgarde nicht eben geschätzten Architekten, aber einen Meister mediterraner Gestaltung, wie es seine Häuser an der Costa Brava und im Empordà beweisen, vor allem die *Casa Rosa de los Roquer*, eine der schönsten Villen der Welt, über die kleinen Buchten von Aigua Blava geneigt. Ich fahre mit meinem Audi in den Garten hinein, spüre den Kies unter den Reifen, schlängle mich durch das kleine Labyrinth, das zum Springbrunnen vor dem Haupteingang führt, und schon beginnt Dora bewundernd Ah zu rufen und Vergleiche mit ihrem eigenen Haus anzustellen. Ihr Garten ist nicht so groß. Und wer pflegt das alles? Sie beeindruckt die schwerelose theatralische Würde, die Durán Reynals diesen Häusern verleiht, inspiriert von schwer einzuordnenden italienischen, doch selbst in Italien schwer aufzufindenden Formen. Das ecuadorianische Ehepaar, das sich um mein Haus kümmert, ist nicht an den Empfang informeller Gäste gewöhnt, doch zeigt es keinerlei Argwohn, als ich ihnen den Grund für die unübliche Beherbergung erkläre. Eine Freundin auf der Durchreise in Barcelona, und alle annehmbaren Hotels ausgebucht. Die Frau, María de las Virtudes, überreichte mir die sieben Nachrichten, die mir Doktor Buscarons geschickt hatte, sieben, woraus ich schloß, daß ich sehr krank sein dürfte und sobald ich zu ihm ginge, mir das auch eingestehen müßte.

»Willst du etwas zu Abend essen? Ich habe im *Sandor* einen Milchshake getrunken und bin schon satt, aber ich leiste dir Gesellschaft und esse irgendeine Kleinigkeit.«

»Für mich auch nur eine Kleinigkeit. Brot mit Tomate oder irgendwas. Ein Omelett mit einem Ei und wenig Öl.«

Ich gehe mich umziehen und sie tut mir leid in ihrer Hülle teurer Kleider, die es schon müde sind, den ganzen Tag lang ein und dieselbe Person zu umhüllen, also biete ich ihr einen Hausmantel an, den sie dankbar annimmt, wohl auch, weil er aus Seide und Wolle ist und in Rom gekauft, in einer der verlockenden Geschäftsstraßen, die zur Piazza di Spagna hinaufführen. Ich zögere meine Rückkehr in den Salon hinaus, weil ich darauf warte, wieder klar im Kopf zu sein und mir die Schlüsselfrage der neuen Situation beantworten zu können: Warum habe ich die offensichtliche Geliebte meines Schwagers Pepón eingeladen, bei mir zu übernachten? Was würde geschehen, sollte Ditas davon erfahren? Könnte sie nicht annehmen, ich hätte in meinem eigenen Interesse gehandelt und ihre Gefühle der hintergangenen Ehefrau mißachtet? Mein Interesse beschränkte sich darauf, meinem eigenen Grad an Einfalt und Leichtgläubigkeit nachzugehen, festzustellen, bis zu welchem Punkt diese falsche Blondine Pepón, ihren Ehemann und mich auf den Arm genommen hatte, und in welchem Maß sie bei mir wegen ihrer so anderen Herkunft ein schlechtes Gewissen auslöste und mich stets daran denken ließ, daß dieses Mädchen aus einem armen und konfliktgeladenen Viertel stammte, wo die Einwanderer auf engen Raum leben, aus einem dieser Stadtviertel, die ich niemals betreten habe und auch nie betreten werde. Ihren Opfer-Ehefrau-Körper bedeckte nun mein Morgenmantel aus Seide und Wolle aus der Via Contina, und sie trug Pantoffeln *Albadejo*, die ich hübsch gefunden und in Marbella gekauft hatte, als ich bei meiner dort ansässigen Kusine zu Besuch war. Meinen Anweisungen zufolge hat María de las Virtudes den Imbiß in der Bibliothek serviert, wo in sich über zwei Geschoße erstreckenden Regalen abertausende, nicht fachspezifische Bücher stehen, die Julio aus der schon bestehenden Bibliothek auswählte und mit den hervorragendsten Ausgaben ergänzte, also eine wunderbare Büchersammlung, fast so prächtig wie die in *Alegría de la Corte*. Dora betrachtet sie beeindruckt.

»Mein Mann besitzt schon viele Bücher, aber hier gibt es Tausende.«

Ich mache ein paar banale Bemerkungen über die stete Anhäufung von Büchern und die Gesellschaft, die sie dir leisten, auch wenn du sie nicht liest, einfach weil sie jemand geschrieben hat, und dieser Jemand dort ist, in den Büchern. Dora schloß daraus, daß der Raum von tausenden Autoren gefüllt sein mußte und erschauderte, so als würden sie sie alle in ihrem schönen Morgenmantel und den Pantoffeln betrachten, ohne die Unterwäsche und das blaue Auge auszulassen. Wir setzten uns an einen kleinen Tisch, auf dem ein herrliches, mit Tomate und einem einfachen Omelett gefülltes Brötchen, verschiedene Käse, eine Flasche Rotwein, Wasser, Obst und eine Kanne Tee standen, und ein Joghurt für mich, den ich langsam löffle, um mich gleich satt zu fühlen, während meine Begleiterin sich mit Augen und Zähnen auf alles andere stürzt, vor allem auf Käse und Rotwein, einer von den neuen Toro, den Julio exzellent findet, ich jedoch noch kaum probiert habe. Die Schwellung von Doras Auge ist zurückgegangen, aber ich rate ihr dennoch, einen Eisbeutel aufzulegen und Aspirin zu nehmen, um schmerzfrei schlafen zu können. Ihr Auge scheint sie schon nicht mehr zu kümmern und sie wirkt zufrieden, was ich aber nicht darauf zurückführe, daß sie sich in einem so schönen Haus und in so angenehmer Gesellschaft wie der meinen befindet. Nein, es war gut für sie gelaufen, und das nicht zufällig.

»Wann kamst du auf den Gedanken, daß ich mich einschalten könnte? Heute morgen, im Fitness-Studio?«

Zunächst ist sie überrascht, reißt die Augen auf, sogar das geschwollene, und deutet auf sich: Ich, ich? Heute Morgen? Ich setze ihr nicht weiter zu, sondern trinke, nachdem ich den Joghurt fertiggegessen habe, in aller Ruhe eine Tasse Tee, und rate ihr:

»Trinke Baldriantee. Den schon deine Großmutter getrunken hat, als sie dein Großvater schlug.«

»Mein Großvater hat meine Großmutter nie geschlagen. Das habe ich Ihnen schon gesagt.«

Sie findet, daß wir nichts mehr zu reden haben, da das Thema der Mißhandlungen erschöpft ist, und nimmt eine Zeitschrift aus dem Ständer, während ihre Augen einen wunderbaren Fernseher suchen, der uns jeglichen Versuch, miteinander zu sprechen, ersparen würde. Ich mustere sie Zentimeter für Zentimeter, und Dora tut so, als würde sie es nicht bemerken, gähnt und blinzelt schließlich.

»Ich habe einen Müdigkeitsanfall.«

»Gib vor dem Schlafengehen etwas auf dieses Auge, sonst ist es morgen ganz zugeschwollen.«

Sie nickt lächelnd, steht auf, räkelt sich – ja ich muß wohl ins Bett, gute Nacht, gute Nacht –, doch als sie schon fast an der Tür ist, erreicht sie meine Frage:

»Wer hat dir dieses blaue Auge geschlagen? Dein Mann oder mein Schwager Pepón?«

Sie hält in ihrem Abgang inne, ohne sich umzudrehen, überlegt eine glaubhafte Antwort, die sie aber nicht hat, überlegt vielleicht für einen Moment die Möglichkeit, ein völlig erstauntes Gesicht aufzusetzen, sich umzudrehen, und, von meiner Frage überfordert, ihrerseits zu fragen: Ihr Schwager? Was hat denn Ihr Schwager damit zu tun? Doch als sie sich umdreht, ist sie ernst, sehr ernst, und kehrt nachdenklichen Schrittes zum Sofa zurück. Sie mustert mich und als sie es satt hat, betrachtet sie einen der hübschen Pantoffeln und seufzt:

»Wann haben Sie es bemerkt?«

»Was?«

»Das zwischen Pepón und mir.«

»Natürlich heute. Ich sah, wie ihr euch geküßt habt, wie am Ende von Filmen ohne Ende.«

Es ist ihr nicht angenehm, daß ich es gesehen habe, aber sie seufzt noch einmal resigniert und verkündet, mir nun eine erstaunliche, ziemlich unglaubliche Geschichte zu erzählen.

»Mein Leben ist wie eine dieser mexikanischen oder venezolanischen Fernsehserien, die nachmittags im ersten Programm ausgestrahlt werden. In Wahrheit habe ich Pepón vor meinem Mann kennengelernt.«

Sie hatte das Studium abgebrochen und begonnen, als Büroangestellte in einer Fabrik in der Region Vallès, etwas hinter Sabadell, zu arbeiten, mit einer Zukunft, die der ihrer Freundinnen oder Verwandten glich. Ein wenig reifer werden, einen Freund mit Auto finden – das mit dem Auto war unverzichtbar –, heiraten, ein Kind oder höchstens zwei bekommen, weil sie nicht Sklavin von Säuglingen sein wollte, sparen, die Ferien in Hotels, wo man alles für dich macht, verbringen, wenn möglich an der Costa Brava, nur nicht in Ferienhäusern, in denen du dich abrackerst und nach dem Urlaub erschöpfter bist als vorher. Alles vorgesehen.

»Ich machte Ausflüge, ging auf Feste, in Diskotheken, tanzte Sardanas, ging an die verschiedensten Orte, um den Mann zu finden, der dem vorgezeichneten Bild entsprach, und zwei oder drei, vielleicht vier, wenn ich Isidre mit einschließe, der aus Navarcles stammte, stimmten mit dem von mir erträumten Prototypen überein.«

Doch alles ging den Bach runter, als Pepón in die Fabrik kam, in der sie arbeitete, und sie im Büro sah, blond gefärbt, ohne Speckfalten, mit der Unschuld oder der Unbekümmertheit eines hübschen und klugen Mädchens aus *Ciutat Badia*, das von dort weggehen und glücklich sein wollte. Sie bemerkte, daß er sie eingehend musterte und sich sogar aus freien Stücken an sie wandte – für wichtige Fragen waren schließlich die Chefs zuständig –, um sie zu fragen, ob sie mit den Arbeitsbedingungen zufrieden wäre.

»Wären Sie nicht lieber im Kino?«

»Nein! Hier bezahlt man mich, und im Kino muß ich bezahlen.«

Pepón lachte lauthals, und Dora wurde klar, wie dumm ihre Antwort war; damit schloß die Anekdote, bis sie Tage später das Angebot erhielt, in die Büros von Barcelona zu wechseln, mit mehr Verantwortung, was ihr nicht behagte, aber auch eine Lohnsteigerung um fast fünfzig Prozent mit sich brachte. Und die Entfernung zwischen *Ciutat Badia* und Barcelona veränderte ihr Leben, denn sie war direkt Don José Swirne Sentmenat unterstellt, Pepón für die Familie und die Freunde, die Arbeit hatte keinen Stundenplan, und obwohl ihr die Firma ein Auto zur Verfügung stellte, übernachtete sie oft im Büro oder in dem in der Parkgarage der Firma geparkten Auto, bis sie das Problem der Arbeitszeit mit dem Personalchef zu klären versuchte, was ihr nicht gelang, weil sie Pepón höchstpersönlich empfing und ihr, angesichts ihrer Argumentationen vorschlug, für sie ein Appartement in Barcelona zu mieten, das ihr immer zur Verfügung stünde, wenn sie es brauchte. Der allmächtige Pepón delegierte die Suche nach einem entsprechenden Appartement keineswegs an eine Sekretärin oder eine andere Person seines Vertrauens, sondern verbrachte selber Nachmittage damit, Dora zu begleiten, um diverse Appartements in Häusern mit Gegensprechanlage anzusehen. An einem Samstagabend des Jahres 1996 lud er sie zum Abendessen in ein Ausflugslokal in *Les Planes* ein, wo man, wie er meinte, sehr gut aß, einfache Küche, und außerdem vor einem Zusammentreffen mit unerträglichen Leuten gefeit war, vor allem ich, Señorita Dora, der ich halb Barcelona kenne, und die andere Hälfte kennt mich.

»Ihr Schwager schien mir, ehrlich gesagt, ein wenig versnobt, aber er war so elegant, wußte sich so gut auszudrücken. Ich mochte seinen Geruch sehr, obwohl er manchmal zuviel Eau de Cologne verwendete, Fahrenheit, wie er mir sagte. Ich verbinde

Pepón mit diesem Duft von Dior, der mich einhüllte, als er zum ersten Mal in jene kleine Wohnung kam, um nach einem unserer Abendessen noch einen Drink zu nehmen, und er war draufgängerisch und ich unbeholfen abweisend, nicht weil ich keine Lust hatte, mit ihm ins Bett zu gehen, sondern weil ich noch Jungfrau war und Angst hatte, und aus meinen Lektüren und dem Kino wußte, daß man es den Männern nicht leicht machen sollte. Bei der dritten Gelegenheit schliefen wir miteinander, und ich wurde schwanger. Ich möchte Ihnen die Schilderung all dieser moralischen Rechtfertigungen ersparen, die er vorbrachte, um mich zu seiner Geliebten zu machen, denn Ihre Schwester kam dabei nicht gut weg.«

»Was sagte er über Ditas?«

»Das harmloseste war noch, sie als eine frigide Frau zu bezeichnen, die alle Opfer erbringt, damit die Größe ihres einteiligen Badeanzugs im nächsten Sommer gleich bleibt.«

Da sie schwanger, unverheiratet und mutterseelenallein war, schwor ihr Pepón, sie nicht zu verlassen und eine Lösung zu finden. In dem Moment tauchte Masdeu auf, ein junger Ökonom aus Pepóns Team, der auf einmal zum Chef der Exportabteilung ernannt wurde und dem kleinen Beraterkomitee angehörte. Es fiel Pepón schwer, der jungen Frau aus *Ciutat Badia* klarzumachen, daß er ihr einen Ehemann gesucht hatte, der die Vaterschaft des Jungen, Juan Eduardo, übernehmen würde, und für die Familie entsprach die übereilte Hochzeit, die voreheliche Schwangerschaft, dem üblichen Muster eines jungen und leidenschaftlichen Paars, das aber vernünftigerweise die Heirat als gesetzlichen Rahmen wählte.

»Aber mir geschah das Schlimmste. Masdeu verliebte sich in mich, machte mir jedesmal eine Szene, wenn ich Pepón traf, und geriet außer sich, als ich zum zweiten Mal schwanger wurde. »Und wenn es von dir ist?«, fragte ich. »Meines kann es nicht sein, denn ich habe mich bei meiner letzten Reise nach London einer Vasektomie unterzogen.« So seltsam sind die Männer, Señora Madrona, daß sie sich sterilisieren lassen, um sicherzugehen, daß ihre Kinder nicht von ihnen stammen, dabei geht er liebevoll mit den Kindern um, und jedes hat einen Aufstieg oder eine Gehaltserhöhung mit sich gebracht, das Haus mit Garten in *Ciutat Diagonal*, verstehen Sie? Er schlägt mich und liebt mich. Er hat schreckliche Wutanfälle, aber er kann sich von der Firma und auch von Ihrem Schwager nicht trennen, er ist wie süchtig danach, wie ein Drogenabhängiger, Pepóns Aktentasche zu tragen und im Dunstkreis von Ministern und wichtigen Industriellen zu sein.«

»Die Schau, die Sie heute abgezogen haben, verstehe ich trotzdem nicht. Das alles ist doch ein festgelegtes Muster: Sie leben dank meines Schwagers ganz prächtig, aber wenn Pepón Sie schwängert, schlägt Sie Masdeu.«

»So ist es.«

»Was hat sich heute im Vergleich zu anderen Gelegenheiten verändert, damit Sie diesen Auftritt brauchten?«

»Es war ein wirklich außergewöhnlicher Tag.«

Dora schwankt, sucht nach den richtigen Worten, um diesen außergewöhnlichen Tag zu beschreiben. Sie theoretisiert über Eindrücke, die solche außergewöhnlichen Tage hervorrufen. Sie war sehr besorgt, als wir uns im Fitness-Studio sahen, konnte mir zu jenem Zeitpunkt aber den Grund ihres Kummers nicht mitteilen, dieses Gefühl festzustecken und aus dem Sumpf nicht herauszukommen.

»Ich erwarte ein weiteres Kind, aber die Beziehung zu Pepón hat sich verändert. Ich spüre, daß er eine andere hat, und wäre ich noch im Büro, könnte ich sagen: Die ist es. Ich kenne seinen Geschmack. Junge Mädchen aus einfachen Verhältnissen. Nicht besonders spektakulär. Er mag diesen Typ von Mädchen, die knapp davor stehen, sich zu wirklich tollen Frauen zu entwickeln, es aber nicht schaffen, nein. Das hilft ihm, sich heranzuwagen. Pepón ist sehr schüchtern. Ein Arbeitstier, aber sehr schüchtern in seiner Beziehung zu Frauen und häufig niedergeschlagen. Ich habe ihn oft weinen sehen.«

Ich kann nicht glauben, was ich höre. Pepón bildet mit Julio das starke Tandem der Familie, und Julio spöttelt sogar darüber, daß er und sein Schwager die traditionelle Eintracht von Waffen und Literatur darstellen. Die Waffen sind heute in Händen der Wirtschaftsmacht, und die Militärs entweder gesteuert oder verrückt.

»Pepón wollte gestern am Telefon mit mir Schluß machen. Sehr kühl, obwohl er später etwas weinerlich wurde, so als würde ihm ein so wenig glückliches Ende zu Herzen gehen. Ich konnte nicht einfach abwarten, daß er mir den Laufpaß gab. Ich mußte ihm beweisen, wozu ich fähig war. Heute Mittag ist mein Mann zum Essen gekommen, weil wir den Geburtstag von Ana María feierten, und ich nützte die Gelegenheit, um ihm zu sagen, daß ich schwanger bin, und er sich wohl ausmalen könnte, von wem. Ich habe mich unmöglich benommen und auf das zurückgegriffen, was ihn am meisten aus der Fassung brachte, die Anspielung auf seine Eltern nämlich, zwar ohne sie direkt zu beschimpfen, weil das könnte ich nicht, aber doch sagte ich zu ihm, daß er ein Hampelmann wäre, wie es auch sein Vater sein ganzes Leben lang gewesen war. Das zeigte Wirkung. Er schlug zu, und ich schrie schon völlig hysterisch, daß auch für ihn schon die Würfel gefallen wären, weil der Chef auf mich verzichten wollte, und in der Folge wäre auch er dran. Da hat er mir eine aufs Auge verpaßt, wo er sich normalerweise darauf beschränkt, mich zu ohrfeigen und es danach zu bereuen. Er fing zu heulen an und meinte, wir wären durch einen Pakt aus Zuneigung und Scheiße miteinander verbunden, und daß weder Zuneigung noch Scheiße fehlen dürften. Den ganzen Rest können Sie sich zusammenreimen, und ich bitte Sie, mir zu verzeihen. Sie waren unerläßlich. Pepón konnte die Spannung nicht ertragen und hat mir gesagt, daß alles wieder wie immer sein würde.«

Sie gähnt, diesmal aufrichtig, und bittet mich schon nicht mehr um Erlaubnis, sich zurückzuziehen, nimmt es sich sogar heraus, die Pantoffel wie Kastagnetten auf dem Boden klappern zu lassen. Ich sollte sie im Namen von Ditas hinauswerfen, denn dann würde ich Weihnachten mit meiner Schwester und Pepón besser überstehen, obwohl er ja keine Ahnung hatte, daß ich über alles Bescheid wußte. Er wollte bloß als der Zauberer auftreten, der einen Ehekonflikt schlichten kann, den ich ihm auf dem Tablett serviert hatte, und er hatte ihn noch dazu in Anwesenheit von Seiner Exzellenz, des Herrn Wirtschaftsminister, des ehrenwerten Präsidenten der *Generalitat de Catalunya*, des Herrn Bürgermeister und einer Menge anderer bedeutender Persönlichkeiten und Wichtigtuern geschlichtet, die das eklektische Patriziat der Stadt bilden, ahnungslos, welche Tragödie den gehörnten Masdeu, die durchtriebene Dora und Pepón verband, der nun durchsichtig wie Glas war, zumindest für mich, die ich ihn immer für einen Manager aus rostfreiem Stahl gehalten hatte. Als Dora schon fast aus meinem Gesichtsfeld verschwunden ist, sage ich noch:

»Wenn Sie Pepón treffen, erwähnen Sie bitte nicht, daß ich alles, absolut alles, weiß.«

»Keine Sorge. Das ist mir schon klar.«

Ich bin zu dem positiven Schluß gekommen, klüger als gestern zu sein und lege mich ins Bett, allerdings nicht ohne zuvor der Hausangestellten eine Notiz zu hinterlassen: Mein Gast muß gleich nach dem Frühstück das Haus verlassen.

Inmitten eines Trupps von Soldaten und Zivilisten wurden Diderot, Myriam und Pedro durch einen Gang bugsiert, dessen getäfelte Decke gräßliche Darstellungen von abgeschnittenen Indioköpfen zierten, während es auf dem Boden von lebendigen, bewaffneten und manchmal vor sich hindösenden Männern wimmelte. Sie durchquerten einen großen Hof und betraten wieder einen Flur, diesmal kürzer und ohne Darstellungen, wohl aber frisch getüncht, auf dem nur zwei Wächter waren, die das Eingangstor zu einem kleinen, mit Kieselsteinen gepflasterten Innenhof bewachten, den ein einstöckiges, mit glasierter Keramik gedecktes Gebäude umgab. Dort wurden die drei eingesperrt, der einzige offenkundige Ausgang war verschlossen und bewacht. Myriam ließ angesichts der Ausweglosigkeit mutlos die Arme sinken. Während Myriam und Pedro sich wieder und wieder umsahen, prüfte Diderot die Höhen, stellte seine Berechnungen an und drehte dann eine Runde im Hof, die Augen auf den Boden geheftet, so als suchte er etwas in den Ritzen zwischen den Steinen. Er sagte nichts, bis er endlich glaubte, eine Lösung gefunden zu haben. Er zog seine Hose aus und bat Pedro, das gleiche zu tun. Dann setzte er sich mit einer kleinen Schere, die er aus einer Tasche kramte, in einen Winkel und begann, Streifen über Streifen zu schneiden, die er darauf zu einem Seil mit einer Schlaufe am Ende flocht, sie besonders sorgfältig prüfte und sagte: »Von diesem kleinen Loch hängt nämlich unser Leben ab, sie sollen uns doch nicht in Unterhosen erschießen.« Myriam war überrascht, daß Diderots Slips moderner waren als Pedros klassisches Modell mit einem quasi vaginalen Schlitz.

»Das ist der Hof für geheime Hinrichtungen. Wenn sie draußen zu töten aufhören, finden hier ihre privaten Feste statt, und alle diese geschlossenen Zimmer sind wohl Kerker oder Folterkammern. Seht doch die Blutflecken auf der gegenüberliegenden Seite, und außerdem sind alle Fenster versiegelt. Hier lebt niemand. Hier wird nur getötet. Wir müssen raus, bevor sie kommen und uns umbringen.«

»Glaubst du etwa, sie können drei Mitglieder einer so bekannten NGO verschwinden lassen?«

»Das können sie.«

Myriam war der gleichen Ansicht, also setzte sich Diderot in Bewegung, schlang sich das behelfsmäßige Seil um die Taille und sprang wie eine Katze auf einen Balken, der als Überrest eines ehemaligen, nun schon vermauerten, durchgehenden Balkons hervorragte. Mit beiden Händen an den Balken geklammert und mit den in Sandalen steckenden Füßen an die getünchte Wand förmlich angeklebt, kletterte Diderot ohne weiteres hinauf, setzte sich auf den kurzen Holzträger, entrollte das Seil und schwenkte es in der Luft, um es an einem eisernen Haken an der Fassade, zwischen den beiden Hauptbalkonen im ersten Stock, festzumachen. Zwölf Mal schleuderte er das Seil nach oben und sein Körper drohte schon in den Hof zu stürzen, wo Pedro und Myriam ihre Arme ausbreiteten, um einen möglichen Aufprall zu mildern. Doch schließlich traf die Schlaufe des Seils den für einen Seilzug gedachten Eisenhaken, Diderot kletterte hinauf und schaukelte, beinahe am Ziel seines mutigen Unterfangens, hin und her, weil er den nötigen Schwung brauchte, um auf den Balkon zu seiner Rechten springen zu können. Dort angekommen, stieg er auf das Geländer und warf erneut ein ums andere Mal das Seil in Richtung Dach aus, auf der Suche nach Vorsprüngen, an denen sich die Schlaufe festmachen ließ. Sie fand Halt, und der unverhoffte Trapezkünstler erreichte das Dach, wo er Atem und Seil wiedererlangte, das Seil nur am Ende einer Regenrinne aus Zinkblech hängend, die nachzugeben drohte. Er sicherte es so gut wie möglich und näherte es dem Rand, damit das untere Ende seine Gefährten erreichte.

»Wie fit bist du im Seilklettern?«

»Ich habe Rugby gespielt.«

»Klassisches Ballett hätte dir besser getan. Du bist gewaltig schwer. Komm herauf und verschnaufe auf dem Holzbalken und der Eisenstange. Wenn du erschöpft bist, sage es mir, dann ziehe ich dich herauf, wenn ich kann.«

In Unterhosen, aber ohne den Rucksack abzulegen, erklomm Pedro den Holzbalken mit einer gewissen Leichtigkeit, die Eisenstange und den Seilzughaken schon weniger behend, dann verharrte er wie eine Echse, keuchend, während Diderot überprüfte, wie sehr sich das selbstgefertigte Seil am Dachrand abgescheuert hatte, aber es war nicht schlimm. Wieder bei Atem kletterte Pedro weiter nach oben, und Diderot half ihm mit den Händen aufs Dach, wo er sich mit galoppierenden Lungen hinkniete und sich am liebsten auf die Dachziegel hätte fallen lassen, was Diderot jedoch verhinderte.

»Das ist nicht der geeignete Moment.«

Er beugte sich zur wartenden Myriam hinunter.

»Binde dir das Seil fest um die Taille und umklammere es auch ganz fest mit beiden Händen. Laß dich heraufziehen.«

Als Myriam bereit war, kniete sich Diderot an den Dachrand, legte das Seil über seine Schulter und ließ Pedro hinter ihn niederhocken.

»Du ziehst an. Ich auch, aber ich muß dafür sorgen, daß das Seil nicht am Dach scheuert, weil es sonst entweder reißt, oder Ziegel hinunterfallen, und dann kommen die Wächter herein.«

Die Männer zogen, und Myriams Körper kam ruckweise, je nach dem Schwung der nicht immer aufeinander abgestimmten Seilzüge, nach oben.

»Ihr seid doch richtige Kerle!«

»Schau mal, wie sich das Mädchen lustig macht.«

Schließlich waren sie wieder zu dritt, aufgewühlt und angespannt auf dem Dach, und Diderot schlug vor, zu der Seite des Gebäudes weiterzugehen, die auf freies Feld ging, aber vorsichtig, da die glasierte Keramik von Pflanzen bewachsen war und sie ausrutschen konnten. Dort, weit hinter dem Haus, erstreckte sich ein einsamer Wald, denn das Gewimmel von bewaffneten Männern konzentrierte sich auf die vorderen Höfe und den Haupteingang.

»Was bereiten die vor? Wieder einen Krieg?«

Diderot vermutete es, war aber zu sehr auf ihre mögliche Flucht konzentriert und mahnte Pedro zu Geduld. Er unterdrückte einen Freudenschrei, als er feststellte, daß die zu einem Fußweg führende Mauer verlassen war, und machte den Seilersatz so fest, daß er das Gewicht ihrer Körper trug, mit der einzigen Sorge, ob Myriam es schaffen würde, hinunterzuklettern.

»Diesmal können wir dich nicht ziehen, zuerst steigen wir ab, warten auf dich, und wenn du auf halbem Weg müde wirst, gibst du Bescheid, läßt dich fallen, und wir werden tun, was wir können.«

Myriam betrachtete sie mit stolzer Selbstgefälligkeit und sah dem Abstieg der Männer in Unterhosen zu, bei dem sie sich mit den Fußsohlen gegen die Fassade abstützten, und wiederholte ihrerseits den Abstieg mit einer Leichtigkeit, die Pedro verblüffte und Diderot begeisterte.

»Sie ist in einem anderen Leben die Spinnenfrau gewesen.«

Diderot drängte sie auf den Wald zu und atmete schließlich ruhig durch, während er ihnen vorschlug, sich am Rand zu halten, um sich nicht vom Dorf zu entfernen, im Gegenteil, denn man könne weder im Leben noch im Urwald in Unterhosen herumlaufen, und das wäre keine Metapher. Sie marschierten Richtung Süden, unsichtbar zwischen den von Kletterpflanzen überwucherten Eichen und dem schlüpfrigen Dickicht, aus dem sie erst heraustraten, als sie die Häuser von San Lucas erspähten.

»Es ist wohl einleuchtend, daß ich mich auf den Weg mache, da ich nicht in Unterwäsche bin. Und dein Rucksack fehlte gerade noch«, meinte Myriam und zählte das Geld, das sie bei sich hatte.

»Kauf sie auf dem Markt vor der Kirche, es werden zwar schon viele weg sein, aber ein paar Stände muß es noch geben. Leichte Hosen sollen es sein, so wie sie die Touristen tragen.«

Pedro sah seine Gefährtin aufbrechen, und fand irgend etwas seltsam in ihrer Art zu gehen, wie ein Bruch in der Harmonie ihrer Bewegungen, den er bis jetzt im Lauf der drei Jahre ihres Zusammenlebens nicht bemerkt hatte. War sie immer so gegangen? Diderot hatte sich auf eine mächtige Wurzel gesetzt, seine vier Augen und vier Ohren bereit, jegliches verdächtige Geräusch aufzudecken, obwohl ihm manchmal ein Lächeln entkam, und er murmelte:

»Diesen Mistkerlen haben wir es gezeigt! Doch wenn sie uns erwischen, häuten sie uns bei lebendigem Leib, wie den heiligen Bartholomäus.«

»Warum dieser Tumult? Meinst du, es ist ein neuer Krieg?«

»Nein. Sie brauchen keinen Krieg, wollen aber sehr wohl daran erinnern, daß sie ihn anzetteln können. Hast du noch das Dokument über die Repression, das dich mit Stolz erfüllte, weil es ein spanischer UNO-Beamter verfaßt hat? Das Heer verübte hier zwischen 1981 und 1983 einen systematischen Genozid an der indianische Bevölkerung, um so die vermeintlichen Wurzeln der revolutionären Guerrilla auszurotten. Dann bemerkten die Mächtigen, daß in einem Land mit mehr als fünfzig Prozent Indios deren Ausrottung sie ohne billige Arbeitskräfte hinterließe. Diese Schlußfolgerungen scheinen in einem 3400 Seiten umfassenden Bericht auf, der sich auf einer Linie mit der Literatur über den Staatsterrorismus befindet, die in Lateinamerika allmählich die phantasievolle Hegemonie des magischen Realismus überwunden hat. Obwohl laut dieser von Spezialisten aus verschiedenen Ländern durchgeführten und von deinem UNO-Beamten geleiteten Studie genau dieses Land Lateinamerikas die meisten Menschenrechtsverletzungen aufweist. Die Grausamkeit sämtlicher Staatsverbrechen von Seiten der Militärs oder Paramilitärs erstreckt sich wie ein riesiges Blutgerinnsel über den Kontinent, so als wäre die Metapher Eduardo Galeanos von den offenen Adern Lateinamerikas wahr geworden. Nun sind Untersuchungskommissionen im Einsatz, die Menschenrechtsverletzungen durch Militärs, Paras, Zivile und auch durch die Guerrilla prüfen. Der Statistik zufolge lassen sich nur zwei Prozent der Verbrechen und Greueltaten der Guerrilla zuschreiben, die restlichen achtundneunzig Prozent hingegen Don Liborio, du weißt, was ich meine, diesen Kasten wirtschaftlicher und militärischer Macht, die dieses Land seit fast fünfzig Jahren verheeren. Don Liborio und seinesgleichen können es nicht ertragen, vor Gericht zu stehen, verurteilt zu werden, sie wollen nicht einmal aussagen. Sollen die Herren dieses Landes etwa wie Verbrecher behandelt werden? Für sie bedeutete das den Anfang vom Ende ihrer Privilegien, also liefern sie diese Gefechte, um an ihre Macht zu erinnern und Zivile und Demokraten, die sie richten wollen, einzuschüchtern.«

Myriam kehrte nach einer halben Stunde zurück, blickte sich beim Gehen dauernd um, ob man ihr nicht folgte, und zog schließlich aus einer Plastiktüte zwei geblümte Hosen aus Viskose, die eine lila, die andere gelb, hervor. Diderot betrachtete entsetzt das Angebot.

»Du hast Hosen für Schwule gekauft. Sowas zieh ich nicht an.«

»Luftig und billig.«

Als sie sich aber die Hosen angezogen hatten, konnte sich Myriam ein Lachen nicht verkneifen.

»In Unterhosen habt ihr besser ausgesehen.«

Ihr Lachen hielt nicht lange an, denn ihr schossen Tränen in die Augen, und damit das keiner sah, wandte sie sich ab, bis Pedro sie von hinten umschlang und zärtlich flüsternd bat, sie solle ihnen vertrauen und erzählen, was los war.

»Sie sind gestorben.«

»Wer ist gestorben?«

»Iriondo und Blázquez.«

»Da waren wir dabei.«

»Ich sah, wie sie sich wanden und wanden. Als die Leute fortgingen, gaben sie ihnen den Rest und schleppten Flor Silvestre fort.«

»Aber die Leute Don Liborios töteten doch die Koyoten.«

»Und dann gaben sie den Priestern den Rest und packten das arme Mädchen. Alles reines Theater.«

»Seid ihr katholisch?«, fragte Diderot.

»Nein.«

»Ich auch nicht. Aber wir sollten etwas für unsere Gefährten sagen.«

Diderot führte die Hand an seine Brust und sah zu einem Himmel auf, den die höchsten Baumkronen beinahe verdeckten:

»Herr, Gott unserer Gefährten Iriondo und Blázquez, nimm sie an einem der besten, für Deine Heiligen und Märtyrer bestimmten Orte auf, denn sie bewiesen nicht nur, an Dich zu glauben, sondern vor allem, daß sie an uns alle glaubten.«

Myriam gefielen die Worte sehr und sie umarmte Diderot, küßte ihn auf die Wangen, sogar auf den Mund, zur Scham und Verwirrung des Peruaners, der als selbsternannter Chef in Urwaldoperationen die Flucht nach vorne antrat. Diderot zufolge mußten sie nun ein paar Kilometer den Urwald bergauf gehen, die Straße nach San Mateo erreichen und eine der Haltestellen der Prisciliano Fuentes-Busse finden, die hoffentlich nicht überfüllt von Taglöhnern der Kaffee-, Mais- oder Chiliplantagen waren, oder von Leuten, die vor der Cholera oder vor Don Liborio flüchteten. Pedro griff ein, um darauf hinzuweisen, daß sie in einem gewissen Abstand voneinander gehen sollten, damit die Hinteren sehen könnten, was dem Vorderen geschah.

Diderot voran, mit etwas Abstand Myriam, und noch weiter hinten Pedro, plagten sie sich, um diese zwei Kilometer zu bewältigen, die sie von einer möglicherweise geglückten Flucht trennten, doch war mehr als eine Stunde vergangen, und sie waren nicht auf die nach Norden führende Straße gestoßen, woraus Diderot schloß, daß er sich in der Route geirrt hatte. Er kletterte auf einen Baum, um sich nach der Sonne zu richten, berechnete mit Händen und Kopf die falsche Richtung und wies schließlich von der Krone eines mächtigen Gummibaums aus den richtigen Weg, der allerdings kein Pfad war, sondern Dickicht aus niedrigen Sträuchern voller Pfützen, wo die Frösche quakten, und – wie er sagte – die herrlichsten Schmetterlinge und Libellen der Welt ihre Pracht zur Schau stellten.

»Es ist nicht mehr weit, aber in eine andere Richtung. Senkrecht nach oben.«

Plötzlich hatten sie die Straße vor Augen, unwirklich, so als wären sie wieder in der Welt gelandet, und sie wußten nicht, ob sie sich weiter von der letzten oder von der nächsten Haltestelle entfernt befanden, wohl aber, daß es nicht ratsam wäre, in Richtung San Lucas zu fahren, sondern nach Río Noches, eine weniger befahrene Strecke und außerhalb von Don Liborios Territorium.

»Wir sollten wie Touristen, nicht wie Flüchtlinge gehen«, schlug Myriam vor.

»Aber auch nicht wie revolutionäre Touristen«, berichtigte Pedro, während er seinen Rucksack herunternahm und sie aufforderte, ein Bild von Touristen abzugeben, indem sie etwas aßen, wobei dieses Etwas aus schon ziemlich trockenem Brot von der letzten Mahlzeit und einem Stück undefinierbaren Fleisches bestand, das er vor einer Woche bei einem Supermarkt auf Rädern gekauft hatte. Nachdem der Magen einigermaßen getröstet war, schlug Diderot vor, das Touristenmuster beizubehalten und forderte Myriam auf, hier auf der kleinen Lichtung neben der Straße mit ihm einen peruanischen Walzer zu tanzen. Er hatte zwar einen peruanischen Walzer angekündigt, doch was er nun trällerte, kam weiter aus dem Norden, Pedro erinnerte es an die Musik aus einem der Filme lateinamerikanischer Thematik, wie sie beim Schulungskurs von Ärzte ohne Grenzen gezeigt worden waren.

»*Die Hochmütigen*. Es ist der Walzer aus *Die Hochmütigen*, ein französischer Film, der irgendwo in Lateinamerika spielt, ich weiß nicht mehr wo.«

»Mexiko«, vermutete Myriam.

»Guatemala«, versicherte Diderot, doch das Paar korrigierte ihn. Er verwechsle *Die Hochmütigen* mit *Lohn der Angst*, der sehr wohl in Guatemala spielte. Diderot wollte sich nicht von der verbündeten Entschiedenheit des Paars unterkriegen lassen, also fragte er die beiden, in welchem Roman der Autor von Guatemala spricht, und meinte dann: »Guatemala existiert nicht, das kann ich euch sagen, weil ich dort gewesen bin. Null zu Null«, rief Diderot, und schließlich: »*Lohn der Angst*«.

»Die Hauptstadt Äthiopiens?«, fragte ihn überraschend Myriam, und Pedro warf ihm eine andere Hauptstadt eines asiatischen Landes hin.

»Mein Wissen beschränkt sich auf meinen Kontinent, den Kontinent Bolívars und Mariáteguis.«

Pedro befürchtete, daß diese beginnende Ausgelassenheit sie zerstreuen und ihren Verteidigungssinn beeinträchtigen könnte, also versuchte er, die heitere Stimmung zu dämpfen, indem er einen Notplan erörterte, der darauf basierte, sich als nordamerikanische Touristen auszugeben und Spanisch mit Gringo-Akzent zu sprechen.

»Und wenn wir dann auf einen echten Gringo treffen, wird der meinen Akzent von Piura bemerken.«

»Dann soll Pedro reden, der spricht ohne Akzent. Er hat in den Vereinigten Staaten studiert.«

»Ich kann vier oder fünf Akzente nachahmen: den aus Boston, aus Texas, aus Florida, aus Seattle und den Kaliforniens. Auch ein wenig die Redeweise der Juden von New York und die der Schwulen von San Francisco. Welche Variante wollt ihr?«

»Kalifornien, aber ohne schwules Getue. Dadurch wird gerechtfertigt, daß du mich kennst. Ich gehe als *Chicano*, als in den Südstaaten lebender Mexikaner und Macho durch.«

Sie kamen zu der Bushaltestelle, setzten sich nicht auf die von Termiten zerfressene Bank, sondern auf den Boden, und nahmen sich etwas Zeit, um zu schweigen und die in ihrem Kopf angesammelten Momentaufnahmen durchzugehen. Myriam wies alle auftauchenden Bilder von Blázquez und Iriondo zurück, denn sie wollte den Kummer nicht zulassen und weinen müssen, statt wachsam zu sein. Pedro sprach weiterhin mit sich selbst oder jemandem, der ihm ähnlich war, über das Wieso und Warum der Lage. Diderot schien als einziger keine Erinnerungen, Gefühle, Angst zu haben, sondern war einfach wachsam. Indiokinder kamen mit ihren Schultaschen und Büchern oder mit Schmetterlingsnetzen vorbei, dann andere Kinder im gleichen Alter, oder etwas älter, mit Holzbündeln oder Säcken beladen, die sie auf dem Kopf trugen, und betrachteten die drei mit der Neugier und dem Argwohn, die sie Fremden wohl immer entgegenbrachten. Sie bettelten um Kaugummis, Kugelschreiber, Geld, und Pedro gab jedem einen Peso, während er ihnen empfahl, keine Kaugummis zu kauen, und wenn schon, dann welche ohne Zucker. Ein Bus kam näher, blieb quietschend an der Haltestelle stehen, während sich die Tür öffnete und Pedro seinen Kopf hineinstreckte. Die vier letzten Sitze waren frei, und auf die Frage, wieviel es kostete, meinte der Fahrer, sie sollten erst am Ziel bezahlen.

»Wohin wollen Sie?«

»Nach San Mateo.«

»Wir fahren nicht bis San Mateo, nur bis Quetzlan, etwa dreißig Kilometer entfernt. Man läßt uns nicht weiterfahren.«

Diderot und Myriam nahmen auf den hintersten Sitzen Platz, Pedro auf dem direkt davorgelegenen, und sie bedeuteten sich ohne Worte, was für ein Wunder es war, daß es freie Sitzplätze gab und der Autobus ordnungsgemäß verkehrte, mit nur zwei oder drei Geräuschen, die über das übliche Maß hinausgingen. Pedro schlief als erster ein, dann Myriam, Diderot versuchte es vergeblich, weshalb er in den Winkeln seiner Erinnerung ein Gedicht zu suchen begann, das ihm Gesellschaft leisten könnte, wie jenes, das Neruda Guatemala gewidmet hatte: *Guatemala, / heute / singe ich / dich. / Grundlos, / ohne Ziel / leuchtete / meinem Munde / verhaftet, / an diesem Morgen / dein Name auf.*

Er versuchte, eine Musik für die Worte zu erfinden, und fand sie, als er aus dem Gedächtnis rezitierte: *Du aber, / Guatemala, bist / eine Faust und eine Handvoll / amerikanischen Staubes samenreich, / eine kleine Handvoll / Hoffnung. / Verteidige sie, verteidige uns, / wir, / heute mit meinem Gesang nur, / morgen mit meinem Volk und meinem Gesang, / eilen zu dir, / dir zu sagen »Hier sind wir«.*

Ihm fiel eine Melodie ein nach Art der Lieder, wie sie Carlos Puebla Fidel Castro und der kubanischen Revolution in den Sechzigerjahren gewidmet hatte: »Mit oder ohne OAS, gewinnen wir den Kampf ...« Diese Musik übertrug er auf die Verse Nerudas und fand sie irgendwie zurechtgeschneidert, um einem zwingenden progressistischen Ritual zu entsprechen. Ein jähes Bremsen des Fahrers riß Diderot aus seinem Gedicht und Myriam und

Pedro aus ihrem Schlaf. Sie starrten inmitten des Wirrwars der Mitreisenden auf das die Straße versperrende Hindernis: Eine Barrikade, bewaffnete Männer in Uniformen, und vorne, auf einem Jeep, ein zwergenhafter Chinese, gekleidet wie ein nordamerikanischer Generaloberst bei der Eroberung einer wichtigen Bastion auf den Philippinen. Der Trupp richtete die Maschinengewehre auf die Reisenden und forderte sie auf, den Bus zu verlassen. Die Indios taten das mit aller Selbstverständlichkeit, sie lachten sogar und witzelten untereinander über die Scherze von König Gabriel dem Kleinen, obwohl die eine oder andere Stimme anmerkte, daß er keineswegs ein geringer Feind wäre, wenn er sauer wurde. Der König Gabriel, klein und vermutlich Chinese, musterte die in Reih und Glied aufgestellten Reisenden, scherzte mit denen, die er schon kannte, machte den Frauen Komplimente und verpaßte einem jungen Mann, der seine Körpergröße ums Dreifache überstieg, einen leichten Faustschlag, so als wollte er ihn zu einem Boxkampf auffordern. Als er bei den drei Fremden ankam, überging er Diderot und stellte sich mit gespreizten Beinen und einer Hand auf dem Revolver vor Myriam und Pedro. Mit der anderen deutete er auf sie:

»Da sind sie also. Und was machen meine Freunde hier? Sie wollen Don Liborio eins auswischen! Hört alle her! Diese Freunde wollen Don Liborio eins auswischen!«

Die übrigen Reisenden stimmten in das schallende Gelächter von König Gabriel ein, und Pedro machte einen Schritt nach vorn:

»Ich bin Arzt. Ich bin für die NGO Ärzte ohne Grenzen tätig, und das hier sind meine Mitarbeiter.«

»Ein Doktor? Wie gelegen er mir kommt für meinen Hexenschuß, der mich nicht wachsen läßt!«

Er machte seinen Männern ein Zeichen, und sie sonderten die drei Ausländer von der Gruppe ab, zwar ohne sie zu stoßen, doch beschränkten sie ihren Bewegungsfreiraum mit ihren Waffen. Ein anderer Milizsoldat forderte die Reisenden auf, wieder ihre Plätze im Autobus einzunehmen, wo es nun noch ein bißchen warm sein würde, denn dieser Dezember ist kalt, ja er ist kalt, und die Militärs oder Milizsoldaten unterhielten sich von der Straße aus mit den aus den Fenstern gebeugten Reisenden. Pedro setzte zu einem Protest an, wurde es jedoch schon nach ein paar zwecklosen Worten müde, die nur Myriam und Diderot hörten, während König Gabriel in alle vier Himmelsrichtungen trippelte, so als müßte er dringend pinkeln oder aber für eine entscheidende Aktion Schwung holen. Am Straßenrand standen vier Jeeps und ein Lieferwagen, der für die Flüchtlinge und König Gabriel bestimmt war. König Gabriel nahm in einem Winkel zwischen zwei bewaffneten Männern Platz und musterte sie, einen Ellbogen aufs Knie gestützt und die Finger einer Hand unter einem Auge, während der kilometerweiten Fahrt.

»Sie haben Don Liborio ganz schön in Wut gebracht. Er hat einen Steckbrief ausgesandt, wir haben ihn im Radio gehört. Hier sind mittlerweile alle bewaffnet, und wenn ich sehe, daß Don Liborio ein Rasiermesser zückt, packe ich mein Maschinengewehr aus. Hier schießt man zunächst auf Papageien und tötet schließlich Priester, wie mein Vater sagte. Man nennt mich König Gabriel, weil ich den Handel der Region beherrsche. Kein Furz entgeht meinen Geschäften und Kontrollen, und so sichere ich die Preise, vermeide die Inflation und trage dazu bei, daß die Lebenshaltungskosten stabil sind. Mit mir seid ihr sicher in dieser Gegend und diesen unsicheren Zeiten. Aber dich, Indio, kann ich nicht brauchen, und ich kann auch nichts für dich tun.«

König Gabriel ließ den Jeep anhalten, und richtete seine Pistole auf Diderot.

»Steig aus.«

Pedro erhob sich, und vier Gewehrläufe zielten auf seinen Körper.

»Wenn er aussteigt, dann auch wir.«

Diderot führte einen Finger an seine Lippen und bat ihn zu schweigen. Dann wandte er sich an den zwergwüchsigen König:

»Also, Bruder, ich habe nichts zu essen und auch kein Geld, mir etwas zu kaufen.«

König Gabriel zog ein Bündel Geldscheine hervor, nahm etwa zwanzig davon und steckte sie in Diderots Hosentasche.

»Was für hübsche Hosen! Wo hast du sie gekauft? Ich will auch solche haben.«

Diderot verabschiedete sich besorgt von Myriam und Pedro, doch seine Augen rieten ihnen gleichzeitig, Ruhe zu bewahren, die Dinge geschehen zu lassen, denn noch war nicht alles verloren. Er sprang vom Lieferwagen, blieb mitten auf der Straße stehen, während er den Wagen mit seinen Freunden fortfahren sah, und ging dann den Weg wieder zurück, in der Hoffnung, seinen Platz im Bus wieder einnehmen zu können. König Gabriel erklärte seinen Gästen:

»Man hat Sie alle drei beschrieben, jetzt sind Sie nur noch zwei. Er hat kein Problem. Er ist Indio. Ich weiß zwar nicht, woher, aber Indio. Wissen Sie, wieviele Indios es in unserem Land gibt? Fünfzig Prozent. Sogar ich habe ein wenig davon im Blut, obwohl mein Vater Chinese war und meine Mutter von spanischen Emigranten abstammte, von Basken oder Andalusiern, ich weiß es nicht genau, aus einer spanischen Stadt nahe der Grenze zu Portugal oder zu Italien, alles ungenau, denn die europäische Geographie ist so dicht, nicht wahr? Aber selbst wenn du Sohn eines Chinesen und einer Spanierin bist, taucht in dir etwas von einem Indio auf, so als würde die Luft dich damit anstecken. Ich kann die Indios nicht ertragen. Ich will sie nicht sehen. Für mich sind sie unsichtbar. Ich nutze sie aus, aber ich sehe sie nicht. Zuerst haben sie die Spanier zur Sau gemacht, dann die Kreolen und Mestizen wie wir. Sie sind dazu geboren, zur Sau gemacht zu werden.«

Der König Gabriel sah sie wohlwollend an, doch Myriam war außer sich vor Angst, was Pedro durch das leichte Zittern ihres an ihn geschmiegten Körper fühlte. Der Verlust Diderots hatte sie endgültig allein und verstümmelt zurückgelassen, zuviele Verluste in wenigen Stunden, und manchmal tauchten noch die Leichen der zwei Priester am Horizont auf, als ein Beweis für die Irrationalität der Umgebung, in der sie lebten. Für Pedro war der Tod außerhalb eines Operationssaals oder eines Zimmers voller Angehöriger unbegreiflich, und für Myriam, wie sie immer wieder sagte, ein obszöner, reaktionärer Beweis unserer mangelnden Motivation, es sei denn, du kannst noch etwas Nützliches tun, nichts Bemerkenswertes, nur etwas Nützliches. Pedro hatte vielleicht nur Medizin studiert, um einen Akt der Wiedergutmachung zu setzen, symbolisch die Körper seiner Eltern wiederherzustellen, so als wäre er nun in der Lage, diese Tode zu verhindern.

»Ist dein Onkel, der Akademiker, eigentlich immer so trocken, unsympathisch und schrecklich?«

»Er ist weder unsympathisch noch schrecklich. Er ist ein Marsmensch«, meinte Pedro.

»Und ein Egoist. Ihm ist außer seiner Karriere nichts und niemand wichtig, nicht einmal deine Tante. Gehen sie manchmal gemeinsam irgendwohin? Ins Kino? In ein Restaurant?«

»Ich glaube schon, aber ich bin mir nicht sicher.«

König Gabriel respektierte ihre Vertraulichkeiten und trällerte unterdessen mexikanische Volkslieder, ohne den kompletten Text, sondern manchmal nur auf einen Vers, einen Ausdruck, ein Wort beschränkt.

Ich bin der Abenteurer
und die Welt kümmert mich nur wenig.

»Nun, Don Gabriel, wir müssen, egal was passiert, morgen, am dreiundzwanzigsten Dezember, nach Toledo kommen. Es würde uns sehr gut tun, ein paar Stunden zu schlafen und dann so bald wie möglich nach San Mateo zu kommen.«

Der Zwerg schloß die Augen und hob eine Hand an seine Brust.

»Für die Ruhe sorge ich, und auch für ein Spanferkel, aber das mit San Mateo sehe ich schwierig, weil Don Liborio und andere Kaziken dort ihren Krieg erklärt haben und das Heer bis jetzt nicht eingreift. Es wartet auf Befehle von den Politikern, doch die Politiker scheint das Schicksal der Freiwilligen oder der Abgesandten der UNO nicht zu kümmern. Und die Cholera, die hat uns noch gefehlt. Wenn man von jemandem Hilfe erwarten kann, dann von König Gabriel dem Kleinen.«

Kaum hatte Myriam das Wort Spanferkel gehört, rümpfte sie die Nase und betrachtete Pedro mit gastronomischer oder ethischer Panik. Der König ließ den Wagen anhalten, um mit den Fahrern zu reden, und Myriam nützte seine Abwesenheit:

»Ich traue diesem Kerl nicht.«

»Ich auch nicht so ganz.«

»Hast du je von ihm gehört?«

»Niemals.«

Aber der König kehrte schon wieder auf seinen Platz zurück, wenn auch klagend, weil ihn erneut sein Hexenschuß plagte.

»Was kann ich tun, Doktor?«

»Richten Sie sich auf und zeigen sie mir, wo es Ihnen wehtut.«

Der Kleine König richtete sich so gut er konnte auf, und deutete auf den Punkt, wo die Wirbelsäule den Hintern erreicht.

»Häufig?«

»Manchmal habe ich ein Jahr lang keine Schmerzen, dann wieder alle vierzehn Tage oder jeden Monat, für gewöhnlich im Winter, wie jetzt.«

»Sie leiden an einer lumbaren Arthrose, und um das Ausmaß festzustellen, bräuchten Sie Röntgenaufnahmen. Auf den ersten Blick scheinen Ihre Schmerzen vermutlich von einem Wirbelsäulenschaden zu kommen, von einer durch Abnützung entstandenen Stenose des lumbaren Kanals. Ich glaube nicht, daß es sich um eine Knochenerkrankung handelt.«

»Was soll ich tun?«

»Ausruhen und entzündungshemmende Mittel nehmen, bis Sie sich durchuntersuchen lassen.«

Gabriel der Kleine zwinkerte ihm zu und zog eine Packung Voltaren aus seiner Uniformjacke.

»Sie haben ins Schwarze getroffen, Doktor. Sie sind gut. Ich werde Sie zu meinem Hausarzt ernennen. Ist Ihnen kalt, Señora? Ich sehe, daß Sie zittern.«

Myriam schüttelte den Kopf, konnte aber ihre Unruhe nicht verbergen, als die Karawane die Hauptstraße verließ und sich dem Urwald zuwandte, auf einem Weg, der zu einem Gebäude führte, das sich zwischen den Bäumen erahnen ließ, nicht so beeindrukkend wie das von Don Liborio, aber auch mit Zinnen und Wachtürmen und den Silhouetten bewaffneter, patroulliernder Männer.

»Alle Häuser sind Festungen. Wir hatten hier fast fünfzig Jahre Bürgerkrieg, und wer nicht seinen Nachbarn überwacht, überwacht seine Arbeiter in den Kaffeeplantagen, oder man bewacht sich selber. Ich habe einen Vorteil. Ich lebe nicht vom Kaffee.«

Sie fuhren an den Wachposten vorbei, die am Tor eines Gebäudes standen, das sich rund um einen Innenhof gruppierte, und zu dem nur der Lieferwagen mit den Ausländern, König Gabriel und seiner Eskorte Einlaß fand. Myriam betrachtete eingehend die vor dem Eingang stehengebliebenen Jeeps, beobachtete, was die bewaffneten Leute machten, und als Pedro dem zwergwüchsigen König folgte, deutete sie an, daß ihr von der Autofahrt übel wäre, und sie gern ein wenig spazierengehen wollte.

»Keine schlechte Idee. Gehen Sie, und ich lasse Sie begleiten, aber entfernen Sie sich nicht allzuweit vom Haus.«

Gabriel rief zwei Soldaten herbei, um die Gäste zu beschatten, die er eine halbe Stunde später zurückerwartete, wenn das Spanferkel, die Bananen-Daiquiris, die ihm großartig gelängen, und die Sangrías, die er in Spanien, als er dort Agronomie studierte, zuzubereiten gelernt hatte, fertig sein würden. Kaum hatten sie den Hof überquert, lagen zwei Wege vor ihnen, der eine führte bergauf, der andere zur Straße zurück, über die sie hergekommen waren, und Myriam entschied sich für den steilen Pfad, auf dem Pedro sie begleitete.

»Was ist dir eingefallen?«

»Die Jeeps sind startbereit. Sie haben die Schlüssel steckenlassen. Ich traue diesen Leuten nicht, und diesem verrückten Zwerg noch weniger.«

»Was willst du tun? Zu den Jeeps laufen? Wir gehen außerdem in die Gegenrichtung.«

»Laß mal, bis sie Vertrauen schöpfen.«

Der steile Anstieg erinnerte sie an die Härte dieser blutigen Reise, und jeder Schritt nach oben entmutigte Pedro, so als würde er einen Kalvarienberg hinaufgehen und ihn oben die Kreuzigung oder ein anderes unglückliches Ende erwarten.

»Ich habe es wirklich satt. Keine Ahnung, was der Kerl von uns will.«

»Er sagte, Don Liborio hätte Kopfgeld auf uns ausgesetzt, also will er wahrscheinlich die Prämie kassieren. Laß uns hinuntergehen. Du gehst voraus und in den Wald hinein, so als wolltest du pinkeln, aber versuche zwischen den Bäumen versteckt den ersten Jeep zu erreichen, den, der abwärts geparkt ist, und warte auf mich, draußen oder hinter dem Sitz. Sobald ich komme, setzt du dich ans Steuer. Den Rest überlasse mir.«

Sie stiegen weiter abwärts, und als das Tor zu König Gabriels

Haus und die davor geparkten Jeeps schon in Sichtweite waren, deutete Pedro auf sein Gemächt und schlug sich in die Büsche. Die Soldaten grinsten und entspannten sich, plauderten, während Myriam wartete, nicht lange, denn dann setzte sie mit einer gewissen Unlust den Abstieg fort, und die Wächter waren unschlüssig, ob sie den Marsch wiederaufnehmen sollten, da sie den Ausflug für beendet hielten, sobald der Fremde mit dem Pinkeln fertig wäre. Also schwätzten sie weiter, bis einer sah, wie Myriam auf den ersten Jeep zulief, einstieg, neben ihr am Steuer der Ausländer auftauchte, und die Geräusche des schon gestarteten Wagens wie Eselsschreie die Luft erfüllten. Die Frau drehte sich lächelnd um und rief ihnen zu:

»König Gabriel weiß schon Bescheid. Bis bald.«

Myriams Erklärung wirkte lähmend, und so gingen die Milizsoldaten auf das Haus zu, in den Innenhof, wo weitere Männer in Waffen, Arbeiter und Dienstmädchen umhergingen, beeilten sich nicht, das Geschehene zu melden, sondern berichteten es bedächtig einem Aufseher.

»Und sie sagte, der Señor wüßte schon Bescheid.«

»Was hat euch König Gabriel gesagt?«

»Daß wir sie beschützen sollten.«

Der Aufseher machte sich auf die Suche nach dem König und fand ihn auf einem Hocker zwischen den Turmzinnen stehend, von wo aus er den Horizont mit einem Fernglas absuchte.

»Señor, die Ausländer sind mit einem Jeep weggefahren und sagten, daß Sie Bescheid wüßten.«

»Ich wußte es. Aber ich habe es nicht genehmigt. Ich sehe, wie sie sich entfernen.«

»Wir fahren ihnen nach.«

»Laßt sie. Das müssen sie allein ausbaden. Sie werden nicht weit kommen.«

Myriam sah sich ständig um, ob man sie verfolgte, während

Pedro fuhr und dabei an seine Zeit als Rennfahrer im Maresme, dem Küstenstreifen nördlich von Barcelona dachte, an diese für Sommerurlauber organisierten Wettrennen, wo seine Tanten ihn als das große intellektuelle und sportliche Talent der Mistral de Pamies vorführten. Die Federung des Jeeps ließ keine Feinheiten zu, und so trabten sie auf ihrem Esel dahin, Myriam mit den Händen auf dem Bauch, als hätte sie Schmerzen, und Pedro am Lenkrad als Haltegriff gegen das bockige Verhalten des Fahrzeugs. Sie erreichten die Straße eher in Sprüngen als fahrend, und dort angekommen wurde Pedro klar, daß sie den Jeep geklaut hatten und König Gabriel jeden Anspruch geltend machen konnte. Sie waren noch angreifbarer als zuvor, nicht nur Verfolgte, sondern auch Delinquenten.

»Tut dir der Bauch weh?«

»Vielleicht ist er zu leer.«

»Ich habe nur noch Wasser im Rucksack, aber wir werden unterwegs etwas zu essen kaufen können.«

Fünf Kilometer weiter sahen sie ein Tankstellenschild, aber es war keine Tankstelle, sondern eine Hütte, vor der eine alte Zapfsäule stand. Eine schwangere Frau bediente sie, umringt von vier Kindern, ihre Störenfriede oder Helfer, und Myriam fragte, ob sie etwas zu essen hätte. Die Indianerin wies auf die Hütte, und als der Tank voll war, ging sie hinein und kam mit zwei fertigen Speisen heraus, mit Reis, Yucca, roten Bohnen und ganz feinen Hühnerstreifen gefüllten Palmbättern, wobei die Hühnerstückchen Ausrufungszeichen glichen. Pedro riet Myriam, langsam zu essen, weil ihr Magen fast leer war.

»Können wir Ihnen etwas abkaufen? Haben Sie Fisch oder gepökeltes Fleisch?«

Die Frau zeigte ihnen, was sie hatte. Vier Kinder, aufgepflanzt wie Orgelpfeifen, ein weiteres, das bald auf die Welt kommen würde, einen Sack Reis und einen mit Bohnen, und ein paar halbverhungerte Hühner, die rund um den Zapfhahn oder auf der Straße herumliefen und auf die Blüten eines Hibiskus einhackten. Die Frau hatte auch nicht mehr gekochten Reis oder Bohnen, nahm aber die großzügige Summe von Pedro entgegen, das Doppelte von dem, was sie verlangt hatte. Der folgende Straßenabschnitt war etwas besser, so daß sie sogar miteinander reden konnten, wenn sie ihre Stimmen etwas erhoben.

»Sie war schwanger. Alles, was wir ihnen über die Geburtenkontrolle erklärt haben, war völlig sinnlos.«

»Sie hören mehr auf ihre Hebamme als auf einen mit dem Nobelpreis ausgezeichneten Arzt, und die Hebammen glauben nach wie vor, daß die Kinder die Familie stärken, Arbeitskraft liefern, und je mehr desto besser, weil die Kindersterblichkeit sehr hoch ist. In diesem Umfeld haben sie recht.«

»Ich verzweifle langsam. Wir ziehen unsere Kinder auf, so als wären sie die einzigen Kinder im Universum, und außerdem noch aus Glas.«

»Alle Kinder sind aus Glas.«

Pedro streichelte mit einer Hand Myriams Kopf, und sie hielt sie fest, bis ein paar Meter weiter etwas ihre Aufmerksamkeit erregte und sie Pedro bat, zu bremsen. Sie näherten sich dem Straßenrand, wo eine Frau mit den Fäusten auf einen Mann losging und schrie:

»Sie bringen ihn um. Sie bringen ihn um!«

Der riesenhafte Mann verpaßte ihr einen Faustschlag auf den Kopf, und die Frau fiel auf den Asphalt. Ein paar Meter weiter vorn schlug ein ebensolcher Riese auf einen gefesselten, blutüberströmten Mann ein, der nicht einmal mehr stöhnen konnte. Pedro startete los, beschleunigte, bis er geräuschvoll und mit Nachdruck neben dem Mann, der die Frau geschlagen hatte, anhielt. Dieser lief zu seinem geklonten Grobian und zu dem bereits niedergeschlagenen Mann.

»Sie schaffen meinen Mann fort! Die Paras schaffen meinen Mann fort! Sie bringen ihn um! Sie haben ihn schon fast umgebracht!«

Pedro und Myriam sahen sich an, fragten sich, ob sie sich vielleicht heraushalten sollten, beschlossen aber, sich mit dem Jeep den zwei Schlägertypen zu nähern, und nachdem er gebremst hatte, ohne jedoch den Motor auszuschalten, erhob Pedro die Stimme:

»Ich bin Arzt. Doktor Mistral. Gibt es ein Problem? Was hat dieser Mann gemacht?«

»Gar kein Problem. Er ist Gewerkschafter. Ein Unruhestifter, und der beste Aufrührer ist ein toter Aufrührer. Was geht Sie das an?«

»Bringen Sie ihn in meinen Wagen, ich will ihn untersuchen. Ich bin in der ganzen Region im Auftrag der Vereinten Nationen und der Regierung im Einsatz.«

»Steigen Sie doch aus, um ihn zu untersuchen. Wir wollen uns nicht wegen so eines miesen Kerls die Finger schmutzig machen.«

Pedro stieg aus, doch die zwei Zyklopen verstellten ihm den Weg zu dem blutüberströmten Mann, so daß er einen zur Seite stieß, worauf ihn der andere mit einer Hand am Kragen packte und schüttelte, bis ihm Pedro einen Kinnhaken auf die Nase verpaßte, und mit der anderen Hand den Schlägertypen zu seiner Linken wegstieß, so daß er wankte und schließlich in die Knie ging. Pedro ging zu dem zusammengeschlagenen Mann, doch schon stürzte sich der Riese mit der blutigen Nase auf ihn und schlug mit beiden Fäusten auf seinen Kopf ein, während sein Kumpan das Gleichgewicht und auch den dicken Ast wiederfand, mit dem er auf den Aufrührer eingeschlagen hatte, und er schlug nun kräftig auf den Kopf des Arztes ein. Beide Frauen schrien um Hilfe, und Myriam stürzte sich auf die Riesen, um ihren Geliebten zu schützen, doch ein heftiger Stoß beförderte sie über den Straßenrand hinaus, während sich die Schläger ihrem neuen Opfer widmeten. Sie setzen Pedro mit Fußtritten und Knüppelschlägen außer Gefecht, und als sie feststellten, daß er sich schon nicht mehr rührte und Blut aus seinem Schädel floß, schleppten sie den Aufrührer zu einem Auto, das hinter einer Kurve wartete. Hinter ihnen blieb der Verdacht eines weiteren Mords, eine Frau, die ihnen verzweifelt nachlief, und Myriam, die erfolglos Pedro wiederzubeleben versuchte, dessen Atem und Pulsschlag fast nicht mehr wahrnehmbar waren. Mehrere Autos hatten angehalten und bildeten einen Kreis um dieses Tryptichon aus Blut und Tränen, aus Gesten und Schweigen, weil es niemand wagte, einzugreifen. Vergeblich bat Myriam, Pedro ins nächste Krankenhaus zu bringen. Aus einem alten Cadillac, aufgemöbelt um noch das einunzwanzigste Jahrhundert zu überdauern, stieg ein etwa fünfzigjähriger, großer, schlanker Mann, rothaarig und mit hellen, sommersprossigen Backen, und stellte sich als Arzt vor, Doktor Limours, väterlicherseits französischer Abstammung. Er untersuchte Pedro, schüttelte den Kopf und betrachtete schließlich Myriam mit vor Erschütterung verschleiertem Blick, den Tränen nahe.

»Er stirbt uns. Eigentlich ist er schon fast tot, liegt im Koma.«

Und ohne die Frau um Erlaubnis zu fragen, hob er den Sterbenden auf, wobei er die Gaffer zur Hilfe aufforderte. Zwei von ihnen halfen, den Körper zum Cadillac zu transportieren, und Miriam versenkte sich in die Logik der Situation. Zweifellos würde Doktor Limours Pedro in ein Krankenhaus oder etwas ähnliches bringen, und sie konnte nichts weiter tun, als sich neben den auf dem Hintersitz halbausgestreckten Körper setzen und Pedros Hand halten, versuchen, ihm Lebensenergie einzuflößen, oder zumindest Liebe und Hoffnung. Doch Pedro reagierte nicht, und Myriam sah hilfesuchend zu dem am Steuer sitzenden Arzt, sagte mit den Augen: Er stirbt uns … Er stirbt.

»Pedro. Um Himmels willen. Pedro!«

Doch der Körper schien wie aus Holz, obwohl sie seinen Namen ins Ohr rief, um das letzte Neuron anzuregen, das ihm helfen könnte, wieder zu sich zu kommen. Doktor Limours Stimme aus dem Off riet ihr, sich zu fassen.

»Ich weiß, daß es sehr hart ist, und noch dazu in Ihrem Alter. Aber es ist das Gesetz des Lebens, und in diesen barbarischen Zeiten ist es schwieriger zu leben als zu sterben. Zwei meiner Brüder wurden von der Guerilla getötet, und einer meiner Söhne starb als Guerillero. Sehen Sie? Wir sind wie Ameisen und können nur auf die Barmherzigheit der Fußsohlen der Götter hoffen, damit sie uns so spät wie möglich zertreten. Weinen Sie. Weinen Sie. Geben Sie sich der Verzweiflung hin. Aber Sie sind eine hübsche Frau, sehr hübsch, und ihr eigener Körper wird, wie die Gardenien, im Kontakt mit der Umwelt Gründe fürs Überleben finden.«

Was war das mit den Gardenien? Aber sie fand den Moment nicht passend, um nachzufragen.

»Wohin fahren wir?«

»In meine Klinik, die liegt auf halbem Weg nach San Mateo, und ich möchte ein paar Kontrollen durchführen, bevor ich Ihren Mann in die Hauptstadt bringe.«

»Warum fahren wir nicht direkt in die Hauptstadt?«

»Weil eine so lange Reise den Verletzen noch mehr schwächen würde, und ich ihn in meiner Klinik für die weitere Strecke vorbereiten kann, wobei man bei seinem Zustand nicht weiß, ob er mein Haus lebend erreichen wird. Ach, Himmel! Himmel! Außerdem verfüge ich dort über Krankenpersonal, das uns unterstützen wird.«

»Ich bin Krankenschwester.«

»Sehr schön. Umso besser.«

Die Gleichgültigkeit, mit der ihre Eigenschaft als Krankenschwester aufgenommen wurde, beunruhigte Myriam, wobei ihr bewußt war, daß sie alles beunruhigte und sie den Dingen, die um sie herum passierten, keine Beachtung schenken sollte, sondern zugeben, daß sie unfähig war, sie zu begreifen, über Pedro gebeugt, so als würde sie sich in diese Leere stürzen, dazu gezwungen, sich ein Leben ohne ihn vorzustellen, die Sklaverei der Einsamkeit erneut auf sich zu nehmen, mit dem Gefühl, minderwertig zu sein, umgeben von Nichts, auf Nichts zugehend, das Leben auf Halbmast, im Inneren die Trauer, und die Mitleidsbezeugungen wie eine Bedrängnis wahrnehmend, denn nur Madrona würde wirklich leiden und mit Pedros Tod ein wenig mehr sterben, somit ein wenig mehr zu dem Tod hinzufügen, den ihr dreißig Jahre Zusammenleben mit diesem vorzüglichen Kadaver beschert hatte. Sie näherte wieder ihre Lippen Pedros Ohr und rief ihn in allen Tonarten, scharf, eindringlich, wie sie es bei den Alten machte, die am Sterben waren, und die es manchmal rettete, ihren Namen oder die Frage »Wie heißt du?« zu hören.

»Wie heißt du?«

Aber Pedro antwortete nicht, und aus dem Off drang die Litanei des Doktor Limours herüber, man lebt und man stirbt, wir sind wie Ameisen, der große Ameisenbär lauert, und wir sehen nicht immer, wie er sich auf uns stürzt. Ihr Europäer seid sehr verwöhnt. Ihr habt keine Guerrillas, keine Bürgerkriege, Erdbeben, Hurrikane und verfügt über das weltweit und in der ganzen Menschheitsgeschichte beste Sozialversicherungssystem. Deshalb vergessen Sie das Vorhandensein ihres Fußes. Aber der Ameisenbär wird kommen. Ein Schild kündigte *Klinik Lamours* an, und dreihundert Meter weiter stand ein moderner Bungalow, der von allen Katastrophen, die der Arzt aufgezählt hatte, heimgesucht worden war, von aus den Bürgerkriegen stammenden Kugeleinschlägen, bis zu den Schäden des letzten Hurrikans, der sich eine Schlagzeile verdient hätte. Das Gehupe des Cadillac rief das Krankenpersonal auf den Plan, zwei junge Frauen, die nichts weiter als eine Schwesternhaube trugen, und einen Burschen mit Händen voller Erde oder Fett, die er versuchte, an seiner Hose abzuwischen. Myriam dachte, daß es besser wäre, nach San Mateo weiterzufahren, doch Limours ließ ihr keine Möglichkeit zur Initiative, oder auch nur dazu, ein Wort zu sagen. Ruhen Sie sich aus. Ruhen Sie sich aus. Sie haben bittere Stunden vor sich. Sie hatten Pedro auf ein Bett mit Rädern gelegt, und ihn in einen Raum gebracht, der wohl so etwas wie eine Arztpraxis war.

»Sie sollten sich besser zurückziehen und ausruhen. Ruhen Sie sich ein wenig aus. Ich werde ihm nur eine stimulierende Spritze geben, mal sehen, ob er darauf anspricht, sein Puls ist schon ganz schwach«, meinte Limours, während er sich die Hände und Arme mit dem Wasser wusch, das aus einem verrosteten Hahn herausfloß.

»Mein Team und ich werden uns um ihn kümmern.«

»Ich bin Krankenschwester und will dabei sein.«

»Gut. Aber gehen Sie einen Moment auf ihr Zimmer. Wir warten auf Sie. Erfrischen Sie sich ein wenig. Entspannen Sie sich.«

Das war kein schlechter Rat. Sie folgte einer Krankenschwester, die sie zu einem kleinen, in einem Garten gelegenen Appartement führte, wo von den Hurrikans geschüttelte Palmen und etwas welke Blumen, von denen sie nur den Lotus mit Namen zu nennen wußte, ihre ewige Ruhe fanden, neben den Überresten eines einstigen Steinbrunnens, der nun nur mehr ein schwarzes Loch inmitten des Unkrauts war. Das Zimmer hingegen vermittelte ihr augenblicklich das Gefühl von Geborgenheit, und sich waschen, mit dem Wasserstrahl zu spielen und sich für zwei Minuten auf ein richtiges Bett fallenlassen zu können, machte sie ruhig und schläfrig, vor allem schläfrig, und dagegen versuchte sie anzukämpfen, indem sie sich Pedro auf dem Krankenbett vorstellte und alle auf sie wartend, mit nackten und feuchten Armen, und Limours in der rechten Hand ein Skalpell schwingend. Sie schlief ein, ohne Zeitgefühl, glaubte aber, schon Sekunden später wieder aufgewacht zu sein. Sie sprang aus dem Bett, und brauchte eine Weile, um festzustellen, daß es dunkel geworden war, sowohl im Zimmer, als auch draußen, in dem verwahrlosten Garten. Als sie das begriff, lief sie zur Tür und versuchte, sie zu öffnen. Doch man hatte sie von außen versperrt.

Ich erwache mit dem Gefühl, zu meiner eigenen Ehrung zu spät zu kommen. Es nieselt. Hinter dem Fenster zeichnet sich das von mir so geliebte Bild Galiciens ab, ein feuchtes Finisterre, durch das sich seidige Flüsse voller Lachsforellen schlängeln. Ich habe einen fahlen Geschmack im Mund und harte Augen, wie immer in letzter Zeit, wenn ich schlecht oder wenig schlafe. Es ist acht Uhr morgens und das große Spektakel beginnt um zehn. Eine Gruppe junger Studenten aus Santiago führt eine Bühnenfassung des Trojaromans von Benoît de Sainte More auf, eine Quintessenz des Romans, wie es im Programmheft heißt, in einer freien Bearbeitung von Celsa de Moure. Nach einer Pause, während der die Obrigkeiten ankommen würden, folgte mein *urbi et orbi*, ein höchstoffizielles Mittagessen und am Nachmittag die Lobreden meiner Kollegen. Einige internationale und heimische Arturiker und Mediävisten würden Reden halten, die sie gewiß schon bei ähnlichen Anlässen vorgetragen hatten, andere mein Leben und mein Werk glossieren. Ich dusche mich und muß dabei darauf achten, nicht auszurutschen und mir den Oberschenkelhals zu brechen, den sich Leute in meinem Alter üblicherweise brechen, so als wäre dieser Knochen ein biologischer Markstein oder der Flugschreiber unseres Skeletts. Arthrose habe ich nicht. Mein Gang ist, glaube ich, fast noch so stolz und leichtfüßig, wie er immer für meine Schritte durch die Arkadenhöfe unzähliger Fakultäten für Geisteswissenschaften und über den Campus modernerer Universitäten charakteristisch war. Meine Art zu gehen und mein glänzendes weißes Haar bilden einen Teil meiner Legende, und wenn ich nicht mehr so auftreten könnte oder mir die Haare ausfallen sollten, würde ich mich für immer in meine vier Wände zurückziehen und mir und allen anderen Spiegel und Kämme verbieten. Doch ich betrachte meine prächtige Haarmähne und reibe sie mit *Pantène* ein, damit das zu starke Weiß einen bläulichen Schimmer bekommt und glänzt, falls ein Sonnenstrahl darauf scheint. Wie in jenem wunderbaren Seminarraum für mittelalterliche Literatur an der Universität, maßgeschneidert, damit ein Sonnenstrahl durch ein großes Fenster genau auf meine Schläfen fällt, die schon seit dreißig Jahren, kurz nachdem ich geheiratet habe, schneeweiß sind. Ich hasse Deodorants, habe sie nie verwendet, vielleicht weil ich sie mit dem ersten, bei uns zu Hause verwendeten in Verbindung bringe, das aufdringlich war und dir die Haare in den Achselhöhlen verklebte. Ich liebe hingegen Eau de Cologne, vor allem das von González Álvarez, das ich in Madrid zu kaufen pflege, ein richtiges Eau de Cologne, das sich nicht so schnell verflüchtigt wie das nach Art eines syrischen Freudenhauses, wie es mein Schwager Pepón benutzt. Kölnischwasser erinnert mich nämlich daran, wie mir die Mutter die Beine einrieb, wenn ich müde war vom Laufen oder vom stundenlangen Sitzen über Büchern, während sie ihre Näharbeiten machte, in den ersten Jahren nach dem Bürgerkrieg, als ich knapp vor dem Abitur stand. Ich habe keine besonders enthusiasmierende Erinnerung an die Kriegsjahre, die wir auf dem Gehöft meiner Großeltern mütterlicherseits in der Provinz Tarragona verbrachten, in der Nähe der Sierra de Pàndols, von der Welt abgeschnitten und damit beschäftigt, uns von dem zu ernähren, was der kleine Hof hergab, und uns vor den Schüssen aus beiden Lagern in Sicherheit zu bringen. Mein Vater vor allem vor den Schüssen der Republikaner, weil er als katholischer Aktivist galt, eine erstaunliche Einschätzung, denn ich hatte nie einen Aktivismus bei ihm feststellen können, und sein Katholizismus blieb darauf beschränkt, sich bei Hochzeiten, Begräbnissen und Taufen zu bekreuzigen. Wieder nach Barcelona zurückgekehrt, hatte ich, wie ich glaube, in den Jahren vor dem Abitur ein gutes Verhältnis zu meiner Mutter, obwohl wir kaum miteinander redeten, verbrachten wir viele Stunden zusammen, vor allem in den kalten Winternächten, wo uns zuerst ein mit Trester geheiztes Kohlebecken und später Petroleumöfen wärmten. Am gleichen Tisch sitzend, schienen sie und ich das gleiche Schicksal zu haben, und das glaubte ich, bis ich später feststellte, daß ich meine Eltern nie bewundert hatte, wie es viele Jungen in meinem Alter taten, sondern sie nur als Mittel für meinen Aufstieg sah. Der war unweigerlich mit schrecklichen Neurosen verbunden, denn ich erinnere mich heute noch an Kindheitsängste, die mein Vater schürte, als er darüber wachte, daß ich die einfache Dreisatzrechnung beherrschte, ohne die ich die komplizierteren Gleichungen und die gesamte Algebra nicht lösen könnte, es daher zu nichts bringen würde, und damit alle Opfer umsonst gewesen wären. Mein Vater sah meine Schularbeiten durch, wenn er konnte, und wenn nicht, tat er so als ob. Die Universität gab mir endgültig Sicherheit. Ich hatte mir eine gewisse finanzielle Unabhängigkeit geschaffen, indem ich an Privatschulen unterrichtete, die sich zwischen Null und Unendlich bewegten, Null die Unterrichtsbedingungen, unendlich die Panik vieler Schüler, denen eingeschärft worden war, sie müßten zumindest die Oberstufe schaffen, um in einer Sparkasse arbeiten zu können, am besten im gleichen Stadtviertel, in dem sie geboren worden waren und in dem sie gelernt hatten, um Sparkassenangestellte zu werden. Professor Martín de Riquer betreute meine Magisterarbeit über »Die Gegenwart Ovids bei Chrétien de Troyes und im Wandel des Liebesideals in der romanischen Literatur des Spätmittelalters«, und als ich sie präsentierte, bekräftigte er das bis dahin nur angedeutete Angebot, sein Assistent zu werden. Er verhalf mir auch zu einigen bezahlten Forschungsarbeiten und populärwissenschaftlichen Publikationen, so daß ich den freiberuflichen Unterricht von Abiturienten aufgeben und ein paar Stunden in den ersten Opus-Dei-Schulen geben konnte, die für die damalige Zeit sehr gut bezahlt waren. Viele Kollegen und Studenten hielten mich für einen Mann des Opus, bis zum Zwischenfall meiner achtundvierzigstündigen Verhaftung, der zwar akademisch nicht in Betracht gezogen wurde, mir aber die Aura eines antifrankistischen Professors verlieh, die ich aber erst viele Jahre später pflegte, weil es zu Beginn der fünfziger Jahre einem akademischen Selbstmord gleichgekommen wäre, den Rebellen zu spielen.

Aber das Leben ist eine Bilanz aus vielen Erfahrungen, Augenblicken und Beziehungen, das Ergebnis liegt mir heute vor, am 23. Dezember jenen Jahres, das in das 21. Jahrhundert übergeht, dessen Ankunft mich bestürzt, weil ich mich erinnere, erst gestern oder vorgestern am Pult der Schule meines Viertels gesessen und auf ein Papier die Zahl 2000, das Jahr 2000 geschrieben zu haben. Eine so unermeßliche Ziffer und so fern wie das Jenseits der Galaxie. 2000 liegt bereits zurück, und wenn 2010 kommt und ich dann noch leben sollte, befürchte ich, eher im Pantheon meiner Erinnerung als im Paradies meiner Vorhaben zu weilen. In der Liebe stellt sich mir die Frage nicht, oder zumindest nicht wie ich Liebe verstanden habe, als Verführung und Sammelleidenschaft, mit den unverzichtbaren Bezugspunkten Myrna und Madrona, Madrona und Myrna, je nachdem.

Ich habe mit vierundvierzig Frauen geschlafen, – eine ist an Krebs gestorben –, mit denen ich mehr oder weniger regelmäßige Beziehungen hatte oder hätte haben können, sofern ich es wollte, und die ich nach und nach aus meinem Begehren und in der Folge aus meinem Adreßbuch gestrichen habe. In ihm verbleiben noch sieben, und nur eine ist eine Eroberung der letzten zehn Jahre: Flavia, eine italienische Studentin, die mit der Doktorarbeit über die überlieferte Liedersammlung. Nun unterrichtet sie in Turin, allerdings hat sie nicht das Glück gehabt, an die Universität zu kommen. Vor fünf Jahren schliefen wir zum letzten Mal miteinander, und ich konnte es noch ohne Angst, besonders mit ihr, erregt durch ihre Jugend und ihre Unterwürfigkeit, es ließe sich beinahe von akademischem Respekt sprechen. Sie war die Geliebte, die ein sechzigjähriger Universitätsprofessor brauchte, so konnte er der sexuellen Autorität die akademische hinzufügen. Mit ihr funktionierte das, weil sie sehr unschuldig war und ist. Sie schickt mir Mails, doch ich habe keine Zeit zu surfen: Entweder ich arbeite oder ich surfe. Manchmal drucke ich ihre virtuelle Korrespondenz aus und antworte ihr mit einem Brief, weil mich die umherschwirrende Korrespondenz ebenso irritiert wie die von Bildschirm zu Bildschirm gesendeten Briefe. Ein Brief ist ein beschriebenes Blatt, und das Berühren des Papiers ist wesentlich, wie beim Lesen eines Buchs.

Ich ziehe den dunkelblauen Anzug an, der sich laut Madrona für diese Art von Anlässen am besten eignet, und wähle dazu eine Krawatte, die mir Pedro und seine sprechende Grille bei der Rückkehr von irgendwelchen Missionen aus gottverlassenen Gegenden mitgebracht haben. Sie haben sie im Flugzeug gekauft, und mir gefällt sie sehr, blau mit einer Art von weißen Tränen, sehr passend zur Farbe des Anzugs, unerläßlich auch ein hellblaues Hemd, denn ich mag diese Kombinationen, nur so fühle ich mich *abinato*, wie die Italiener sagen, womit eine Harmonie von sämtlichen Elementen der Kleidung gemeint ist. Diesen Anzug habe ich mir bei Aramis maßschneidern lassen, dem Schneider in Barcelona, bei dem manchmal der König seine Anzüge kauft, und er entspricht wirklich meinem Stil, nur schade, daß ich ihn erst so spät entdeckt habe, allzuviele Jahre suchte ich nach meinem Schneider und fand ihn nicht. Die Stangenware ist etwas ganz anderes, und man muß oft genug auf sie zurückgreifen, obwohl man sich unmöglich mit etwas identifizieren kann, das entworfen und hergestellt wurde ohne den Körper zu kennen, den es kleiden soll. Ich habe die Zeitschrift *Uomo Vogue* abonniert und halte es für keinen Zeitverlust, in Sachen Männermode mehr oder weniger auf dem laufenden zu sein, ebenso wie die Geschöpfe, die ich studiere, sich ihrer Zeit gemäß, den Regeln des Geschmacks und ihres Standes entsprechend kleideten. Der Spiegel hilft mir, mich gut zu kleiden, da wir dialektisch wahrnehmen und fühlen und der Spiegel ein dialektisches Element darstellt. Es gibt einen sechsten Sinn, gewiß. Der Geschmack, das Gehör, der Geruch, der Tastsinn, das Sehen und dieser sechste Sinn ist die Anwesenheit, dich anwesend fühlen unter anderen, indem du nicht nur mit deinem Körper, sondern auch mit deiner Kleidung Signale aussendest.

Ich bin schon angezogen und habe vom Fenster aus die vielen Schaluppen gesehen, die allmählich die Teilnehmer auf die Insel bringen, von denen sich einige in Hotels auf der Halbinsel einquartiert haben, da sie dieses soeben hergerichtete und noch nicht ganz fertiggestellte Hotel nicht in Anspruch nehmen wollen. Ich weiß, wenn ich zum Frühstück hinuntergehe, wird mich ein Spalier eines mich begrüßenden und begeisterten Publikums empfangen, dem ich im gleichen Maß entsprechen sollte, und ich habe Lust dazu, große Lust, denn es ist mein Tag und niemand kann ihn mir wegnehmen, nicht einmal ich selbst. Das Gespräch und das Schweigen während meines Zusammentreffens mit Myrna sind der Grund für mein Unbehagen. Was sie mir sagte und was sie mir verschwieg, legte sich wie ein Schleier zwischen uns beide und wuchs, bis Myrna zu einer überdrüssigen, üblichen Teilnehmerin dieses Treffens verrückter Arturiker wurde.

Ich gehe allein die Haupttreppe hinunter und sehe bereits eine erste Ansammlung von Kollegen an der Rezeption. Einige nehmen mich wahr, und es wird applaudiert, vielleicht scherzhaft, aber da stehen Alvar, Cirlot, Riquer, Hände werden geschüttelt, Küßchen auf die Wangen gehaucht, während meine Augen Myrna suchen und sie an der Rezeption nicht finden, wohl aber im Restaurant, wo weitere, nicht immer bekannte Menschen sich erheben, um mich zu begrüßen und mir die Protokollchefin der *Xunta de Galicia* die Ankunft der Obrigkeiten für den späten Vormittag ankündigt. Isabel de Riquer überreicht mir eine handschriftliche Notiz ihres Vaters, in der er sich wegen eines gesundheitlichen Problems für sein Fernbleiben entschuldigt, und ich muß es ihm nachsehen, da mein alter Professor noch immer unter dem Verlust seiner Frau leidet. Myrna sitzt mit den anglophonen Spezialisten zusammen, zu denen sich Carles Méla gesellt hat, der vielleicht hervorragendste Spezialist in Perceval, Konkurrent, aber auch Freund von ihr, und sie winkt mir zu, ohne mich jedoch aufzufordern, an ihrem Tisch Platz zu nehmen, der schließlich auch besetzt ist. Also halte ich mich an die Franzosen, und da sitze ich nun vor einem Orangensaft, einem großen Stück galicischem Käse und einer sehr saftigen und riesigen *Tortilla de Betanzos*, ein Kartoffelomelett, das die meisten Gäste anzieht. Ich höre mir die Anweisungen der Textkoordinatorin, Szenographin, Strategin oder was weiß ich von der *Xunta* an und bekomme nichts mit, weil mein Körper von einer zurückgehaltenen Aufregung erfüllt ist, die mir sogar das Hören unmöglich macht, nicht aber das Grüßen und das Lächeln, Eindringling und gleichzeitig Hauptdarsteller in diesem Trubel, der mittlerweile den Saal erfüllt hat.

»Nach der Theatervorstellung werden die Obrigkeiten ankommen und eine Gruppe von Dudelsackspielern ein kurzes, ganz kurzes Konzert geben. Danach wird der Kulturlandesrat der *Xunta* ein paar Worte sprechen, dann die Ministerin und seine Exzellenz, der Vorsitzende der *Real Academia*, Doktor Víctor de la Concha, Sie schließlich vorstellen und Ihren Festvortrag einleiten. Dann das Mittagessen, eine kurze Pause, und so weiter und so fort. Das Essen wird auf ausdrücklichen Wunsch der Organisatoren von einem Restaurant aus Santiago, dem von Toñi Vicente, angeliefert. Glauben Sie bloß nicht, daß diese Entscheidung keine

Polemik hervorgerufen hat. Die klassischer Orientierten setzten auf die Restaurants Vilas und die Moderneren auf das von Toñi Vicente.«

»Was serviert er?«

»Wunderwerke.«

Also Literatur. Die für alles zuständige Frau nimmt mich am Arm und macht mich auf die Medien aufmerksam. Welche Medien? Presse, Radio, Fernsehen. Eine Pressekonferenz ist die beste Lösung, für heute abend sind Interviews mit *El País* und dem Spanischen Fernsehen geplant. Ich lasse mich treiben, ohne mein wohlwollendes Lächeln aufzugeben, erhaben über die irrtümlichen Lobreden für Werke, die ich nicht geschrieben habe, oder die unzulänglichen und tölpelhaften, mit denen man Werke, die ich sehr wohl geschrieben habe, erwähnt, manchmal gerührt, wenn ich einen ehemaligen Studenten erblicke, der von weit hergekommen ist, auch über jene, deren Entfernung darauf zurückzuführen ist, daß sie niemals eine Stelle in Spanien bekommen können, wenn wir Universitätsprofessoren erst mit siebzig emeritieren. Ich versuche, mich Myrna zu nähern, aber sie meint:

»Ich bin von Leuten umringt, und das wirst du auch bald sein, und zwar von Politikern und Wichtigtuern.«

»Im Moment ist es die Presse.«

Ich nehme vor den Journalisten Platz, die Aufnahmegeräte sind auf meinem Tisch aufgereiht, die Fernsehkameras der öffentlichen, privaten und autonomen Sender auf mich gerichtet. Meine Begleiterin spricht ein paar Worte, entschuldigt sich für die knappe Zeit und bittet, die Fragen nicht zu wiederholen. Alle haben die gleiche kurze Notiz erhalten. Daran gehindert, sich zu wiederholen, beschließen sie, mich zu fragen, wie man sich fühlt, wenn man in Pension geschickt wird, wozu die mittelalterliche Literatur dient, und ob ich wirklich Berater eines amerikanischen Monumentalfilms über Camelot gewesen bin.

»Einer deutsch-italienischen Produktion. Für die amerikanische kam ich zu spät.«

»Von wem war die Idee, diese Inseln als Ort für die Ehrung auszuwählen?«

»Von einem galicischen Dichter, Medinho.«

»Merino?«

»Nein, Medinho.«

Jeder Fernsehsender möchte zwei oder drei Exklusivfragen, die ich beantworte, obwohl mich die Scheinwerfer quälen, und ich weiß, daß die Kameras dick machen. Ich werde nicht alt, man macht mich alt. Da sie mich nicht nach dem Preis fragen, erinnere ich sie indirekt daran, daß ich ihn soeben zugesprochen bekam, und sie sind aufgeregt, weil es für sie fast nach dem Nobelpreis klingt. Der *Carlomagno*-Preis wurde in Wirklichkeit der Wiedergeburt der demokratischen Kultur in Spanien verliehen. Nein, die Könige haben keine Freunde, sondern Untertanen, aber Juan Carlos hat mich fast davon überzeugt, mein Freund zu sein, und ich bin es selbstverständlich. Nein. Ich strebe den Nobelpreis nicht an. Zum Glück haben sie nie einen Spezialisten für Literatur des Spätmittelalters mit dem Nobelpreis bedacht. Die umtriebige Organisatorin holt mich wieder in die Realität zurück, indem sie mich auffordert, ihr zum zweiten, im Festsaal stattfindenden Teil zu folgen, wo ich in der ersten Reihe, neben dem Vorsitzenden der *Academia Real* und dem Prorektor der Universität von Barcelona Platz nehme, Gabriel Oliver, ebenfalls ein Kenner der arturischen Thematik.

»Was für eine Idee, das hier, an einem so abgelegenen Ort zu veranstalten, und außerdem noch zwei Tage vor Weihnachten«, wirft mir der Vorsitzende freundlich vor.

»Es ist schwierig, den Ort für das Ende zu wählen.«

»Welches Ende? Du hältst mehr Vorträge und Kurse in Spanien und im Ausland als alle hier versammelten Professoren.«

»Das Ende eines Ehrgeizes, der beginnt, wenn du bereits addieren, multiplizieren, dividieren kannst und nun die Regel der einfachen Dreisatzrechnung und dann die der komplizierteren Gleichung erlernen mußt. Da beginnt die Schwierigkeit, die nun ihr Ende findet.«

Celsa de Moure ist eine Frau mit kleinen Brüsten und einem ausladenden Hintern, spricht mit einem wunderschönen galicischen Akzent und faßt den Handlungsstrang des *Roman de Troie* zusammen, von dem nur der Tod Hekates dramatisiert wurde, der Moment, in dem die Leute bemerken, daß das Mädchen sterben muß, und ihre Trauer kundtun. Celsa de Moure unterstreicht, daß wir es hier, im Gegensatz zu der instrumentalisierten Starre des sich in Klagen ergehenden Chors der griechischen Tragödie, mit einer humanisierten, gefühlten, die Renaissance schon ankündigenden Trauer zu tun haben. Die Schauspieler bleiben auf der Bühne, sie rezitieren mit einer gewissen Musikalität. Celsa de Moure ist halb hinter einem Schirm versteckt, und ihrer Stimme aus dem Off kommt die Rolle der Erzählerin zu. Das Mädchen, das Hekate darstellt, ist besonders begabt, mich beeindruckt, wie sie dem Klagechor gegenübertritt und mit galicischem Akzent verkündet: »Meine Herren, schlecht beraten seid ihr, mich zu töten; doch keine Frau von ähnlichem Stand würde diese Rache auf sich nehmen. Ihr seid noble Herren und behandelt mich mit Härte. Ich verdiene den Tod nicht, auch sonst keine Strafe, weil ich keinen Tag meines Lebens etwas getan habe, um eine solche Behandlung zu erfahren.« Und der Akzent ist noch schöner, als sie resigniert: »So komme der Tod. Ich weise ihn nicht zurück. Denn ich habe keine Lust mehr, länger zu leben.« Celsa de Moure krönt die Vorstellung mit einem Vers: »Dort erbauten sie also ihr Grabmal / so mächtig und hoch steht es noch über dem Tal.«

Reichlicher und aufrichtiger Applaus, zumindest der meine, vielleicht alle eingenommen von der Zartheit, will heißen, von dem zarten Alter dieser Jungen und Mädchen, die noch in der zweiten Phase des Heranwachsens sind, die mit sechzehn, siebzehn Jahren beginnt und bei manchen bis fünfzig andauert. Der den Schauspielern gespendete Beifall vermischt sich mit dem Begrüßungsapplaus für die Obrigkeiten, allen voran die Ministerin und der galicische Kulturlandesrat, sie hübsch, aber immer wie mit Ausverkaufsstücken gekleidet, der Kulturlandesrat so herzlich und das Fernbleiben des Präsidenten der *Xunta*, Don Manuel Fraga Iribarne, entschuldigend, wegen eines ernsten Problems mit seiner Hüfte, das sich durch das feuchte Wetter verschlechtert hat, doch hat er etwas aufgenommen, das hoffentlich abgespielt wird. Die Abfolge des Protokolls ist klar, denn der *Conselleiro* und die Ministerin gehören derselben Partei an, so daß er etwas nach der Rede des Vorsitzenden der Königlichen Spanischen Akademie für Geisteswissenschaften sagen wird, und sie nach meinem Vortrag. Víctor flüstert mir ins Ohr:

»Ich werde mich kurz halten. Es ist dein Fest.«

Er hält sich kurz. Er bezieht sich auf meine Karriere als Universitätsprofessor, Forscher, Publizist und auch Mitglied der Akademie, und sagt:

»Er hat bewiesen, eines jener Mitglieder zu sein, die die Sprache pflegen und sich nicht darauf beschränken, ihr Glanz zu verleihen. Der Beitrag von Doktor Matasanz, um linguistische Unternehmungen zu einem guten Ende zu führen, die ursprünglich nicht seine waren, wie die der früh verstorbenen Manuel Alvar und Alarcos Llorach, zeigen seine Universalbildung, die eines Intellektuellen der Renaissance, auf den die Sentenz von Terenz zutrifft: *Homo sum: humani nihil alienum.* Der ihm kürzlich zugesprochene *Carlomagno*-Preis bürgt für das, was er ist: Ein großer Humanist, und als solcher weltweit bekannt. Wir nehmen heute nicht von ihm Abschied, sondern wünschen ihm einen neuen Abschnitt in dem erfolgreichen Leben als maßgeblicher Intellektueller unseres Landes, der alle konstruktiven Voraussetzungen vereint, sich des Kulturgutes anzunehmen und es zu verwandeln, um es schließlich zu bereichern. Salve, Julio, die wir dich kennen, mögen dich sogar, und wir respektieren dich natürlich.«

Alle wollen applaudierend abgelichtet werden, und der *Conselleiro* hat Mühe, zu Wort zu kommen, nutzt die erste Stille, um sich zu räuspern, so als wollte er die in seiner Kehle klebenden Worte loswerden. Er rühmt mich, rühmt sich selber dafür, daß dieses kleine und melancholische Inselparadies als Rahmen für die Ehrung dient und möchte nun die Worte zu Gehör bringen, die der Präsident der *Xunta de Galicia* für mich aufgenommen hat. Quietschend setzt sich das Band in Bewegung, bis schließlich die Stimme ertönt, welche die Unwägbarkeiten bedauert, die die Anwesenheit des Präsidenten der autonomen Regierung Galiziens verhindert, und ich habe Mühe, dem Vortrag zu folgen, weil er, immer so überzeugt von dem, was er sagt, halbe Worte veschluckt und man bei einer Rede nur Anfang und Ende klar und deutlich versteht. Der *Conselleiro* versteht meine Schwierigkeit und überreicht mir eine Transkription von der Botschaft des Präsidenten, in der nach einer förmlichen Einleitung steht: »Es gibt zwei Arten von Intellektuellen, solche, die vorgeben, welche zu sein, ohne es zu sein, unter denen häufig Scharlatane sind, und denen, die es tatsächlich sind, wie beispielsweise auch ich. Unsere Intelligenz ist so sichtbar wie die am Ellbogen durchgescheuerten Pullover, von den vielen Stunden, in denen wir Wissen von anderen aufgesaugt und uns neues eingeprägt haben. Julio Matasanz gehört zum ausgewählten Kreis unverzichtbarer Intellektueller, und sein Werk ist bereits ins goldene Buch der spanischen Kultur eingeschrieben.«

Ich gehe zum Podium, während der Beifall für die Aufnahme und der für mein Erscheinen zusammenfällt, doch dann ist aller Applaus für mich, als ich das Mikrofon auf die passende Höhe einstelle, die Blätter auf das Pult lege, meine Lesebrille aufsetze, sie auf meine Nasenspitze hinuntergleiten lasse und das Publikum über den Rand hinweg betrachte. Eine Geste, die für gewöhnlich gut ankommt, und so ist es. Zunächst ernte ich zustimmendes Gelächter, dann Applaus, bis mir schließlich nichts anderes übrig bleibt, als selber dem Publikum zu applaudieren, damit der Beifall aufhört, und dann begrüße ich in der eingetretenen Stille die anwesenden und abwesenden Obrigkeiten.

> Kollegen und Freunde, die Tatsache, diesen Vortrag am Tag meines Abgangs als Professor zu halten, läßt mir eine gewisse Freiheit an Form und Gehalt …

Einige Absätze weiß ich auswendig und kann sie vortragen, ohne auf die Unterlagen zu sehen, obwohl es mir hin und wieder gefällt, in der Sicherheit des schon Geschriebenen Unterschlupf zu suchen, und so fahre ich fort, mustere die Gesichter auf der Suche nach dieser ablehnenden Miene, wie sie im Publikum eines jeden Vortrags auftaucht: Immer sieht jemand abschätzig drein, sogar angeekelt oder empört, knapp davor, ein Attentat zu verüben. Aber außer der Langeweile auf einigen Gesichtern und Ironie auf dem Myrnas sind alle anderen ganz Ohr und ertragen die ersten zwei Teile meiner Rede so weit, daß sie auch noch gelassen den dritten und letzten Teil anhören.

> Ich zitiere eine erst letztlich wiederentdeckte Persönlichkeit, einen kurzen Artikel von Leo Spitzer, mit Dámaso Alonso einer der Begründer der Neostilistik, der sich vorübergehend dem arturischen Stoff zuwandte, als er ein Vorwort zu dem auf Italienisch erschienenen Werk der Hispanistin und Romanistin Angela Bianchini, *Romanzi medievali d'amore e d'avventura*, schrieb. Dieser aus dem Jahr 1959 stammende Text Spitzers charakterisiert die neue Erzählweise des Spätmittelalters als einen

qualitativen Sprung, der die Heldenepen, Heiligenlegenden, Tierfabeln und Allegorien hinter sich läßt. Über die Texte, zu denen er hingegen das Vorwort verfasst hat – vom *Roman de Troie* bis *La Castellana* von Vergy, einschließlich des Zyklus von Chrétien de Troyes –, sagt Spitzer wörtlich: »Die Helden dieser Texte sind Männer (und Frauen), die säkuläre Leben führen, romanhafte, wie wir heute sagen würden, oder abenteuerliche, wie es im Mittelalter hieß.« Das bedeutet, daß der neue Held der Erzählung eine Alternative zur Wirklichkeit sein will und für sich selbst eine Glaubhaftigkeit anstrebt. Die Autorin des von Spitzer mit einem Prolog versehenen Werkes liefert eine höchst interessante Analyse der neuen Romankunst des Spätmittelalters und nimmt sich des ersten, am wenigsten studierten Romans von Chrétien, *Erek und Enite*, an, gemäß den in den fünfziger und vor allem in den sechziger Jahren vorherrschenden Strömungen. Sie unterstreicht im besonderen, daß die Geschichte der zwei jungen Liebenden sich vom Kanon der höfischen Liebe ablöst, weil sie sich nicht darauf beschränkte, die Ehe ausgehend vom mehr oder weniger verheimlichten Ehebruch in Frage zu stellen. Im allgemeinen sind es die Frauen in der Erforschung des Britannischen Stoffs, die auf das Detail verweisen, daß das Werk Chrétiens unmittelbar unter dem Titel *Erek und Enite* angenommen wurde, wobei dem weiblichen Teil die gleiche Bedeutung wie dem männlichen Teil zukam. Bianchini legt darauf ein besonderes Augenmerk, und der große Frappier, so klassisch in seinen Analysen, lag nicht fern von dieser Beobachtung. Wir können den Roman nicht im feministischen oder gattungsspezifischen Code lesen oder unter dem Gesichtspunkt der Ehekultur des 21. Jahrhunderts. Die Problematik der Ehe gehört in den zeitgenössischen Roman, macht aber keinen Sinn für die Dichtung des 12. Jahrhunderts, und Andrea Cappellano, ein großer Kenner der höfischen

Liebe, bemerkte, daß das Außergewöhnliche an *Erek und Enite* die Liebe der Ehepartner ist, eine Ausnahme gegenüber dem Muster der von den Troubadours besungenen Liebe, der verhängnisvollen Leidenschaften von Tristan oder den von Marie de France geschaffenen Gestalten. Mein Kollege und geschätzter Antagonist, José Enrique Ruiz-Doménec, hat wiederholt auf dem Clan-Charakter bestanden, den die familiären Beziehungen im Mittelalter und seine Literatur prägten. Erek und Enite verbindet ein geheimes, strategisches Einverständnis, um sich gegenseitig zurückzuerobern. Etwas sehr Neues in der Liebeskonzeption des Mittelalters. Der Gegensatz zwischen der Liebe als bestimmender Kraft und der Pflicht des fahrenden Ritters löst sich in der Synthese auf, Praxis und Theorie des Rittertums auf die alltägliche Verteidigung der fortdauernden Liebe anzuwenden. Logischerweise würde in den kulturellen Mustern des 12. Jahrhunderts die aktive Rolle dem Mann zufallen und die passive der Frau als mögliches Ziel von Schandtaten und deshalb davon abhängig, von ihrem geliebten Liebhaber beschützt zu werden. Aber das Neue, das Offene an diesem, sich aus den harten Zwängen der Textur der mittelalterlichen Literatur befreienden Werks besteht darin, daß die Errettung der institutionellen und physischen Liebe vorrangig ist, und Theorie und Praxis des Rittertums instrumentalisiert. In diesem Punkt stimme ich mit Bezzola nicht überein: Er betont, daß wir es mit einem Roman zu tun haben, in dem das Wesentliche Ereks Lehrjahre als Ritter und Enites Reifungsprozeß sind. Das allerdings wäre eine tadellose, aber ausschließlich im historischen Umfeld des Romans angesiedelte Lektüre, die uns nicht dient, wenn wir sie von ihrer mythischen Einzigartigkeit ausgehend neu betrachten wollen, so daß sie uns noch im 21. Jahrhundert notwendig erscheint, nicht nur für uns Arturiker. Victoria Cirlot meint hingegen zutreffend in ihrer Studie *Der*

Artusroman, in *Erek und Enite* treibe die maßlose, von Erek für Enite empfundene Liebe, und ich betone das Adjektiv *maßlos*, den Helden dazu, die Waffen und seine ritterlichen Pflichten zu vergessen. Weshalb man ihn öffentlich verhöhnte, und ausgerechnet Enite ihm die Bemerkungen des Hofes übermittelte, was Erek schließlich dazu zwang, sein Ansehen als Ritter wiederherzustellen, das jedoch auf der täglichen Wiedereroberung seiner eigenen Frau basierte. Somit ist eine neu geartete mythische Vorgabe entstanden, die ihre Inspiration nicht aus griechischen, lateinischen oder keltischen Mythen zog, sondern für eine neue Mythologie der romantischen Literatur plädierte.

Vor Jahren las ich in einer französischen Zeitschrift, ich glaube in *Esprit*, daß das Wort Mythos zu einem Reizwort, einem schwebenden Signifikat geworden ist, gewissermaßen auf alles anwendbar. Als Reaktion darauf versuchte man in einem essentialistischen Akt, die Bedeutung des Wortes wieder an ihrem religiösen Bezug festzumachen: Demnach war der Mythos die Wiedergabe einer religiösen Geschichte, die manchmal gleichnishafte Erzählung dieser oder mehrerer, miteinander verknüpften Geschichten und ihrer Enthüllung, eine Eigenschaft, die Symbolisten wie Eliade besonders schätzen. In *Mythen, Träume und Mysterien* weist Eliade darauf hin, daß der Mythos zur Ontologie neigt, weil er das Sein, weil er Gott offenbart. Für einen Anthropologen wie Lévi-Strauss ist der Mythos an keinen konkreten Autor gebunden und deshalb leicht als eine Offenbarung des Übernatürlichen darzustellen. Wir befinden uns also im Fall von Lévi-Strauss vor einer skeptischen Lektüre, und weder die parareligiöse noch die skeptische sind brauchbar, um die versteckte Wahrheit zu begreifen, die jeder nach dem Zeitalter der Vernunft entstandene Mythos von sich aus in sich trägt, von dem Moment an, wo er sich dank der Literatur oder der literarischen Glaubwürdigkeit in einen linguistischen und poetisch-kognitiven Code verwandelt. Der Mythos ist ein notwendiger Bezugspunkt, der ohne jede Rationalisierung auskommt: Er ist Sprache, wie die Toponymik oder die Onomastik auch Sprache sind. Deshalb hat unsere Epoche mit der Unterstützung der audiovisuellen Semantik, vor allem durch Kino und Musik, weltliche Mythen erschaffen, denn die audiovisuellen Helden oder Rockstars lassen sich nur durch das Mythosbedürfnis des Empfängers erklären. Der von der Literatur, den Künsten oder den Medien geschaffene Mythos ist vor allem ein System von verschlüsselten Zeichen, das der Empfänger schließlich mitgestaltet, nicht durch ihre Interpretation, sondern durch ihren sentimentalen, emotionalen oder sogar ideologischen Gebrauch. Wenn wir heute Humphrey Bogart oder Julien Sorel erwähnen, müssen wir nicht mehr viel hinzufügen.

Die im Spätmittelalter begonnene und in der Renaissance gereifte Literaturgeschichte liefert einen wichtigen Beitrag an Mythen – erhellende Gestalten, semiologische Bezüge für den Symbolgehalt von Figuren wie Gargantua, Don Quijote, Robinson Crusoe, Madame Bovary oder Joseph K. Aus dem Britannischen Stoff sind beständige mythische Vorbilder hervorgegangen wie die Suche nach dem Gral, Lanzelot, Perceval oder der Himmel auf Erden. Camelot, mit Artus und Gueniève als Empfänger des glücklichen Ausgangs der *Hofesfreude*. Aber von allen Vorbildern aus dem Britannischen Stoff verbindet sich keines mit einer so klaren zeitgenössischen mythologischen Sensibilität wie *Erek und Enite*, das ohne die Obhut früherer Mythen entstand und eine immense Möglichkeit bietet, einer der vorrangigsten mythischen Bezüge der neuen Literatur zu sein, in meinen Augen ein Werk der Initiation und der Unschärfe, in dem Sinn, den Woody Allen dem Wort unscharf beimißt, nämlich als ein verschwommenes Bild von dir, und das nicht auf einem Foto, sondern inmitten der anderen und für dich selbst. Das Übergewicht anderer herausragender Helden von Chrétien de Troyes verhinderte es, die Originalität, die *Erek und Enite* bis in unsere Tage bewahrt hat, wahrzunehmen.

Ein sehr intelligenter amerikanischer Kritiker sagte einmal, daß sich die Handlung des kompliziertesten Romans auf zehn Zeilen zusammenfassen lasse. Ein Vortrag, füge ich dem hinzu, in zwei Sätzen. Es wäre wohl sehr angebracht, wenn wir Vortragenden am Beginn unseres Beitrages diese zwei Sätze aussprächen, denn dann könnte das Publikum weggehen und sich nachher damit rühmen, absolut alles mitbekommen zu haben. Ich bitte Sie um Verzeihung, dies nicht am Anfang getan und Sie somit gezwungen zu haben, auf Ihren Sitzen auszuharren. Dennoch fühle ich mich verpflichtet, das von mir heute Gesagte schlicht, wenn auch ein wenig als Vortrag getarnt, zusammenzufassen. *Erek und Enite* weicht einer heute perfekt konnotierten und fehlgeschlagenen Tragödie aus: Es ist beinahe zwecklos, Tag für Tag um die Liebe zu kämpfen, wenn auch dies vorzugeben die einzige, bisweilen unwahrscheinliche Möglichkeit für das Fortdauern der Liebe sein mag. Carlos García Gual hat über die Wiederentdeckung der Sensibilität im 12. Jahrhundert geschrieben, und mich interessiert, welchen Nutzen wir im 21. Jahrhundert daraus ziehen können. Marie de Champagne, Gönnerin von Chrétien de Troyes und Befürworterin des *court d'amour,* beantwortete die Frage, ob wirkliche Liebe zwischen verheirateten Partnern möglich sei, wie folgt, und ich betone nochmals, daß diese Aussage aus dem 12. Jahrhundert stammt: »Sagen wir doch und bekräftigen, daß die Liebe ihr Recht nicht auf verheiratete Personen auszudehnen vermag. Die Liebenden geben sich alles, aus freien Stücken und gegenseitig, ohne Zwang oder Notwendigkeit, während die Eheleute verpflichtet sind, den Willen des anderen zu ertragen und sich gegenseitig nichts zu verweigern ...«

Ich wiederhole – sowohl der Kommentar von Marie de Champagne als auch die erstaunliche Deutung der Gesetze des Rittertums in *Erek und Enite* stammen aus dem 12. Jahrhundert, als Europa begann, das Gebäude der Vernunft und Freiheit zu errichten.

Vielen Dank.

Während ich die letzten Worte spreche, sehe ich zu Myrna, und sie hält meinem Blick stand, während sie applaudiert und lächelt, obwohl ihr Lächeln wohl nicht mir galt, sondern allem Drumherum, dem Anlaß. Einige Teilnehmer sind aufgestanden, um mir Beifall zu spenden, und schließlich erhebt sich der ganze Saal, so daß ich mich verneigen muß. Die große Zustimmung heiter zurückweisend fordere ich das Publikum mit einer Geste auf, wieder Platz zu nehmen und spähe zur Tür, ob dort nicht mein Vater steht, getarnt, vielleicht als Dudelsackspieler verkleidet; zufrieden, weil ich das Ergebnis seiner Strategie bin, damit schließlich der erste Sproß zweier Familien an die Universität kommt, der seinen aus Aragón und der katalanischen meiner Mutter. Laut ihrer Erzählungen hatte sie im kulturellen Bereich nichts weiter vorzuzeigen als einen Bruder, der Verse auf Katalanisch schrieb und in der ersten Woche des Bürgerkriegs an der Front gefallen war, sowie eine Großtante, Lehrerin in Camprodón. »Und stell' dir vor: Ende des 19. Jahrhunderts, wo es die Frauen sehr schwer hatten zu arbeiten, reicht mir meine Mutter eine Tüte mit schwarzen Oliven und ein großes Stück dunklen Brots, zwar rationiert, aber ofenfrisch aus der Bäckerei von Señora María, wo an der Scheibe der Eingangstür ein Plakat des F. C. Barcelona hängt, Samitier trickst einen Spieler des *Español* aus, glaube ich.« Als ich vom Podium heruntersteige, beglückwünscht mich der *Conselleiro* für Kultur überschwenglich, wie es morgen in den Chroniken der Tageszeitungen stehen wird. Nach dem *Conselleiro* gratuliert mir die Ministerin der Spanischen Regierung, dann die Rektoren von Santiago und Vigo, zusammen mit den Vertretern von Yale und des *Bulletin de la Société Arturienne* ebenfalls im Vorstand. Die Ministerin beschließt den Akt, lobt mich über alle Maßen und sagt, daß Männer wie ich Wissenschaft und Gewissen schaffen, sie aber das Mittagessen – ein wichtiger Teil der Hommage – nicht länger hinauszögern, doch zuvor noch eine außergewöhnliche Nachricht übermitteln wolle. Sie legt ihre Unterlagen zur Seite und sagt:

»Ich werde nun eine vom Königshaus übermittelte Notiz verlesen: »Ich möchte meine Anerkennung und die meiner Familie gegenüber einem Intellektuellen zum Ausdruck bringen, von dem Spanien und ich persönlich soviel gelernt haben. Gezeichnet: Juan Carlos I. von Spanien.«

Es sind entweder viele Monarchisten hier oder man hat bloß die dem bevorstehenden Essen entsprechende Klimax erreicht, denn alle aupplaudieren stehend, so als forderten sie eine Zugabe, von mir oder vom König. Ich weiß nicht wer, noch in welcher Absicht, zu mir sagt, es habe seit dem Begräbnis von Tierno Galván, Bürgermeister von Madrid, Sozialist und langjähriger Professor, im wahrsten Sinn des Wortes, keine solche Einhelligkeit gegeben. Ich kann mir nicht einmal die Gesichter derer merken, die mir gratulieren oder mir einfach die Hand geben wollen, um auf den Fotos dieses Tages drauf zu sein, und gehe auf die Toilette, um meine Entität zurückzuerlangen. Auf dem Klosettdeckel sitzend, geschützt in diesem kleinen Raum, in den ich alles hineinbringe, was geschehen ist und geschieht, bin ich von dem Wunsch erfüllt, es möge sobald wie möglich aufhören und ein fliegender Teppich mich zu *Alegría de la Corte* bringen, wo mich vierzehn Tage lang gar nichts und fast niemand erwartet. Madrona auch, die ich, ohne zu wissen warum, vermisse. Ich sehne mich danach, ein paar

Tage dieses von ihr gelebte Leben mit ihr zu teilen, wo nie irgendetwas geschieht: Schwestern und deren Kinder, harmlose Freundschaften, Fitness-Studio, auf diesem Olymp leben die Reichen, die es zumindest seit drei Generationen sind. Madrona ist nicht nur reich, sondern auch liebenswürdig, ein guter Mensch, vielleicht weil sie es als Reiche nie notwendig hatte, ein schlechter Mensch zu sein. Es ist ihr nie etwas passiert. Ich erfrische mein Gesicht und zeige es wieder den Leuten, die mit ihrer Prozession zum Speisesaal auf mich warten, gespannt auf die Gerichte einer zierlichen, jungen Köchin mit einem intelligenten, aber etwas melancholischen Gesichtsausdruck, Toñi Vicente, die, wie ich höchst erstaunt beim Lesen der Karte feststelle, für uns ein Überraschungsmenü zubereitet hat: Carpaccio von Pilgermuscheln, Salat mit mariniertem Wolfsbarsch, Oktopus-Carpaccio mit Algen, Seehecht in Tomatenmus mit Rosmarin, gegrillte Lammnüßchen mit Ingwer und eine Verkostung der Nachspeisen: Orange, *tocinillo de cielo*, eine aus Zuckersirup und Eidotter hergestellte Spezialität, in dem Fall begleitet von einem Coulis aus würzigem Käse, dem aus Asturien stammenden *Cabrales*, Orangengelee, Seeigel und Schokoladeneis. Galicische Weißweine, Rotweine aus der Region Ribera del Duero und katalanischer Sekt, *Gramona,* scheinen am Ende der Karte auf und am Beginn verschiedene Aperitifs, doch ich entscheide mich sofort für einen Weißwein und kümmere mich um meine Tischnachbarn: alle Mächtigen, die an meiner Feier teilgenommen haben, sowie den Rektor der Yale-Universität und Celsa de Moure als Stellvertreterin der galicischen Künstler. Eine junge Frau ist allemal einem Dudelsackspieler mit seiner Tracht und dem Dudelsack vorzuziehen, ein Instrument, das sich an keinerlei Tisch anpassen läßt. Unsere Gespräche gehen dann auch auf Kosten der Dudelsackspieler, die der Präsident der *Xunta* so schätzt, aber auch das Essen verleitet zu Kommentaren und Theorien über die *Nouvelle Cuisine*, wobei ich glaube, daß wir es hier mit Kreationen zu tun haben, die darüber hinausgehen, Kreationen eines *Chefs*, etwa so wie der zwischen einer anonymen Romanzendichtung und dem *Lazarillo de Tormes* liegende Schritt. Ich sehe Duggan, danke ihm für die Sendung seiner neuen Ausgabe von *The Romances of Chrétien de Troyes* und lobe das Buch über die Maßen. Der neben ihm sitzende Rektor der Yale-Universtität lächelt zufrieden, aber nicht etwa, weil ich einen der besten Professoren an seiner Universität mit Lorbeeren bedenke, sondern weil er mich um einen Gefallen bitten will. Er zieht einen kleinen Zettel aus der Tasche seines Sakkos und zeigt mir eine Liste von spanischen Restaurants, die ihm empfohlen wurden, ganz besonders eines in Katalonien, fast schon an der Grenze zu Frankreich, *El Bulli*. Ich kenne die Vorzüglichkeiten oder möglichen Enttäuschungen des Restaurants nicht, obwohl ich mehr oder weniger weiß, worum es geht, und sage ihm, daß es ein Laboratorium des Geschmacksinns und der Texturen sei. Er zeigt sich sehr interessiert und meint: »Das ist das einzige unschuldige Wissen.« Er bezieht sich ganz unschuldig auf die Gastronomie, provoziert jedoch einen kleinen Streit, weil wir alle hier am Tisch, mit Ausnahme der Ministerin, Geisteswissenschaftler sind, und darauf bestehen, daß das auch für unsere Bereiche gelte. Aber Doktor Bellow läßt nicht locker:

»Unser Wissen ist wie das Cholesterin. Es schadet nur uns selbst. Aber noch nie ist wegen des Britannisches Stoffs oder der in gewissem Maße einträglicheren Kulturgüter wie Joyce, García Lorca oder Kafka ein Krieg erklärt worden.«

Ich erwidere ihm, als der Anwalt des Teufels:

»Bismarck sagte, er hätte zunächst Goethe geschickt und dann die Kanonen aus dem Hause Krupp.«

Celsa de Moure will meinen Blick und meine Rede auf sich lenken, denn sie kehrt zu dem Thema der Unschuld und des Cholesterins zurück.

»Schadet uns etwa das, was wir wissen?«

Ich bin gezwungen, eine Antwort zu geben, die ich nicht habe, aber mit einer Leichtigkeit improvisiere, die mir der Wein und die Gemeinschaft der heiligen Feinschmecker verleihen, einschließlich der Frau Minister, die wenig ißt, als achte sie auf ihre Linie, eine Linie, die mir entgeht.

»Celsa, wenn es uns das Leben unmöglich macht, ja.«

»Ich verstehe nicht.«

»Sie sind sehr jung, aber wenn sich die Jahre anhäufen, können Sie eines Tages zu dem Schluß kommen, daß diese Kultur vermittelnd oder hemmend zwischen Ihnen und dem Leben agiert hat.«

»Um so besser, oder?«

»Nein.«

Ich wundere mich genauso wie die anderen über meine kategorische Verneinung und sehe mich verpflichtet, eine Rechtfertigung zu improvisieren.

»Durchschnittliche Menschen wirken direkt auf Dinge und andere ein. Künstler und Literaten verzichten in einem Maß auf die Realität, daß sie eine Alternative zu ihr schaffen, und wir als Kulturanalytiker entschlüsseln diese Alternativen und interpretieren sie neu. Wir verzeichnen noch weniger Realität als die Schrifsteller oder die Mystiker. Unsere Flucht ist eine der zweiten Kategorie, in gewissem Sinn parasitär, wie Kleidung aus zweiter Hand oder von einem zweiten Körper.«

»Was hätten Sie also sein wollen?«

»Primaballerina des Bolschoi, als die Sowjetunion noch die Sowjetunion war, und das Bolschoi das Bolschoi.«

Alle lachen, die Ministerin – Kommunistin in ihrer Jugend – eher zurückhaltend. Nur Celsa de Moure sieht traurig drein, vermutlich, weil sie von ihrer prächtigen Jugend ausgehend glaubt, in mir die Unzufriedenheit des alten, die Schwäche des starken Mannes entdeckt zu haben, der Ballerina hätte sein wollen. Immer, wenn ich diesen Scherz im Beisein einer träumerischen Frau anbringe, habe ich sie mehr oder weniger erobert. Ein Pech, daß wir von so vielen Leuten umringt sind, denn dieses Mädchen käme gewiß mit mir ins Bett, um mich zu trösten, obwohl sie fast keine Brüste, aber sehr wohl ausladende Hüften hat, und ich nicht genau weiß, ob ich den Umständen gewachsen sein würde. Ich suche einen ungestörten Augenblick, um mit ihr zu reden, als die Tischgespräche sich endlich je nach gewähltem Partner aufspalten, und beglückwünsche sie zu der Inszenierung, was sie freut, wobei sie aber gleichzeitig bedauert, daß sie so wenig Zeit für das Einstudieren des Textes hatte.

»Ich weiß, daß er beim Lesen viel von seiner Wirkung verliert.«

»Nein. Wir befinden uns unter *Lletraferits*, wie man in Katalonien sagt, auf Spanisch *Letraheridos*, was in etwa der schöngeistigen Literatur hingegeben bedeutet, ein sehr bezeichnender Ausdruck, der aber trotz meiner Bemühungen nicht in das Wörterbuch der Königlichen Spanischen Sprachakademie aufgenommen wurde.«

»Sie verkörpern alles, was ich gerne sein würde.«

»Mitglied der Akademie?«

»Ich wäre hocherfreut.«

Dieser Tag ist zu sehr von Lärm erfüllt, um dieses Mädchen so richtig zu verführen, also lasse ich das Gespräch verflachen, damit sich eine mögliche Bezauberung verflüchtigen kann. Die Sitzordnung hat sich indes aufgelöst, und alle brechen auf, manche kommen noch einmal zu mir, um den Sinn der Reise fortzusetzen. Wir erzählen uns schließlich alte oder neue Schlachten, preisen alte oder neue Siege, obwohl auch einige über Fußball reden oder über die politischen Skandale, und die Amerikaner mit Fragen bombardieren, wie sie das Trauma des 11. September 2001 überwinden können. Ich fühle mich abgrundtief enfernt von alledem und würde mir gern einen einsamen und stillen Weg zu Myrna bahnen und sie fragen, was denn los sei, weshalb diese Abwesenheit. Die Obrigkeiten brechen langsam auf und schmeicheln mir noch einmal, so als hätten wir, dank meiner Wenigkeit, soeben eine Seite der Kulturgeschichte Spaniens geschrieben, und die Ministerin erinnert mich daran, daß wir uns nach Weihnachten und Dreikönig mit den Kulturdelegationen Spaniens und Frankreichs im Escorial treffen müssen, eine Pflichtübung des Curriculums, die fast nichts bringt, mir aber hilft, mein Schulfranzösisch zu praktizieren. Ich gehe bis zur Landungsbrücke, verabschiede den *Conselleiro* und die Ministerin und kehre so schnell wie möglich zurück, Piranhas vermeidend, in der Hoffnung, Myrna ohne Begleitung anzutreffen und ein paar Minuten mit ihr verbringen zu können, bevor das Nachmittagsprogramm beginnt. Myrna, vor einem Whisky ohne Eis sitzend, scheint auf mich zu warten.

»Ich empfehle ihn dir. Es ist ein Scapa.«

»In meinem Alter macht er mich müde.«

Ich schlage ihr einen Spaziergang vor und führe sie langsamen Schrittes zur Buchsbaumallee, da ich unsere Zeit, das uns angemessene Gespräch oder Schweigen wiederfinden will. Sie ist sehr sarkastisch, was den Festakt betrifft. Man hätte mich zu so etwas wie einem Magister des karolingischen Reichs gemacht oder so ähnlich, nicht? So schlecht ist es um eure Kultur in Spanien bestellt, daß ihr die Mediävisten auf den Thron erheben müßt. Nicht einmal mit Curtius hätte man im aufgeklärten Europa etwas Derartiges gemacht. Es gibt ein Loch, ja, das gebe ich zu, um ihr entgegenzukommen, oder der Kulturmarkt hat vielleicht all seine Erträge verbraucht, und die Fernsehkamaras steigen in die Höhlen, in denen wir Gelehrte immer gelebt haben.

»Ich habe es satt.«

»Es dauert nur noch zwei, höchstens drei Stunden.«

»Nein, darauf beziehe ich mich nicht. Im Grunde amüsiert es mich. Ich habe die ganze Aufmachung satt, mein Wissen, mein Tun, all das, was ich vermittle. Es ist einen Scheißdreck wert. Eine nicht nach außen vermittelbare Wiedergabe von Wissen, die nur uns Sektenmitgliedern dient. Wir beurteilen nicht einmal den literarischen Gehalt, damit er in der heutigen Welt Eingang fände oder sie erklärte. Wir sind Archäologen mit beschränkten Befriedigungen, die nur du oder ein paar mehr als du überschreiten können.«

»Du hast noch Jahre von Vorlesungen vor dir.«

»Nein.«

Es ist ein entschiedenes Nein gewesen, das sie mir nicht erklärt, und ich warte, bis wir die Bänke an der äußersten Spitze der Insel San Simón, über die Flußmündung geneigt, erreichen, um uns niederzusetzen, doch der Regen hat das Holz aufgeweicht, und so gehen wir weiter bis zu der Grenze, wo das Festland ins Meer übergeht, die Augen auf die bereits erleuchtete Schnellstraße gerichtet, die den Himmel in Richtung Vigo teilt, voller Autos mit eingeschalteten Scheinwerfern. Myrna zittert, aber nicht wegen der Kälte, sagt sie, sondern wegen all der Grausamkeiten, die diese zwei, nun durch die Kultur erlösten Inseln heimgesucht haben. Hier haben sich die Tragödien der Menschheit vereint: Lepra, Repression, Kriege.

»Ich habe eine bescheidene Summe von einer Tante aus Leeds geerbt. Kein Vermögen, doch ermöglicht es mir, mich mit einer nicht besonders hohen Pension zurückzuziehen und diese zu ergänzen. Ich werde reisen können, die Zeit einfach verstreichen lassen, was mir am meisten gefällt. Ich werde meine Enkel in Australien, Neuseeland oder Kanada besuchen, und werde ihnen nicht erklären, wer Erek ist oder Chrétien de Troyes oder Defoe, sondern über George Bush oder Putin oder die Treffen in Davos und Porto Alegre sprechen, über die Geliebten von Prinz Charles oder das triste Sexualleben seines Vaters, des Prinzgemahls, oder wie wichtig es ist, das Leben von den wie immer gearteten Antipoden aus zu betrachten. Vielleicht trete ich einer NGO bei, so wie deine Kinder.«

»Du könntest den Romanisten ohne Grenzen beitreten.«

»Mach' dich nur lustig. Seit zwei Jahren bin ich wieder in der *Labour*, in der trotzkistischen Ecke aktiv, aber ohne klare Ideologie. Ich empfinde nur Wut.«

»Gegen den Kapitalismus?«

»Gegen die *Hofesfreude*, die sich in unserer heutigen Welt breitgemacht hat, eine mickrige, mittelmäßige, entfremdende, in proportionalen Dosen verabreichte, nicht sozialisierte Freude. Vielleicht hat das auch damit zu tun, daß ich mich nicht mehr so hübsch finde und meine Brüste auch nicht mehr das sind, was sie einmal waren. *Ubi sunt?*«

Ich nehme sie am Arm, und sie schmiegt sich an meinen Körper.

»Adiós, Geliebter. Lebewohl. Was auch immer geschehen, was uns auch immer geschehen mag, uns bleiben für immer die Zeiten, in denen wir jung und aufrichtig in unserer Begierde waren und in Dreisterne-Hotels auf unseren Argonautenreisen von Kongreß zu Kongreß miteinander schliefen.«

Ich lache, obwohl ich nicht glaube, daß sie scherzt.

»Der nächste ist in La Rochelle.«

»Ich werde nicht hinkommen.«

»Danach die Würdigung der Schule von Padua, in San Diego. Du liebst doch Kalifornien.«

»Auch dort werde ich nicht teilnehmen.«

Sie öffnet ihre Handtasche, zieht ein sorgfältig zusammengefaltetes Blatt Papier hervor, gibt es mir in die Hand, und ich stelle mich unter eine Laterne, um es zu lesen. Es ist eine Kopie ihres Antrags, auf die Professorenstelle zu verzichten und in Frühpension zu gehen, mit allen Rechten und Abzügen, die eine einseitige Entscheidung mit sich bringt. Sie geht ein paar Schritte vor mir, und ich hole sie ein, so als wären wir beide dreißig Jahre jünger, wage es aber nicht, sie zurückzuhalten und sie aufzufordern, sich umzudrehen. Ich weiß, daß sie, wenn ich es nicht mache, die Pforte zur anderen Dimension überschreiten wird, und ich sie niemals wiedersehen werde, und wenn ich sie nicht sehe, wird sie zu einem Teil meiner Erinnerung werden, dieses Ringens unseres Begehrens, in einer Erfahrung ohne mögliche Apotheose. Welche Apotheose erwartete ich? Mit dieser Frage auf den Lippen folge ich ihr, erinnere sie an alles, was uns verbindet und an das hygienische Ritual unserer Zusammentreffen. Sie ist es schließlich, die sich umdreht. Sie weint, während sie sagt:

»Um aufzubauen, muß man zerstören.«

»Das ist infantiler Nihilismus des 19. Jahrhunderts.«

»Für uns alle hat das Alte seinen Rang. Ich habe deinen Vortrag angehört, eher brillant als bereichernd, und festgestellt, daß du dein Scheitern zugibst. Du wärst gern Erek gewesen, warst aber nicht dazu fähig und hast folglich die möglichen Enites auf ein Mindestmaß zurechtgestutzt, deine Frau, mich, die gelegentlichen Geliebten. Wieviele?«

Vierundvierzig, erinnere ich mich, sage es ihr aber nicht, sondern lösche im Gegenteil in der Luft die Möglichkeit einer Antwort und versuche, sie zu umarmen, was sie zuläßt, ihren Kopf jedoch an meine Schulter preßt, damit ich sie nicht küssen kann.

»Der *Conselleiro* und die Ministerin werden dich suchen.«

»Die sind schon abgereist.«

»Alle anderen werden dich sehen wollen.«

»Laß uns später reden.«

Wir eilen auf unsere Plätze, doch sie biegt zur Toilette ab und bedeutet mir mit einer Geste, daß ich in den Festsaal gehen solle. Dort muß ich den Vorsitz übernehmen, umgeben von Universitätsprofessoren, vor allem Rektoren wie Mr. Bellow, der wie üblich gleich einmal einnicken wird, und ich mache mich bereit, die Glossen meiner Kollegen und Freunde anzuhören. Als erster tritt Estremoz auf und hat seinen Vortrag »Der Beitrag von Julio Matasanz zur modernen Romanistik, ausgehend von der Postmoderne« genannt. Schluck das, bedeutet mir Víctor de la Concha und zwinkert mir zu, doch obwohl mich mein angeblicher Lieblingsschüler zu einem Mitglied des gloriosen Triumvirats des Arturismus, zusammen mit Frappier und Brezzola erhebt, gilt meine Aufmerksamkeit während dieses Vortrags, während des folgenden und bis zum letzten nur der Rückkehr Myrnas.

Sie kommt nicht wieder.

Ich wache vor allen anderen auf, oder besser gesagt hat mir eine Unruhe den Schlaf geraubt, mich gezwungen, den gestrigen Tag zu überdenken und mir zu überlegen, was mich für heute erwartet, vierundzwanzig Stunden vor dem Heiligen Abend und achtundvierzig vor dem Weihnachtstag. Kaufen, kaufen, kaufen und morgen zum nur wenige Kilometer entfernten Landgut *Alegría de la Corte* aufbrechen, um den Heiligen Abend in Llavaneras mit der ganzen Familie, Weihnachten mit oder ohne Pedro und Myriam zu verbringen, von denen ich genausowenig Nachricht habe wie von Julio. Diesmal hat er mich nicht einmal angerufen, vielleicht weil die Reise zu kurz und er wohl emotional überbeansprucht war, eine Art Generalprobe für Straßburg, wo er in diesem Frühling den *Carlomagno*-Preis erhalten würde. Außerdem muß ich zum Arzt, ich kann mir aussuchen, ob ich ihn vormittags während seines Dienstes im *Hospital Clínico* aufsuche oder nachmittags in seiner Privatpraxis. Ich bevorzuge das *Hospital Clínico*, weil es trotz des Rahmens ein persönlicheres Treffen ermöglicht, auch wenn sie den Arzt über sein Handy lokalisieren müssen, und er meinen Anruf, wo immer er sich auch aufhält, entgegennehmen muß.

Es ist fünf Uhr morgens, für fast alles zu früh, nur nicht dafür, das Fernsehgerät in meinem Zimmer einzuschalten und einen Film zu suchen, der eine Kinobegeisterte wie mich in den Bann ziehen kann, schließlich habe ich durch meine Leidenschaft für das Kino Julio kennengelernt. Und in *Canal Digital* senden sie *Dr. Mumford* von Lawrence Kasdan, einer meiner Lieblingsregisseure, der auch die hervorragenden Filme *Der große Frust* und *Im Herzen der Stadt* gedreht hat. *Mumford* läßt sich gar nicht schlecht an: eine bittersüße Komödie über die Erfahrungen eines falschen Psychologen in einem wunderschönen, imaginären Städtchen der Vereinigten Staaten, ein anregender, großartiger Film, der mich manchmal zu Tränen rührt, weil er Solidarität vermittelt und unwahrscheinlich tolle Typen beschreibt. Zum Beispiel einen jungen Multimillionär, der immer auf seinem Roller herumfährt und sich in eine schwarze Frau, ausnehmend hübsch und älter als er, verliebt. Die Geschichte hat ein glückliches Ende, notwendigerweise glücklich oder glücklicherweise notwendig, ich verstehe mich selber nicht so recht, als ich mir das eine oder andere vor Augen halte, doch ich bin zufrieden, befriedigt, erfüllt von einem intensiven Stück Schönheit und Menschlichkeit. Ich würde mich am liebsten gleich hinsetzen und meine Eindrücke niederschreiben, was ich immer schon wollte, und wobei mich mein Vater in meiner Jugend unterstützte. Er, der mich als Filmkritikerin der *Vanguardia* sah und mit einem Journalisten der Zeitung, Martínez Tomás, sprach, der Theater- und Filmkritiken schrieb. Tomás verlangte von mir eine Rezension von *Nur die Sonne war Zeuge*, einem Film von René Clément, der auf dem Ripley-Zyklus von Patricia Highsmith basiert, quasi der Start von Alain Delon und einer französischen Schauspielerin namens Marie Laforet, die wunderschöne Augen, aber später wenig Glück hatte. Laut Martínez Tomás, einem kahlköpfigen und unwirschen Mann, hatte ich zu viele Dinge in die Kritik hineingeschrieben, und vor allem zu sentimental einen anderen Film von Clément namens *Verbotene Spiele*, der mich zu Tränen gerührt hatte, ins Spiel gebracht. Er publizierte den Artikel dennoch, wenn auch gekürzt, und das wurde zu Hause gebührend gefeiert. Carlos Alberto machte sich über mich lustig, aber ohne böse Absicht, nannte mich Carmen Kurtz, eine damals in Katalonien sehr beliebte Schriftstellerin. Monate später schrieb ich, anläßlich der Premiere von *Die Katze auf dem heißen Blechdach* eine Apologie über einen neuen Schauspieler, Paul Newman, und schickte sie an die *Vanguardia*, zu Händen Martínez Tomás. Sie publizierten den Artikel nicht, woraufhin ich das Handtuch warf, obwohl man mir in der Klosterschule immer gesagt hatte, daß ich literarisches Talent besäße, vor allem Schwester Lucía, die immer meine Aufsätze vorlas.

Als ich gerade aufstehen will, kommt mir in den Sinn, daß sich etwas in meinem unmittelbaren Umfeld verändert hat. In einem Zimmer dieses Hauses schlief oder schläft die Geliebte meines Schwagers Pepón, die von ihrem Mann Masdeu verprügelte Frau, und es ist so, als hätte sich ein Wurm in meine Beziehung zu Ditas eingeschlichen, ein Störfaktor in unserer Familienstruktur, der so schnell wie möglich wieder verschwinden muß. Ich stehe auf und gehe in die Küche, denn ich habe Hunger, Lust auf Spiegeleier mit Schinken, ein Gelüst, das mich sehr selten befällt und das ich von meinem Vater habe, der gern »mit Messer und Gabel« frühstückte, wie er die köstlichen plebejischen Frühstücke nannte, die über Milch, getoastetes Brot und Marmelade hinausgingen. Für mich ist es ein Fest, mich wieder in der Küche zu betätigen, genußvoll Eier aufzuschlagen, von dem vom Knochen gelösten Serranoschinken ein paar Scheiben abzuschneiden, den Herd aufzudrehen, den Schinken kurz im Öl anzubraten, dann die Eier in die Pfanne zu geben, sodaß sie sich schließlich in eine goldfarbene Köstlichkeit verwandeln. Spiegeleier zu essen, kommt einem dreifachen Genuß gleich, Geschmack, Geruch und das Zerteilen der weichen oder gerösteten Teile mit dem Messer, wobei das Eigelb wie Honig herausfließt und der Teller einer Palette gleicht. Aus dem großen Fenster blickend sehe ich, daß Enrique schon im Garten ist und was weiß ich was zurückschneidet, es ist Teil seiner Arbeit, Zweige zu stutzen oder Laub zu rechen oder Reparaturen zu machen, deren Zweck mir ebenso unbekannt ist. Die Arbeit seiner Frau, María de las Virtudes, überwache ich hingegen mehr aus der Nähe, und sie kommt soeben, herbeigerufen von meinem

Herumwirtschaften in der Küche, und tadelt mich, nichts gesagt zu haben, während sie Pfanne und Schaumlöffel wegräumt, die ich für meine plötzlichen Gelüste benutzt habe. Ich esse mit Appetit am Küchentisch und strotze vor Gesundheit. Ich bin in Hochstimmung, so wie wenn ich etwas für mich oder die anderen kaufe, und betrachte liebevoll meine Haushaltshilfe.

»Ich habe ihnen eine Nachricht über unseren weiblichen Gast hinterlassen.«

»Die habe ich gelesen, Señora. Aber der scheint noch nicht aufgestanden zu sein.«

»Sehen Sie doch einmal nach.«

Sie kommt mit eiligen Schritten zurück, viel schneller, als sie fortgegangen war.

»Señora Madrona, es ist niemand im Zimmer und das Bett auch nicht wirklich benutzt, ein wenig zerwühlt zwar, aber in diesen Laken hat niemand geschlafen. Ihre Freundin ist nicht hier.«

»Vielleicht im Garten.«

»Ich habe meinen Mann gefragt, aber nein, sie ist nicht dort.«

Mir entfährt die Frage: »Fehlt etwas im Zimmer?« Als ich sie rückgängig machen will, ist María de las Virtudes schon nicht mehr in der Küche, sondern dabei, die Arbeit eines Polizisten zu übernehmen, während ich mich schäme und »Wie schrecklich!«, diesmal an mich gerichtet sage, wie konntest du auch nur auf den Gedanken kommen …? Es quält mich, daß es mir nicht wegen der heutigen Dora in den Sinn kam, sondern aufgrund ihrer Vergangenheit. Ein Mädchen aus *Ciutat Badía* in diesem Haus von Durán Reynals, eine Verführung, ich erinnere mich an die kleinen Ziergegenstände aus Elfenbein im Zimmer, und als die Hausangestellte zurückkommt und mir mitteilt, daß nichts fehlt, zucke ich mit den Schultern, so als wäre es nicht wichtig, ob etwas fehle oder nicht. Mir kriecht eine Kälte in die Knochen, und ich zittere, obwohl die Heizung gewiß auf vollen Touren läuft, denn meine

Hausangestellte hat die Ärmel hochgekrempelt, dabei ist sie an die warmen Temperaturen ihrer Heimat gewöhnt. Im Gegensatz zu den Verwaltern in *Alegría de la Corte,* ein sehr junges und, wie ich aus den Heizkosten schließe, sehr verfrorenes rumänisches Ehepaar, das uns wohl nicht lange erhalten bleiben wird, weil es zu gebildet ist. Die Frau spielt wunderbar Klavier, vor allem Schumann, und er ist Ingenieur, ich weiß nicht auf welchem Gebiet, sie haben ein sehr kleines, fast weißblondes Kind und würden lieber in einer Stadt als an diesem schönen Ort des Maresme leben, der trotz allem einer Verbannung gleichkommt. Ich kehre in mein Zimmer zurück, lege mich ins Bett, mummle mich fest in Laken und Decken ein, bedecke sogar meinen Kopf, und fühle mich wohl, ganz wie in meiner Kindheit, wenn ich zusammen mit meinen Schwestern in das Bett der Eltern geschlüpft bin, ein Thonetmodell, sehr modern für damals. Wir versteckten uns dort, ineinander verschlungen, und lauschten irgendeiner wunderbaren Geschichte Martas. Ditas, so winzig und dünn, daß sie kaum Platz brauchte, aber mit weitaufgesperrten Augen, begierig, alles zu sehen. Ditas. Pepón. Señora Masdeu. Warum wachsen wir heran? Wozu? Einer dieser Tage, die gut beginnen, aber plötzlich ins Gegenteil umschlagen, und ich würde mich nicht mehr aus dem Bett bewegen, als Prostestbezeugung gegen das Absurde, gegen die anderen, das Anderssein, wie es Julio nannte, als ich so naiv war, ihm diese Art von Depressionen zu gestehen.

»Wie schön. Du bist gegen das Anderssein.«

Aber an einem dreiundzwanzigsten Dezember kann man nicht gegen die anderen sein, weshalb ich aus dem Bett springe, mich unter die brennend heiße Dusche mit kräftigem Strahl stelle, den ich plötzlich auf eiskalt wechsle, und ich schreie, als mich die feinen Nadeln stechen und mir den Atem rauben. Ich fühle mich besser, als ich mich mit dem Handtuch eher flüchtig als gründlich abgetrocknet habe und aus den Augenwinkeln etwas faltig erscheine, wie ein Strich im Spiegel, dünner denn je, oder wie auf den Fotos aus meiner Kindheit, auf dem Landgut meiner Großeltern, wo ich, wie mein Vater sagte, im Profil aufgenommen zu sein scheine, dabei war es von vorne. Mein Vater liebte es, Familienalben auf seinen Knien auszubreiten und uns um sich zu scharen, damit wir ihn nach unbekannten Personen oder Umständen fragten, in denen die Fotos von den Bekannten, darunter wir, entstanden waren. Es gefiel ihm, uns zu täuschen und schreckliche Geschichten zu erfinden, aber ich mußte nur Marta ansehen, um zu bemerken, daß sie die Lüge entdeckt hatte und knapp davor war, mit der flachen Hand auf das Foto zu hauen, um zu rufen: »Lügner!«

Das ließ uns alle vier, als wir noch vier waren, lauthals lachen, wir drei Schwestern mit der speziellen Rolle von Carlos Alberto, dem möglichen Erben, dem Ältesten, dem wir immer eine gewisse Achtung entgegenbrachten, so hübsch, groß, dunkel, schon von seiner Jugend an ein Herr, Züge, die sich nun bei meinem Pedro fortsetzen. Er sieht seinem Vater so ähnlich, daß ich ihn manchmal leibhaftig vor mir stehen sehe! Vor allem dann, wenn wir uns an Orten befinden, die mich am meisten an meine Kindheit und Jugend erinnern, wie das Haus in Llavaneras, das nun Marta gehört, und wo wir Heiligabend feiern werden. Die Häuser sind Teil meiner Erinnerung, Speicher dieser Erinnerung. Alle Verkäufe, die wir tätigen mußten, haben mich geschmerzt, vor allem der Verkauf des Elternhauses in Pedralbes, nur zwei Häuserblöcke von unserem hier entfernt, oder das der Großeltern im Maresme, von denen ich mir nicht vorstellen kann, daß sie andere Leben als unsere beherbergen könnten. Ich kleide mich schlicht, ein Kostüm von Margarita Nuez, wovon ich zwei gekauft habe, zwei, weil du dich so wohl fühlst, daß du nichts anderes mehr tragen willst, vor allem, wenn du unterwegs bist, treppauf und treppab, von hier nach dort, und dann gibt es wirklich nichts Besseres als leichte, aber doch warme Wollhosen und die Jacke aus grobem Stoff, die mich, laut Julio auf lustige Weise wie ein schwuler Matrose aussehen läßt. Kann ich denn in meinem Alter noch lustig aussehen? Vor ein paar Tagen sah ich eine Reportage über prächtige Sechzigjährige, darunter Joan Collins und Raquel Welch. Es ist eine charmante Untertreibung des Journalisten, Joan Collins als Sechzigjährige zu bezeichnen, die doch schon eher Julios Alter näher ist als dem meinem und sich so vielen Schönheitsoperationen unterzogen hat, daß ihr nur die Hälfte der Jahre anzusehen sind. Ich bin so dünn und habe so oft in der Sonne gelegen, daß mein Hals ebenso faltig ist wie mein Gesicht. Obwohl ich es mit Schminke und collagenhaltigen Cremes hinausgezögert habe, weiß ich, daß der Punkt gekommen ist, mich zu fragen, ob ich mich operieren lassen will oder nicht. Ditas hat sich vor zehn Jahren ihre Brüste vergrößern lassen, und sie sind wirklich hübsch geworden, obwohl sie schon über sechsundfünfzig, beinahe siebenundfünfzig ist. Aber ich habe Angst, unters Messer zu kommen. Ich bin nie operiert worden, weiß nicht einmal, was eine Anästhesie ist. Die Ergebnisse sind außerdem oft schrecklich. Vor kurzem war diese so bekannte Schauspielerin im Fernsehen, eine geniale Komödiantin, ich erinnere mich jetzt nicht an ihren Namen, wie dem auch sei, auf den ersten Blick dachte ich, sie wäre einseitig gelähmt. Aber nein, sie hatten ihr ein greuliches Lifting gemacht und ihr jeden Ausdruck aus dem Gesicht genommen, so als hätten sie unterhalb der Backenknochen die Wangen entfernt, so daß nur noch der Mund übrigblieb, um nach Hilfe zu rufen, sollte sich ein Schönheitschirurg nähern.

Ich bestelle bei Trotter ein Taxi, wo man schon meine Vorliebe für gewisse Wagen und ältere, sympathische Chauffeure kennt. Es ist kein Tag, um das eigene Auto zu nehmen, selbst nicht mit Enrique am Steuer, und mit jedem Mal habe ich weniger Lust, selber zu fahren, das Auto in Garagen in riesiger Entfernung von den

Ausgängen zu parken und mich erinnern zu müssen, wo es denn steht, auch das Ein- und Ausparken bin ich leid, ohne den Wagen zu ramponieren oder gar eine Wand mitzunehmen, wie es leicht in diesen mörderischen Parkgaragen passiert, die weiß der Himmel wie genehmigt werden, denn sie sind wahrliche Autovernichter. Sie schicken mir einen Mercedes, ein älteres Modell, das zu den besten zählt, und mit Herminio am Steuer, ein wirklicher Luxus, weil er nur redet, wenn es etwas zu sagen gibt, und schweigt, wenn du es vorziehst, in Ruhe gelassen zu werden. Außerdem ist er mit Zeitungen und Schokolade – belgischer, natürlich – versorgt. Ich gebe ihm die Route für heute vor und meine, daß wir besser gleich, wenn die Geschäfte öffnen, dort sein sollten, um uns so den Wahnsinn an einem Tag wie heute zu ersparen. Ich muß noch fünfzehn Geschenke einkaufen, Marta ebenso, nur Ditas hat nie Zeit für solche Dinge. Unter den fünfzehn befinden sich die für Julio und zwei, die ich haben will, falls Pedro und Myriam noch rechtzeitig kommen sollten, oder ich sonst eine Gelegenheit finden würde, sie ihnen zu überreichen: Da sind eure Weihnachtsgeschenke. Und ausgerechnet Herminio mit seinem Elefantengedächtnis fragt mich nach dem Jungen:

»Señora Madrona, ist nicht Ihr Neffe in Südamerika?«

»Ja, Pedro. Er ist Arzt und Mitglied der NGO Ärzte ohne Grenzen.«

»Vor kurzem brachten sie im Fernsehen die Nachricht, daß die Hilfsorganisationen in Südamerika in Schwierigkeiten geraten wären, und da dachte ich an Ihren Neffen.«

»Ehrlich gesagt sehe ich nie fern, und von den Zeitungen lese ich nur die Todesanzeigen in der *Vanguardia,* damit ich weiß, wem ich mein Beileid auszudrücken habe. Manchmal auch einen Leitartikel. Das hängt vom Titel ab. Und was sagten sie von den Hilfsorganisationen in Südamerika?«

»Nun, daß eine Regierung sie ausweisen wollte, weil sie Unruhe unter die Indios brachte. Das ist eine Sache mit den Indios. Als ich in die Schule ging, sprach niemand von ihnen. Sind sie nicht von den Spaniern und den Amerikanern ausgerottet worden?«

»Anscheinend nicht. Aber es gibt keinen Grund zur Sorge, denn Pedro arbeitet in einer sehr bekannten und wichtigen Hilfsorganisation. Ärzte und Krankenschwestern. Seine Frau ist Krankenschwester.«

»Gute Menschen. Ich sage immer, jemand ist gut, der nicht nur an sich selber denkt.«

Um zwölf Uhr habe ich schon fast alles gekauft, weiß aber, daß ich noch zu *Semon* muß, um etwas zu besorgen, das ich nicht aufgeschrieben habe, und außerdem fehlt mir noch das Geschenk für Julio, das ich bei einem Antiquitätenhändler in der Calle Montcada gefunden habe.

»Fahren Sie bis zur Rambla del Born, und warten Sie dort auf mich, wenn möglich in der Nähe von Santa María del Mar.«

Das Antiquitätengeschäft ist nur zwei Schritte vom Born entfernt, und ich bin mehr oder weniger mit dem Preis einverstanden, aber es fehlt der Rabatt. Ich entscheide mich für eine kleine Statue von Karl dem Großen, aus dem 19. Jahrhundert, zierlich und sehr romantisch, aber ohne falsches Beiwerk, sondern lebendig, so als handelte es sich um einen für ein historisches Drama oder eine Oper als Karl der Große verkleideten Schauspieler. Eine Kostbarkeit, vielleicht aus Tours stammend, eindeutig aus dem letzten Jahrhundert, will heißen, aus dem vorletzten, da es mir immer noch schwerfällt, im 21. Jahrhundert zu leben. Zuviel Geld. Für Sie? Für mich. Ich muß allmählich das Geld zählen. Ich bin schon alt. Ich sage es ihm als Scherz, meine es aber ernst, wenn ich daran denke, wie die Aktien und die Zinsen fallen, und wie sehr unser aus Stadthäusern und ländlichen Anwesen bestehender Besitz geschrumpft ist. Wieviele Jahre bleiben Julio und mir noch? Was wird für Pedro übrigbleiben, der sich nie um sein Vermögen gekümmert hat? Wir werden keinen Hunger leiden müssen, aber möglicherweise uns später keine romantischen karolingischen Figuren mehr kaufen können, weswegen ich sie jetzt kaufe, es ist die passende Hommage für den *Carlomagno*-Preis, für meinen Mann. Schon im Taxi bitte ich Herminio, mich zu Semon zu fahren, am anderen Ende Barcelonas gelegen, ohne mich zu erinnern, warum ich in diesen Feinkostladen muß, aber es wird mir schon einfallen, sobald ich einmal drinnen bin. Das Taxi fährt die Calle Casanova hinauf, am *Hospital Clínico* vorbei, und ich sage:

»Halten Sie an. Warten Sie einen Augenblick.«

Dort ist Buscarons und wartet, den Nachrichten auf meinem Handy zufolge, gewiß auf mich. Es gibt drei von meinem Arzt und weitere zwei von Señora Masdeu. Die meines Arztes wiederholen, daß er mich sobald wie möglich sehen muß, und die von Masdeu bestehen aus zwei Teilen. In der ersten bedankt sie sich für mein Entgegenkommen und die Gastfreundschaft und bedauert, schon im Morgengrauen aufgebrochen zu sein, weil sie nicht schlafen konnte und es ihr absurd schien, die Situation noch weiter in die Länge zu ziehen. Die zweite Nachricht klingt hysterisch, sie bittet mich, sofort zu ihr nach Hause zu kommen, und hinterläßt mir die Adresse. Er bringt sich selber oder mich um! Sie verrät mir nicht, wer diese Tragödie darbietet, aber es werden wohl sie und ihr Mann sein, denn Pepón kann ich mir nicht als Mörder aus Leidenschaft vorstellen.

»Herminio, ich muß ins *Clínico*, fahren Sie doch nach Hause und liefern sie dort die Pakete ab. Später werden Sie mir schon die Rechnung für die Fahrten in diesem Monat schreiben.«

»Kein Problem. Ich kann auch auf Sie warten.«

Ich bin schon auf der Straße und winke ab. Die Geschichte von Masdeu interessiert mich schon nicht mehr, vielleicht ist in meinem Inneren der Satz meiner Mutter über das gefährliche Mitleid wieder aufgetaucht, oder aber ich kümmere mich wieder mehr um mich selbst als um irgendein anderes menschliches Wesen. Ich gehe in die Notaufnahme und von dort in den ersten Stock auf der Suche nach der Abteilung, wo Buscarons Dienst hat, nicht als Internist, sondern als Magenspezialist. Die Aufzüge im *Clínico* kommen nie und wenn doch, dann sind sie voll mit Ärzten oder todkranken Menschen. Ich fühle mich nicht in der Lage, soviele Stufen hinaufzusteigen. Endlich ergattere ich einen kleinen Platz zwischen einer Liege, einem Sanitäter und zwei alten Frauen in Trauerkleidung und betrete die Aufnahme der Station, wo mir unbekannte Sekretärinnen oder Krankenschwestern mitteilen, daß Buscarons unmöglich zu erreichen sei. Ich sage ihnen, daß es drängt, zeige ihnen mein Handy: Er versucht mich seit gestern vergeblich anzurufen. Sie erklären sich bereit, ihn ausfindig zu machen, und als sie ihn schließlich an der Leitung haben und meinen Namen nennen, kann ich auf ihren Gesichtern die Wirkung der Worte meines Hausarztes ablesen. Eine von ihnen kommt hinter dem Pult hervor und führt mich über einen Gang, wo eine Menge Patienten auf ihre Visite warten, in eine mit Archiven vollgestopfte Kammer, einer Liege im Hintergrund, einem Apparat – wie mir scheint, ein Scanner – und einem weißen Arztstuhl.

»Verzeihen Sie die Umstände, aber Sie werden bald aufgerufen.«

Mir bleibt kaum Zeit, alles zu betrachten, Überlegungen anzustellen, wozu diese Dinge hier gebraucht werden, mir auszumalen, wer durch dieses Zimmer oder diesen Scanner geschleust wurde und warum, denn schon wird die Tür geöffnet und die gleiche Frau von vorhin bittet mich, ihr zu folgen. Wir überqueren den Gang, und sie bringt mich in ein kleines Büro mit einer Liege im Hintergrund, wo mich schon Buscarons hinter dem Schreibtisch erwartet, abwesend, solange die Krankenschwester anwesend ist, doch dann wendet er sich mir zu. Immer wenn mich Buscarons, mein Buscarons empfängt, senkt er den Blick und lächelt schief, obschon er einen liebenswürdigen und trivialen Ton anschlägt, wobei er dem, was immer eine Formalität ist oder war, die Wichtigkeit nimmt. Er ist fünf oder sechs Jahre jünger, ungefähr in Ditas Alter, doch er wirkt älter, vielleicht wegen seiner Glatze und der hartnäckigen dunklen Ringe unter den Augen oder wegen des traurigen Gesichtsausdrucks, der ihn von Kind auf geprägt hat. Als ich ihn hinter einem dieser schäbigen Tische des *Clínico* sitzen sehe, ahne ich, daß es sich diesmal um keine Routinevisite handelt, denn er macht keinerlei Anstalten, zu meiner Begrüßung aufzustehen, erzählt mir nicht irgendwelche familiären, persönlichen oder fremden Belanglosigkeiten. Ich bin es, die sich ihm nähert, um ihm einen Kuß auf die Wange zu geben. Das erinnert ihn an unsere Zusammentreffen, und er springt auf, geht um den Tisch herum, umarmt mich, läßt die Hände auf meinem Hals ruhen und sieht mich mit seinen Augen an, die nicht lächeln können. Ich lasse mich, außer mir vor Angst, auf den Stuhl fallen, und Buscarons bezieht vor mir Stellung, den Hintern an die Tischkante gelehnt. Er streckt seine Hände aus, faßt mich am Hals, so als wollte er mich erwürgen, läßt sie dann aber zärtlich zu den Schlüsselbeinen gleiten, tastet suchend die kleinen Vertiefungen ab, und ich spüre, wie seine Finger bestehende Knoten berühren, die mir sogar wehtun, obwohl ich mich nicht erinnern kann, daß sie mir jemals wehtaten oder ich sie auch nur entdeckt hätte. Dann hat Buscarons äußerst besorgt wieder seinen Platz eingenommen und mich angesehen, ohne mich wahrzunehmen, während er die Unterlagen zur Hand nahm, die wohl die Untersuchungsergebnisse beinhalten. Er beklagt sich. »Seit gestern habe ich dich vergeblich zu erreichen versucht. Hat man dir meine Nachrichten etwa nicht vermittelt?« Ich erkläre ihm, daß ich gestern ein Verbrechen verhindern konnte und man sich manchmal zwischen persönlichen und fremden Angelegenheiten entscheiden muß, und mehr noch, wenn sich ein Verbrechen anbahnt.

»Ich nehme an, du willst die Wahrheit wissen, so hart sie auch sein mag.«

»Nein. Wenn sie sehr hart ist, will ich sie nicht wissen.«

Er ist verwirrt oder versteht wie immer meinen Sinn für Humor nicht.

»Mach es doch wie dein Vater und frage mich: Willst du, daß ich irgendetwas finde?«

Er seufzt resigniert und sieht mich weiterhin mit seinem allertraurigsten Blick an, den er immer dann aufsetzt, wenn er nicht als Arzt im Dienst ist oder so tut, als wäre er es nicht. Schließlich stehe ich ihm bei.

»Sage mir, was du mir zu sagen hast, was du glaubst, mir sagen zu müssen.«

Das wird er nun tun, und ich halte mich schon für tot, ich weiß, er wird mir sagen, daß ich sterben werde, es fehlt nur noch irgendein Zusatz nach der Art, wenn du nicht das oder jenes machst, dann wirst du sterben ... Schließlich beschließt er, mir ins Gesicht zu sehen.

»Wir sind durch Zufall daraufgekommen. Durch eine dieser Routineuntersuchungen, aber du bist ... schwerkrank.«

Er klopft mit dem Handrücken auf die Unterlagen.

»Leukämie. Du leidest an einer sehr fortgeschrittenen Leukämie, sehr seltsam für jemanden deines Alters, weil sie normalerweise bei viel jüngeren Menschen auftritt, und selbst dann ist sie schwer zu behandeln. Wenn du willst, beschreibe ich dir das wissenschaftliche Krankheitsbild. Es ist eine akute, lymphatische Leukämie, die auf der Stelle eine harte Chemotherapie und Strahlenbehandlung erfordern würde, sehr hart und gefährlich, weil dadurch nicht nur die bösen, sondern auch die guten Zellen angegriffen werden und deine Abwehrkräfte gegen unzählige andere

Krankheiten geschwächt werden. Und du müßtest auch Cortison bekommen und endlich zunehmen. Cortison macht dick.«

»Hör' doch schon auf.«

Frage ich ihn oder frage ich ihn nicht? Und wie? Ich erinnere mich an einen Film mit Bette Davis, den ich in meiner, vielleicht frühesten Jugend gesehen habe. Sie ist schwerkrank, und schließlich sagen sie es ihr. Ich glaube, sie erblindet vor ihrem Tod, und Bette verleiht dem Ganzen ihr Bette-Gesicht, genial, vielleicht war sie die Schauspielerin, die es am besten verstand, Nutzen aus ihrer Ausdruckslosigkeit zu ziehen. Ich würde gerne einen dieser Hüte tragen, wie sie Bette in *Reise aus der Vergangenheit* trägt, ein wunderbares Melodram, in dem sie das häßliche Entlein ist, von ihrer Mutter unterdrückt, bis sie sich durch die Liebe zu einem verheirateten Mann emanzipiert, die Liebe ihres Lebens lebt und die Tochter ihres Geliebten adoptiert. Ich erinnere mich an das Lied, das irgendein Schnulzensänger der vierziger oder fünfziger Jahre sang: »Nein, es kann kein Irrtum sein/ was mein Herz ...«

»Wie lange?«

Jetzt ist es schon gesagt, sehr im Stil von Bette Davis, und nun muß Buscarons seine Rolle auswählen, im Nachteil, weil er mir vielleicht antworten könnte, wenn er nur mein Arzt wäre, aber er ist schließlich auch mein Liebhaber gewesen, mein ungeschickter Liebhaber. Er entstammt einer Ärztedynastie, aus der sämtliche Hausärzte der Mistral de Pamies-Dynastie hervorgegangen sind. Er erhebt sich, tritt ans Fenster, betrachtet die Renovierungen oder Neubauten eines Krankenhauses, das ich nur in Umbau kenne, so als wäre es zu klein geraten.

»Monate. Sechs vielleicht, oder weniger, aber ich bin kein Hämatologe, weshalb ich ihnen die entscheidende Beurteilung überlasse. Ich habe dein Untersuchungsergebnis jedoch mit Hämatologen besprochen. Die Zeit läßt sich durch die gängigen, harten Therapien verlängern. Das habe ich dir schon gesagt. In dem Fall wäre es unnötig, das Wunder einer Knochenmarktransplantation zu versuchen. Chemotherapie, Strahlentherapie und beobachten, wie du es aushältst. Und hoffen. Du müßtest zumindest für eine Woche ins Krankenhaus kommen, und das sobald wie möglich, ich habe bereits alles in die Wege geleitet.«

»Wann?«

»Am besten gleich. Ja, Weihnachten, ich weiß. Verschieben wir es auf den siebenundzwanzigsten.«

»Chemotherapie bedeutet, die Haare zu verlieren und mich wie eine Tote durchs Leben zu schleppen.«

Er konnte mir weder Recht geben noch widersprechen, also beschloß er zu schweigen und auf der Suche nach irgendeinem schleimigen Satz den Kopf zu wiegen, wie etwa: Im Moment würde ich alles dafür geben, nicht dein Arzt zu sein. Warum muß ausgerechet ich dir diese Nachricht überbringen? Wobei es mir viel besser erschienen wäre, wenn er mir gesagt hätte: Ich tausche dich gegen jede andere Kranke aus, weil im Fall von Leukämie ist es besser, wenn sie jemand anderer hat! Ich fing zu lachen an, brach in Tränen aus, wies seine Annäherungsversuche zurück und dachte an Weihnachten, daran, daß Julio heimkommen würde, und vielleicht auch noch rechtzeitig Pedro und Myriam.

»Ich weiß nicht, was ich tun werde. Lassen wir erst einmal die Feiertage verstreichen.«

»Nun gut, den 24., 25. und 26. Dezember. Mehr nicht. Wenn du dich dann nicht sofort der Therapie unterziehst, ist das dein Selbstmord.«

»Kommt darauf an.«

»Worauf kommt es an?«

Ich weiß, wovon es abhängt und verabschiede ihn mehr als ich mich verabschiede, weil ich seine letzten Klagen nicht mehr hören will. Wenn Pedro und Myriam kommen, werde ich die Chemotherapie ins neue Jahr verschieben. Sollten sie jedoch nicht anreisen, ist es mir egal, mich am 27. oder am Nachmittag des 26. Dezembers in die Hände meiner Leichengräber zu begeben, nach dem Mittagessen am Stephanitag, das für Julio aus dem kräftigen Fleischeintopf vom Vortag und Cannelloni zu bestehen hat. Ich muß übrigens noch zu *Semon*, um Entenleber zu kaufen, jetzt weiß ich es wieder, denn ich glaube nicht, daß es in *Alegría de la Corte* noch Reste vom Vorjahr gibt, und Julio wünscht sich sehr spezielle Cannelloni. Ich gehe über die Gänge des *Hospital Clínico,* versuche Krankheit und Lebenserwartung der Patienten zu erraten, irre mich aber gewiß, weil meine Solidarität schlecht verteilt ist. Ich gehe in den Wartesaal der Notaufnahme, um den Tod zu sehen, so als suchte ich Verbündete für eine lange Reise, doch alle schweigen, ziehen Coca-Cola-Dosen aus dem Automaten oder telefonieren, um irgendjemandem ihre Tragödie mitzuteilen. Die Lautsprecher rufen Familienangehörige auf, die eingeliefert wurden, und sie kommen dem Aufruf meist mit ernster Miene nach, um ihre Panik oder vielleicht auch ihre Freude zu verbergen.

Ich verlasse das Krankenhaus durch das auf die Calle Villarroel gehende Tor, spaziere zur Diagonal hinauf, zum *Turó*-Park und *Semon*, und hoffe, daß mein Körper mich rechtzeitig darauf aufmerksam macht, wenn ich müde bin und ein Taxi nehmen muß. Aber mein Körper ist ruhig. Ich betaste die Knoten, die Buscarons an meinem Hals festgestellt hat, und erinnere mich an die fast immer hastigen, drängenden Liebkosungen dieses neurotischen, so wenig selbstsicheren Liebhabers, der daran zweifelte, je seine eigene Frau glücklich gemacht zu haben, mit der er zehn Jahre verheiratet war und zwei Kinder hatte. Eines Tages kamen ihm, als wir von einer Auskultation zu einer Beichte über unsere Leben und unseren Gemütszustand übergegangen waren, die Tränen. Es war ein Jahr, in dem Julio fast nie da war, immer zwischen Yale und der Unendlichkeit unterwegs, so wie es ihm gefiel, Erlebnisse und Dinge einzuordnen, zwischen dem oder jenem und der Unendlichkeit. Als ich sah, daß Buscarons weinte, umarmte und küßte ich ihn. In der nächsten Episode, das kann ich versichern, lag meine Unterwäsche schon auf dem Boden, und er versuchte, mich auf einer Liege zu nehmen, während er eher brüllte als rief: Du bist für mich immer ungeheuerlich anziehend gewesen! Ich war praktisch als Jungfrau in die Ehe gegangen, wenn man von der eigentlich gescheiterten Penetration eines Studienkollegens, der dann nach Tunis ging, absieht. Was für eine Belagerung! Also war und ist Buscarons der einzige Mann, mit dem ich Ehebruch beging, und das von einer Situation der geteilten Verlassenheit aus, wobei ich bald feststellte, daß er in Wahrheit der Hilflose war, und ich mit ihm auf der Liege oder im Bett vögelte, so als wäre er der Kranke und ich die Ärztin. Es auf den Liegen seiner Ordination zu treiben, war ein heroischer, aber zum Scheitern verurteilter Akt, denn die Erektionen meines Partners hielten nicht lange an, obwohl er – wie er versicherte – Medikamente nahm, um eine entsprechende Dauer zu erreichen.

Einmal versuchte ich, eine Abwechslung zu der Liege oder dem *Meublé* zu finden, und wir machten ein kurzes Picknick, nur ein paar Stunden, aber ich freute mich sehr. Ich kaufte einen wunderschönen Korb bei *Vinçon* mit einer Thermoskanne und einem Champagnerkühler, bereitete alles vor, köstliche Brote mit paniertem Fleisch und Obst aus einem sehr guten Geschäft in der Calle Caspe, das mittlerweile leider zugesperrt hat. Also gut. Er schob das Picknick zwischen zwei Ordinationstermine ein, kostete fast gar nichts, sah ständig auf die Uhr und war außerdem besorgt, daß man uns auf dieser Autodecke, die mir Marta zu meinem Geburtstag gekauft hatte, bei Schweinereien ertappen könnte. Zwei Mal konnten wir die Wohnung eines unverheirateten oder auf Urlaub gefahrenen Kollegen benutzen, und das waren vielleicht unsere schönsten Zusammentreffen, wobei es mich immer hemmte, in der Wohnung von jemand anderem zu vögeln, so als wäre diese Person irgendwie gegenwärtig oder könnte in jedem Augenblick an der Tür klingeln. Da Buscarons Einkommen der Kontrolle seiner Frau unterlag, konnte er auch kein Appartement für unsere Treffen mieten oder kaufen, und ich war natürlich nicht zu so einem Unterfangen bereit, wobei das Geld eine geringere Rolle spielte, aber ich hätte mich dadurch noch viel mehr in die Geschichte von Ehebruch und Verrat verstrickt. Der Buscarons, der unsere Zusammenkünfte einleitete, unsicher, aber liebevoll, war ganz anders als der völlig erregte Buscarons, der sich für eine Reinkarnation des Zentauren hielt und mich wie eine dahergelaufene Hure behandelte. Schlampe. Miese Schlampe. Komm endlich, du Miststück. Am Anfang war es sehr erregend, obwohl ich manchmal daran denken mußte, was wohl meine Schwestern sagen würden, wenn sie mich so behandelt sähen, aber dann folgte eine Phase, wo mein Arzt und Liebhaber dazu überging, mich darüber auszufragen, was Julio und ich machten oder nicht machten. Leckt er deine? Lutscht du seinen? Ist er in deinen Anus eingedrungen? Hat er sexuelle Phantasien? Pinkelt er dich an? Es gelang Buscarons, diese Fragen im Tonfall des Arztes zu formulieren, der eine Diagnose erstellt und dir dann ein Rezept schreibt, ich jedoch war entsetzt, welche sexuellen Praktiken aus dem Mund dieses Mediziners kamen, der vormittags im *Hospital Clínico* als Gastroenterologe und nachmittags als praktischer Arzt in seiner Privatpraxis arbeitete. Alles, was ich mit Julio nicht gemacht hatte, mußte ich mit ihm ausprobieren, denn dadurch war ich sein in allen Bereichen, in denen ich Julio nie gehört hatte. So schlug er mir eines Tages vor, mich von hinten zu nehmen, was ich zunächst nicht verstand, bis er mir den Film *Der letzte Tango in Paris* und daraus die Szene mit der Butter als Beispiel nannte. Ich war so empört, daß ich mich blitzartig anzog und ihn in diesem schrecklichen Zimmer in *La Casita Blanca*, dem berühmtesten *Meublé* der Stadt, allein zurückließ. Ich war entschlossen, ihn nicht mehr zu sehen, und außerdem frustriert, weil ich schon mit Julio selten einen Orgasmus hatte, es mit Buscarons aber gar nicht klappte, weil er viel zu schnell kam, aber schließlich blieb zum Ausgleich die Zärtlichkeit, mit der ich ihn wegen seiner Unfähigkeiten trösten mußte, und diesen Ausgleich gab es bei Julio nicht. Julio läßt sich nicht trösten. Er braucht keinen Trost, Buscarons hingegen war wie ein Kuscheltier, das immer umarmt werden will. Er weinte so sehr ins Telefon, daß ich mich auf ein weiteres Treffen einließ, zu dem er betrunken erschien und sich tierisch benahm, so tierisch, daß er mich bäuchlings aufs Bett warf, mir, während ich auf sein Eindringen in meine Vagina von hinten wartete, in der Stellung, die ihm so gefiel, den Anus mit einer klebrigen Substanz einschmierte und trotz meines Protests sein Glied hineinsteckte, wenn auch nur für Sekunden, denn es tat mir so weh, daß ich aufsprang und ihn abwarf, mit seinem Geschlecht voller Butter. Ich wußte nicht, ob ich vor Schmerzen weinen, ihm ins Gesicht oder in die Butter treten sollte, und schließlich schlug ich ihm mit einer so fest wie möglich geballten Faust ins Gesicht. Mir taten Anus, Hand und Hangelenk schrecklich weh, und bei der Vorstellung, was beinahe stattgefunden hätte, wurde mir übel. Wir haben nie wieder miteinander geschlafen. Ich habe ihn sogar als Arzt zwei Jahre gemieden, bis ich feststellte, daß er eben als Arzt Teil meines Lebens und außerdem ein wirklich armes Schwein war. Ich bat ihn um einen Termin, den er mir einräumte, es war ein Treffen, bei dem sein Beruf wieder im Vordergrund stand, und wir sprachen nie mehr über die anderen Erfahrungen, sogar kaum über unsere Familien. Vielleicht hatte er eine andere gefunden, mit der er Analverkehr treiben konnte, aber es interessierte mich nicht. Ihn als Arzt wieder aufzusuchen, bedeutete, unsere pubertären Bettgeschichten als abgeschlossen zu betrachten. Es bestand aber kein Kausalzusammenhang zwischen unseren sündhaften Begegnungen und der Tatsache, daß er bei mir eine Leukämie diagnostizierte, weshalb ich die Diagnose in ihrer ganzen Härte annehmen mußte, mich dem Schmerz fügen, dem Verfall, der körperlichen Erniedrigung, dem schleichenden Tod über sechs Monate, zwei oder drei mehr vielleicht durch die Chemotherapie. Nein, ich würde kein weiteres Weihnachten mehr erleben, und wenn Pedro nicht kam, ihn wohl auch nicht mehr wiedersehen. Gleich nach dem Essen am Stephanitag würde ich Julio mit seinem Glas Springbank zurücklassen und ein Flugzeug nehmen, um Pedro und Myriam zu suchen und sie so leichthin wie möglich zu begrüßen:

»Hallo! Hier kommt das Tantchen!«

Oder vielleicht war es vernünftiger, es meinen Schwestern zu eröffnen, vor allem Marta, und ihre Meinung anzuhören. Worüber? Ob sich meine Agonie verlängerte oder nicht? Julio wollte ich es nicht sagen. Wie kannst du denn einem *Carlomagno*-Preisträger sagen: Ich habe Leukämie und mir bleiben noch sechs Monate zu leben. Was würde Julio tun? Es bezweifeln und mit mir verschiedenste Spezialisten aufsuchen. Ich begleite dich, natürlich, würde er sagen, und seinen überfüllten Terminkalender außer acht lassen. Vielleicht würde er wegen mir alle Verpflichtungen absagen, das wäre schön, aber ich könnte auch eine zu große Komplikation für seinen Sinn für Ausgewogenheit sein und ihn zwischen Null und Unendlich auf die Probe stellen, indem ich ihn näher zu Unendlich rückte.

Ich habe keine so engen Freundinnen, denen ich erzählen könnte, was mit mir los ist oder los sein wird, und wäre das der Fall, würde ich ihnen das wahrscheinlich auch nicht zumuten, bemüht, einen zum Sterben verurteilten Frauentyp zu verkörpern, der dabei niemandem zur Last fallen will. Eine blendende Vorstellung, sollte ich stark genug sein, damit zurechtzukommen. Das stelle ich auf die Probe, indem ich mich beinahe im Laufschritt zu einer Buchhandlung gegenüber dem Krankenhaus begebe, die medizinische Fachbücher führt. Ich sehe mich ein ums andere Mal um, ob ich etwas über Leukämie entdecken kann, denke dann aber, es wäre unauffälliger, ein allgemeines Nachschlagwerk über Krankheiten zu verlangen, das gewiß auch die Leukämie abhandelt. Sie raten mir zu *Innere Medizin* von Farreras und Rozman. Ich kaufe das Werk in zwei Bänden, die mir wegen ihrer Aufmachung gefallen – sie passen gewiß in jede unserer Bibliotheken –, ziehe die Bücher zum unterdrückten Erstaunen der Angestellten wieder aus der Tüte heraus, in die sie diese gerade sorgfältig hineingesteckt hatte und suche im Inhaltsverzeichnis Leukämie. Es gibt viele Eintragungen, aber meine, die mich interessiert, wird vor allem auf der Seite tausendneunhundertneunzehn abgehandelt. »Es ist eine Form der lymphatischen Leukämie, die auf eine übermäßige Vermehrung weißer Blutkörperchen zurückzuführen ist, wodurch unreife Zellformen entstehen ...« Sowas. Das fängt ja gut an. Nur fünfzehn Prozent der spanischen Bevölkerung bekommen diese Art von Leukämie, wenn sie über fünfzig sind. Appetitlosigkeit, Gewichtsverlust, Gelenksschmerzen, Schwäche, genau das zeichnet mein Bild der letzten Monate, wenn man von den Spiegeleiern mit Schinken heute morgen absieht. Ich lese die fünf oder sechs dichtgesetzten Seiten, die Grund und Verlauf meines Todes erläutern, darunter viele Worte, deren Sinn ich erst klären muß und wohl im Anhang dieses Werks finden werde. Ich stecke es wieder in die Tüte, aber es ist höllisch schwer, zum Verzweifeln, so als würde es in böser Absicht so viel wiegen, und so bitte ich die Verkäuferin, es mir aufzubewahren, ich würde jemanden vorbeischicken, um es abzuholen, dabei denke ich schon an Enrique. Sie haben hier ein Buch für Señora Madrona, über Leukämieformen, nicht? Vom Gewicht so vieler Unterlagen befreit, gehe ich die Straße weiter nach oben bis zur *Diagonal,* und als ich *Semon* betrete, ist schon der Verkäufer neben mir, der mich immer bedient – mein Leibverkäufer, wie ich ihn nenne –, und ich verlange Entenleber, doch dann fällt mir plötzlich auf, daß diese Weihnachten ganz besonders sein könnten, nicht nur wegen dem, was mit mir los ist, sondern weil ja doch vielleicht Pedro und Myriam kommen. Also kaufe ich Roederer Cristal, Kaviar, gebeizten Lachs, *Turrones*, von denen selbst die »harten« dieser süßen Weihnachtsspezialität luftig leicht aussehen, alles, was vor mir wie eine eßbare Wollust explodiert, sogar eine *Torta del Casar*, den cremigen, fast flüssigen Merinoschafkäse aus Extremadura, der Julio so begeistert, allerdings nicht aus dem Kühlschrank, sondern fast lauwarm, lange vor dem Verzehr auf Zimmertemperatur gebracht. Und Serranoschinken. Nicht zu glauben, ich kaufe mir eine Serranoschinkenkeule.

»Nach Ihren gestrigen Einkäufen haben wir Sie bis nach den Feiertagen nicht mehr erwartet.«

»Was für gestrige Einkäufe?«

»Sie waren gestern hier, ich habe Sie bedient, Sie kauften auch Kaviar.«

Ich kann ihn nicht fragen, ob er sich sicher sei, denn das ist er, und es auch nicht abstreiten, weil ich plötzlich weiß, daß er die Wahrheit sagt. Also rechtfertige ich mich mit der Geste einer vergeßlichen Frau und ordne an, daß man mir noch heute alles zustellt, denn nichts tröstet so sehr das Auge wie eine Schinkenkeule in ihrer Halterung in Küche oder Speisekammer. Im Winterferiensitz der Großeltern in der Cerdanya gab es nicht nur einen, sondern es hingen dreißig oder vierzig im Keller von der Decke herab, Schinken aus der Cerdanya, damals sehr berühmt und heute kaum mehr zu finden. Da ich schon in *Semon* bin, gehe ich ins Restaurant des Hauses, *L'Indret*, um etwas zu trinken und rasch ein wenig zu essen: Minicrêpes mit Kaviar, ein Gläschen eisgekühlten Wodka, ein Sorbett und einen Kaffee. Mehr als reichlich, wenn ich es langsam zu mir nehme, wobei ich versuche, nicht zu den anderen Tischen zu sehen, da dort fast immer irgendwelche Bekannten sitzen, die mich auffordern würden, mich zu ihnen zu gesellen. Zum Glück gibt es nur wenige Tische. Außerdem mag ich es sehr, daß die Kellner im *L'Indret* kein Trinkgeld annehmen, denn ich finde es wirklich ärgerlich nachzugrübeln, wieviel Trinkgeld ich zurücklassen muß, denn das mit den zehn Prozent der Rechnung ist unverschämt, so wie sich die Preise der Restaurants, auch der x-beliebigen, entwickelt haben.

Ich habe sämtliche Einkäufe getätigt, gegessen, und muß jetzt nur noch nach Hause zurück und entscheiden, ob ich noch diese Nacht nach *Alegría de la Corte* fahre oder bis morgen warte. Vielleicht sollte ich über meine Krankheit nachdenken oder ins Kino gehen, um nicht daran zu denken, ein stets wirksames Mittel, um mir selber aus dem Weg zu gehen, durch die von anderen gelebten Geschichten meine eigene zu verdrängen. Vielleicht würde es mir guttun, auf den Anruf von Señora Masdeu zu reagieren, weil fremde Dramen mich daran hindern, mein persönliches Unglück zu betrachten. Was wird als Nachruf in der *Vanguardia* stehen? Gewiß verdiene ich eher als Frau von Julio denn als eine Mistral de Pamies besondere Erwähnung, zum Beispiel eine Notiz in *El País*, die einer der Schüler oder Assistenten meines Mannes verfassen könnte. Was werden sie betonen? Mich als Mistral de Pamies oder meine Rolle als beschützende Nymphe der höchst wichtigen Werke des letzten *Carlomagno*-Preisträgers. In *El País* zählt vor allem, was du getan und produziert hast, was auch immer es sein mag, es wird nicht einmal richtig beurteilt, ob es gut oder schlecht ist, aber es ist sehr schwierig, einen Nachruf in *El País* zu bekommen, wenn du nur das Weihnachtsfest deiner Familie in *Alegría de la Corte* vorbereitet hast, auch wenn dieser Familiensitz einen so schönen Namen trägt. Ich sehe die gespeicherten Telefonnummern durch, und da ist die von Dora, Señora Masdeu, deren dramatischem Anruf ich nachkommen sollte, wenn auch mit fünf oder sechs Stunden Verspätung. Ihr Handy ist ausgeschaltet, und ich spreche meine besorgte, mitfühlende, aber doch kühle Nachricht auf die Mailbox. Ich wünsche ihr sogar frohe Weihnachten und ein glückliches Neues Jahr. Doch ich bereue diese Leichtfertigkeit sofort und rufe sie zu Hause an.

»Die Señora ist nicht da.«

Was soll ich jetzt sagen: Richten Sie ihr aus, daß Madrona angerufen hat, oder sagen Sie mir, wo ich sie antreffen kann?

»Wo kann ich sie antreffen?«

»Im Krankenhaus.«

»In welchem Krankenhaus?«

»Im *Hospital Clínico*.«

»Ist ihr oder jemandem aus ihrer Familie etwas zugestoßen?«

»Ich weiß es nicht. Ich bin fast neu in diesem Haus. Ich weiß nur, daß sie dort in der Notaufnahme ist.«

Ich lege auf ohne nachzufragen, warum denn Dora Masdeu in der Notaufnahme des *Clínico* ist, ob auf Besuch oder im Operationssaal, nehme aber ein Taxi und fahre erneut zum Krankenhaus, gleich zum Eingang für Notfälle, und werde in den Wartesaal geschickt, in dem ich erst vor ein paar Stunden gewesen bin. Ich lasse meinen Blick über die Gesichter schweifen, Señora Masdeu ist nicht hier. Am Schalter fragen sie, ob ich eine Angehörige bin. Wenn ich nur eine Freundin sei, können sie mir keine Erklärung geben, aber ihre Eltern sind hier, im Saal oder oben, in der Ambulanz. Sie rufen über Lautsprecher die Angehörigen von Dora Sánchez Merlasca, aber die melden sich nicht.

»Sie werden oben sein.«

Ich gehe zur Ambulanz hinauf, überfüllt von Kranken auf Liegen, die manchmal sogar in drei Reihen nebeneinander auf den Gängen stehen. Ich sehe Dora nicht oder kann sie nicht erblicken, und wende mich an die – wie mir scheint – hier verantwortliche Person. Sie prägt sich den Namen ein, fragt an der Aufnahme nach und kehrt kopfschüttelnd zurück.

»Sie ist schon nicht mehr hier. Sie wird operiert.«

»Woran?«

»Das weiß ich nicht, aber sie ist in der gynäkologischen Abteilung.«

Nein, hier seien keine Angehörigen, also stehe ich wieder vor dem Dilemma: Die Kranke suchen oder eine Nachricht hinterlassen und weggehen oder weggehen, ohne eine Nachricht zu hinterlassen, bis ich bemerke, daß sich meine Schritte der Treppe zum Operationssaal nähern, in dem Señora Masdeu operiert wird. Eine neuerliche Odyssee mit den Aufzügen, um vor der unüberwindbaren Mauer zu stehen und warten zu müssen, denn die Patientin sei noch im Operationssaal. Wie lange ließe sich nicht sagen, das komme darauf an. Worauf? Ich frage nach irgendeinem Verwandten, der so wie ich auf sie wartet, und ja, ihre Eltern müßten dort draußen sitzen, auf einem dieser fürs *Clínico* so typischen Kreuzgänge. Sie können mir die Eltern nicht beschreiben, also mustere ich die Gruppen von Angehörigen, die manchmal zu siebt oder acht auf das Ergebnis warten, je nach Alter weinen oder lärmen, und ich vermute die Eltern von Dora nebeneinander und allein auf der letzten Bank sitzend. Ein Paar in meinem Alter, er vielleicht etwas älter, ein kräftiger Mann, sie dick. Sie reden nicht miteinander, starren auf verschiedene Punkte auf dem Boden, denken vielleicht auch verschieden über die Umstände, die sie hierhergeführt haben, und ich könnte sie dort ihrem Schicksal überlassen, das nie meines sein wird, aber ich gehe auf sie zu.

»Verzeihung. Sind Sie die Eltern von Dora?«

Sie sind es. Der Mann steht auf, ohne zu wissen, was er mit seinen Händen und mit mir anfangen soll, während die Frau mich durch erstarrte Tränen hindurch ansieht und mit einer gewissen Ungeduld von mir erfahren möchte, was ich will.

»Ich bin eine Freundin Ihrer Tochter, Madrona, Madrona Mistral de Pamies.«

Sie fordert mich mit den Augen auf Platz zu nehmen, und somit sind wir schon zu dritt um den unsichtbaren Körper ihrer Tochter versammelt. Man wird sehen. Ja, man wird sehen. Ich frage nicht, was passiert ist, sondern wie es passiert ist, und die beiden zucken mit den Schultern.

»Woran wird sie operiert?«

»Am Bauch, weil sie ein Kind erwartete und man nachsehen mußte, wie es ihm ging.«

»Aber was fehlt ihr denn?«

Die beiden sehen sich an, so als könnten sie meine Ahnungslosigkeit nicht verstehen, und schließlich antwortet der Vater:

»Man hat ihr in den Bauch geschossen.«

Während ich frage, wer es denn gewesen sei, stelle ich mir Masdeu vor, wie er mit einem Jagdgewehr in der Hand auf den Fötus von Pepón, den Dora in sich trägt, zielt. Zuviel, um real zu sein. Nein, sie könnten nicht sagen, wer es gewesen ist, vielleicht wisse es der Ehemann, aber mit dem konnten sie noch nicht sprechen.

»Er ist auf dem Polizeirevier. Vielleicht erklärt er gerade alles«, meint der Vater, doch die Mutter wendet die Zweifel ab, sieht ihn empört an und explodiert.

»Erklären? Was gibt es da zu erklären? Klartext muß er reden und sagen: Ich bin es gewesen. Denn er ist es doch gewesen, oder?«

»Das ist nicht klar, Pepi, das ist nicht klar.«

Sie unterstreicht ihre lebhafte Empörung durch Gesten, gegen ihren Mann gerichtete Worte, der zu einem Punchingball wird. Bemerkst du denn gar nichts? Hast du denn keine Augen im Kopf? Hast du etwa das gewaltige blaue Auge deiner Tochter nicht gesehen?

»Aber sie sagt doch selbst, daß es nicht ihr Mann war.«

»Was soll sie sonst sagen? Wenn du mir eine Kugel hineinjagst, gehe ich dann vielleicht zur Polizei? Wer ist die Polizei, um sich in mein Privatleben einzumischen? Ist es nicht so, Señora?«

So wie sie es gesagt hat, stimmt es. Es ist ihre Wahrheit. Also kann ich in dieser Situation nicht zu ihr sagen, nein, so ist es nicht, aber auch nicht zustimmen, und entschließe mich deshalb zu einer unverfänglichen Aussage.

»Das ist eine sehr heikle Angelegenheit.«

»Sehr heikel, ja.«

Der Mann unterstützt mich, und sie ist auch einverstanden und fragt: Und die Kinder? Was wird aus den Kindern? Der Mann bricht in Tränen aus, und Pepi legt ihm einen Arm um die Schulter. Ach, wie der beisammen ist! Seit sie ihn an der Prostata operiert haben, kommen ihm wegen jeder Kleinigkeit die Tränen. Zwei oder drei Mal mußten sie ihn am gleichen Übel operieren, einmal mit Laser, aber es ging nicht gut, und seither ist er deprimiert, denn auch wenn es eine einfache Operation sein mag, so stört es ihn schrecklich, den Händen von Ärzten und Krankenschwestern ausgeliefert zu sein, er hatte immer eine eiserne Gesundheit, und kann nicht ertragen, was auf ihn zukommt, Alter, Krankheiten. Das mit der Prostata ist nicht in Ordnung, denn er muß in der Nacht dauernd urinieren, aber er will nicht zum Arzt gehen, bis er eines Tages echte Beschwerden bekommt, und dann ist es höchste Zeit. Diese Dinge sollte man gleich bei ihrem ersten Anzeichen in Angriff nehmen. Als man ihr die Eierstöcke entfernte, rieten ihr viele Freundinnen, sie sollte es nicht ganz machen lassen, nicht in ihrem noch jungen Alter, sie war aber gegensätzlicher Meinung. Man muß dem Übel, das man in sich trägt, zuvorkommen und nicht zulassen, daß es dich überrundet. Während wir so über eigene Krankheiten und die von Angehörigen reden, wird es dunkel. Schließlich dringt eine Krankenschwester in unsere körperliche Sphäre ein:

»Familie Sánchez Merlasca?«

Señora Sánchez bestätigte ihre Anwesenheit, und wir standen auf, um das Urteil zu hören.

»Sie ist schon aus der Narkose erwacht, und der Arzt möchte Sie sehen.«

»Mich sehen, denn wenn der da mitkommt, fällt er mir noch in Ohnmacht.«

Die Mutter folgt der Krankenschwester, mit ihren gewaltigen Arschbacken ringend, die ihr das Aussehen einer samojedischen Frau geben. Der Vater und ich bleiben an der Tür zur gynäkologischen Abteilung zurück, und die Stimme des Mannes klingt so, als würde er zu sich selbst sprechen.

»Klar ist es er gewesen. Aber ich will nicht noch mehr Öl ins Feuer gießen. Schließlich sind die Kinder da. Wenn die Ehe zerbricht, was wird dann aus ihnen? Sollen wir sie samt der Mutter bei uns aufnehmen?«

»Diese Dinge lassen sich mit Geld regeln.«

»Aber es gibt kein Geld. Nur wenig. Sie leben vom Schein und von Kreditkarten. Ich kaufe mir nicht einmal ein Bier, wenn ich es nicht bezahlen kann.«

Die Mutter kommt zurück und wirkt nicht besonders zufrieden. Ihre Tochter möchte mit mir sprechen, erst dann mit dem Vater. Das finde ich ungerecht. Ich überlasse dem armen, prostatischen und deprimierten Mann meinen Platz in der Warteschlange, aber da ist nichts zu machen, Dora will mich sehen. Und nachdem man mir einen grünen, am Rücken zuzubindenden Kittel übergestreift hat, der mir so gut steht wie einem Feuerwehrmann eine Tunika, werde ich auf eine Intensivstation geführt. Unter mehreren Frischoperierten liegt Dora, bleich wie die Laken, die sie bis zum Kinn bedecken, aus ihrem Arm kommt der Schlauch hervor, der sie mit dem Tropf verbindet, und unter den Decken hängen an ihrem Körper verschiedenste Schläuche und Dränagen. Ich bitte sie, nicht zu reden, wenn es sie anstrengt, aber sie muß mir dringend etwas sagen.

»Es ist nicht er gewesen. Niemand wird jemals von mir hören, daß er es gewesen ist, verstehen Sie? Ein Unfall beim Reinigen der Jagdflinte, ich, ja ich habe sie geputzt. Überzeugen Sie meine Mutter.«

Die Krankenschwester drängt darauf, daß ich mich zurückziehe, ich streiche mit meinen Fingern über Stirn und Wangen Doras, mag sie aber nicht küssen.

»Wie ist es verlaufen?«, frage ich die Krankenschwester beim Gehen.

»Gut. Sehr gut. Ich glaube nicht, daß es zu Folgeschäden kommen wird, man hat ihr allerdings die Gebärmutter entfernen müssen.«

Ich lasse den Vater an die Reihe kommen und gebe, um mich nicht mit der Mutter in ein Gespräch zu verwickeln, große Eile vor, die ich auch tatsächlich habe, halte aber mein Wort:

»Dora besteht darauf, daß es nicht ihr Mann gewesen ist.«

»Das hat sie mir schon gesagt. Sie ist eine erwachsene Frau und muß wissen, was sie tut.«

Die Mutter ist ebenso gekränkt über ihre Tochter wie über ihren Schwiegersohn, und ich eile aus dem Krankenhaus, denn ich will so schnell wie möglich nach Hause kommen, meine Kleider, Geschenke, Köstlichkeiten einpacken und rasch nach *Alegría de la Corte* aufbrechen, um ich selber zu sein, krank und müde, aber ich selber.

Sie beruhigte sich in der Hoffnung, man hätte sie vielleicht nur eingesperrt, um sie zu schützen und zu verhindern, daß man ihren Schlaf störte, doch waren schon zwei Stunden vergangen, genug Zeit, damit Pedro endgültig tot sein oder der Doktor etwas für ihn hätte tun können. Sie hämmerte gegen die Tür, rief, und da ihr die Entfernung des Appartements vom Hauptgebäude zu groß schien, öffnete sie das vergitterte Fenster und rief von dort aus, so laut sie konnte. Ihre Stimme wurde zunehmend aufgeregter, und angesichts des Schweigens als einzige Antwort wurden ihre Rufe zu Schreien und das Schreien zum Heulen, bis sie schließlich einen alten Kandelaber ohne Lampen packte und gegen die Tür schlug, um sie zu zertrümmern, ein Loch zu schaffen, durch das sie entkommen könnte. Das Krachen des schon splitternden Holzes und die aufgebrachten Schreie Myriams schallten so laut durch den Garten, daß auf der anderen Seite ein Licht anging und an derselben Tür, durch die sie hereingekommen waren, Doktor Limours in Begleitung von zwei Männern erschien, die nicht als Krankenpfleger gekleidet waren. Der Doktor sah sie am Fenster und hörte ihre Verwünschungen.

»Aber was macht denn das hübsche Mädchen, was macht es denn? Es schlägt solchen Krach, daß die ganze Nachbarschaft in Sorge ist.«

Limours erreichte die zertrümmerte Tür, steckte einen Schlüssel ins Schloß und bat die junge Frau, sich zu beruhigen, denn es gäbe keinen Anlaß für einen derartigen Aufruhr. Myriam beruhigte sich also, trat zwei Schritte zurück, sah dem Arzt offen ins Gesicht, um herauszufinden, ob er eine Nachricht von Pedro hatte, doch Limours kehrte ihr den Rücken, steckte den Schlüssel in das Schloß und versperrte die Tür, oder was noch von ihr übrig war, diesmal von innen.

»Also, was ist denn das für ein Unfug?«

Limours streckte im Halbdunkel die Arme nach Myriam aus und sprach mit zittriger Stimme.

»Setzen wir uns aufs Bett. Schlechte Nachrichten, meine Kleine. Unsere Befürchtungen haben sich bestätigt.«

»Pedro?«

»Er ist gestorben.«

»Ich will ihn sehen, jetzt, auf der Stelle.«

Limours wiegte seinen Kopf, so als hätte er die Kontrolle verloren, wollte aber in Wirklichkeit seine unendliche Trauer zum Ausdruck bringen und wiederholte dieselben Worte über Leben und Tod, die er schon einmal gesagt hatte.

»Ich weiß, daß es sehr hart ist, und noch dazu in Ihrem Alter. Aber es ist das Gesetz des Lebens, und in diesen barbarischen Zeiten ist es schwieriger zu leben als zu sterben. Zwei meiner Brüder wurden von der Guerilla umgebracht, und einer meiner Söhne starb als Guerrilero. Sehen Sie? Wir sind wie Ameisen und können nur auf die Barmherzigkeit der Fußsohlen der Götter hoffen, damit sie uns so spät wie möglich zertreten. Vielleicht wäre es besser von Ameisenbären verschlungen zu werden, um so den Kreislauf des Lebens aufrechtzuerhalten. Weinen Sie. Weinen Sie. Geben Sie sich der Verzweiflung hin. Aber Sie sind eine hübsche Frau, sehr hübsch, und Ihr eigener Körper wird, wie die Geranien, im Kontakt mit der Umwelt Gründe fürs Überleben finden.«

Myriam, die in geringer Entfernung von Limours auf dem Bett gesessen hatte, stand auf, der Arzt auch, und so nah bei ihr brauchte er nur die Arme ausstrecken, um sie an den Schultern zu nehmen und dann die Hände zu ihren Brüsten gleiten zu lassen, um sie bedächtig eine nach der anderen zu betasten, so als würde er sie untersuchen und abschätzen wollen. Das Gesicht von Limours verriet eine betrübte Befriedigung, bis es sich schmerzvoll verzog, als er einen Tritt in seine Geschlechtsteile erhielt, der ihn zusammengekrümmt neben dem Bett niedersinken ließ. Von dort aus sah Limours, wie Myriam sich vergeblich gegen die Tür stemmte, während er sich wälzte, mit den Händen den Schmerz seiner Hoden zu lindern versuchte, bis er schließlich geräuschvoll atmend aufstand.

»Stell dich nicht so an, Kindchen. Entweder gehst du mit mir ins Bett, oder ich lasse meine Freunde kommen, die nicht so rücksichtsvoll sind wie ich.«

Myriam schlug mit den Fäusten gegen die Tür und schrie Pedros Namen. Limours faßte sie um die Taille, packte sie am Hals, wollte sie zum Bett schleppen, doch die junge Frau schlug ihm mit dem Ellbogen aufs Auge, wand sich wie eine Schlange, ohne mit den Füßen den Boden zu berühren, bis sie beide aufs Bett fielen, die Frau obenauf, so daß sie noch haßerfüllt auf den schmalen Mund des Mannes einschlagen konnte. Limours sprang wütend auf den Boden und ging nun mit Ohrfeigen und Schlägen auf seine Gefangene los, erhielt im Gegenzug einen Fußtritt, der ihm nicht wehtat, doch plötzlich krallten sich die Fingernägel Myriams in seine Augen, so als wollten sie sie ihm auskratzen, und Limours rief um Hilfe.

»Kommt schon! Luisito, Ángel! Sie bringt mich um!«

Nachdem die Tür krachend nachgegeben hatte, stand ein Mann da, der durch den Stoß vornüber auf den Boden fiel, so daß sein taumelnder Körper auf den gerade mühsam aufgerichteten von Limours traf und sich die beiden in ein Knäuel verstrickten, aus dem Arme und Beine herausragten, die auf das Wiedererlangen ihrer Funktionen pochten. Myriam sprang mit einem Satz zur Tür, wich dem Angriff des anderen Mannes aus, um in den Garten zu gelangen und den Weg zu dem scheinbaren Operationssaal zu finden, und dort war er schon, auch die zwei Schwestern mit ihren Hauben, doch auf der Krankenbahre keine Spur von Pedro.

»Und mein Mann?«

Eine der Frauen deutete mit den Augen auf einen Seitengang, und Myriam lief weiter bis zu einer Tür, die in einen Lagerraum führte, das Keuchen ihrer drei Verfolger bereits im Nacken. Sie schaffte es rechtzeitig, hineinzuschlüpfen und einen eisernen Riegel vorzuschieben. Als sie sich vorsichtig umsah, glaubte sie zu halluzinieren, als sie Pedro halbaufgerichtet auf einer Pritsche erspähte, von der aus er sie erstaunt betrachtete.

»Was ist los?«

Die Schluchzer Myriams machten die Ausführungen nicht zusammenhängender, vor allem, als sie ihm erzählen wollte, daß man ihr seinen Tod mitgeteilt hätte. Von der ganzen Rede bekam Pedro nur mit, daß drei Männer, unter ihnen Doktor Limours, seine Frau vergewaltigen wollten, und er suchte im Lager nach irgendeinem Gegenstand, mit dem er gegen die Gewalt vorgehen konnte, sah aber keine andere Waffe als einen Korb mit Kartoffeln, während alles um ihn herum zu schwanken begann und er sich auf den Boden setzen mußte.

»Sie haben mir ein zu starkes Beruhigungsmittel gegeben. In meinem Kopf dreht sich alles.«

»Diese Mistkerle haben dich mit Beruhigungsmitteln vollgepumpt. Ich habe nachgedacht. Kannst du dich an einen Doktor Limours in dieser Gegend erinnern? Wir hatten ein Inventar über alle verfügbaren Ärzte, Mittel und Helfer in der Gegend, aber da war kein Dokor Limours darunter.«

Aber schon ertönt die Stimme des angeblichen Arztes auf der anderen Seite der Tür.

»Hübsches Mädchen, laß uns nicht zu lange warten, sonst sprengen wir die Tür mit Dynamit.«

Es war Pedro, der antwortete:

»All das wird Sie teuer zu stehen kommen. Lassen Sie uns heraus, und wir vergessen die Sache.«

Getuschel auf der anderen Seite, ein Räuspern, und erneut die Stimme von Limours:

»Es war unklug aufzuwachen, Doktor. Alles hätte so einfach sein können. Ein kleines Vergnügen für den alten Limours, und Sie wären morgen, heute Nacht noch abgereist.«

»Um hier herauszukommen, wollen wir eine Garantie haben. Es soll eine örtliche Obrigkeit kommen und uns Geleitschutz geben.«

Jemand hatte laut losgelacht, aber es war nicht Limours.

»Der blöde Typ verlangt nach einer örtlichen Obrigkeit.«

»Was soll das heißen?«, dröhnte Limours' großtuerische Stimme. »In dieser Gegend habe ich die Macht. Sie werden herauskommen, aber flach, hübsch flach.«

Es ertönte ein Schuß, die Kugel bohrte sich in die Tür. Myriam und Pedro verschanzten sich im hinteren Teil des Lagers und suchten weiter nach Gegenständen, die sie als Waffen benutzen könnten. Unter einem staubigen Tuch kam ein halb ausgeschlachtetes Auto zum Vorschein, und Pedro fand unter den Teilen einen Wagenheber, den er in die Luft hob, so als wäre es ein Maschinengewehr. Myriam betrachtete verzagt diese Waffe, suchte auf eigene Faust weiter und zog aus den Überresten des Citroëns/*Stromberg*, eine Anlaßkurbel hervor, die sie Pedro überreichte, der diese schrottreife Bewaffnung skeptisch musterte. Sie hatten nur die robuste Tür auf ihrer Seite, und es war wirklich bedrohlich, daß ihre Gastgeber so weit gegangen waren.

»Aus eigenen Stücken können sie nicht mehr zurück. Dazu stecken sie zu tief in der von ihnen selbstgebauten Scheiße.«

Pedro bedeutete seiner Frau, mit dem Zeigefinger auf den Lippen, daß sie schweigen sollte, näherte sich der Tür und stellte sich dicht an den Rahmen, um ihnen nicht die Gelegenheit zu bieten, durch das Türblatt auf ihn zu schießen.

»Doktor Limours, ich will mit Ihnen von Kollege zu Kollege sprechen.«

»Nur zu.«

»Vergessen wir diese Angelegenheit. Sie wird weder für uns noch für Sie von Nutzen sein. Lassen Sie uns heraus, damit jeder seinen Weg fortsetzen kann. Ich bin in Kontakt mit der Organisation *Ärzte ohne Grenzen*, und alles, was uns geschieht oder geschehen mag, kommt an die Öffentlichkeit. Begeben Sie sich nicht in Schwierigkeiten.«

Getuschel, Flüche, Beschimpfungen und verschiedenste Beleidigungen wechselten einander ab, wobei Pedro nicht wußte, ob sie an ihn gerichet oder auf einen Zwist unter den Belagerern zurückzuführen waren. Schließlich erhob sich inmitten des Gewirrs die Stimme von Limours:

»Ihre tolle NGO kann mich kreuzweise, Doktor Mistral. Kapieren Sie es doch endlich. Ich bin nicht in Schwierigkeiten, Doktor. Um Sie hingegen ist es schlecht bestellt. Um Sie und um Ihre hübsche Frau, die es gewagt hat, mich zu mißhandeln, mich zu demütigen, meine Schmeicheleien zurückzuweisen, und das wird nicht ohne Folgen bleiben. Glauben Sie bloß nicht, daß Sie da drinnen sicher sind, Sie könnten verdursten und verhungern, aber so ein grausames Ende habe ich nicht im Sinn. Ich werde die Tür aufbrechen, wir werden alle drei Ihre Señora, das hübsche Mädchen, nehmen, und Sie werden für immer in ein tiefes Koma versinken.«

Die anderen lachten angeheitert, eine Betrunkenheit, die Limours mit ihnen teilte, denn seine Worte lösten sich auf oder entglitten ihm.

»Dem ersten, der hereinkommt, zertrümmere ich den Schädel«, warnte Pedro. Er faßte Myriam um die Hüfte, und sie stellten sich an die hintere Wand, gegenüber der bedrohlichen Tür. Zuviel, zuviel, wiederholte Pedro, ohne es weiter erklären zu müssen, denn Myriam verstand, daß er sich auf alle, durch ihr Übermaß irreal erscheinenden Ungeheuerlichkeiten bezog, die ihnen in knapp vierundzwanzig Stunden zugestoßen waren, und sie mußten wieder zu sich kommen, sich bewußt werden, was mit ihnen geschah. Sie waren gerade dabei, die möglicherweise für ihre Verteidigung brauchbaren Waffen zu prüfen, als sie ein heftiger Stoß, wohl der eines Rammbocks, gegen die Tür erstarren ließ, doch noch hielten die Angeln stand. Sie erwarteten den zweiten Angriff, bei diesem fielen zwei Schrauben herunter, und die Tür bewegte sich bereits, weil die obere Leiste des Rahmens abgebrochen war. Mit ein paar weiteren Stößen würde die Tür nachgeben. Die Stimmen der Betrunkenen drangen herein, und einer von ihnen sang: *»Diese Kaktusfeige muß ich vernaschen / diese Kaktusfeige muß ich vernaschen / auch wenn es mich meine Hand kostet …«*. Limours ergreift erneut die Initiative:

»Wir werden uns eine kleine Ruhepause und einen Schluck Rum gönnen, so können Sie nachdenken, wie Sie da herauskommen, und wir, wie wir hineinkommen und die Dinge klarstellen.«

Während sie sich auf den dritten Angriff gefaßt machten, meinte Myriam, daß man Limours erledigen sollte, den müßte man wirklich richtig angreifen und seinen ekelhaften Schädel wie eine Melone, oder schlimmer noch, wie eine Wassermelone entzweispalten. Pedro nickte angesichts der ungewohnten Aggressivität seiner Frau, die ihn überraschen sollte, aber nicht überraschte. Es war ganz logisch, Limours den Schädel zu zertrümmern, was auch immer geschehen mochte, obwohl möglicherweise nichts geschehen würde, denn daß ihnen das alles zustieß, war so unmöglich wie das Zusammenstürzen der World Trade Towers oder das Bombardieren des Pentagons mit einer Passagiermaschine einer amerikanischen Fluglinie. Pedro erschreckte der

Wechsel zwischen einem von anmaßendem Stolz beherrschten Handeln und dem Hang zu einer fatalistischen Verzichtpolitik, ein plötzliches Umschwenken zu einem allzu kompromißbereiten Verhalten. Er sagte:

»Diderot wird wohl schon in Peru sein.«

Myriam lachte zuerst verhalten, prustete aber schließlich los, ihr Gelächter schallte durch das Lager und über die Tür hinaus.

»Worüber lacht denn das hübsche Mädchen? Über das, was sie erwartet? Mauricio, sag ihr, was sie erwartet.«

Die Stimme des angeblichen Vergewaltigers klang melodiös, so als hätte ein Sänger seinen Mund der Tür genähert, und in diesem musikalischen Tonfall rezitierte er ihre Absichten:

»Wir werden dem hübschen Mädchen die Unterhose ausziehen, und ich stecke meinen in ihren Mund, Pentagrama seinen in ihren Hintern und Doktor Limours seinen in die Möse.«

»Und was machen wir mit ihrem blöden Typen?«

»Dem schneiden wir die Eier ab, und schieben sie ihm in den Mund.«

Myriam empörten die Worte mehr, als sie die Prophezeiungen erschreckten, aber sie erwarteten beide bange den dritten Angriff, denn die Tür würde ihm nicht standhalten.

»Wir müssen es dem Dreckskerl von Limours zeigen, Pedro, wir müssen es ihm zeigen .«

Pedro nickte entschlossen. Er stellte sich mühsam auf die Beine, packte den Wagenheber, hob ihn über seinen Kopf und stellte sich neben die Tür, um Limours, sobald er hereinkäme, eins über den Schädel zu geben.

»Er wird nicht als erster hereinkommen.«

»Also, was dann?«, fragte Pedro seine Frau. Während Gelächter und Schnaufen bereits auf einen dritten Angriff hindeuteten, ertönten Schüsse, und sie zogen sich instinktiv in den hinteren Teil des Lagers zurück, obwohl die Schüsse weiter weg gefallen und nicht gegen sie gerichtet gewesen waren. Man hörte Flüche und weitere Kugeln, diesmal näher, woraus sie schlossen, daß Limours und seine Männer zurückfeuerten. Jenseits der bedrohlichen Tür fand ein Schußwechsel statt, für den es keine offensichtliche Erklärung gab.

»Ist es die Polizei?«

»Warum sollte sich die Polizei in diesen Wirrwarr einmischen?«

»Vielleicht hat Diderot sie verständigt.«

»Wie sollte Diderot wissen, wo wir sind? Wer weiß überhaupt, daß wir hier sind?«

Das Lager hatte, abgesehen von der Tür, nur ein kleines vergittertes, ziemlich weit oben gelegenes Fenster, zu dem Pedro, die zerschlissenen Autositze als Leiter verwendend, hinaufkletterte. Doch hinter dem Gitter befand sich eine weitere Mauer, das winzige Fenster ging also nur auf einen Luftschacht. Die Schüsse hallten in der Ferne, so als würde am anderen Ende des Hauses gekämpft, oder zwischen den von der Straße her Angreifenden und den Verteidigern der angeblichen Klinik des angeblichen Doktor Limours. Wer auch immer gewinnen mochte, ihnen blieb wenig Spielraum, und Pedro wiederholte noch einmal, daß es zuviel wäre, daß niemand etwas davon hätte, sie zu vernichten, und es den Gipfel an Absurdität darstellte, die einzigen Vernünftigen in einer von Durchgedrehten beherrschten Situation zu sein.

»Ich bin nicht einverstanden. Ich habe immer schon den Eindruck gehabt, daß sie uns hassen. Wir sind gekommen, um ihre absolute Macht zu beschneiden und den sozial Besiegten ihre Identität wiederzugeben. Für sie sind wir subversive Elemente, sogar wir im Gesundheitsbereich.«

Es waren schon seit einiger Zeit keine Schüsse mehr zu hören, also konnte man annehmen, daß das Gefecht vorbei war, Gefangene ausgetauscht oder Leichen fortgeschafft wurden, wie

Myriam auf Englisch, mit der Stimme einer Sprecherin von CNN, humoristisch zusammenfaßte. Pedro griff wieder zum Wagenheber, lehnte sich, Limours erwartend, mit der Schulter an den Türrahmen. Schritte von Stiefeln kamen näher, wie ein Trupp von Soldaten in Reih und Glied, und dann ertönte plötzlich eine Stimme, die sie sofort wiedererkannten:

»Halt. Gewehr bei Fuß!«

Pedro drehte sich zu Myriam um und las von ihren Lippen denselben Namen, den er im Kopf hatte: Gabriel, der kleine König Gabriel. »Was machen wir jetzt?«, fragte Pedro so leise, daß nur sie es hören konnte, und Myriam zuckte mit den Schultern. »Die Tür öffnen?« Myriam faßte Pedros Fragen als Übung einer protokollarischen Liebenswürdigkeit auf, weil klar war, daß Rettung oder Untergang nicht von ihnen abhing.

»Liebe Freunde, machen Sie die Tür auf, Sie befinden sich unter dem Schutz von König Gabriel. Der Feind ist entweder tot oder gefangengenommen, in jedem Fall jedoch entwaffnet.«

Pedro schob den Riegel auf, die Tür hing nur an einem Scharnier. An der Schwelle stand, in der Uniform des Marschalls irgendeines wichtigen Heeres, der kleine König Gabriel und betrachtete sie lächelnd, die Hände an die Hüften gelegt, mit gespreizten Beinen und einem Maschinengewehr über Brust und Bauch, das größer war als er. Er salutierte vor Myriam und Pedro und gab ihnen den Weg nach draußen frei, über den Korridor, der in den Operationssaal führte, wobei sie über eine Leiche steigen mußten – Mauricio oder Pentagrama, Doktor Limours war es nicht. Der war hingegen in seinem Operationssaal, knieend und mit den Händen im Nacken, neben einem verletzten Mann, der wiederum nur Mauricio oder Pentagrama sein konnte und vor Schmerzen heulend bat, ihm den Rest zu geben, doch Myriam schien er ein Darsteller eines am Äquator spielenden, exotischen Films zu sein, und sie weigerte sich, mit diesem unverschämten

Kerl Mitleid zu haben. Im Vorübergehen nannte sie ihn einen Flegel und hatte gute Lust, ihm mit der Anlaßkurbel, die sie noch bei sich trug, eins über den Schädel zu geben.

»Schlimmer als ein Flegel, Señorita. Er ist ein Mistkerl. Einer der Jünger dieses falschen Arztes. Limours ist kein Arzt, sondern ein heruntergekommener Blaubart. Eines Tages wird man den Garten dieses Mausoleums umgraben und die Leichen aller Frauen finden, die er getötet hat, nachdem er sie verführt hatte. Das macht er seit dreißig Jahren, immer mit der gleichen Masche des angeblichen Arztes.«

Limours hielt sich zurück, aber sein Gesicht war fast blau vor Wut oder von den Schlägen, die sie ihm verpaßt hatten. Er wollte den König Gabriel nicht haßerfüllt ansehen, doch manchmal konnte er es nicht vermeiden, und schließlich stießen seine Lippen hervor:

»Chinese! Scheißchinese!«

Der König näherte sich brüsk dem Knieenden und verpaßte ihm eine Ohrfeige, deren Heftigkeit seiner kleinen, wenn auch dicken Hand unangemessen schien, den Kopf von Limours beugte und ihn zu Boden sinken ließ, wo er mit den Armen sein Gesicht schützte. Gabriel gab die entsprechenden Anordnungen.

»Überhäufen Sie diese zwei Schweinehunde mit Affenscheiße, aber so richtig, und führen Sie sie gefesselt in die Mitte des Platzes von San Lucas. Und dir schneide ich nicht die Eier ab und bringe dich nicht um, weil du schlecht zielst und keinen einzigen meiner Männer getroffen hast.«

Sie verließen die Klinik und trafen auf der Straße einen Trupp der Husaren des kleinen Königs an, die ein Spalier zu einem riesigen Lastwagen bildeten, der die Einfahrt blockierte. Von seinem kastenförmigen Aufbau hing eine Leiter herunter, die der Chef hinaufkletterte, und oben angelangt Myriam und Pedro aufforderte, ihm zu folgen. Das Innere des Kastens war hell erleuchtet, vor allem ein Tisch in der Mitte, umgeben von lederbezogenen Drehsesseln und mit Speisen gefüllt, unter denen das versprochene Spanferkel besonders ins Auge stach. Aus einem mit Eis gefüllten Flaschenkühler aus Plastik ragten Bier-, Wein- und Colaflaschen, daneben standen ausgewählte Süßigkeiten, üppig und wohl etwas schwer, wie Myriam befürchtete, die nämlich ein Leckermaul war.

»Meine Freunde, das ist das Mahl, das ich für Sie zubereiten wollte, als Sie wegfuhren, ohne zu bedenken, daß im Augenblick in diesem Teil des Landes keinerlei Gesetz gilt, es befindet sich in Händen der bösen Kräfte, außer wenn der kleine König Gabriel, wie man mich nennt, eingreift, um die Ehre des Landes und seiner Leute zu retten. Laßt uns nun essen, trinken und reden.«

Als sie schließlich wie übliche Gäste Platz genommen hatten, machte Pedro den Anfang und ließ sich den mit einem riesigen Stück Spanferkel, Maniok, gebratenen Bananen, roten Bohnen und Reis gefüllten Teller geben, Bohnen und Reis nach einem Rezept zubereitet, das »Mohren und Christen« heißt, wahrscheinlich, weil die Bohnen dunkel sind und der Reis weiß. Myriam trank eine Cola aus der Flasche, und Pedro nahm ein Glas Wein, das ihm der König reichte. Auch Seine Majestät nahm an dem Mahl teil, wenn auch nur aus Höflichkeit, denn er zeigte nur wenig Appetit, und als das Essen mit einem Tablett voller fruchtiger, in Baisers gehüllter Süßigkeiten seinen Höhepunkt erreichte, erhob er sich und stieß mit seinen Gästen an.

»Ich trinke auf Spanien und auf Marisol!«

Das Paar nahm den Trinkspruch entgegen, und Pedro rief aus:

»Ich stoße auf einen kleinen großen König an, der uns das Leben gerettet hat.«

Immer schlitzäugiger wurde der chinesische König, je mehr die Zufriedenheit seinen ganzen Körper erfüllte, und schon wieder sitzend füllte er ihnen Bleikristallgläser mit Rum, Gläser von

Rosenthal, wie Pedro annahm, weil er von Kind auf zu Hause keine anderen feinen Kristallgläser gesehen hatte.

»Ich bin überrascht und gerührt über Ihre Geste, Gabriel.«

»Meine Geste? Seit Sie meine Burg verlassen haben, um einen Spaziergang zu machen, wie Sie sagten, wußte ich, daß Sie fliehen würden, und habe Ihre Flucht von meinem Wachtturm aus mit einem Fernglas verfolgt. Sie haben nicht den Weg zurück genommen, sondern den nach San Mateo, und ich war versucht, Ihnen nachzufahren, um Sie zu warnen, daß diese Gegend nichts für Touristen ist, und noch viel weniger für fliehende Touristen. Denn zu einem Flüchtenden zu werden, ist das Schlimmste, was einem Touristen passieren kann.«

»Wir sehen uns nicht als Touristen.«

»Ich weiß. Ich halte Sie auch nicht für Touristen. Nun gut. Ich habe mich nicht weiter darum gekümmert, bis ich hörte, daß es auf der Landstraße zu einem Zwischenfall gekommen war, und der selbsternannte Doktor Limours, der weder Arzt noch irgendetwas ähnliches ist, in seinem Auto ein Ausländerpaar mitgenommen hatte. Junge Leute. Er schwer verletzt, sie am Rande der Verzweiflung. Ich weiß, wer Limours ist, der halb zugrundegerichtete Nachkomme einer einstmals mächtigen Familie französischer Holzhändler aus Französisch-Guayana, sexbesessen, wobei er sich seiner vorgetäuschten Arztrolle bediente, um seine sexuellen Schandtaten zu vertuschen. Ihn umgibt eine Legende von Verbrechen, die niemand untersuchte, weil er sich bisher auf Eingeborene beschränkt hatte. Niemand hat es gewagt, sie zu überprüfen, weil Limours, obwohl nicht mehr zu den Mächtigen gehörend, diese auch nicht stört. Vielmehr entzückt es sie, daß er wie Graf Dracula auftritt, wie eine dunkle Macht, die den Indios Schrekken einjagt. Mit Limours, sagte ich mir, sind meine zwei mißtrauischen Freunde in Gefahr, also habe ich bei Einbruch der Nacht einen Suchtrupp losgeschickt, der sie schließlich in der sogenannten Klinik von Limours gefunden hat. Und hier bin ich.«

»Der Schein trügt. Alles wäre einfacher gewesen, hätten wir Ihnen vertraut. Dann befänden wir uns schon in San Mateo.«

»Wir werden San Mateo in vier Stunden erreichen, schneller geht es beim Zustand dieser Straßen nicht. Waschen Sie sich, ruhen Sie, schlafen Sie sogar, und wenn Sie aufwachen, sind wir schon in San Mateo.«

»Wie kommen wir dorthin?«

»In diesem gepanzerten Lastwagen, ich reise mit Ihnen zu Ihrem Schutz.«

Hinter einem Vorhang, den Gabriel zur Seite schob, erschien ein kleines Abteil mit Dusche, WC und einem Ehebett mit Nachttischchen, auf dem vier Bücher lagen: *Der Tod des Ziegenbocks*, Gedichte von Walt Whitman, eine Biographie von Bolívar, und *Das Rote Buch* von Mao. Der König beobachtete, welche Wirkung die Bücher auf das Paar hatten, aber sie fragten nicht weiter nach.

»Sie haben Marisol, eine spanische Filmdiva und Sängerin, die sich schon zurückgezogen hat, hochleben lassen. Kennen Sie sie?«

Der Gastgeber lächelte, hob die Arme, verdrehte sie schließlich, als wollte er eine Sevillana tanzen, und sang:

Das Leben ist eine Tombola, Tom, Tom, Tombola
mit lauter buuunten Fischen.

Myriam bestätigte dem überraschten Pedro, daß sie soeben den Ausschnitt eines Liedes von Marisol gehört hatten, mit einer kleinen Variante, nämlich Fische statt Lichter. Aber nun mußten sie den Erklärungen des kleinen Königs über das Funktionieren von Dusche und Klo folgen, der ihnen in der Folge freistellte, ob sie schlafen, sich in die Fahrerkabine begeben oder in das kleine Gemach seiner Majestät hinaufgehen wollten, das wie ein Buckel über dem Kastenaufbau des Lastwagens lag. Er zeigte ihnen auch einen großen Zinkkübel voller Wasserflaschen und Eis und verabschiedete sich, während er noch einmal ihre Absichten betonte:

»In vier Stunden in San Mateo.«

Alleingelassen verschlangen Myriam und Pedro ihre Hände ineinander und ließen sich auf das Bett fallen, unterstützt von den willkürlichen Bewegungen des Wagens, der nun schon über schlecht asphaltierte Straßen fuhr. Bereits ausgestreckt, mußten sie gegen die Versuchung ankämpfen, mit klebrigen Achseln, Gesichtern und Kniekehlen gleich einzuschlafen. Schließlich aber gaben sie der Verlockung nach, sich in diesem geschützten Gefährt, das für ihre Bedürfnisse wie gemacht war, eine Dusche zu gönnen. Zuerst kehrte Myriam, dann Pedro frisch und in weiche, rotbraune Bademäntel gehüllt ins Bett zurück, schlangen wieder ihre Hände ineinander, ausgestreckt unter einer nahen Decke, über der wohl der kleine Gabriel schlief, tranken mit der vorgetäuschten Lust vom Durstigen Wasser, umarmten und küßten sich ineinander verknäult, so als würden sie sich im Rhythmus des ruckelnden Lastwagens gegenseitig wiegen.

»Was für ein Glück! Wir haben ihn nicht einmal gefragt, warum er uns geholfen hat.«

»Auch nicht wozu.«

»Glaubst du, daß ein Zweck dahinter steckt?«

»Es wäre möglich, aber nein, ich nehme es nicht an.«

Myriam löste sich aus der Umarmung, legte die Fäuste auf ihre Augen und rief aus:

»Ich muß dir etwas sagen.«

Sie sagte es aber nicht, und Pedro lächelte in Erwartung eines der typischen Scherze Myriams, wenn sie sich tiefgründig gab. Ich muß dir eine entscheidende Frage stellen. Räuspern. Erneutes Schweigen. Vorsicht mit dem, was du antwortest, denn das kann die Dinge grundlegend verändern. Räuspern. Erneutes Schweigen. Glaubst du, daß der *Barça* etwas mehr als ein Klub ist? Ein ums andere Mal war Pedro darauf hereingefallen. Welche Falle mochte es nun sein?

»Ich glaube, ich bin schwanger.«

Vor der geheimen Kamera hinter den Augen Pedros spazierte mehrere Male Myriam auf und ab, und plötzlich begriff er die Eigentümlichkeit ihrer Bewegungen. Nein, sie hatte keinen kindischen oder üblichen Scherz gemacht, sondern ihm die Wahrheit gesagt, und er mußte augenblicklich reagieren. Dabei war es sehr wichtig, wie er antwortete, wobei die Verhaltensmuster aus Kino und Büchern die Sache erschwerten. Sollte er sich nun rasch erheben, sie umarmen und rufen: Ein Kind, ein Kind! oder mit ausgebreiteten Armen aus dem Bett springen, seine Frau betrachten und jubeln: Ein Junge, ein Junge! Damit würde er gewiß falsch liegen, denn Myriam konnte auch ein Mädchen erwarten, und sie war im Kern feministisch. Die Unschlüssigkeit, das Schweigen waren eine schlechte Antwort, doch Beklommenheit schnürte ihm Magen und Brust zu, verhinderten Gesten oder Worte, und so war es Myriam, die sich auf ihn legte, die Wange an seine Schulter preßte, ihn umschlang und sprach, ohne ihn anzusehen.

»Meine Regel ist zweimal ausgeblieben, und mir geht es wie dir. Ich weiß nicht, ob ich mich freue, obwohl ich mir allmählich eingestehen muß, daß es mich eigentlich nicht stört und mein Problem ist. Es ist mein Kind, und zwischen uns gibt es nur Liebe, wie ich annehme, wir sehen uns jeden Tag, fast den ganzen Tag, seit drei Jahren. Wir sind nicht einmal verheiratet.«

Tante Madrona hatten sie gesagt, daß sie standesamtlich in Bogotá geheiratet hätten, während sie in einem Elendsviertel am Standrand arbeiteten, und in der erfundenen Geschichte kam ein der Befreiungstheologie zugeneigter Bürgermeister vor. Diesen Bürgermeister, Chrysler González, gab es zwar, doch hatte er sie durch keine Zeremonie zum Ehepaar gemacht, alles beschränkte sich auf eine laut verkündete Absicht, die Liebesverbindung aufrecht zu halten, eine Runde Schnaps für die Freunde und einen Blumenstrauß – natürlich selbstgepflückt –, den die Mitarbeiter von *Ärzte ohne Grenzen* Myriam überreichten. Das war ihre Hochzeit, und so stand es nun um ihr Kind. Er nahm Myriams Kopf in beide Hände und zwang sie, ihn anzusehen.

»Es ist auch mein Kind.«

Myriam schloß die Augen und kroch vom Körper des Mannes herunter. In sich gekehrt, und mit den Augen von einem Arm bedeckt, sprach sie schließlich das aus, was einer von ihnen beiden sagen mußte.

»Es zu bekommen oder nicht, verändert unser Lebenskonzept. Stelle dir einen Tag wie den heutigen mit einem Kind huckepack vor.«

»Fast alle Tage sind normal verlaufen, routinemäßig wie in einer Praxis, aber in Urwaldambulatorien oder Bidonvilles.«

»Und dort wäre dann unser Kind, unser Mädchen oder unser Junge, unter solchen Lebensumständen? Das frage ich dich, es ist nur eine Frage, denn ich habe zwei Antworten, beide sehr überzeugend.«

»Und zwar welche?«

»Ja oder nein.«

Ja bedeutete die Verantwortung, das Kind in den Abenteuerrucksack zu stecken, mit einer Hausapotheke als ständiges Spielzeug, deklassiert und Don Liborio, den Seuchen, den Hurrikans, dem Haß ausgesetzt, mit dem die Herren dieser Welt denjenigen begegnen, die kommen, um ihren Opfern zu helfen. Nein hieß zu dem zurückzukehren, was sie gewesen waren. Für Pedro, Erbe eines von seinem Vater schlecht verwalteten Vermögens zu sein oder von dem, was Tante Madrona ihm zugestehen würde, die ihren Reichtum auch nicht eben vermehrt hatte. Das Erbe verbrauchen. Um einen Platz in einem Spital kämpfen, eine Praxis eröffnen, einen Kreis von Zauberern mobilisieren, der mit dem günstigsten Finger auf die Praxis vom Sproß der Mistral de Pamies hinweisen würde, und die Rolle vielleicht aufteilen, indem man nachmittags den Arzt der Reichen spielte und vormittags den der Armen. Die folgenden Worte Myriams beunruhigten ihn noch mehr.

»Ich denke an das, was du gerade denkst. Ja oder nein. Entweder beziehen wir das Kind in all das ein, oder wir geben all das auf. Ist es so? Gut. Es war sehr schön, eine andere soziale Galaxie zu bereisen und deine Kreditkarten zuhause zu lassen. Aber da gibt es noch andere ungeklärte Probleme. Dich und mich zum Beispiel. Es ging uns gut als Missionare in Afrika, du weißt schon, was ich sagen will. Auch als Liebespaar. Wir lieben uns, aber vielleicht, weil wir uns in diesen Lebensumständen gegenseitig brauchen. Was wird geschehen, wenn wir zur bürgerlichen Routine zurückkehren, auf Weihnachten oder auf die nächsten Noten unseres Kindes warten, und am Donnerstag oder Freitag mit Freunden ausgehen?«

»Verdammt noch mal, Myriam, jetzt wirst du aber grausam.«

»Das könnte ich noch mehr sein, wenn ich mir eine Zukunft mit deinen Tanten oder deinem Onkel, dem Weisen, ausmale, der wirklich ein mühsamer Typ ist.«

»Nein, das ist er nicht, er ist bloß ein Autist. Genau das. Er lebt in seiner eigenen Welt, wie ein verzauberter Prinz, und zum Glück ist er nicht ganz autistisch, denn die Eitelkeit treibt ihn dazu, siegreich sein zu wollen, was beinhaltet, mit Waffen oder Worten mit der Außenwelt zu kommunizieren. Ich habe ihn jedoch fast als Vater in Erinnerung. Es gab zärtliche Augenblicke zwischen uns, und obwohl ich ihn enttäuscht habe, bin ich mir seiner Liebe sicher, auch wenn er sie nicht ausdrücken kann.«

»Aber ich bin für ihn das rote Tuch.«

»Du bist sehr hübsch und mein Onkel hat eine Schwäche für hübsche Frauen.«

»Madrona kann ich mir ja noch mit dem Kind vorstellen, weil sie sehr gefühlsbetont ist und an der Seite dieses Monsters Zuneigung braucht, aber diesen Autisten?«

Pedro brach in Gelächter aus, erinnerte sich an einige Sequenzen seiner eigenen Kindheit mit Julio und lachte noch heftiger, als prägende Erinnerungen auftauchten, wie etwa, daß ihm sein Onkel, als er sechs war, die *Carmina Burana* vorspielte oder ihm beinahe singend die Chansons von Georges Brassens übersetzte. Manche mochten für ein Kind geeignet sein, *Les sabots d'Hélène* oder die religiös gefärbten, wie die Glosse von den vier Kardinalpunkten, die die Erde kreuzigen ... *Je vous salue Marie, La Pière* hieß das Lied. Andere jedoch vermittelten eine Traurigkeit, die seinem Alter nicht angemessen war, so als handelte es sich um die Traurigkeit von Riesen, die ihm sein Onkel da überstülpen wollte. *Das Massengrab der Zeit* zum Beispiel hatte sich als schreckliches, bedrohliches Bild in sein Gedächtnis geprägt, und war es noch mehr, als er Jahre später Brassens mit Sting oder Mecano vereinen konnte, mit der erstickten Stimme von Ana Torroja in diesem *Hawai und Bombay*, ein den Sinnbildern des Paradieses gewidmetes Lied. Wie würde er mit seinem eigenen Mädchen oder Jungen umgehen? Vielleicht würde er das ihm einverleibte Vorbild Julios in Ermangelung anderer direkter Bezüge übernehmen, und obwohl er wollte, daß ihn diese Perspektive entsetzte, gelang es ihm nicht, denn auf dem Bildschirm seiner Erinnerung vermittelte ihm sein Onkel Zuneigung.

»Es begeistert mich.«

»Was?«

»Ein Kind zu haben. Es auf die Schultern setzen zu können, oder in den Rucksack oder in ein Kanu, darüber reden wir noch. Aber es ist da.«

Er zeigte auf den Bauch von Myriam, was die junge Frau dazu aufforderte, sich selbst zu betrachten und dann auszurufen:

»Was soll der Kitsch?«

Das Schweigen machte Pedro schläfrig und Myriam wach, angesichts der schrecklichen Aussichten für ihre mögliche Zukunft, als Empfangsdame in der Praxis ihres Ehemanns, oder alleinerziehende Mutter und Krankenschwester auf der Suche nach Vertretungen, auf die Zahlungen von Pedro wartend, damit sie dem Kind Schuhe oder Magnum-Eis oder einen Klassenausflug nach Pisa bezahlen könnte. Der Gedanke, ihre Eltern in dieses Panorama hineinzuziehen, entsetzte sie, denn sie hatten sich doch immer gegen ihr Engagement gestellt, verbittert, eine undankbare Tochter in die Welt gesetzt zu haben, die mehr an alle anderen als an sie oder an sich selbst dachte, und das nach all den Opfern, die sie auf sich genommen hatten. Sie sah ihre Mutter vor sich, in den Dorfläden, während man sie fragte: »Was macht die Tochter?«, und statt mit solidarischen Wunderworten zu antworten, erwiderte sie: »Dummheiten, wie immer. Ganz umsonst haben wir ihr eine Ausbildung ermöglicht. Ihr Vater hat zwei oder drei Arbeiten annehmen müssen, jeden Tag drei, was in diesem Dorf gar nicht leicht ist.« Der schlafende Körper Pedros besetzte ihren ganzen wahrnehmbaren Horizont, und sie wußte nicht, ob es ein lebendiger oder toter Körper war, ein Körper, der Leben und Hoffnung vermittelte oder nur die Überreste im Gedenken, was was gewesen sein hätte können und nicht war. Sie entspannte sich mit allem, was für sie dazugehörte – Lockern der Muskeln, an nichts denken, sanfte Atmung – und strich mit den Händen über den Bauch, ihr künftiges Kind streichelnd, und nickte schließlich ein, bis das morgendliche Licht in den Lastwagen drang, und mit ihm der Ruf des kleinen Königs von der anderen Seite des Wandschirms, der Schlafbereich und Toilette abtrennte.

»Meine lieben Freunde, San Mateo ist in Sicht.«

Gabriel sang:

Schon erreichen wir Pénjamo.
Schon sehe ich dort seine Kuppeln.
Von Almendralejo aus gleicht es einem Spiegel,
Mein schönes Pénjamo.

Pedro richtete sich unruhig auf, so als hätte man ihn zum Morgenappell gerufen und erfrischte seine Gedanken, indem er den Kopf unter die Brause steckte. Er versuchte, seine Kleidung so wenig wie möglich naß zu machen. Er fühlte seine eigene Freude darüber, frei zu sein und gleich nach San Mateo zu kommen, und auch die Myriams, die sie lächelnd dem kleinen König Gabriel vermittelte, indem sie ihn umarmte und auf beide Wangen küßte.

»Zum Frühstück, zum Frühstück!«, rief seine Majestät, nach wie vor als Marschall gekleidet, als oberster Chef der Streitkräfte zu Land, zu Meer und Luft einer sehr wahrscheinlichen napoleonischen Expedition. Vergeblich protestierte Myriam, noch vom Abendessen satt zu sein, denn der kleine König drängte sie in das Eßzimmer und reichte ihr ein eisgekühltes, mit Champagner und Orangensaft gefülltes Glas, und auf dem Tisch gab es Brötchen mit Sardinen aus der Dose und verschiedene Früchte, da bei der geringen Entfernung zu San Mateo und ihrem Schlafbedürfnis keine Zeit geblieben war, ein üppigeres Frühstück vorzubereiten. Durch die kleinen Fenster des Eßzimmers sahen sie die Fassaden eines Viertels mit niedrigen Gebäuden im Kolonialstil, grün, ocker, orange oder rosa gestrichen, häufig mit Schildern versehen, die auf religiöse Konfessionen hinwiesen. Vor einigen Einfamilienhäusern hing ein großes Schild: DIESES HAUS IST NICHT ZU VERKAUFEN, eine Antwort auf den Schwindel, Häuser ohne Wissen der Besitzer zu verkaufen, eine Mode, die sich von Kolumbien aus auf ganz Zentralamerika ausgebreitet hatte.

»Sie werden sich fragen, warum ich Ihnen geholfen habe, und ich muß Ihnen antworten, Sie hatten das Glück, in meinem Monat der guten Taten auf mich zu stoßen, wo ich jede Woche in eine andere Persönlichkeit schlüpfe, um jemanden zu helfen. In den restlichen elf Monaten des Jahres bereichere ich mich so gut ich kann, aber im Dezember stelle ich jede Woche mein eigenes Weihnachtsmärchen dar. In diesem hier bin ich als Marschall eines möglichen, halb bolivarianischen, halb maoistischen Heeres gekleidet, denn Bolívar und Mao sind meine historischen Vorbilder, der erste, weil er ein vereintes Amerika wollte, und der zweite, weil er der wirkliche chinesische Nationalist ist, der Schöpfer der großen chinesischen Nation. Ich bin einer der reichsten Männer dieses Landes, also können Sie wohl annehmen, daß ich nicht Kommunist bin. Aber Mao war vor allem ein großer Chinese.«

Sie stießen auf Mao und Bolívar an. Als sie aus dem Fenster blickten, deuteten die Fassaden darauf hin, daß sie sich dem Zentrum näherten, und sie machten den kleinen maoistischen König darauf aufmerksam, daß sie in die Avenida Sor Juana Inés de la Cruz mußten, wo sich die Zentrale der *Ärzte ohne Grenzen* befand und auch die Postsparkasse, wo sie eine Nachricht der Familie erwartete.

»Es geht nichts über die Familie. Meine Kinder, schon erwachsen, studieren in China und in Deutschland, den beiden Ländern der Zukunft, wenn die demographische Bombe Lateinamerikas die Hegemonie der Vereinigten Staaten viel mehr zerstört haben wird als die Bomben der Fanatiker Allahs. Es werden nicht die Bomben dieser Moslems sein, sondern unsere demographische Bombe, so gut wie wir Männer hier unten vögeln und so fruchtbar wie unsere Frauen sind.«

Der als Wohnung gestaltete Lastwagen hielt an der Nummer fünfunddreißig von Sor Inés de la Cruz. Die Leiter stand schon für den Abstieg des Paares bereit, doch die beiden umarmten noch den kleinen König Gabriel mit aller Herzlichkeit, wiesen sein Angebot einer finanziellen Unterstützung zurück und winkten, schon auf der Straße, mit den Armen zum letzten Abschied, während der Lastwagen losfuhr. Sie gingen unbeschwert auf die Tür zu, über der ein Schild von *Ärzte ohne Grenzen* hing, und dort angelangt schlug Pedro vor, sich aufzuteilen: Myriam sollte hinaufgehen und er zur Postsparkasse, von der er gleich wieder zurückkommen würde. Myriam ging in den dritten Stock und fand die Tür der Zentrale verriegelt vor, so als wäre niemand drinnen. Sie drückte auf die große Klingel, und nach geraumer Zeit spähte jemand der dort offensichtlich Verborgenen durch das Guckloch, und eine Frauenstimme fragte nach ihren Personalien.

»Myriam Godó, Krankenschwester der Gruppe von Doktor Mistral de Pamies, Abteilung San Lucas.«

Vier Schlösser wurden geöffnet, eine Tür ging auf, und ein Mädchen forderte sie auf, so schnell wie möglich hereinzukommen, da das Treppenhaus kein sicherer Ort wäre. Myriam war mehrmals dort vorbeigekommen, doch war es noch nie so menschenleer gewesen, sie befürchtete sogar, daß Contreras, der alle über das Land verteilten Gruppen koordinierte, nicht da sein könnte.

»Was ist passiert? Wo sind all die Leute?«

»Es herrschen schlechte Zeiten.«

Contreras war da. Er schien die wenigen ihm noch verbliebenen Kilos verloren zu haben, eilte mit ausgebreiteten Armen auf Myriam zu, umarmte sie und führte sie wortlos in sein Büro. An einen Schreibtisch voller feinsäuberlich geordneter Papiere, mit einer großen Landkarte im Hintergrund, wo die wichtigsten Einsatzgebiete der NGO markiert waren, auf die Contreras auch zeigte, während er sagte:

»Sie werden uns nicht unterkriegen. Und was ist mit Pedro?«

»Er mußte eine private Angelegenheit regeln.«

Contreras faßte sie an den Händen und bat sie mit seinem weichen Akzent des La-Plata-Gebietes, ihm ausführlich zu erzählen, was seit dem Abbruch der Verbindung mit San Lucas und dem Überfall der Paras geschehen war. Myriam versuchte, die ganze Geschichte zusammenfassend zu skizzieren.

»Wir sind vor betrunkenen Paras geflohen, dann vor Räubern, die uns umbringen wollten, in San Lucas haben Radikale die beiden Jesuiten getötet, und Flor Silvestre ist verschwunden, wir sind einem Cacique entkommen, der uns erschießen wollte, dann einem kleinen König namens Gabriel, aber in dem Fall haben wir uns geirrt, denn er wollte uns helfen. Nach einem Zusammenstoß mit weiteren Paras, die im Begriff waren, einen Subversiven zu erschlagen und Pedro, wie ich glaubte, tödlich verletzten, sind wir einem Perversen in die Hände gefallen, der die von ihm vergewaltigten Frauen eingräbt, doch zum Glück hat uns der kleine König gerettet und hierher gebracht. Ohne Diderot allerdings. Bei unserer ersten Begegnung hat der kleine König Diderot auf die Straße gesetzt, weil er Indio war.«

»So rassistisch ist er?«

»Er ist fast Chinese und wirft den Indios vor, immer verloren zu haben, schon gegen die Spanier. Ich glaube, daß die von Pedro und mir durchlebten letzten Stunden keine beispielgebende Geschichte sind. Sie läßt sich bei keinem Hexensabbat erzählen. Niemand würde sie glauben.«

»Wir sind hier auch nicht in Sicherheit, und ich habe ein paar Kollegen weggeschickt, damit sie uns nicht alle hier umzingeln können. Aber bis jetzt hat die Revolte der in dem Prozeß wegen Verletzung der Menschenrechte Angeklagten nur die Bezirke San Lucas und Alta Maya erfaßt. Die Regierung hat abgewartet, um zu wissen, gegen wen es vorzugehen gilt, und nun, wo das klar ist, schreitet sie auch nicht ein. Es heißt, die Aufständischen würden sich mit ihrem eigenen Strick erhängen, aber sie haben im Augenblick die Arbeit von zehn Jahren über den Haufen geworfen. Was habt ihr vor?«

»Weihnachten verbringen. Übermorgen oder so ist doch Weihnachten oder nicht?«

Contreras war verwirrt, und wieder klingelte es an der Tür, vom Vorzimmer her drang die fragende Stimme der Frau zu ihnen, die Riegel wurden zurückgeschoben, und als gute Nachricht erreichten sie die Schritte Pedros und sein Geplauder. Pedro umarmte Contreras, setzte sich auf den freien Stuhl und führte seine Hand zur Jackentasche, ohne jedoch preiszugeben, was sie enthielt, aber er lächelte Myriam zu und murmelte ein »Alles in Ordnung«, das weder sie noch Contreras verstanden.

»Myriam hat mir von eurer Odyssee berichtet, die ich zum Teil schon aus den Erzählungen Diderots kannte. Er ist am Leben. Gestern nacht kam er an, jetzt ist er schon an der Küste, bei einer anderen Delegation, möchte Weihnachten am Pazifik verbringen und dort auch das Neue Jahr erwarten. Ich werde ihn anrufen und ihm sagen, daß es euch gut geht. Von Flor Silvestre habe ich keinerlei Nachricht. Vielleicht ist es ihr gelungen, mit ihren Leuten Kontakt aufzunehmen, und sie gibt uns dann Bescheid. Ich fragte Myriam soeben, was ihr denn vorhabt.«

Pedros Stimme kam sämtlichen Vermutungen Myriams zuvor:

»Wir fahren nach Spanien zurück. Heute Mittag, eigentlich sollten wir schon auf dem Weg zum Flughafen sein. Über Mexiko, Miami, Madrid nach Barcelona. Morgen, am vierundzwanzigsten, werden wir zu Hause sein, und mit ein wenig Glück noch vor Beginn des Heiligen Abend.«

»Und wann kommt ihr wieder zurück?«

»Ich weiß es nicht. Nun, wir wissen es nicht.«

»Nach allem, was passiert ist, wollt ihr vielleicht eine andere Aufgabe in einem anderen Land.«

»Laß uns vierzehn Tage darüber nachdenken.«

»Ich hätte gerne einen schriftlichen Bericht. Wir sind auch nicht gerade in Sicherheit, denn dieses Pack versucht, ein Nationalbewußtsein gegen die ausländischen Mitarbeiter zu schüren und sogar die UNO-Beamten sind alarmiert.«

»Wir müssen zum Flughafen. Kannst du uns ein vertrauenswürdiges Taxi auftreiben?«

Contreras rief einen gewissen Facundo an, und während er ihm die Route zum Flughafen von San Mateo erklärte, machte er ihnen ein Zeichen, daß alles in Ordnung ginge. Pedro war schon aufgestanden und klopfte Myriam auf die Schulter, damit sie es auch tat.

»Fünf Minuten«, meinte er zu Contreras.

»In fünf Minuten muß Don Facundo hier sein.«

Er begleitete sie bis zum Haustor, wollte ihnen gerne etwas sagen, sagte es aber nicht. Pedro und Myriam erkundigten sich nach Diderot und betonten, daß er alles tun müßte, um etwas über Flor Silvestre herauszufinden, und außerdem mit den Familien der Jesuiten Kontakt aufnehmen. Das ist schon geschehen. Noch bevor Myriam gekommen war, hatte er mit einer Schwester Iriondos und mit den Eltern von Blázquez gesprochen. Es sei sehr hart gewesen, und sie sollten sich auch mit den Familien in Verbindung setzen, weil sie die beiden als letzte lebend gesehen hätten. Ja, ja, sie hätten die Adressen. Obwohl Pedros Rucksack weg war, hatte er in den Taschen seine Ausweise, etwas Geld und die Liste der Mitarbeiter mit ihren Adressen gerettet. Señor Facundo war ein sehr weißer alter Mann mit Schnurrbart, Weste und Panamahut, Herr über einen alten Chevrolet. Er verbeugte sich mehrmals vor Doktor Contreras, der ihm, wie er ebenfalls mehrmals wiederholte, das Leben gerettet habe, und öffnete die Türen, damit das Paar einsteigen konnte. Sie winkten durch die Heckscheibe dem ihnen immer noch nachwinkenden Contreras zu, doch kaum hatten sie wieder zur Zweisamkeit zurückgefunden, machte Myriam ein finsteres Gesicht und sagte schneidend:

»Wir fahren also nach Spanien, und ich erfahre, daß ich, wie ich annehme, zu deiner Tante reise, durch eine Unterhaltung zwischen dir und einer anderen Person.«

»Ich habe keine Zeit gehabt, es zu erklären.«

»Dann tu es jetzt.«

»Auf der Post erwartete mich ein Briefumschlag mit zwei Flugtickets und Geld. Meine Tante hat das über eine spanische Bank abgewickelt, die hier eine Filiale hat. Es schien mir nicht notwendig, dir diese Einzelheiten in Gegenwart von Contreras zu schildern.«

»Also zu dir nach Hause. In welches Haus?«

»Zur *Alegría de la Corte.*«

»Also zu deinem *Hof der Lust*.«

Pedro verwirrte Myriams finstere Miene, und er begann zu stottern ... ich verstehe es nicht, ich verstehe dich nicht, wohin wolltest du denn? Willst du Weihnachten mit deinen Eltern oder mit Diderot am Pazifik verbringen? Plötzlich fing Myriam zu lachen an, umarmte ihn und zappelte wie ein vergnügtes Kind. Fantastisch, Pedro, fabelhaft. Er rückte seine Gedanken wieder zurecht, doch obwohl er den Scherz schon verstanden hatte, war er noch ärgerlich, eine Haltung, aus der ihn die Frau mit Schmusereien herauslocken wollte, die Don Facundo nicht entgingen.

»Es ist ein Vergnügen, jung zu sein. Was für ein Vergnügen!«

Sie fuhren durch die bekannten Straßen von San Mateo, auf die Randbezirke zu, die vor der kurzen Autobahn zum Flughafen liegen. Pedro sah die Tickets noch einmal durch, Daten, Zeit, Tag, Fluggesellschaft.

»Erste Klasse. Sie hat uns die Reise in erster Klasse bezahlt.«

»Das heißt, wir bekommen Champagner.«

»Und Kanapees mit Kaviar. Und wir können auf unserem eigenen Bildschirm Filme sehen.«

»Die Sitze sind so bequem, daß wir all unseren Schlaf nachholen können. Und weißt du, was ich dir sage? Wir verdienen es.«

Die Frau preßte ihr Gesicht gegen das linke Wagenfenster, als sie die Randbezirke Trinidad und María Magdalena erreichten, wo noch die Verwüstungen sichtbar waren, die der letzte Hurrikan an den Häusern aus Holz und Stroh oder Lehm und Wellblech angerichtet hatte, Spuren, die jene des letzten Erdbebens überlagerten und den Eindruck der Verletzbarkeit vestärkten, Zerstörung über Zerstörung. Die Männer als weiße Arbeiter herausgeputzt, die Frauen in ihrer Indiotracht, so als würde es auf sie zurückfallen, die Erinnerung zu bewahren.

»Wußtest du, daß die Spanier jede Volksgruppe dazu verpflichteten, eine bestimmte Uniform zu tragen, damit man sie unterscheiden und Vermischungen, Überschneidungen und Aufstände vermeiden konnte?«

Pedro verneinte. Das hatte er nicht gewußt. Myriam schmiegte sich an ihn.

»Was wüßtest du, wenn ich dir nicht die Welt erklärt hätte?«

Der Blutdruckmesser Omron RX, Matusaka Japan, beruhigt mich wieder. Hundertzwanzig zu achtzig, der Blutdruck eines jungen Mädchens. Der Elite-Glucotest besteht hingegen auf einem Blutzuckerwert von 170, so als wollte er mich eines biologischen Stigmas anklagen, das in der Vergangenheit ausgebrütet worden ist. Ich habe einige lateinische Sätze im Gedächtnis: *Praeterita mutare non possumus* (Wir können die Vergangenheit nicht ändern) von Cicero. Dann der von John Owen, aus einem Renaissance-Epigramm entnommene Text *Viventi mors obrepit, iuvenique senectus; horaque dum quota sit quaeritur, hora fugit.* (Heimlich kommt der Tod zu den Lebenden, das Alter zu den Jungen: Während wir fragen, wie spät es ist, ist die Stunde schon vorbei.)

Und schließlich der vernichtende, mittelalterliche Aphorismus von Walther: *Omnes res letas tu, pessima, conteris, etas; ingenium tollis tu corpora robore solvis.* (Du zerstörst alle fröhlichen Dinge, verruchtes Alter, raubst den Geist, nimmst dem Körper seine Kraft.)

Sätze, die einem in den Sinn kamen, wenn der Tag drückend und bedrückend war, wie heute, nach den morgendlichen Regenfällen die Berge nebelverhangen, besonders die dunklen Hügelrücken hinter *Alegría de la Corte*, dem beeindruckenden, unzählige Hektare umfassende Landbesitz, der seinen früheren gewaltigen Wert durch seine teilweise Eingliederung in einen Naturpark eingebüßt hat. Mich schmerzt mein ganzer Körper, meine Gelenke sind wie eingerostet, vielleicht hat das mit der hohen Luftfeuchtigkeit zu tun, ich aber empfinde diese Beschwerden als eine

Ankündigung des Verfalls. Ich muß in Büchern nachschlagen, die unten in der Bibliothek stehen, also lasse ich für den Moment die Zettel meines Vortrags über den Übergang der Topoi von Alter und Tod vom Altertum bis zum Mittelalter liegen, mir bleiben die ganzen Weihnachtsferien, um ihn zu vollenden. Ich trete auf den Balkon, der die zum Meer hin gerichtete Fassade säumt, doch durch den bedeckten Himmel kann ich nur den Abglanz dieses speziellen Lichts des *Maresme* wahrnehmen, einen Widerschein, der durch den zersetzten Granit entsteht, der diese ansteigenden Hügeln bis hin zu den dunklen Bergen formt, die die Grenze zwischen den Bezirken *Vallès Oriental* und *La Selva* bilden. Der zersetzte Granit, dem Sandstein ähnlich, ist ein hervorragender Boden für Weingärten. Hier wurde er traditionell für die Pflanzung von Rosen, Erdbeeren und Erbsen genutzt, Produkte, die heute in extensivem Anbau in Plastiktunnels wachsen. Wir haben Rosen, Erdbeeren und Erbsen aus eigenem Anbau, hochgelobt von den Mistral de Pamies, die diese in einer mystischen und sippenhaften Kommunion verzehren. Madrona oder ihren Schwestern dabei zuzusehen, wie sie die ersten Erbsen essen, kommt einer Eucharistie gleich, und ein ums andere Mal ist es wahrscheinlich, daß meine Frau, wenn wir sie tiefgekühlt genießen, meint:«Was für ein Unterschied zu den anderen tiefgekühlten Erbsen!« Als ich meinen Blick über die Bergrücken schweifen lasse, versuche ich mich an die Wege zu erinnern, zeichne sie sogar mit den Augen nach, auf denen ich auf die Pirsch gegangen bin, auf Jagd nach Hasen, Kaninchen, Rebhühnern und Schnepfen im Revier der Mistral de Pamies, das an Torrentbó, den Besitz der Goytisolos angrenzte, denen ich manchmal mit geschulterter Flinte auf diesen Wegen begegnete, José Agustín und Luis. Juan nicht. Juan war kein Jäger. Ich schon, aber kein guter. Mich begeisterte das Wandern, die Pirsch, das Ergebnis war mir egal. Ich glaube nicht, daß ich je ein Stück der von mir erlegten Hasen oder

Kaninchen gegessen habe. Von den Vögeln nicht einen. Die Vögel nahmen mich von oben wahr, wenn ich mit der Flinte auf sie zielte, und machten sich lustig. Nun, zu diesen Feiertagen, jagen zu gehen, wäre hingegen anregend, denn so könnte ich beweisen, wie sicher ich diese Wege bergauf und bergab laufen und durch das Dickicht schlüpfen kann, das nun die Wälder füllt, Gestrüpp, das niemand mehr ausholzt, weil keiner mehr Holzkohle braucht. Trotz meiner schon dreißig Jahre dauernden Ehe mit Madrona bin ich ein Neuankömmling in diesem Clan, ebenso wie die Ehemänner von Marta und Ditas. Wir müssen die Erzählungen unserer Frauen über jene Zeiten über uns ergehen lassen, wo die auf diesem Anwesen verwendete Kohle ebenfalls aus eigener Produktion stammte, von Köhlern aus dem Unterholz gewonnen, das heute sich selbst überlassen und so leicht entzündbar ist. Die Abendessen am Heiligen Abend dienten diesen langweiligen Ausschweifungen in die Vergangenheit, wobei die Mistral de Pamies davon überzeugt waren, daß ihre kleine Welt die Welt wäre und ihr beschränktes Gedächtnis die Geschichte der gesamten Menschheit. Deshalb, und weil mich die absehbaren Gespräche langweilten, ging ich nicht mehr zu den Geburtstags- und Namenstagsfesten und bekam schließlich sogar den Freibrief, mir das Abendessen am Heiligabend zu ersparen.

Gestern bestätigte sich ein weiteres Mal die Genialität der Mistral de Pamies, und zwar nicht durch Hirnwichserei, sondern am Klavier, denn die Schwestern sind stolz darauf, einige Stücke sechshändig interpretieren zu können. Sie spielten wohl nur kurz, denn Madrona kam nicht spät zurück, es war noch nicht einmal ein Uhr, und obwohl das Anwesen Martas in Llavaneres ganz in der Nähe ist, nehme ich an, daß das Zusammensitzen nach dem Essen nur kurz war, vielleicht, weil meine Frau nichts anderes im Sinn hat als auf dem *Hof der Lust* zu sein, bei ihrem geliebten Pedro.

»Pedro und Myriam kommen! Pedro und Myriam kommen!«,

rief sie, als ich noch nicht einmal aus dem Auto gestiegen war, das mich vom Flughafen Barcelonas und eigentlich von Santiago brachte. Sie würden am Nachmittag ankommen, aber sie wollte ihnen nicht vorschlagen, zum Abendessen nach Llavaneres mitzukommen, sie werden gerädert sein, gerädert, und der Jetlag ist immer viel schlimmer, wenn du aus dem Westen nach Spanien zurückfliegst, wegen der verlorenen Stunden. Ich aß kaum etwas, sprach kaum, denn Madrona war außer sich vor Freude und voller Pläne für die Tage, die uns das junge Paar zu widmen geruhte, jubelnd und traurig zugleich, ständig Tränen in den Augen. Ich kam nicht von dort, wo der Pfeffer wächst, aber ich war über siebzig, ebenfalls müde, und als ich mich zur Siesta zurückzog, bat ich Madrona, mich zu wecken, sobald die Kosmonauten ankämen, denn vielleicht könnten wir zu dritt Heiligabend feiern, wenn sie die beiden nicht zu Marta begleiteten. Es war mehr als eine Siesta, denn ich holte den ganzen Schlaf der letzten Nacht nach, in der ich Myrna gesucht hatte, ohne sie zu finden, ohne daß mir irgend jemand Auskunft hätte geben können, mit welcher Fähre sie abgereist war. Ihr Zimmer, das man mir schließlich aufsperrte, war leer, keine Spur von Gepäck. So vollzog sich ihre seltsame Flucht, ihr freiwilliges Schweigen. Sollte ich sie anrufen? Angesichts ihres ständigen Pochens auf Unabhängigkeit, Selbstbestimmung und Selbstverwaltung wäre es kontraproduktiv, sie zu belagern. Myrna glich einem auf seine Souveränität stolzen Nationalstaat, fügte sich perfekt in den Aphorismus über den Paranoiker, der besagt, daß einem Paranoiker nichts Schlimmeres passieren kann, als tatsächlich verfolgt zu werden. Ich ließ am besten die Festtage verstreichen und stellte dann einen indirekten Kontakt her, indem ich zum Beispiel die Kollegen aus La Rochelle fragte, ob Myrna ihre Teilnahme am arturischen Frühlingstreffen bestätigt hatte oder nicht, ein wichtiges, internationales Treffen, zu dem auch amerikanische Spezialisten kommen würden, vielleicht wegen des

Propagandakreuzzugs für die in ihren Genen liegende Globalisierung, die die Amerikaner seit der Bombardierung von New York und Washington vom 11. September des ersten Jahres unseres neuen Jahrhunderts in Angriff genommen haben.

Ich schlief so tief, daß mich niemand weckte, und als ich die Augen aufschlug, war es zehn Uhr nachts, Madrona brach soeben allein nach Llavaneres auf und bat mich, keinen Lärm zu machen, damit die Jungen nicht aufwachten.

»Wir sind hereingekommen, aber du schliefst so fest, daß wir dich nicht wecken wollten. Sie sind todmüde. Wecke sie nicht einmal zum Abendessen.«

»Wie geht es ihnen?«

»Wunderbar. Großartig. Großartig.«

Wenn Madrona das Wort »wunderbar« ausspricht, bläst sie das *u* zu einer Kuppel auf, und darauf folgt überstürzt der Rest, so als wäre sie müde. Logisch nach einem so ausgedehnten *u*. Das ist die Sprache der Schickeria, wie ich ihr schon zu Beginn unserer Ehe sagte, und sie weiß nicht, daß die katalanische Schickeria weder Katalanisch noch Kastilisch spricht, sondern eine spezielle Sprache, die man *Spartanisch* nennen sollte. Später begriff ich, daß niemand meine Frau verbessern konnte, und sie in anderen Bereichen keinesfalls dem Prototyp der dummen oder oberflächlich gebildeten Tussi entsprach. Sie war eine sensible Frau mit einer spät entwickelten Neugierde, spät, weil sie bei allem Kulturinteresse niemals die in Banalitäten verlorene Zeit wieder einholen konnte, wie sie das sinnlose Leben eines halbgebildeten Bürgertums kennzeichnen. Sie hatte zum Beispiel im Lauf ihres Lebens unzählige Vorträge über das Reich der Chaldäer besucht und Millionen von vermeidbaren Vernissagen nichtssagender Maler oder diese von abgehobenen Kulturvereinen organisierten Cocktailparties, die das Bürgertum dieses Landes prägen, und deren Niveau kaum über die göttlichen Theatertruppen hinausreicht, die jedes Jahr

Die Hirtenjungen oder *Die Ankunft des Jesulein* von Folch i Torres aufführen. Ein Graus.

Es ist an der Zeit, in die Bibliothek hinunterzugehen, bei der Gelegenheit mit Pedro und seiner Frau zusammenzutreffen und mich dann in die Kapelle zurückzuziehen, die heute eine außergewöhnliche Bibliothek beherbergt, wo meine Bücher stehen, meine zwanzigtausend Lieblingsbücher, ohne die anderen zwanzigtausend mitzuzählen, die sich in unserem Haus in Pedralbes befinden. Die in der Kapelle eingerichtete Bibliothek ist relativ neu, kaum fünf Jahre alt, ich gestaltete sie nach dem Vorbild der Bibliothek im Verlag Salvat. Aus Holz, die Bücher hinter Glas, und in zwei Ebenen geordnet. Die oberen erreicht man über eine Leiter aus geschnitztem Edelholz. Zur Dekoration habe ich die Orgel der alten Kapelle der Mistral de Pamies bewahrt, die bis zum Bürgerkrieg einen eigenen Pfarrer hatte. Jeden Sonntag wurde für die Herrschaften der Gegend, die aus der Großstadt Barcelona auf der Suche nach einem glücklichen Arkadien flohen, die Messe gelesen. *Alegría de la Corte* ist das Ergebnis der Verbindung des alten Anwesens aus dem 16. Jahrhundert, der Kapelle aus dem 18., und einer Erweiterung nach dem Geschmack der Jahrhundertwende, den ich als das katalanische Dorisch-jonische bezeichne, mit allen Konsequenzen des Neologismus. Diese Zusammenfügung von Wohnräumen ist kein Stückwerk, sondern ein zwar willkürliches, aber harmonisches Gefüge im Raum, ist von außen ansehnlich und in seinem Inneren dank Madrona überaus wohnlich geworden. Der hintere, von Rubió i Tudurí gestaltete Garten ist von einer beschaulichen, bewegenden Schönheit, Vorspiel eines üppigen mediterranen Waldes, mit Korkeichen, Pinien, Johannisbrotbäumen und Zypressen, Statuen von Llimona und Clarà, an beiden Seiten des Gebäudes Nutzgärten und vorne eine Esplanade, umgeben von einer Balustrade, die vom Berg aus einen Ausblick zu den Dörfern an der Küste und ihrem hier so hellblauen Meer bietet. Ich höre die Stimmen von Madrona und Pedro nahe der Kapelle, gehe hinaus und gerate in eine Szene, die an die Bergpredigt erinnert, Pedro als Wortführer umringt von Madrona, Myriam, dem rumänischen Ehepaar, das sich um das Haus kümmert, und seinem blonden Kind, hellblond, fast ein Albino, sehr süß, es nennt mich Don Gulio, weil es das *J* noch nicht aussprechen kann. Der Redner Pedro sieht mich als erster, unterbricht, was er sagt, und kommt auf mich zu, um mich zu umarmen, nun ja, um mich in seine Arme zu schließen. Der Junge hat nämlich das Gestell eines Rugbyspielers, und obwohl er mich umarmt, erfüllt mich die Freude, die ich bei anderen Gelegenheiten mit diesem warmherzigen und stets entwischenden Jungen empfand, den ich tröstete, wenn er hingefallen war und weinte. Er hält mich fest, und ich lasse meinen Kopf auf seine Schulter sinken, glücklich, weil ich in seinen Augen eine gewisse Zuneigung sehen kann, und als ich den Kopf hebe und ihm ins Gesicht sehe, scheint er mir gerührt zu sein, sagt nichts, hält mich an der Hand fest und führt mich zu den anderen.

»Pedro erzählte uns soeben unglaubliche Dinge von ihren Reisen. Und Myriam auch.«

Myriam. Da ist also die Politkommissarin. Die hübsche Myriam mit ihrem blonden Haar, blauen Augen, etwas schmalen Hüften für meinen Geschmack, schönen Beinen und einem prächtigen Mund. Sie sieht mich mit dem Spott an, den sie mir entgegenbringt, so als würde sie vor dem Windbeutel der Familie Stellung beziehen. Aber es ist Weihnachten, und ich umarme sie, diesmal von oben nach unten, denn das Mädchen hat nie Rugby gespielt, heiße sie willkommen und frage, ob Pedro sie gut behandelt. Dann geselle ich mich zu den anderen, die schon darauf warten, daß Pedro seine Bergpredigt fortsetzt, doch der schweigt und zeigt auf mich.

»Der Redner hier ist mein Onkel.«

»Ich bin inkognito hier.«

Was am Ende die Versammelten interessiert, ist die Geschichte eines sehr ungewöhnlichen, uralten Indianerstammes, den Yanomami, die im amazonischen Urwald leben und einen seltsamen, wenn auch vielleicht verdienstvollen und einleuchtenden Kannibalismus pflegen. Sie verspeisen ihre eigenen Toten, nachdem sie den Körper mit allen seinen Habseligkeiten, vom Bogen bis zum Lendenschurz in einem riesigen Feuer einäschern. Zum Glück verschlingen sie die Asche nicht pur, sondern mischen sie mit reifen Bananen, und während sie sie hinunterschlucken, versuchen sie den Namen des Verstorbenen zu vergessen, der auch niemals mehr von irgendwem erwähnt werden darf. Es gilt, sämtliche Spuren seines Seins und jegliche Erinnerung an seine Person auszulöschen, damit der »Vergessene« die Schwelle zum »Haus des Donners«, will heißen, zum Himmel, zum Paradies, überschreiten kann. Ich habe die Geschichte zuerst als Scherz aufgefaßt, finde sie aber großartig poetisch und beispielhaft ab dem Moment, wo das Verspeisen des Toten auch bedeutet, ihn zu vergessen, ihn in der Erinnerung zu töten. Das alles jedoch geschieht, um den Eingang ins Paradies zu garantieren. Ich kann mir den Witz nicht verkneifen: »Doktor Mistral de Pamies, ich wollte Sie zu den Bananen befragen. Ich hätte meine Asche lieber mit Banane und Orangensaft gemischt.«

Über das allgemeine Gelächter hinweg fügt Pedro die Erklärung hinzu, daß sie vielleicht keine anderen Früchte zur Verfügung hatten. In jedem Fall handelt es sich um eine Geschichte von amerikanischen Anthropologen, und Anthropologen sind, wie wir wissen, sehr spekulativ. Pedro übernahm somit das alte Vorurteil der Sozialwissenschaftler gegen die Anthropologen, gewiß von seiner Politkommissarin beeinflußt, die durchaus historische Materialistin oder sogar dialektische Materialistin sein konnte. Madrona zog mich zur Seite.

»Ich habe das rumänische Ehepaar und ihr Kind zum Weihnachtsessen eingeladen. Es macht dir doch nichts aus, oder? Es ist ein besonderes Jahr.«

Nein, es macht mir nichts aus, und ich beziehe das Besondere des Jahres auf die Ankunft der Jungen, wie sie Madrona nennt, weil sie noch kaum dreißig sind, ein Drittel ihres Lebensalters, oder ein Viertel, wenn man den Fortschritt gegen Alter und Tod verfolgt, der für mich schon zu spät kommt.

»Der Aperitif um zwei und das Mittagessen um halb drei«, verkündet Madrona den Versammelten, so als wäre sie die Fremdenführerin einer wunderlichen Gruppe von Japanern, die sobald wie möglich nach Tokio zurückkehren wollen. Dieser Hinweis veranlaßt mich, meine Unterlagen in die Bibliothek zu tragen, die mir letztlich als Arbeitszimmer dient, mein Heiligtum, wie es Madrona nennt, und kaum habe ich es betreten, erfüllt den Raum der Widerschein von Blitzen, und Donnergrollen vom seit Stunden ruhigen Himmel. Es regnet stark, der Regen prasselt auf die Kuppel über meinem Kopf. Vor meinem inneren Auge ist das Bild Pedros, wie er seine Geschichte erzählt, und für einen Augenblick fühle ich mich von meiner Rolle befreit, wie Mabonagrain aus dem Joch des Gartens, als ihn Erek besiegte, so als hätte Pedro wie Erek gehandelt, ohne es zu wissen. Doch mir kommt nichts anderes in den Sinn, als in den oberen Teil hinaufzugehen, wo die Bücher stehen, die ich suche, und einmal oben betrachte ich meine bibliophilen Schätze, lasse meinen besitzergreifenden Blick in alle vier Himmelsrichtungen schweifen, vier in Juchtenleder gebundene Horizonte, so hieß das Leder, als ich Student war, und die Beziehung zwischen diesem Raum, seinem kulturellen Inhalt und diesem Alten, mir, der sie wie ein Zuschauer von der ersten Reihe des Amphitheaters aus betrachtet, kommt der Erklärung einer Abhängigkeit zwischen Leben und Kultur gleich, die ich in letzter Zeit in meinem Fall mit zunehmendem Schrecken entdecke. Bin ich verzaubert in diesem Raum gefangen? Habe ich gelebt? Bin ich gereist? Habe ich geliebt? Oder habe ich mich darauf beschränkt, zu lesen und zu schreiben, zu reisen und zu lieben als kulturelle oder psychologisch ergänzende Erfahrungen, die meine Welt nicht erweiterten. Hatte denn etwa Madrona in ihrer kleinen Mistral de Pamies-Welt mehr gelebt, in der seit dem Tod von Carlos Alberto nichts geschehen ist? Klar, Madrona ist um die Welt gereist, aber hat sie etwas gesehen, was sie nicht in den Serien von *Universum* hätte sehen können? Lebt das junge Paar etwa mehr als ich in ihren von einer NGO genormten Abenteuern, die in Wirklichkeit dasselbe wie ein multinationaler Konzern innerhalb der Logik der Globalisierung ist?

Das Abenteuer ist nicht möglich. Es findet nur in der Fiktion, in Film oder Dichtung statt. Der einzige Vorteil der von Pedro und seiner Politkommissarin gemachten Erfahrungen liegt im ethischen Bereich, sie fühlen sich moralisch entschädigt, denn diese Leute von den unabhängigen Hilfsorganisationen sind wie weltliche Missionare, die es sich zur Aufgabe gemacht haben, Unruhen und Defizite der Welt zu lindern, ähnlich wie das Rote Kreuz, die Schwestern von San Vicente de Paul oder die vornehmen Frauen, die in Madrid einen Flohmarkt veranstalten, damit arme Kinder in die Ferien fahren können.

Selbst Myrna, scheinbar so vitalistisch, hat sie denn mehr gelebt als ich? Weil sie dreimal geheiratet hat? Weil sie eine Karriere aufgibt, die sie schon beinahe beendet hatte? In dieser Kapelle fühle mich wie Kapitän Nemo in der *Nautilus*, Herr über meine eigenen Koordinaten und in der Lage, die Leben der anderen durch das mächtige Glas zu betrachten, wie es sich Jules Verne ausmalte. Die *Nautilus* wird mit mir untergehen. Diese in eine Bibliothek verwandelte Kapelle wird untergehen, sobald die Erinnerung an mich Schiffbruch erleidet und nur noch hin und wieder aufersteht, bei irgendeinem Kongreß, wenn Estremoz und Konsorten nebenbei anmerken werden, daß einige meiner Beiträge nicht ganz überholt sind. Ich streiche zärtlich über den üppigen Band, den *La Pléyade* dem Werk von Chrétien de Troyes widmete, und über die beeindruckende Ausgabe der *Manuscrits de Chrétien de Troyes* von Bushy Keith, eine Kostbarkeit des Verlags Rodofi in Amsterdam, zwei Bände, die ihren Sonderplatz auf einem Pult haben. Aber ich bin nicht wegen des arturischen Stoffs hier. Obwohl ich das nötige Material für meinen Vortrag suchen sollte, fallen mir die nicht weniger unverzichtbaren Verse Eminescus in die Hände. Dann suche ich in meinem Adreßbuch die Telefonnummer von Doktor Duplessis, Verantwortlicher des Fachbereichs in La Rochelle, und rufe ihn an, um ihm frohe Weihnachten und ein glückliches Neues Jahr zu wünschen, was ihn wundert, denn ich habe noch nie irgend jemandem zu irgend etwas meine guten Wünsche ausgedrückt, und schon gar nicht zu Weihnachten oder zum Jahreswechsel, Feste, die ich verabscheue. Ich bemerke Duplessis' Erstaunen, das sich noch verstärkt, als ich ihn frage, ob schon Anmeldungen für den Kongreß im April vorliegen. Einige, sehr wenige.

»Dieser Tage in Galicien, Sie wissen ja von meiner Ehrung ...«

»Aber ich war doch dort. Wir begrüßten uns.«

Er war dort? Ich durchforstete das Album so naher Erinnerungen und fand das Gesicht von Duplessis nicht, Romanist, Experte für südafrikanischen Weine und in seiner Jugend Linksaußen in einem Fußballklub.

»Natürlich, lieber Duplessis, klar erinnere ich mich, aber ich habe vergessen, Sie bei dieser Gelegenheit darauf anzusprechen. Ich habe Zweifel, ob Beredford und andere Mitglieder der britischen Delegation kommen werden. Haben einige ihre Teilnahme bestätigt?«

»Nein, schriftlich niemand. Mündlich ein paar. Ich erhielt allerdings die ausdrückliche und bedauernswerte Absage von Myrna, Frau Doktor Myrna Taylor, die nicht teilnehmen wird und mir vorgestern bei den Festakten zu Ihren Ehren in einem ungestörten Moment verkündete, daß sie ihre Lehrtätigkeit aufgeben wolle, obwohl sie noch nicht genau wußte, ob auch ihre Forschungsarbeit, speziell über Defoe.«

»Ja. Sie hat es mir gegenüber auch angedeutet. Also, entschuldigen Sie die Störung und halten Sie mich bitte auf dem laufenden.«

»Selbstverständlich, Doktor Matasanz. Schöne Festtage.«

»Genießen Sie diese Tage!«

Wenn Myrna *urbi et orbi* hinausposaunt, was sie vorhat, steht es nicht gerade rosig, weil eine Strategie dahintersteckt, die sie immer einsetzt, um sich selber zu verpflichten, ihre Ankündigungen wahr zu machen. Es ist so, als hätte sie mir auf grausame, verräterische Weise, die Trennung mitgeteilt, ohne daß ich mir des Bruchs bewußt gewesen wäre. Im schlimmsten Augenblick meines Lebens, wo ich trotz Preisen und Ehrungen die heftigsten Selbstzweifel hege, eben wegen dieser Preise und Hommagen, die ich wie einen Druck empfinde, abzutreten, und nun scheint Myrna meine Ängste verstärken zu wollen. Sie will mich in der Hölle der Unsicherheit schmoren lassen. Ich sollte mich wie ein sensibler, heranwachsender Junge betragen, sie jetzt anrufen, wo ihre Enkelkinder noch nicht da sind, und sie auffordern, unseren unausgesprochenen Pakt einzuhalten. Doch worin besteht dieser Pakt? Wozu ein weiteres mißliches Zusammentreffen wie unser letztes? Doch als ich sie mir als diese blonde *War Breast*, diese für mich während mehr als zwanzig Jahren so wichtige Myrna in Erinnerung rief, ließ mich diese Erinnerung so jung fühlen, als befände ich mich in meinen besten Zeiten, als ich das Leben, die Welt noch in vollen Zügen genoß, von der Präpotenz des Ajax ausgehend, mächtiger Held und ebenso mächtiges Aushängeschild für ein Reinigungsmittel. Bis vor kurzem neigte ich dazu, die Personen, die ich kennenlernte, zu akzeptieren, ohne ihnen das Recht zu altern zuzugestehen, auch keinen Wechsel von Ideologie oder Status, denn sie schienen sich augenblicklich und für immer in ein starres Bild verwandelt zu haben. Plötzlich zu akzeptieren, daß Myrna Speckfalten hat, Madrona aufgrund ihrer Anorexie immer durchscheinender wird, x-beliebige Kollegen einfach das Hemd wechseln oder ihre Glatze, wie etwa Hierro, dem durch die Behandlung plötzlich an einem seiner Scheitelbeine Haare sprossen, die durch den Haarlack verstärkt, auf seinem Eierschädel wie ein Leichentuch wirkten. Ändern wir uns oder ändert sich unser Bild? Der Regierungschef, Don José María Aznar, lädt uns Persönlichkeiten aus der Kulturszene, die seiner Meinung nach Spanien repräsentieren, manchmal zum Abendessen in den Palacio de la Moncloa ein.

»Mit Opfern und Mut, aber ohne Extreme und Radikalismus«, wie er gern wiederholt und hervorhebt. Nun gut. In einem der Gespräche nach Tisch, in jener der Universität gewidmeten Nacht, wo es um die Debatte über die klassischen Sprachen ging, schweiften wir vom Abstrakten zum Konkreten, und mit der Sensibilität des Lyriklesers, die ihn kennzeichnet, warf der Herr Präsident die Frage der Beziehung zwischen Persönlichkeit und Zeit auf.

»Zum Beispiel«, sagte er, »schmeckten mir in meiner Jugend die Kroketten sehr, jetzt hingegen habe ich ein Problem damit ... ein Problem ...«

»Ich hingegen neige dazu, Menschen und Dinge von Anfang an wie Fotos in das Album meines Gedächtnisses aufzunehmen. Und dort bleiben sie für immer. Deshalb fällt es mir so schwer, bei diesen Personen eine veränderte Haltung oder ihr Altern hinzunehmen. Das Altern der anderen ist unser eigenes. Der Tod der anderen läßt uns hingegen aufleben. Das Alter und der Wechsel der Ideologien sind in der Tat schrecklich. Das ideologische oder biologische Überlaufen sollte verboten sein.«

»Und Sie, Doktor Matasanz, gehören welcher Ideologie an, wenn man fragen darf?«

»Ich bin radikaler Anarchist, aber der Mitte.«

»Der linken oder der rechten Mitte?«

»Mitte. Außer in meinem universitären Fachgebiet, der Literatur des Spätmittelalters. Auf diesem Gebiet bin ich ein extremer Linker.«

Das amüsierte den Herrn Präsidenten sehr, der diesmal nicht wie sonst lustlos lachte, sondern seine Gesichtszüge tatsächlich so einrichtete, daß sein Gelächter glaubhaft und ansteckend war. Würden mich meine Eltern mit Staatspräsidenten essen sehen, hätten sie gewiß die Genugtuung, ihr Werk vollbracht zu haben, und wenn sie, in erster Linie meine Mutter, in meiner Erinnerung auftauchen, in den seltsamsten Winkeln der vorzüglichsten Salons, sehe ich ihre bewundernd auf mich gehefteten Blicke, so als würden sie einer wiederholten, sehr verdienten Preisverleihung beiwohnen.

Die Glocke und die Stimme Madronas rufen uns ins festlich geschmückte Eßzimmer in *Alegría de la Corte*. Ich verabschiede mich von meinen Büchern, meinem Kummer und beginne darüber nachzudenken, was ich denn sagen werde, wenn man mich nach dem Nachtisch zu einer kurzen Rede auffordern wird, so wie man früher die Kinder aufforderte, ein Weihnachtsgedicht oder gar ein Weihnachtslied vorzutragen. Warum nicht dieses anstößige Lied: *Der eisige Dezember / hat mir den Schwanz gefroren / und als ich morgens aufstand / hatt' ich ihn verloren ...* Was kann ich diesen Leuten ohne Probleme oder mit so drängenden Problemen wie im Fall der beiden rumänischen Wirtschaftsflüchtlinge sagen? Wie sollte ich ihnen dieses Gefühl vermitteln, das Fest gehe zu Ende, den Eindruck einer Reise ohne Wiederkehr, Quelle meiner Depression. Was kümmert sie meine Depression? Sie sind schon alle im Salon versammelt, die Gläser in der Hand, und auch ich bekomme gleich eines, mit teuerstem Champagner gefüllt, Roederer Cristal. Madrona ist zu Weihnachten, vor allem für das Essen am fünfundzwanzigsten Dezember, nicht knausrig, aber auch nicht verschwenderisch, und die Essen werden gewöhnlich ausgiebig mit französischem Champagner begossen, aber nicht mit so einem teuren. Kanapees mit Kaviar, *foie cru*, auf schwedische Art gebeizter Lachs, der mir sehr schmeckt, ja wir feiern zweifellos außergewöhnliche Ereignisse, sei es die Ankunft des jungen Paares oder meines *Carlomagno*-Preises. Und nun stehe ich vor den etwas schüchternen Rumänen mit ihrem Albino-Kind, das laut Madrona ein akrobatisches Genie ist, fähig, in zehn Minuten die Fassade unseres Anwesens hinaufzuklettern, und außerdem immer eine Eins in Mathematik hat. Die Welt wird den Rumänen, den Arabern, den Mayas oder Inkas gehören, bemerkte ich zu Pedro.

»Oder niemandem.«

»Warum denn niemandem?«

»Weil wir sie zerstören, manchmal als Kriminelle, manchmal als Selbstmörder. Das herrschende Wirtschaftssystem führt zur Zerstörung.«

Nanu. Der Junge ist uns über die Ökobewegung hinausgeschossen und zu einem Ökomarxisten geworden, weshalb ich mich zu seiner Politkommissarin, der schönen Myriam begebe, die soeben den Ausführungen der Rumänin über das Weihnachtsfest in Rumänien zuhört, im romanisierten und französisierten Rumänien, das ich in meinem besten kulturellen Gedächtnis bewahre. Der Rumänin wird der Mund wässrig, während sie an die üblichen Festessen denkt, immer unter dem kommunistischen Regime, ohne Möglichkeit, die hervorragende rumänische, von der französischen beeinflußte Küche des schwächsten, aber kultiviertesten Bürgertums Europas zu genießen. Ich gehe zu Myriam. War die Reise sehr anstrengend? In der ersten Klasse? Wie kann ein Flug in erster Klasse anstrengend sein? Das Schlimme ist die Zeitverschiebung. Interessante Erfahrungen? Ja, sehr interessante.

Sie berichtete mir aber keine einzige, weil sie sie entweder nicht erlebt hatte oder mich für einen unwürdigen Empfänger von Erfahrungen hielt, die sie vielleicht als interessant empfinden mochte. Nun geht es um Madrona, ihr erbauliches Abendessen von gestern Nacht, Marta, Ditas, ihre Ehemänner, Pepón, der reiche Pepón, wie wir ihn nennen, und somit hat er beinahe den Namen einer biblischen Parabel erhalten.

»Gut. Alles in Ordnung.«

»Und der reiche Pepón?«

»Gut. Sehr gut. Liebenswürdiger denn je. Alle haben nach dir gefragt.«

Doch Madrona verzichtet diesmal darauf, mir irgendeine heitere Episode zu erzählen oder eines der vielen Bonmots ihrer Schwestern oder deren Männer, zum ersten Mal beschränkt sie sich auf eine Kurzfassung. Sie scheint mir etwas durcheinander zu sein, wie abwesend, doch trotzdem sind ihre Gesten, alle Worte ständig an Pedro und Myriam gerichtet, Protagonisten dieses fabelhaften Zusammentreffens, faaabelhaft, wie Madrona mit ihrem Hang, die Vokale zu übertreiben, wiederholt. Liebe Madrona, denke ich, wenn ich sterbe und du allein bleibst, erinnere dich wohlwollend an mich, denn ich habe zumindest versucht, dir so wenige Schwierigkeiten wie möglich zu bereiten, abgesehen von meiner Verweigerung, an dem Essen an Heiligabend im Kreis der Familie teilzunehmen und dich gewissermaßen zu verpflichten, die *Escudella i carn d'olla* in das Weihnachtsmahl einzubeziehen.

Während wir uns am Tisch plazieren, erkläre ich Pedro, warum ich auf diesem katalanischen *Pot au feu* bestehe, der mir, wie der italienische, für winterliche Feste angebracht zu sein scheint, vor allem wegen seiner Ausgewogenheit, und natürlich wegen der üppigen *Pilota*, dem Suppenfleisch.

»Ich mag den *Cocido madrileño*, die aus Madrid stammende Variante des Eintopfs sehr gern, glaub' bloß nicht, ich hätte einen patriotischen Gaumen. Den *Cocido madrileño*, in dem Farbe und Geschmack des *chorizo*, der Paprikawurst, vorherrschen, bevorzuge ich zu jeder anderen Jahreszeit, aber zu Weihnachten paßt er nicht. Glaube ich. Ich verbinde Weihnachten mit weißen und grauen Tönen.«

»Die *Pilota*, der Fleischkloß, ist großartig.«

»In der Tat, ich nehme mir immer nach.«

Wir haben Appetit und stürzen uns auf die vorzügliche Suppe, ohne auch nur einen Mundwinkel fürs Gespräch übrigzulassen, das erst wieder möglich wird, als die zweite Runde mit Kartoffeln, Kohl, Kichererbsen und schließlich das ganze Fleisch, die *Pilota* und die Schweinshaxe, meine Lieblingsstücke, an die Reihe kommen. Obwohl ich auch ein Stück Blutwurst keineswegs verachte, und schon zu den vielversprechenden gebratenen Hühnern spähe, diese Hühner, die Madrona für Weihnachten kauft, köstlich wie Truthähne, weit entfernt von dem Geschmack nach Fischmehl der armen Batteriehühner, dieser Opfer sämtlicher für die Unterschicht proteinproduzierender Dachaus.

»Wie lange bleibt ihr?«

Pedro zuckt mit den Schultern. »Über die Feiertage, ich weiß nicht. Wir müssen ein paar Angelegenheiten regeln.«

»Wollt ihr in euer Missionsgebiet zurückkehren?«

Er lacht über meine Sprache. Missionsgebiet. Nein. Es gibt kein Missionsgebiet. Es geht um Arbeit, solidarische Arbeit.

»In gewisser Weise werden wir diese Festtage zum Nachdenken nützen. Myriam und ich haben viel zu besprechen. Wir müssen unsere Zukunft planen.«

»Gut. Wenn ihr euch dazu in der Lage fühlt, gut. Bevor die Zukunft euch plant.«

»Erzähle mir doch, wie es dir gestern ergangen ist. Dein großer Tag. Wahrscheinlich war sogar der König da?«

»Ich werde dir noch davon berichten. Nein, der König kam

nicht, er kommt nie zu solchen Anlässen, nicht einmal zu Begräbnissen berühmter Persönlichkeiten, aber er sendet eine Botschaft. Mir sandte er eine Botschaft. Nun aber rate ich dir, deine ganze Aufmerksamkeit den *Turrones* zuzuwenden, bevor sie dieses rumänische Kind restlos aufgegessen hat.«

Der Tisch ist voll mit *Turrones*, verheißungsvolle, aber noch verschlossene Genüsse. Madrona kümmert sich darum, sie zu schneiden und zu verteilen, vor den begeisterten Augen des hellblonden Jungen, der ständig von seiner Mutter und Myriam gehätschelt wird, eine mir bisher unbekannte Facette an ihr. Myriam streichelt rumänische Albinokinder. Es setzt sich zwar immer mehr diese abwegige katalanische Gewohnheit durch, Champagner oder Sekt zu den Turrones zu trinken, ich aber verlange nach einem Portwein, diesem großartigen Portwein, wie ihn die englischen Butler in den Romanen von Agatha Christie servieren, bevor ein Mord geschieht. Kaffee, Zigarren, die nur der Rumäne und ich rauchen. Armagnac, heute ziehe ich einen Armagnac vor, zu jeder anderen Gelegenheit würde ich einen guten Whisky nehmen, gehaltvoll, an einem Tag wie heute durchaus einen zwanzig Jahre alten *Springbank*, aber meine Seele verlangt nach einem Armagnac. In meiner Kindheit und Jugend verband ich das Weihnachtsessen mit gefüllten Oliven zum Aperitiv und den Likören, wie sie es nannten, um die drei klassischen *Turrones* zu begleiten: weiche aus *Jijon*, harte und solche aus Marzipan und Früchten. Eine Packung von jeder Sorte, die für den Heiligen Abend, den 25. und 26. Dezember, Silvester und Neujahr reichen sollten. Die Auswahl an Spirituosen beschränkte sich auf Kräuterschnäpse und Kognak, *Licor 43*, *Soberano* oder *Veterano*, Getränke, die mein Vater kaum, meine Mutter noch weniger konsumierte, und ich als die Elixiere betrachtete, die mich ins Paradies der Erwachsenen bringen würden. Doch nun ist der Moment der von den *Turrones* versüßten Melancholien gekommen. Madrona ergreift das Wort, ihre Stimme klingt gebrochen, so als würde sie ein Schluchzen zurückhalten, arme Madrona, heute, an einem der glücklichsten Tage ihres Lebens, wo es ihr gelungen ist, Pedro und Myriam zurückzuholen.

»Wie schön, hier zu sein. Zu diesen Feiertagen treffen wir uns hier, sowohl die Anwesenden als die in unserer Erinnerung Gebliebenen, und ich bin sehr glücklich, daß meine Kinder – ja ihr seid für mich meine Kinder – rechtzeitig angekommen sind, und sich unsere rumänischen Freunde bei uns wohl fühlen. Aber wie immer, wenn wir alle versammelt sind, möchte ich, bevor wir ein letztes Mal unsere Gläser erheben, Julio bitten, ein paar Worte zu sagen.«

Ich wehre ab, übertreibe diese Geste, um zu zeigen, daß meine Ablehnung nur Schein ist, doch angesichts des Gelächters und Applauses bleibt mir nichts anderes übrig, als aufzustehen, sie anzusehen, mich anzusehen, aus den Augenwinkeln einzuschätzen, welche Haltung dominiert. Selbst die Politkommissarin schenkt mir, wie ich glaube, ein wenig prä- oder postethylische Zuneigung.

Ihr Lieben:

Es gibt kein Weihnachtsfest, bei dem nicht ein Kind der Familie auf einen Stuhl oder einen Tisch steigt und das Gedicht aufsagt, das ihm seine Lehrerin beigebracht hat. So war es zumindest zu meiner Zeit, und wenn auch Kinder, Gedichte und Lehrerinnen sich geändert haben mögen, wollen wir uns doch mit dem großen rumänischen Dichter Eminescu der Melancholie, die besonders diesen Tagen anhaftet, bewußt werden. Ich lese seine Verse in der Fassung von keinen Geringeren als Rafael Alberti und María Teresa León vor:

Als öffnete sich ein Tor zwischen den Wolken
damit die tote Königin der Nacht hereinkam.

Oh schlafe, ruhe in Frieden zwischen tausend Fackeln
in deinem blauen Grab, mit dem silbernen Schweißtuch,
in deinem großen Mausoleum, der Himmelskuppel,
du süße und geliebte nächtliche Herrscherin!

Ich sehe die strahlenden Gesichter der drei Rumänen. Sie fühlen sich geehrt als Landsleute des Dichters, wichtig. Ich hebe mein mit Armagnac gefülltes Glas wie zum Gruß.

Es sind von Zeit beladene Festtage, sie markieren, nehmen auf, greifen vor, so wie Marksteine die Entfernungen. Ein aus der Zeit vor der Renaissance stammendes Epigramm besagt: *Vivente mors obrepit, iuvenique dum quota sit quaeritur, hora fugit* ... Will heißen: Verstohlen nähert sich der Tod dem Lebenden, das Alter der Jugend; während wir uns fragen, wie spät es sein mag, ist dieser Zeitpunkt schon vergangen.

Wegstrecke und Zeit, meine Lieben. Wegstrecke und Zeit. Ich habe das Gefühl, daß mir von beiden Dingen wenig bleibt, doch will ich diese Gelegenheit nicht nützen, um euch meine Ängste anzuvertrauen, sondern um euch meine Zuneigung zu vermitteln. Was auch immer geschehen und wie lange es noch dauern mag, behaltet mich bitte immer als jemanden in Erinnerung, der euch von seiner autistischen Burg aus liebte, mit der offenkundigen Schwierigkeit behaftet, ganz natürlich auszusprechen: Ich liebe euch. Schon der Verlust von Nebensächlichkeiten schmerzt, und so ängstigt uns umso mehr der Gedanke zu verlieren, was wir lieben, der sich an Tagen wie dem heutigen aufdrängt, wo wir mit Verlaub, nicht die Geburt irgendeines Gottes feiern, sondern die Tatsache, ihn überlebt zu haben. Das ist unser Fest, meine Lieben, das wir heute bei Speis und Trank im *Hof der Lust* feiern.

Als die Gläser klirren und wir uns küssen, bin ich wie immer erstaunt, daß Pedros Wangen nicht mehr die eines kleinen Jungen sind. Madrona weint. Ich umarme sie. Und da weint sie noch mehr. Sie schluchzt laut und heftig, und ich weiß nicht, ob ich sie noch fester in die Arme schließen oder aber mich aus der Umarmung lösen und sie fragen soll: Madrona, Madronita, was ist denn los? Ich halte sie aber bloß weiterhin in meinen Armen und streiche über ihr kurzes graues Haar, das sich heute schlaff anfühlt.

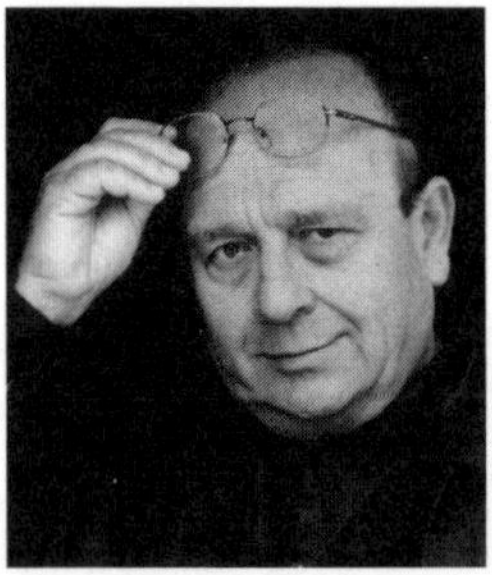

MANUEL VÁSZQUEZ MONTALBÁN, geboren 1939 in Barcelona, ist Lyriker, Romanautor, Essayist, Kolumnist, Gourmet und Erfinder des Privatdetektivs Carvalho in so berühmten Kriminalromanen wie die *Die Vögel in Bangkok.*

Im Verlag Klaus Wagenbach sind bisher erschienen: im Quart*buch Kaiser oder Nichts* und *Quartett*; im *SVLTO Robinsons Überlegungen angesichts einer Kiste Stockfisch* und im WAT *Der Pianist, Marcos. Herr der Spiegel* und *Die lustigen Jungs von Atzavara.*

Manuel Vázquez Montalbán im Verlag Klaus Wagenbach

KAISER ODER NICHTS
Roman
Ein Roman über Macht und Schicksal, Erfolg und Niederlage, über die Brutalität und das Charisma großer historischer Persönlichkeiten. Über die Skrupellosigkeit der Herrscher und die folgsame Treue der Beherrschten: Der katalanische Kardinal Rodrigo Borgia wird 1492 zum Papst Alexander VI. gekrönt und begründet die berüchtigte Herrschaft der Borgias.
Aus dem Spanischen von Theres Moser
Quart*buch.* Leinen. 360 Seiten.

DAS QUARTETT
Roman
Zwei Frauen und drei Männer. Wie soll das gutgehen? Wer ist zuviel? Wem gehört wer? Wer belügt wen? Ein literarisches Virtuosenstück über Paarbeziehungen.
Aus dem Spanischen von Theres Moser
Quart*buch.* Gebunden. 112 Seiten

DIE LUSTIGEN JUNGS VON ATZAVARA
Roman
Welche Träume gibt man im Lauf des Lebens auf und welche bleiben? Freunde aus Barcelona verbringen gemeinsam eine Woche am Meer. Zwölf Jahre später blicken sie auf die Zeit zurück und fragen sich, was aus ihren Hoffnungen geworden ist.
Aus dem Spanischen von Willi Zurbrüggen
WAT 452. 320 Seiten

DER PIANIST
Roman
Zwei frühere Freunde treffen sich nach vielen Jahren wieder und blicken auf zwei verschiedene Lebenswege zurück.
»Der Künstler und die Gesellschaft, Engagement contra Autonomie, ein altes Romanthema. Eine äußerst lesenswerte Variante von Vázquez Montalbán«. Die Zeit
Aus dem Spanischen von Maralde Meyer-Minnemann
WAT 408. 384 Seiten

MARCOS HERR DER SPIEGEL
Der geheimnisvolle, bislang nur maskiert auftretende Subcomandante der Indios von Chiapas im Gespräch mit dem Autor von Pepe Carvalho, kurz bevor die mexikanische Regierung und die Zapatisten sich zu Jahresbeginn 2001 überraschend annäherten.
»Eine literarische Reportage über die berühmteste Kapuze der Welt.« FR
Aktualisierte Ausgabe
Aus dem Spanischen von Gerda Schattenberg-Rincón
WAT 422. 240 Seiten

Quart*buch* – *Literatur*

Luigi Malerba
DER GEHEIME ZIRKEL VON GRANADA
Ein Wanderhändler und die schöne Mariana, ein Schatz, ein Mordverdacht: Der neueste Roman Malerbas ist voller Abenteuer, setzt einen Schelm auf einen anderthalben und schickt uns auf eine weite Reise. Endlich wieder ein historischer Stoff des großen italienischen Ironikers: »Ein schöner, großer Roman, eine reife, genußreiche Frucht für den anspruchsvollen Geschmack, auch den des gesunden Skeptikers!«
Domenico Cacopardo, L'Unità
Aus den Italienischen von Iris Schnebel-Kaschnitz
Quart*buch*. Leinen. 220 Seiten

Santiago Gamboa
DAS GLÜCKLICHE LEBEN DES JUNGEN ESTEBAN
Roman
In vielen Episoden beschreibt Santiago Gamboa seine Kindheit und Jugend in Kolumbien und Europa. Lebensläufe aus zwei Kontinenten – vielstimmig und farbenfroh erzählt.
»Gamboa erzählt ohne Moral, opulent und raffiniert, spannend bis zur letzten Seite.« Der Spiegel
Aus dem kolumbianischen Spanisch von Stefanie Gerhold
Quart*buch*. Gebunden. 384 Seiten

Ricardo Piglia
KÜNSTLICHE ATMUNG
Roman
Eine Familiengeschichte über mehrere Generationen, die durch die Landschaften des Exils bis nach Europa führt, in das Prag der zwanziger Jahre - und in einer unwahrscheinlichen Begegnung gipfelt. Ein Buch für alle, die sich für Lebensläufe im Schatten der Macht interessieren.
»Endlich können wir ihn lesen, genießen und feiern: einen der wichtigsten lateinamerikanischen Romane der letzten Jahrzehnte. Eine intellektuelle Erfahrung, die kein Leser je vergessen wird.«
Ariel Dorfman, New York Times Book Review
Aus dem argentinischen Spanisch von Sabine Giersberg
Mit einem Nachwort von Leopold Federmair
Quart*buch*. Gebunden. 224 Seiten

Ricardo Piglia
FALSCHER NAME
Die spannende Suche nach einer unveröffentlichten Erzählung des legendären argentinischen Schriftstellers Roberto Arlt und die Präsentation des glücklichen Fundes: Alles wahr oder alles erfunden?
Aus dem argentinischen Spanisch von Sabine Giersberg
Eingeleitet von Hanns Zischler
Mit einem Nachwort von Leopold Federmair
Quart*buch*. Gebunden. 100 Seiten

Sergio Pitol
DEFILEE DER LIEBE
Roman
Ein mexikanischer Gesellschaftsroman mit exzentrischen Gestalten, in deren Mitte ein Mord geschieht.
»Bitte mehr davon! Der große mexikanische Autor Pitol hätte es schon länger verdient, auch bei uns bekannt zu sein.«
David Wagner, Süddeutsche Zeitung
Aus dem mexikanischen Spanisch von Petra Strien
Quart*buch*. Gebunden. 272 Seiten

Die spanische Originalausgabe erschien unter dem Titel *Erec y Enide* bei areté / Random House Mondadori in Barcelona.

Die Übersetzung wurde aus Mitteln der Dirección General del Libro, Archivos y Bibliotecas des Spanischen Kulturministeriums gefördert.

La presente edición ha sido traducida mediante una ayuda de la Dirección General del Libro, Archivos y Bibliotecas del Ministerio de Educación, Cultura y Deporte.

 Umschlaggestaltung Birgit Thiel unter Verwendung des Bildes *Flamenco-Tänzer* © Image Bank. Gesetzt aus der Garamond von der Offizin Götz Gorissen, Berlin. Bucheinbandstoffe von der Bamberger Kaliko. Druck und Bindung von Clausen & Bosse, Leck.
Printed in Germany.
ISBN 3 8031 3182 0